A ILHA *das* ÁRVORES PERDIDAS

A ILHA *das* ÁRVORES PERDIDAS

ELIF SHAFAK

Tradução Marina Vargas

Rio de Janeiro, 2025

Copyright © 2021 por Elif Shafak
Copyright das ilustrações © 2021 por Josie Staveley-Taylor
Copyright da tradução © 2022 por Casa dos Livros Editora LTDA. Todos os direitos reservados.
Título original: *The Island of Missing Trees*

Todos os direitos desta publicação são reservados à Casa dos Livros Editora LTDA. Nenhuma parte desta obra pode ser apropriada e estocada em sistema de banco de dados ou processo similar, em qualquer forma ou meio, seja eletrônico, de fotocópia, gravação etc., sem a permissão do detentor do copyright.

Diretora editorial: *Raquel Cozer*
Gerente editorial: *Alice Mello*
Editora: *Lara Berruezo*
Editoras assistentes: *Anna Clara Gonçalves e Camila Carneiro*
Assistência editorial: *Yasmin Montebello*
Copidesque: *Thaís Lima*
Revisão: *Vanessa Sawada, Suelen Lopes e Cindy Leopoldo*
Capa: *Gabriela Heberle*
Diagramação: *Abreu's System*

Dados Internacionais de Catalogação na Publicação (CIP)
(Câmara Brasileira do Livro, SP, Brasil)

Shafak, Elif
   A ilha das árvores perdidas / Elif Shafak ; tradução Marina Vargas. -- Rio de Janeiro : HarperCollins Brasil, 2023.

   Título original: The island of missing trees
   ISBN 978-65-5511-469-0

   1. Ficção turca (Inglês) I. Título.

22-132169   CDD-823

Índices para catálogo sistemático:

1. Ficção : Literatura turca em inglês   823

Cibele Maria Dias – Bibliotecária – CRB-8/9427

Os pontos de vista desta obra são de responsabilidade de seu autor, não refletindo necessariamente a posição da HarperCollins Brasil, da HarperCollinsPublishers ou de sua equipe editorial.

HarperCollins Brasil é uma marca licenciada à Casa dos Livros Editora LTDA.
Todos os direitos reservados à Casa dos Livros Editora LTDA.
Rua da Quitanda, 86, sala 601A – Centro
Rio de Janeiro, RJ – CEP 20091-005
Tel.: (21) 3175-1030
www.harpercollins.com.br

Para imigrantes e exilados de toda parte,
    os desenraizados, os que voltaram a se enraizar, os sem raiz.

E para as árvores que deixamos para trás,
    enraizadas em nossa memória…

Quem não conhece as florestas chilenas não conhece este planeta.
Daquelas terras, daquele barro, daquele silêncio,
eu saí a andar, a cantar pelo mundo.

— Pablo Neruda, *Confesso que vivi*

Haverá sangue, dizem eles. Sangue chama mais sangue.
Sabe-se de pedras que se movem e de árvores que falam.

— William Shakespeare, *Macbeth*

SUMÁRIO

Prólogo: Ilha   11

PRIMEIRA PARTE	Como enterrar uma árvore	17
SEGUNDA PARTE	Raízes	81
TERCEIRA PARTE	Tronco	145
QUARTA PARTE	Galhos	191
QUINTA PARTE	Ecossistema	259
SEXTA PARTE	Como desenterrar uma árvore	307

Nota ao leitor   341
Glossário   345
Agradecimentos   349

ILHA

Era uma vez, no reino da memória, nos confins do mar Mediterrâneo, uma ilha tão bela e azul que os muitos viajantes, peregrinos, ativistas e mercadores que se apaixonavam por ela desejavam nunca mais deixá-la, ou tentavam rebocá-la com cordas de cânhamo de volta para seu próprio país.

Lendas, talvez.

Mas as lendas existem para nos contar o que a história esqueceu.

Faz muitos anos que deixei aquele lugar a bordo de um avião, dentro de uma mala de couro preto e macio, para nunca mais voltar. Desde então, adotei outro país, a Inglaterra, onde cresci e vicejei, mas não se passa um único dia em que não anseie voltar. Para casa. Para minha terra natal.

Ela ainda deve estar lá onde a deixei, emergindo e afundando com as ondas que quebram e espumam contra a costa escarpada dela. Na encruzilhada de três continentes — Europa, África e Ásia — e do Levante, aquela região vasta e impenetrável que desapareceu por completo dos mapas atuais.

Um mapa é uma representação bidimensional com símbolos arbitrários e linhas gravadas que estabelecem quem deve ser nosso inimigo e quem deve ser nosso amigo, quem merece nosso amor e quem merece nosso ódio, e ainda quem merece apenas nossa indiferença.

Cartografia é outro nome que se dá às histórias contadas pelos vencedores.

Para as histórias contadas por aqueles que foram derrotados, não há nenhum.

★ ★ ★

Eis como me lembro dela: praias douradas, águas turquesa, céu límpido. Todos os anos, tartarugas marinhas chegavam para depositar seus ovos na areia fina. O vento do fim de tarde trazia consigo o aroma de gardênia, cíclame, lavanda, madressilva. Ramos de glicínias trepavam pelos muros caiados de branco, aspirando alcançar as nuvens, esperançosos como apenas os sonhadores sabem ser. Quando a noite nos beijava a pele, como sempre fazia, dava para sentir o cheiro do jasmim em seu hálito. A lua, ali mais próxima da Terra, pendia luminosa e delicada sobre os telhados, projetando um brilho vívido sobre as vielas estreitas e ruas de paralelepípedos. E ainda assim as sombras encontravam uma maneira de se insinuar através da luz. Sussurros de desconfiança e conspiração se alastravam na escuridão. Pois a ilha estava dividida em duas partes: norte e sul. Uma língua diferente, uma escrita diferente, uma memória diferente predominavam em cada uma; quando os ilhéus rezavam, raramente era para o mesmo deus.

A capital era cindida por uma linha divisória que a atravessava como um talho no coração. Ao longo da demarcação — a fronteira — havia casas destruídas, crivadas de buracos de bala, pátios vazios marcados por explosões de granadas, lojas em ruínas com as vitrines protegidas por tapumes, portões ornamentados pendendo em ângulos estranhos de dobradiças quebradas, carros de luxo de outro tempo enferrujando sob camadas de poeira... As estradas estavam bloqueadas por rolos de arame farpado, pilhas de sacos de areia, barris cheios de concreto, valas antitanque e torres de vigilância. Ruas terminavam de maneira abrupta, como pensamentos não concluídos, sentimentos não resolvidos.

Soldados montavam guarda munidos de metralhadoras quando não estavam fazendo a ronda; homens jovens, entediados e solitários oriundos de diversos cantos do mundo, que pouco sabiam sobre a ilha e sua complexa história até serem enviados para aquele ambiente desconhecido. Os muros estavam cobertos de placas oficiais em cores chamativas e letras maiúsculas:

ENTRADA PROIBIDA
NÃO SE APROXIME, ÁREA RESTRITA
PROIBIDO FOTOGRAFAR OU FILMAR

Então, mais adiante na barricada, um acréscimo ilícito rabiscado a giz em um barril por um transeunte:

BEM-VINDO À TERRA DE NINGUÉM

A partição que cortava o Chipre de uma ponta à outra, uma zona neutra patrulhada por tropas das Nações Unidas, tinha cerca de cento e oitenta quilômetros de extensão e chegava a ter seis quilômetros de largura em alguns pontos, ao passo que em outros tinha apenas alguns metros. Atravessava todo tipo de paisagem — cidades abandonadas, regiões costeiras remotas, zonas pantanosas, terras de pousio, florestas de pinheiros, planícies férteis, minas de cobre e sítios arqueológicos —, serpenteando em seu curso como o fantasma de um rio antigo. Mas era ali, através e ao redor da capital, que ela se tornava mais visível, mais tangível e, portanto, mais perturbadora.

Nicósia, a única capital dividida do mundo.

Descrita dessa maneira, soava quase como algo positivo; algo especial, se não único, uma sensação de desafiar a gravidade, como um grão de areia solitário flutuando em direção ao céu em uma ampulheta que acabou de ser virada. Mas, na realidade, Nicósia não era nenhuma exceção, era apenas mais um nome acrescentado à lista de lugares segregados e comunidades divididas, as que foram relegadas à história e as que ainda estão por vir. Naquele momento, porém, era algo peculiar. A última cidade dividida da Europa.

Minha cidade natal.

Há muitas coisas que uma fronteira — mesmo uma tão clara e bem guardada como aquela — não pode deter. Os ventos etésios, que apesar de também receberem o suave nome *meltemi* ou *meltem*, têm uma força surpreendente. Borboletas, gafanhotos e lagartos. Caracóis também, ainda que sejam terrivelmente lentos. De tempos em tempos, um balão de aniversário que escapa das mãos de uma criança flutua pelo céu e atravessa para o outro lado — território inimigo.

Além disso, os pássaros. Garças-azuis, escrevedeiras-de-cabeça-preta, bútios-vespeiros, alvéolas-amarelas, felosas-musicais, picanços-núbios e, meus favoritos, papa-figos. Vindos do longínquo hemisfério Norte, migrando sobretudo durante a noite, a escuridão se acumulando nas pontas das asas e desenhando círculos vermelhos ao redor dos olhos, eles se detêm ali no meio da longa jornada, antes de prosseguirem rumo à África. Para eles, a ilha é um local de descanso, uma lacuna na narrativa, um entrelugar.

Há uma colina em Nicósia para onde aves de todos os tipos vão em busca de alimento. É coberta de arbustos crescidos, urtiga e touceiras de urze. No meio dessa vegetação densa há um velho poço com uma polia que range ao menor movimento e um balde de metal amarrado a uma corda, puída e coberta de musgo pela falta de uso. No fundo, a escuridão é total, e o frio, congelante, mesmo quando o sol abrasador do meio-dia incide diretamente lá do alto. O poço é uma boca faminta, à espera da próxima refeição. Devora cada raio de luz, cada rastro de calor, retendo cada partícula de poeira na comprida garganta de pedra.

Se um dia você estiver na área e, movido pela curiosidade ou pelo instinto, se inclinar sobre a borda e espiar lá dentro, esperando que os olhos se acostumem, talvez veja um lampejo no fundo, como o cintilar fugaz das escamas de um peixe antes de desaparecer na água. Mas não se deixe enganar. Não há peixes lá embaixo. Nem cobras. Nem escorpiões. Não há aranhas penduradas em fios de seda. O lampejo não vem de um ser vivo, mas de um antigo relógio de bolso — ouro dezoito quilates revestido de madrepérola, com os versos de um poema gravados:

> *Tua sina te assina esse destino,*
> *mas não busques apressar sua viagem.*[1]

---

1 Do poema "Ítaca", de Konstantínos Kaváfis, em tradução de Haroldo de Campos. (*N. da T.*)

E na parte de trás, duas letras, ou, mais precisamente, a mesma letra escrita duas vezes:

Y & Y

O poço tem dez metros de profundidade e um metro e vinte de largura. É construído com silhares de suave curvatura que descem em trajetórias horizontais idênticas até as águas silenciosas e cheirando a mofo lá embaixo. Presos no fundo estão dois homens. Os proprietários de uma popular taberna. Ambos de corpo magro e estatura mediana, com orelhas grandes e salientes, sobre as quais costumavam fazer piada. Ambos nascidos e criados naquela ilha e na casa dos quarenta anos, os dois foram sequestrados, espancados e mortos. Foram atirados no poço depois de serem acorrentados um ao outro e a uma lata de azeite de três litros cheia de concreto, para garantir que nunca mais voltariam à superfície. O relógio de bolso que um deles usava no dia do sequestro parou faltando exatamente oito minutos para a meia-noite.

O tempo é um pássaro canoro e, como qualquer pássaro canoro, pode ser capturado. Pode ser mantido prisioneiro em uma gaiola por muito mais tempo do que você é capaz de imaginar. Mas o tempo não pode ser detido eternamente.

Nenhum cativeiro dura para sempre.

Um dia a água vai enferrujar o metal, as correntes vão se partir, e o rígido coração do concreto vai amolecer, como tende a acontecer até aos corações mais implacáveis com o passar dos anos. Só então os dois cadáveres, finalmente livres, vão flutuar em direção à brecha de céu lá no alto, brilhando à luz refratada do sol; vão ascender em direção ao azul idílico, primeiro devagar, depois em ritmo rápido e frenético, como apanhadores de pérolas em busca de ar.

Mais cedo ou mais tarde, aquele poço velho e em ruínas naquela linda e solitária ilha nos confins do mar Mediterrâneo vai desabar sobre si mesmo, e seu segredo virá à tona, como está fadado a acontecer a todos os segredos.

PRIMEIRA PARTE

COMO ENTERRAR UMA ÁRVORE

UMA GAROTA CHAMADA ILHA

Inglaterra, fim da década de 2010

Era a última aula do ano na escola Brook Hill, no norte de Londres. Sala de aula do terceiro ano do ensino médio. Aula de História. Faltavam apenas quinze minutos para tocar o sinal, e os alunos estavam ficando inquietos, ansiosos pelo início das férias de Natal. Todos os alunos, exceto uma.

Ada Kazantzakis, de dezesseis anos, estava sentada intensamente quieta em seu lugar habitual perto da janela, no fundo da sala. Seus cabelos, da cor de mogno polido, estavam presos em um rabo de cavalo baixo; seus traços delicados, abatidos e tensos; e seus grandes olhos castanhos pareciam trair as poucas horas de sono na noite anterior. Ela não estava ansiosa pelo período festivo, tampouco sentia emoção diante da perspectiva de nevar. De tempos em tempos, lançava olhares furtivos para o lado de fora, embora sua expressão permanecesse praticamente inalterada.

Por volta do meio-dia, havia caído granizo; as bolotas congeladas de um branco leitoso rasgaram as últimas folhas das árvores, golpeando o telhado do galpão das bicicletas, ricocheteando no chão em um sapateado selvagem. Agora as coisas estavam mais calmas, mas qualquer um podia ver que o tempo tinha definitivamente piorado. Uma tempestade estava a caminho. Naquela manhã, a rádio havia anunciado que, dentro de não mais de quarenta e oito horas, a Grã-Bretanha seria atingida por um vórtice polar que traria temperaturas baixas sem precedentes, chuva gelada e nevascas. Havia previsão de que a falta de água, os cortes de energia e os canos estourados paralisassem grandes áreas da Inglaterra e da Escócia, bem como partes do norte da Europa. As pessoas vinham estocando compras — peixe e feijão cozido enlatado, pacotes de macarrão, papel higiênico — como se estivessem se preparando para um cerco.

Os alunos tinham passado o dia falando sobre a tempestade, preocupados com seus planos de férias e preparativos de viagem. Mas não Ada. Para ela não havia reuniões de família nem destinos extravagantes em vista. O pai não pretendia ir a lugar nenhum. Tinha que trabalhar. Ele sempre tinha que trabalhar. Era um incurável viciado em trabalho — qualquer um que o conhecesse confirmaria —, mas, desde a morte da mãe de Ada, ele havia se refugiado em suas pesquisas como um animal se escondendo na toca em busca de segurança e calor.

Em algum momento de sua jovem vida, Ada havia compreendido que o pai era muito diferente dos outros pais, mas ainda tinha dificuldade de ver com bons olhos a obsessão dele por plantas. Todos os outros pais trabalhavam em escritórios, lojas ou órgãos do governo, usavam terno, camisa branca e sapatos pretos engraxados, enquanto o dela costumava vestir um casaco impermeável, calça de algodão verde-oliva ou marrom, botas resistentes. Em vez de uma pasta, andava com uma mochila na qual carregava itens diversos, como lupa, kit de dissecação, prensa de plantas, bússola e cadernos. Os outros pais tagarelavam sem parar sobre negócios e planos de aposentadoria, mas o dela estava mais interessado nos efeitos tóxicos dos pesticidas na germinação de sementes ou nos danos ecológicos provocados pela extração de madeira. Ele falava sobre o impacto do desmatamento com uma paixão que seus semelhantes reservavam a flutuações nas carteiras pessoais de ações; não só falava, mas também escrevia. Botânico e ecologista evolucionista, já havia publicado doze livros. Um deles era intitulado *O reino misterioso: Como os fungos moldaram nosso passado e vão mudar nosso futuro*. Outra de suas publicações era sobre antóceros, hepáticas e musgos. Na capa havia uma ponte de pedra sobre um riacho borbulhando entre rochas recobertas de um verde aveludado. Logo acima da imagem onírica, o título em letras douradas: *Um guia de campo para briófitas comuns da Europa*. Embaixo, o nome dele impresso em letras maiúsculas: KOSTAS KAZANTZAKIS.

Ada não tinha ideia de que tipo de pessoa leria os livros que o pai escrevia, mas não havia ousado mencioná-los a ninguém na escola. Não tinha intenção de dar aos colegas mais uma razão para concluir que ela e a família eram estranhas.

Não importava a hora do dia, seu pai parecia preferir a companhia de árvores à de humanos. Sempre tinha sido assim, mas, quando ainda era viva, a mãe de Ada conseguia moderar essas excentricidades, possivelmente porque também ela tinha seus próprios modos peculiares. Desde a morte da mãe, Ada sentia que o pai ia aos poucos se distanciando dela, ou talvez fosse ela quem estivesse se distanciando dele — era difícil dizer quem estava fugindo de quem em uma casa mergulhada em um miasma de luto. De forma que ficariam em casa, os dois, não apenas durante a tempestade, mas durante todo o período de Natal. Ada esperava que o pai tivesse se lembrado de ir às compras.

Seus olhos se voltaram para o caderno. Na página aberta, na parte inferior, ela havia desenhado uma borboleta. Lentamente, traçou as asas, tão frágeis, tão fáceis de se partir.

— Ei, você tem chiclete?

Arrancada de seu devaneio, Ada se virou. Ela gostava de se sentar no fundo da sala de aula, mas isso significava dividir a mesa com Emma-Rose, que tinha o hábito irritante de estalar os dedos, mascar um chiclete atrás do outro, mesmo que não fosse permitido na escola, e uma tendência a falar sem parar sobre assuntos que não interessavam a mais ninguém.

— Não, desculpe. — Ada balançou a cabeça e olhou nervosamente para a professora.

— A história é um assunto fascinante — dizia a sra. Walcott, os sapatos baixos de couro plantados firmemente atrás da mesa, como se ela precisasse de uma barricada por trás da qual pudesse dar aula a seus vinte e nove alunos. — Sem compreender nosso passado, como podemos esperar moldar nosso futuro?

— Nossa, que pessoa insuportável — murmurou Emma-Rose.

Ada não fez nenhum comentário. Não tinha certeza se Emma-Rose estava se referindo a ela ou à professora. Se fosse o primeiro caso, não tinha nada a dizer em defesa própria. Se fosse o segundo, não ia fazer coro no aviltamento. Ela gostava da sra. Walcott, que, embora fosse bem-intencionada, claramente tinha dificuldade em manter a disciplina em sala de aula. Ada ouvira dizer que ela havia perdido o marido alguns anos antes. Costumava imaginar como deveria ser a vida cotidiana da professora: como arrastava o corpo roliço para fora da cama de manhã, corria para tomar banho antes que a água quente acabasse, vasculhava o guarda-roupa em busca de um vestido adequado não muito diferente do vestido adequado do dia anterior, preparava o café da manhã para os gêmeos antes de deixá-los na creche, o rosto corado, o tom de desculpas. Também havia imaginado a professora se tocando à noite, as mãos traçando círculos sob a camisola de algodão, às vezes convidando para a casa homens que deixavam pegadas molhadas no carpete e amargura na alma dela.

Ada não tinha ideia se as elucubrações correspondiam à realidade, mas suspeitava que sim. Era um talento que tinha, talvez o único. Era capaz de detectar a tristeza de outras pessoas da mesma forma que um animal era capaz de farejar outro de sua espécie a um quilômetro de distância.

— Muito bem, turma, uma última observação antes de vocês irem! — exclamou a sra. Walcott, com uma batida de palmas. — No próximo semestre, vamos estudar migração e mudança geracional. Vai ser um projeto divertido antes de começarmos a trabalhar duro e a nos concentrarmos nas revisões para as provas de certificado do ensino médio. Como preparação, quero que vocês entrevistem um parente mais velho durante as férias. O ideal é que sejam os avós, mas também pode ser qualquer outro membro da família. Façam perguntas sobre como eram as coisas quando eles eram jovens e escrevam uma redação de quatro ou cinco páginas.

Um coro de suspiros infelizes se propagou pela sala.

— Certifiquem-se de que o que vão escrever seja respaldado por fatos históricos — disse a sra. Walcott, ignorando a reação. — Quero ver pesquisas bem-feitas, baseadas em evidências, não em especulações.

Seguiram-se mais suspiros e reclamações.

— Ah, não se esqueçam de verificar se há alguma relíquia de família: um anel antigo, um vestido de noiva, um antigo conjunto de louça de porcelana, uma colcha feita à mão, uma caixa de cartas ou receitas de família, qualquer lembrança que tenha sido passada adiante entre gerações.

Ada baixou o olhar. Não conhecia nenhum membro da família, nem por parte de pai nem por parte de mãe. Sabia que eles viviam em alguma parte do Chipre, mas isso era tudo. Que tipo de pessoas eram? Como passavam os dias? Será que a reconheceriam se cruzassem com ela na rua ou esbarrassem nela no supermercado? A única parente próxima de quem tinha ouvido falar era uma tia, Meryem, que lhes enviava cartões-postais alegres de praias ensolaradas e campos de flores silvestres que contrastavam com a completa ausência dela em sua vida.

Se seus parentes permaneciam um mistério, o Chipre era um mistério ainda maior. Tinha visto fotos na internet, mas nunca havia ido ao lugar ao qual devia seu nome.

Na língua da mãe, seu nome significava "ilha". Quando era mais nova, achava que era uma referência à Grã-Bretanha, a única ilha que conhecia, só mais tarde se deu conta de que se tratava, na verdade, de uma referência a outra ilha, muito distante, e de que tinha esse nome porque havia sido concebida lá. Essa descoberta a deixara confusa, para não dizer desconfortável. Em primeiro lugar, porque a fizera lembrar que seus pais tinham transado, algo em que jamais quisera pensar; segundo, porque a ligava, de forma inescapável, a um lugar que até aquele momento existia apenas em sua imaginação. Desde aquele dia, ela havia acrescentado o próprio nome à coleção de palavras não inglesas que guardava consigo, palavras que, embora curiosas e pitorescas, ainda eram distantes e desconhecidas o suficiente para permanecerem impenetráveis, como seixos perfeitos que você pega na praia e leva para casa, mas depois não sabe o que fazer com eles. Já tinha uma quantidade considerável delas àquela altura. Algumas expressões também. E canções, melodias alegres. Mas era só isso. Os pais não haviam ensinado a ela sua língua materna, preferindo se comunicar apenas em inglês em casa. Ada não sabia falar nem o grego do pai nem o turco da mãe.

Conforme crescia, toda vez que perguntava por que ainda não tinham ido ao Chipre para conhecer seus parentes, ou por que ninguém da família tinha vindo à Inglaterra visitá-los, tanto o pai quanto a mãe lhe davam uma série de desculpas. O momento não era adequado; havia muito trabalho a fazer ou muitas despesas a pagar... Pouco a pouco, uma suspeita foi se enraizando dentro dela: talvez o casamento dos pais não tivesse sido aprovado pelas respectivas famílias. Nesse caso, conjecturou, nem ela, o fruto daquele matrimônio, contava de fato com tal *aprovação*. No entanto, enquanto podia, Ada tinha cultivado a crença esperançosa de que, se passassem algum tempo com ela e com seus pais, seus parentes os perdoariam pelo que quer que fosse que não haviam sido perdoados.

Desde a morte da mãe, no entanto, Ada havia deixado de fazer perguntas sobre os familiares mais próximos. Se eram do tipo que não comparece ao funeral de um dos seus, dificilmente teriam algum afeto pela filha da falecida — uma garota que nunca tinham visto.

— Enquanto estiverem fazendo a entrevista, não julguem a geração mais velha — instruiu a sra. Walcott. — Ouçam com atenção e tentem ver a situação pela ótica deles. E não se esqueçam de gravar toda a conversa.

Jason, sentado na primeira fila, a interrompeu.

— Então, se entrevistarmos um criminoso nazista, temos que ser gentis com ele?

A sra. Walcott suspirou.

— Bem, isso é um exemplo um tanto extremo. Não, não espero que vocês sejam amáveis com esse tipo de pessoa.

Jason sorriu, como se tivesse ganhado um ponto.

— Professora! — interveio Emma-Rose. — Temos um violino antigo em casa, isso conta como uma relíquia de família?

— Se for algo que pertence à sua família há gerações, claro que sim.

— Ah, sim, nós temos esse violino há muito tempo — garantiu Emma-Rose, abrindo um sorriso radiante. — Minha mãe diz que foi feito em Viena no século XIX. Ou será que foi no século XVIII? Enfim, é muito valioso, mas não vamos vender.

Zafaar levantou a mão.

— Temos um baú de enxoval que pertenceu à minha avó. Ela trouxe de Punjab. Serve?

Ada sentiu um baque no coração, e não ouviu nem a resposta da professora nem o restante da conversa. Todo o seu corpo ficou rígido enquanto ela tentava não olhar para Zafaar, para que o rosto não revelasse seus sentimentos.

No mês anterior, os dois haviam formado uma dupla inesperada em um projeto de Ciências: montar um dispositivo para medir a quantidade de calorias de diferentes tipos de alimentos. Depois de dias tentando marcar uma reunião sem sucesso, Ada se dera por vencida e fizera a maior parte da pesquisa sozinha, encontrando artigos, comprando o kit, montando o calorímetro. Ao final, ambos receberam nota máxima. Com um pequeno sorriso no canto dos lábios, Zafaar agradecera com um constrangimento que poderia ser resultado da consciência pesada, mas que poderia igualmente ser indiferença. Tinha sido a última vez que haviam se falado.

Ada nunca tinha beijado um garoto. Todas as garotas da turma tinham *alguma coisa* para contar — real ou imaginária — quando se reuniam no vestiário antes e depois da aula de Educação Física, mas ela não. Esse silêncio absoluto dela não passara despercebido e fora motivo de muita gozação e zombaria. Certa vez, havia encontrado uma revista pornográfica dentro de sua mochila, enfiada lá dentro por mãos desconhecidas, tinha certeza, apenas para assustá-la. Havia passado o dia angustiada, pensando na possibilidade de um professor encontrar a revista e informar o pai. Não porque tivesse medo do pai como sabia que alguns outros alunos tinham dos deles. Não era medo o que ela sentia. Nem culpa, depois de ter decidido ficar com a revista. Não tinha sido essa a razão pela qual ela não havia contado a ele sobre o incidente — ou sobre outros incidentes. Havia deixado de compartilhar coisas com o pai no momento em que sentira, por algum instinto primitivo, que precisava poupá-lo de mais sofrimento.

Se a mãe estivesse viva, Ada talvez tivesse mostrado a ela a revista. Talvez a tivessem folheado juntas, em meio a risadinhas nervosas. Poderiam ter conversado enquanto seguravam canecas de chocolate quente, respirando o vapor que subia em direção ao rosto. A mãe compreendia os pensamentos rebeldes, pensamentos maliciosos, *o lado sombrio da lua*. Certa vez, ela dissera, meio brincando, que era rebelde demais para ser uma boa mãe e maternal demais para ser uma boa rebelde. Só agora, depois que ela se fora, Ada reconhecia que, apesar de tudo, tinha sido uma boa mãe — e uma boa rebelde. Exatamente onze meses e oito dias desde a morte dela. Aquele ia ser o primeiro Natal que passaria sem ela.

— O que você acha, Ada? — perguntou a sra. Walcott de repente. — Concorda com isso?

Como havia voltado para o desenho, Ada demorou um tempo para levantar o olhar da borboleta e se dar conta de que a professora estava olhando para ela. Corou até a raiz dos cabelos. As costas ficaram tensas, como se o corpo tivesse pressentido um perigo que ela ainda não havia registrado. Quando recuperou a voz, ela saiu tão trêmula que não teve certeza se havia falado de fato.

— Desculpe, o que disse?

— Eu perguntei se você acha que o Jason tem razão.

— Desculpe, professora… razão sobre o quê?

Ouviram-se risadinhas reprimidas.

— Estávamos falando sobre relíquias de família — explicou a sra. Walcott com um sorriso cansado. — Zafaar mencionou o baú de enxoval da avó. Então Jason perguntou por que são sempre as mulheres que guardam essas lembranças e bugigangas do passado. E eu queria saber se você concorda com essa afirmação.

Ada engoliu em seco. Sua pulsação latejava nas têmporas. O silêncio, espesso e viscoso, inundava o espaço ao redor dela. Ela o imaginou se espalhando como tinta escura em toalhinhas brancas de crochê — como as que havia encontrado certa vez na gaveta da penteadeira da mãe. Picotadas com cuidado em pedaços obsessivamente pequenos, destruídas, elas haviam sido colocadas entre camadas de papel de seda, como se a mãe de Ada não pudesse guardá-las como estavam, mas tampouco tivesse forças para jogá-las fora.

— Alguma ideia? — disse a sra. Walcott, sua voz amável, mas insistente.

Lentamente e sem pensar, Ada se levantou, raspando ruidosamente a cadeira no piso frio. Ela pigarreou, embora não fizesse ideia do que ia dizer. A mente estava em branco. Na página aberta à frente dela, a borboleta, alarmada e desesperada para escapar, levantou voo, embora as asas, inacabadas e borradas nas bordas, mal tivessem força suficiente.

— Eu... eu não acho que sejam sempre as mulheres. Meu pai também faz isso.

— Ele faz? — perguntou a sra. Walcott. — Como exatamente?

Agora todos os colegas estavam olhando para Ada, esperando que dissesse algo que fizesse sentido. Nos olhos de alguns era possível ver uma leve piedade, nos de outros, uma indiferença crua, que ela preferia. A expectativa coletiva fez com que se sentisse à deriva, a pressão se acumulando em seus ouvidos como se estivesse afundando na água.

— Pode nos dar um exemplo? — pediu a sra. Walcott. — O que seu pai costuma guardar?

— Hum, meu pai... — disse Ada, arrastando as palavras, mas logo se interrompeu.

O que poderia dizer a eles sobre o pai? Que às vezes se esquecia de comer e até de falar, deixando que dias inteiros se passassem sem se alimentar direito nem pronunciar uma frase inteira, ou que, se pudesse, provavelmente passaria o resto da vida no jardim dos fundos ou, melhor ainda, em uma floresta em algum lugar, com as mãos enfiadas na terra, cobertas de bactérias, fungos e todas aquelas plantas crescendo e se decompondo minuto a minuto? O que poderia contar a eles sobre o pai que os fizesse entender como ele era quando ela mesma já tinha dificuldade em reconhecê-lo?

Em vez disso, disse uma única palavra.

— Plantas.

— Plantas... — repetiu a sra. Walcott, o rosto franzido de incompreensão.

— Meu pai gosta muito delas — Ada se apressou em acrescentar, arrependendo-se no mesmo instante da escolha de palavras.

— Ah, que fofo... ele gosta de flores! — comentou Jason em um tom jocoso.

As risadas se multiplicaram pela sala de aula, não mais contidas. Ada notou que até o amigo Ed evitava olhar para ela, fingindo ler algo no livro, os ombros curvados e a cabeça baixa. Então procurou por Zafaar e encontrou os olhos negros e brilhantes dele, que raramente olhavam para ela e agora a estudavam com uma curiosidade que beirava a preocupação.

— Bem, isso é encantador — disse a sra. Walcott. — Mas você não consegue pensar em um objeto ao qual ele dê muita importância? Alguma coisa que tenha valor sentimental.

Naquele momento, não havia nada que Ada quisesse mais do que encontrar as palavras apropriadas. Por que se escondiam dela? Seu estômago se contraiu com uma pontada de dor, tão aguda que por alguns segundos ela pensou que não conseguiria respirar, muito menos falar. E, no entanto, falou, e quando o fez se ouviu dizer:

— Ele passa muito tempo com as árvores.

A sra. Walcott fez um leve aceno com a cabeça, o sorriso desaparecendo de seus lábios.

— Especialmente a figueira, acho que é a favorita dele.

— Muito bem então, pode se sentar — pediu a sra. Walcott.

Mas Ada não obedeceu. A dor, tendo atravessado a caixa torácica, procurava uma saída. Sentiu o peito se contrair, como se estivesse sendo espremido por mãos invisíveis. Estava desorientada, a sala oscilando levemente sob os pés.

— Meu deus, ela é muito esquisita! — sussurrou alguém, alto o suficiente para que ela ouvisse.

Ada fechou os olhos com força, sentindo o comentário queimar a pele como ferro quente. Mas nada do que eles fizessem ou dissessem poderia ser pior do que o ódio que sentia de si mesma naquele momento. O que havia de errado com ela? Por que não conseguia responder a uma pergunta simples como todo mundo?

Quando criança, adorava girar sobre o tapete turco até ficar tonta e cair no chão, de onde, deitada, observava o mundo dar voltas sem parar. Ainda conseguia se lembrar dos desenhos tecidos à mão se dissolvendo em mil faíscas, as cores se misturando umas às outras, o escarlate com o verde, o amarelo-açafrão com o branco. Mas o que estava experimentando naquele momento era um tipo diferente de vertigem. Tinha a sensação de estar entrando em uma armadilha, uma porta se cerrando atrás dela, uma tranca fazendo um clique ao se fechar. Sentia-se paralisada.

Tantas vezes no passado suspeitara de que carregava dentro de si uma tristeza que não era exatamente dela. Na aula de Ciências, tinham aprendido que todos herdavam um cromossomo da mãe e outro do pai — longas cadeias de DNA com milhares de genes que construíam bilhões de neurônios e trilhões de conexões entre eles. Toda aquela informação genética passada de pais para filhos — sobrevivência, crescimento, reprodução, a cor dos cabelos, o formato do nariz, se você tinha sardas ou espirrava à luz do sol —, tudo estava lá. Mas nada disso respondia à única pergunta que ardia em sua mente: será que também era possível herdar algo tão intangível e imensurável quanto a tristeza?

— Pode se sentar — repetiu a sra. Walcott.

Mas ela não se moveu.

— Ada… não ouviu o que eu disse?

Ainda de pé, ela tentou sufocar o medo que subia pela garganta e congestionava suas narinas. A sensação lembrava o gosto do mar sob um sol forte e abrasador. Ela o tocou com a ponta da língua. Mas não era a salmoura salgada do mar, no fim das contas; era sangue quente. Estava mordendo o interior da bochecha.

Seus olhos deslizaram para a janela, através da qual avistou a tempestade que se aproximava. Ela notou, no céu cinza-ardósia, entre bancos de nuvens, uma faixa carmesim sangrando no horizonte, como uma velha ferida nunca cicatrizada de todo.

— Por favor, sente-se — disse mais uma vez a professora.

E, de novo, ela não obedeceu.

Mais tarde, muito mais tarde, quando o pior já tivesse passado e ela estivesse sozinha na cama à noite, sem conseguir dormir, ouvindo o pai também insone andando de um lado para outro pela casa, Ada Kazantzakis revisitaria aquele momento, aquela fissura no tempo, quando poderia ter feito o que a professora havia mandado e se sentado em seu lugar, permanecendo mais ou menos invisível para todos na turma, despercebida mas ao mesmo tempo imperturbada; e as coisas poderiam ter continuado a ser como eram, se ao menos pudesse ter se impedido de fazer o que fez em seguida.

Figueira

Naquela tarde, enquanto nuvens de tempestade caíam sobre Londres e o mundo ficava da cor da melancolia, Kostas Kazantzakis me enterrou no jardim. No jardim dos fundos, digo. Eu costumava gostar daquele lugar em meio às camélias exuberantes, madressilvas docemente perfumadas e hamamélis com flores aracnídeas, mas aquele não era um dia normal. Tentei me animar e ver o lado bom das coisas, mas não ajudou. Eu estava nervosa, tomada pela apreensão. Nunca tinha sido enterrada antes.

Kostas estava trabalhando lá fora, no frio, desde as primeiras horas da manhã. Uma fina camada de suor havia se formado na testa dele e brilhava todas as vezes que ele forçava a ponta de aço da pá na terra compacta. Atrás dele se estendiam as sombras das treliças de madeira que no verão ficavam cobertas de rosas trepadeiras e clematites, mas agora não passavam de uma barreira perfurada que separava nosso jardim do terraço do vizinho. Acumulando-se lentamente ao lado das botas de couro, ao longo do rastro prateado deixado por um caracol, havia uma pilha de terra fria e úmida que desmoronava ao menor toque. A respiração se condensava em nuvens diante do rosto dele, os ombros estavam tensos por baixo da parca azul-marinho — a que ele havia comprado em uma loja de segunda mão na Portobello Road — e os nós dos dedos estavam vermelhos e esfolados, sangrando ligeiramente, mas ele não parecia notar.

Eu estava com frio e, embora não quisesse admitir, com medo. Queria poder ter compartilhado minhas preocupações com ele. Mas, mesmo que pudesse falar, ele estava distraído demais para me ouvir, absorto nos próprios pensamentos enquanto continuava cavando sem nem olhar na minha direção. Quando tivesse terminado, ele deixaria de lado a pá, olharia para mim com aqueles olhos verde-sálvia que eu sabia que tinham visto tanto coisas bonitas quanto dolorosas, e me enterraria no buraco no chão.

Faltavam poucos dias para o Natal, e por toda a vizinhança brilhavam luzinhas e enfeites metálicos. Papais Noéis e renas infláveis com sorrisos de plástico. Guirlandas reluzentes e piscantes pendiam dos toldos das lojas e estrelas cintilavam nas janelas das casas, oferecendo espiadas furtivas na vida de outras pessoas, que de alguma forma sempre parecia menos complicada, mais emocionante — mais feliz.

Dentro da cerca viva, um papa-amoras começou a cantar — notas rápidas e ásperas. Eu me perguntei o que uma toutinegra do norte da África estaria fazendo em nosso jardim naquela época do ano. Por que não havia partido para lugares mais quentes com os outros que agora deviam estar rumo ao sul, e que, se fizessem uma pequena mudança na rota de voo, poderiam muito bem seguir para o Chipre e visitar minha terra natal.

Eu sabia que de vez em quando elas se perdiam, as aves passeriformes. Era raro, mas acontecia. E às vezes simplesmente não conseguiam mais fazer a viagem ano após ano, o mesmo mas nunca o mesmo, quilômetros de vazio se estendendo em todas as direções, e então ficavam, ainda que isso significasse fome e frio e, muitas vezes, a morte.

Já vinha sendo um longo inverno, muito diferente do clima mais ameno do ano anterior, com céus nublados, chuvas esparsas, caminhos lamacentos, uma cascata de penumbra e cinza. Nada fora do comum para a boa e velha Inglaterra. Mas naquele ano, desde o início do outono, o clima estava imprevisível. À noite, ouvíamos o uivo do vendaval, que trazia à mente coisas indômitas e inesperadas, coisas dentro de cada um que ainda não estávamos prontos para enfrentar, muito menos compreender. Muitas manhãs, ao acordar, encontrávamos as ruas cobertas de gelo e as folhas de grama endurecidas como fragmentos de esmeralda. Em Londres, milhares de sem-teto dormiam nas ruas, e os abrigos não eram suficientes para nem um quarto deles.

A previsão era que aquela noite fosse a mais fria do ano até aquele momento. E o ar, como se composto de estilhaços de vidro, já perfurava tudo que tocava. Era por isso que Kostas estava com pressa, empenhado em concluir a tarefa antes que o chão se transformasse em pedra.

Tempestade Hera — era assim que haviam batizado o ciclone iminente. Nada de George, Olívia, Charlie ou Matilda daquela vez, mas um nome mitológico. Diziam que seria o pior em séculos — pior do que a Grande Tempestade de 1703, que havia arrancado as telhas dos telhados, despojado as senhoras de seus espartilhos de barbatana de baleia, os cavalheiros de suas perucas empoadas e os mendigos dos trapos com que se cobriam; destruíra as mansões com estrutura de madeira bem como os casebres feitos de barro; destroçara embarcações à vela como se fossem barquinhos de papel e arrastara todo o esgoto que flutuava no Tâmisa até as margens do rio.

Histórias, talvez, mas eu acreditava nelas. Assim como acreditava em lendas e no fundo de verdade que tentavam transmitir.

Disse a mim mesma que, se tudo corresse conforme o planejado, eu ficaria enterrada por apenas três meses, talvez até menos. Quando os narcisos florescessem ao longo das trilhas e os jacintos cobrissem os bosques, e toda a natureza despertasse de novo, eu seria desenterrada. Ereta e bem acordada. Mas, por mais que tentasse, não conseguia me agarrar a esse fio de esperança enquanto o inverno, feroz e implacável, parecia ter chegado para ficar. De todo modo, nunca tinha sido muito boa em ser otimista. Devia estar no meu DNA. Descendente de uma longa linhagem de pessimistas. Então fiz o que sempre fazia: comecei a imaginar todas as maneiras como as coisas poderiam dar errado. E se naquele ano a primavera não chegasse e eu tivesse que ficar debaixo da terra... para sempre? E se a primavera finalmente chegasse, mas Kostas Kazantzakis se esquecesse de me desenterrar?

Uma rajada de vento passou, penetrando-me como uma faca serrilhada.

Kostas deve ter notado, pois parou de cavar.

— Olhe só para você! Está congelando, pobrezinha.

Ele se importava comigo, sempre tinha se importado. No passado, toda vez que o clima ficava muito frio, tomava precauções para me manter viva. Eu me lembro de uma tarde gelada de janeiro em que ele instalou anteparos ao meu redor e me envolveu com camadas e mais camadas de estopa para reduzir a perda de umidade. Houve outra ocasião em que me cobriu com palha úmida e folhas. Colocou lâmpadas de calor no jardim para me manter aquecida durante a noite e, o mais importante, antes do romper da aurora, a hora mais escura do dia e muitas vezes a mais fria. É quando a maioria de nós cai em um sono do qual nunca desperta — os sem-teto nas ruas, e nós...

... as figueiras.

Eu sou uma *Ficus carica*, conhecida como figueira-comum, embora possa assegurar que não há nada de comum em mim. Sou um orgulhoso membro da grande família *Moraceae* do reino *Plantae*. Originária da Ásia Menor, posso ser encontrada em uma vasta geografia, da Califórnia a Portugal e ao Líbano, das margens do mar Negro às colinas do Afeganistão e aos vales da Índia.

Enterrar figueiras em valas durante os invernos mais rigorosos e desenterrá-las na primavera é uma tradição curiosa, embora bastante arraigada. Os italianos que se estabeleceram em cidades nos Estados Unidos e no Canadá com temperaturas abaixo de zero estão familiarizados com ela. Assim como os espanhóis, portugueses, malteses, gregos, libaneses, egípcios, tunisianos, marroquinos, argelinos, israelenses, palestinos, iranianos, curdos, turcos, jordanianos, sírios, judeus sefarditas... e nós, cipriotas.

Talvez hoje esse costume não esteja tão disseminado entre os mais jovens, mas é bem conhecido entre os mais velhos, os que primeiro migraram dos climas mais amenos do Mediterrâneo para as cidades e conurbações tempestuosas do Ocidente. Aqueles que, depois de todos esses anos, ainda inventam formas engenhosas de contrabandear o queijo fedorento favorito, pastrami defumado, tripa de ovelha recheada, *manti* congelado, *tahine* caseiro, xarope de alfarroba, *karidaki glyko*, sopa de estômago de vaca, linguiça de baço, olhos de atum, testículos de carneiro... ainda que pudessem, se estivessem dispostos a procurar, encontrar ao menos algumas dessas iguarias na seção de "comida internacional" dos supermercados do país onde passaram a viver. Mas eles dizem que não têm o mesmo gosto.

Os imigrantes de primeira geração são uma espécie distinta. Usam muito bege, cinza e marrom. Cores que não se destacam. Cores que sussurram, nunca gritam. Há uma tendência à formalidade nos modos deles, um desejo de serem tratados com dignidade. Eles se movem com um leve acanhamento, não de todo à vontade no entorno. Ao mesmo tempo eternamente gratos pelas oportunidades que a vida lhes deu e marcados pelo que ela lhes tirou, sempre deslocados, separados dos demais por uma experiência não mencionada, como sobreviventes de um acidente de carro.

Os imigrantes de primeira geração falam com as árvores deles o tempo todo — quando não há outras pessoas por perto, é claro. Confiam em nós, descrevendo-nos os sonhos e aspirações, incluindo os que deixaram para trás, como tufos de lã presos em arame farpado ao atravessar cercas. Mas, na maioria das vezes, simplesmente desfrutam da nossa companhia, conversando conosco como se fôssemos amigos de longa data que não viam há muito tempo. Eles são cuidadosos e carinhosos com as plantas, em especial com aquelas que trouxeram consigo da terra natal que abandonaram. Eles sabem, no fundo, que quando se salva uma figueira de uma tempestade, é a memória de alguém que você está salvando.

SALA DE AULA

— Ada, por favor, sente-se — insistiu a sra. Walcott, a tensão dando um tom mais duro à sua voz.

Mais uma vez, no entanto, Ada não se moveu. Não que não tivesse ouvido a professora. Entendeu perfeitamente o que estava sendo pedido e não tinha intenção de desafiá-la, mas naquele momento simplesmente não conseguia fazer o corpo obedecer à mente. No canto do campo de visão, viu de relance um ponto pairando no ar: a borboleta que ela havia desenhado no caderno estava voando pela sala de aula. Observou-a com inquietação, preocupada que alguém mais pudesse vê-la, embora uma pequena parte dela soubesse que ninguém a veria.

Voando em zigue-zague, a borboleta pousou no ombro da professora e pulou em um dos brincos pendentes de prata, no formato de candelabros. Com a mesma rapidez, decolou e voou em direção a Jason, pousando nos ombros magros dele, se contorcendo sob a camisa. Então Ada visualizou na mente os hematomas escondidos sob o suéter de Jason, a maioria antiga e desbotada, embora houvesse um bastante grande e recente. De uma cor gritante: roxo-vivo. Aquele garoto, que estava sempre contando piadas e exalando autoconfiança na escola, era espancado pelo próprio pai em casa. Ada arfou. Dor, havia tanta dor em todos os lugares e em todas as pessoas. A única diferença era entre aqueles que conseguiam escondê-la e aqueles que não conseguiam mais.

— Ada? — chamou a sra. Walcott, mais alto.

— Talvez ela seja surda! — disse um dos alunos, em tom jocoso.

— Ou retardada!

— Nós não usamos essas palavras em sala de aula — repreendeu a sra. Walcott, sem convencer ninguém. Seu olhar voltou-se novamente para Ada, confusão e preocupação misturadas no rosto largo. — Está tudo bem?

Petrificada, Ada não disse uma palavra.

— Se tem alguma coisa que você quer me dizer, pode fazer isso depois da aula. Por que não conversamos mais tarde?

Ainda assim Ada não obedeceu. Seus membros, agindo por vontade própria, se recusavam a responder. Ela se lembrou do pai lhe dizendo que em temperaturas extremamente frias alguns pássaros, como o chapim-de-cabeça-preta, entravam em curtos períodos de torpor a fim de conservar energia para o clima mais rigoroso. Era exatamente assim que ela se sentia naquele momento, mergulhada em uma espécie de inércia preparatória para o que estava por vir.

Sente-se, sua idiota, você está passando vergonha!

Teria sido outro aluno que sussurrara essas palavras ou uma voz maldosa na própria mente? Nunca saberia. Com a boca contraída em uma linha fina, a mandíbula cerrada, ela agarrou a borda da mesa, desesperada para se segurar em alguma coisa, temendo que, ao soltar, perdesse o equilíbrio e caísse. A cada inspiração, o pânico se revolvia e circulava por seus pulmões, infiltrando-se em cada nervo e célula, e, assim que ela abriu a boca novamente, ele se derramou e jorrou, um fluxo subterrâneo ansioso para se libertar de seus limites. Um som ao mesmo tempo familiar e estranho demais para ser dela surgiu de algum lugar dentro de si: alto, rouco, bruto, indevido.

Ela gritou.

Sua voz soou tão imprevisível, forte e incrivelmente aguda que os outros alunos ficaram em silêncio. A sra. Walcott ficou paralisada, com as mãos pressionadas contra o peito, as rugas ao redor dos olhos se aprofundando. Em todos os seus anos de ensino, nunca tinha visto nada igual.

Quatro segundos se passaram, oito, dez, doze... O relógio na parede avançava dolorosamente devagar. O tempo se deformava e se envergava sobre si mesmo, como madeira seca e carbonizada.

Agora a sra. Walcott estava ao lado de Ada, tentando falar com ela. Ada podia sentir os dedos da professora no braço e sabia que a mulher estava dizendo alguma coisa, mas não conseguia distinguir as palavras enquanto continuava gritando. Quinze segundos se passaram. Dezoito, vinte, vinte e três...

A voz dela era como um tapete voador que a erguia e a carregava contra sua vontade. Tinha a sensação de estar flutuando, observando tudo de uma lâmpada no teto, exceto pelo fato de que não parecia que estava lá no alto, era mais como se estivesse do lado de fora, uma sensação de estar fora de si mesma, não fazer parte daquele momento, nem deste mundo.

Ela se lembrou de um sermão que ouvira certa vez, talvez em uma igreja, talvez em uma mesquita, pois em diferentes fases da infância havia frequentado ambas, embora não por muito tempo. *Quando a alma deixa o corpo, ela ascende em direção ao firmamento, e no caminho até lá se detém para observar tudo o que está abaixo, inalterado, impassível, intocado pela dor.* Tinha sido o bispo Vasilios quem dissera isso ou o *imame* Mahmoud? Ícones de prata, velas de cera de abelha, pinturas com o rosto de santos e apóstolos, o anjo Gabriel com uma das asas aberta e a outra dobrada, um exemplar surrado da Bíblia ortodoxa, as páginas muito manuseadas, a lombada deformada... Tapetes de oração de seda, rosários de âmbar, um livro de hadiths, um volume já desgastado do livro islâmico *A interpretação dos sonhos*, consultado após cada sonho e cada pesadelo... Ambos os homens haviam tentado persuadir Ada a escolher sua religião, para que ficasse do lado deles. Parecia-lhe, cada vez mais, que no fim das contas escolhera o vazio. O nada. Uma concha sem peso que ainda a restringia, a mantinha separada dos outros. No entanto, enquanto gritava na última hora do último dia de aula, ela sentiu algo quase transcendental, como se não estivesse, e nunca tivesse estado, confinada aos limites de seu corpo.

Trinta segundos se passaram. Uma eternidade.

Sua voz falhava, mas persistia. Havia algo profundamente humilhante, mas ao mesmo tempo eletrizante, em ouvir a si mesma gritar — se desprendendo, rompendo, sem controle, sem amarras, sem saber até onde a levaria aquela força indomável que emergia de dentro dela. Era uma força animal. Uma força selvagem. Naquele momento, nada a respeito dela pertencia ao seu eu anterior. Sobretudo a voz, que poderia ser o grito agudo de um falcão, o uivo inquietante de um lobo, o grunhido áspero de uma raposa-vermelha à meia-noite. Poderia ser qualquer uma dessas coisas, mas não o grito de uma garota de dezesseis anos.

Os outros alunos, com os olhos arregalados de espanto e incredulidade, olhavam fixamente para Ada, fascinados por aquela demonstração de insanidade. Alguns haviam inclinado a cabeça como se tentassem entender como um grito tão perturbador poderia ter saído de uma garota tão tímida. Ada percebeu o medo deles e, pela primeira vez, foi bom não ser a pessoa acuada. Nas bordas turvas de seu campo de visão, todos se reuniam, indistinguíveis, com o rosto perplexo e gestos correspondentes, uma corrente de papel de corpos idênticos. Ela não fazia parte daquela corrente. Não fazia parte de nada. Em sua solidão impenetrável, estava completa. Nunca havia se sentido tão exposta e ao mesmo tempo tão poderosa.

Quarenta segundos se passaram.

E Ada Kazantzakis continuou a gritar, sua raiva, se é que era mesmo raiva, se impulsionando, um combustível que queimava a toda velocidade, sem dar sinais de se esgotar. Sua pele estava manchada de escarlate, a base da garganta ardia e latejava de dor, as veias no pescoço pulsavam com o fluxo de sangue e as mãos permaneciam abertas diante dela, embora naquele momento não agarrassem mais nada. Uma visão da mãe cruzou a mente de Ada por um instante e, pela primeira vez desde a morte dela, pensar na mãe não fez lágrimas brotarem dos olhos.

O sinal tocou.

Do lado de fora da sala de aula, multiplicando-se pelos corredores, passos apressados, conversas animadas. Agitação. Risos. Uma breve comoção. O início das férias de Natal.

Dentro da sala de aula, a loucura de Ada era um espetáculo tão cativante que ninguém ousava se mover.

Cinquenta e dois segundos se passaram — quase um minuto — e a voz dela se esgotou, deixando a garganta seca e oca por dentro, como um junco ressecado. Os ombros afundaram, os joelhos tremeram e a expressão começou a se alterar como se estivesse despertando de um sono perturbado. Ela ficou em silêncio. Tão repentinamente quanto tinha começado, parou.

— O que foi isso? — resmungou Jason em voz alta, mas ninguém respondeu.

Sem olhar para ninguém, Ada desabou de volta em sua cadeira, sem fôlego e sem energia, uma marionete cujas cordas haviam se rompido no palco no meio de uma apresentação; uma cena que Emma-Rose descreveria mais tarde em detalhes exagerados. Naquele momento, porém, até Emma-Rose estava em silêncio.

— Você está bem? — perguntou novamente a sra. Walcott, com o rosto crispado pelo choque, e desta vez Ada a ouviu.

Enquanto as nuvens se acumulavam no céu distante e as sombras se abatiam sobre as paredes como se projetadas pelas asas de um pássaro gigante em pleno voo, Ada Kazantzakis fechou os olhos. Um som reverberava em sua mente, um ritmo pesado e constante — *creque-creque-creque* —, e a única coisa na qual conseguia pensar naquele instante era que em algum lugar fora daquela sala de aula, muito além de seu alcance, os ossos de alguém estavam sendo partidos.

Figueira

— Enquanto estiver enterrada, virei conversar com você todos os dias — disse Kostas enfiando a pá na terra. Ele empurrou o cabo e levantou um torrão, jogando-o no montículo que crescia ao lado dele. — Você não vai se sentir sozinha.

Eu gostaria de dizer a ele que a solidão é uma invenção humana. As árvores nunca se sentem solitárias. Os humanos acham que sabem com certeza onde termina o seu ser e onde começa o de outra pessoa. Com as raízes emaranhadas e presas debaixo da terra, ligadas a fungos e bactérias, as árvores não abrigam essas ilusões. Para nós, tudo está interligado.

Mesmo assim, fiquei feliz em saber que Kostas planejava me visitar com frequência. Inclinei os galhos na direção dele para demonstrar gratidão. Ele estava tão perto naquele momento que senti o cheiro de sua colônia — sândalo, bergamota, âmbar cinza. Eu havia memorizado cada detalhe do belo rosto dele: a testa alta e lisa, o nariz proeminente, estreito e afilado, os olhos claros sombreados por cílios que se curvavam como meias-luas... a ondulação do cabelo encaracolado, ainda abundante, ainda escuro, apesar de fios brancos aqui e ali, começando a ficar grisalho nas têmporas.

Naquele ano, o amor, assim como o inverno incomum, havia me apanhado de surpresa, tão gradual e sutil em sua intensidade que, quando percebi o que estava acontecendo, já era tarde demais para me proteger. Estava apaixonada de maneira estúpida e despropositada por um homem que nunca pensaria em mim de maneira íntima. Tinha vergonha dessa necessidade repentina que havia se apoderado de mim, desse anseio profundo por algo que eu não poderia ter. Dizia a mim mesma que a vida não era um acordo comercial, uma troca calculada, e que nem todo afeto precisava ser retribuído da mesma forma, mas a verdade era que eu não conseguia parar de pensar em como seria se Kostas Kazantzakis correspondesse meus sentimentos um dia — se um humano se apaixonasse por uma árvore.

Eu sei o que você está pensando. Como eu, uma *Ficus carica* comum, poderia estar apaixonada por um *Homo sapiens*? Eu entendo, não sou uma beldade. Nunca passei de uma simples árvore. Não sou nenhuma *sakura*, a magnífica cerejeira japonesa com encantadoras flores cor-de-rosa que se estendem nas quatro direções, toda esplendor, glamour e arrogância. Não sou uma árvore como o bordo-açucareiro, incandescente com os tons deslumbrantes de vermelho-rubi, laranja-açafrão e amarelo-dourado, dotada de folhas de contornos perfeitos, uma completa sedutora. E certamente não sou nenhuma glicínia, essa *femme fatale* roxa esculpida com primor. Tampouco sou uma gardênia perene com perfume inebriante e folhagem reluzente e viçosa, ou uma buganvília com o esplendor magenta trepando e se derramando sobre muros de adobe sob o sol abrasador. Ou a árvore-de-lenços, que nos deixa esperando por um longo tempo depois oferece as mais encantadoras e românticas brácteas de flores que esvoaçam na brisa como lenços perfumados.

Não tenho nenhum desses encantos, admito. Se passasse por mim na rua, você provavelmente não me olharia duas vezes. Mas gosto de acreditar que sou atraente à minha própria maneira despretensiosa. O que me falta em beleza e popularidade, compenso em mistério e força interior.

Ao longo da história, atraí para minha copa bandos de pássaros, morcegos, abelhas, borboletas, formigas, camundongos, macacos, dinossauros... e certo casal confuso, vagando sem rumo pelo Jardim do Éden com olhar vidrado. Não se engane: não havia maçã. Já é hora de alguém corrigir esse grande mal-entendido. Adão e Eva cederam aos encantos de um figo, o fruto da tentação, do desejo e da paixão, não a uma maçã crocante. Não é minha intenção menosprezar outra planta, mas que chance tem uma maçã sem graça diante de um delicioso figo que ainda hoje, eras após o pecado original, tem sabor de paraíso perdido?

Com todo o respeito aos crentes, não faz nenhum sentido supor que o primeiro homem e a primeira mulher tenham sido tentados a pecar comendo uma simples maçã e que, ao se verem nus, trêmulos e mortificados, e apesar do medo de que Deus os flagrasse a qualquer momento, tenham resolvido dar um passeio pelo jardim encantado até se depararem com uma figueira e decidirem se cobrir com as folhas dela. É uma história interessante, mas tem algo que não se encaixa nela, e eu sei o que é: eu! Porque desde o princípio fui eu a árvore do bem e do mal, da luz e da escuridão, da vida e da morte, do amor e da desilusão.

Adão e Eva compartilharam um figo tenro, maduro, deliciosamente tentador e aromático, abrindo-o bem no meio e, à medida que a doçura suculenta e luxuriante se dissolvia na língua, começaram a ver o universo ao redor deles sob uma luz completamente nova, porque é isso que acontece àqueles que alcançam o conhecimento e a sabedoria. Então eles se cobriram com as folhas da árvore sob a qual estavam. Quanto à maçã, sinto muito, mas ela nem sequer aparece na história.

Estude cada religião e credo, e vai me encontrar lá, presente em cada história da criação, testemunhando os caminhos dos humanos e suas guerras sem fim, combinando meu DNA de tantas novas formas que hoje posso ser encontrada em quase todos os continentes do mundo. Tive muitos amantes e admiradores. Alguns até perderam a cabeça por minha causa, o suficiente para se esquecer de tudo o mais e ficar comigo até o fim da breve vida deles, como minhas pequenas vespas-do-figo.

Mesmo assim, eu entendo, nada disso me dá o direito de amar um ser humano e esperar ser amada de volta. Não é uma coisa muito sensata, admito, se apaixonar por alguém que não é da mesma espécie, alguém que vai apenas complicar a vida, atrapalhar a rotina e abalar o senso de estabilidade e enraizamento. Mas, pensando bem, quem espera que o amor seja sensato talvez nunca tenha amado.

— Você vai ficar aquecida debaixo da terra, *Ficus*. Vai ficar tudo bem — disse Kostas.

Depois de todos esses anos em Londres, ele ainda falava inglês com um sotaque grego marcado. Era de uma familiaridade reconfortante para mim, o *r* rouco, o *h* sibilante, o *sh* impreciso, as vogais truncadas, a cadência se acelerando quando ele ficava animado e ficando mais lenta quando estava pensativo ou inseguro sobre si mesmo. Eu reconhecia cada detalhe e entonação da voz dele quando vibrava e ressoava, me inundando como água cristalina.

— Não vai ser por muito tempo de qualquer maneira, apenas algumas semanas — disse Kostas.

Eu estava acostumada a ouvi-lo falando comigo, mas nunca tanto quanto hoje. Me perguntei se, lá no fundo, a tempestade de inverno poderia ter desencadeado nele sentimentos de culpa. Afinal, foi ele quem me trouxe do Chipre para este país onde não há sol, escondida em uma mala de couro preto. Eu fui, verdade seja dita, contrabandeada para o continente europeu.

No aeroporto de Heathrow, enquanto Kostas carregava a mala sob o olhar atento de um corpulento oficial da alfândega, fiquei tensa, esperando ele ser parado e revistado a qualquer momento. A mulher dele, por sua vez, caminhava à nossa frente, os passos rápidos, determinada e impaciente como sempre. Defne estava grávida de Ada na época, embora eles ainda não soubessem. Achavam que traziam apenas a mim para a Inglaterra, ignoravam que estavam trazendo também a filha ainda não nascida.

Quando as portas da área de desembarque se abriram, Kostas exclamou, incapaz de conter a emoção em sua voz:

— Chegamos, conseguimos! Bem-vinda à sua nova casa.

Será que ele estava falando com a mulher ou comigo? Gosto de pensar que era comigo. De qualquer forma, isso foi há mais de dezesseis anos. Desde então, não voltei ao Chipre.

No entanto, ainda carrego a ilha comigo. O lugar onde nascemos molda nossa vida, mesmo quando estamos longe dele. Especialmente nesse caso. De tempos em tempos, em meus sonhos, me vejo em Nicósia, sob um sol familiar, minha sombra se projetando sobre as rochas, se estendendo até os arbustos de giesta-espinhosa que explodem em flores, cada uma tão perfeita e brilhante quanto moedas de ouro de uma fábula infantil.

Do passado que deixamos para trás eu me lembro de tudo. Litorais entalhados no terreno arenoso como as linhas de uma palma esperando para serem lidas, o coro de cigarras sob o calor crescente, abelhas zumbindo sobre campos de lavanda, borboletas estendendo as asas à primeira promessa de luz... Muitos podem tentar, mas ninguém transmite otimismo melhor do que as borboletas.

As pessoas acham que é uma questão de personalidade, a diferença entre otimistas e pessimistas. Mas eu acredito que tudo se resume a uma incapacidade de esquecer. Quanto maior a capacidade de retenção, menores serão as chances de ser otimista. E não estou querendo dizer que as borboletas não se lembrem das coisas. Elas se lembram, com certeza. Uma mariposa pode se recordar do que aprendeu quando ainda era lagarta. Mas eu e as outras da minha espécie somos afligidas por uma memória perene — e com isso não quero dizer anos ou décadas. Quero dizer séculos.

Uma memória duradoura é uma maldição. Quando as idosas cipriotas desejam o mal a alguém, não pedem que nada de flagrantemente ruim lhe aconteça. Não rezam por raios, acidentes imprevistos ou súbitos revezes do destino. Elas simplesmente dizem: *Que você nunca consiga esquecer. Que você vá para o túmulo ainda se lembrando.*

Então acho que está em meus genes essa melancolia da qual nunca consigo me livrar por completo. Entalhada com uma faca invisível em minha pele arborescente.

— Muito bem, isso deve ser o suficiente — disse Kostas enquanto examinava o buraco, parecendo satisfeito com o comprimento e a profundidade.

Ele endireitou as costas doloridas e limpou a terra das mãos com um lenço que tirou do bolso.

— Preciso podar você um pouco, vai ser mais fácil assim.

Pegando uma tesoura, aparou meus galhos laterais rebeldes, os movimentos hábeis, experientes. Com a ajuda de uma corda de náilon, ele me amarrou, prendendo meus galhos mais grossos. Cuidadosamente, ajeitou a amarração e deu um nó, frouxo o suficiente para evitar me machucar, mas apertado o suficiente para eu caber no buraco.

— Estou quase terminando — disse ele. — Preciso ser rápido. A tempestade vai chegar logo!

Mas eu o conhecia bem o bastante para saber que a tempestade iminente não era a única razão pela qual ele estava com tanta pressa de me enterrar. Ele queria terminar a tarefa antes que a filha voltasse da escola. Não queria que a jovem Ada testemunhasse outro enterro.

No dia em que a mulher dele entrou no coma do qual nunca mais despertou, a dor se abateu sobre a casa como um abutre que não iria embora até ter devorado os últimos vestígios de leveza e alegria. Durante meses depois que Defne se foi, e ainda de vez em quando, geralmente perto da meia-noite, Kostas vinha para o jardim e se sentava ao meu lado, envolto em um cobertor fino, os olhos vermelhos e congestionados, os movimentos apáticos, como se tivesse sido dragado contra sua vontade do fundo de um lago. Ele nunca chorava dentro de casa, para que a filha não visse o sofrimento.

Naquelas noites, eu sentia tanto amor e ternura por ele que doía. E era naqueles momentos que a diferença entre nós dois me entristecia mais. Como lamentava não poder transformar meus ramos em braços para envolvê-lo, meus galhos em dedos para acariciá-lo, minhas folhas em mil línguas para responder com sussurros suas palavras e meu tronco em um coração para acolhê-lo.

— Pronto, tudo terminado — disse Kostas, olhando em volta. — Agora vou colocar você no buraco.

Havia uma ternura no rosto dele e um brilho suave nos olhos, refletindo o sol que se punha lentamente no oeste.

— Algumas das suas raízes vão se romper, mas não se preocupe — tranquilizou Kostas. — As que restarem serão mais do que suficientes para que continue viva.

Tentando manter a compostura e não entrar em pânico, enviei um rápido alerta para baixo, informando a minhas extremidades subterrâneas que em alguns segundos muitas delas iam morrer. Com a mesma rapidez, elas responderam com centenas de minúsculos sinais, me dizendo que sabiam o que estava por vir. Estavam prontas.

Com uma inspiração forte, Kostas se inclinou para a frente e me empurrou na direção do buraco no chão. A princípio, não me movi. Colocando as palmas das mãos contra o meu tronco, ele se esforçou mais dessa vez, a pressão cuidadosa e equilibrada, mas igualmente firme, constante.

— Você vai ficar bem. Confie em mim, querida *Ficus* — disse ele, amoroso.

A gentileza em seu tom me envolveu e me manteve firme no lugar; uma única palavra de ternura de Kostas tinha uma gravidade própria que me atraía de volta para ele.

Lentamente, todos os meus medos e dúvidas me abandonaram, flutuando para longe como fios de névoa. Eu soube naquele instante que ele iria me desenterrar ao primeiro sinal dos *galan-thus* brotando da terra ou dos papa-figos voando de volta pelo céu azul. Soube, com a mesma clareza que sei da minha existência, que veria Kostas Kazantzakis de novo, e que ainda estaria lá, por trás dos lindos olhos, gravada em sua alma, aquela tristeza aguda que se instalara nele desde que perdera a mulher. Como eu queria que ele fosse capaz de me amar do jeito que a havia amado.

Adeus, Kostaki, até a primavera...

Um olhar de espanto atravessou o rosto dele, tão rápido e fugaz que por um segundo tive a impressão de que talvez ele tivesse me ouvido. Quase um reconhecimento. Estava lá, depois sumiu.

Segurando-me com mais força, Kostas deu um último empurrão para baixo. O mundo se inclinou, o céu tombou e afundou, as nuvens baixas cor de chumbo e os torrões de terra se fundiram em um único atoleiro lamacento.

Eu me preparei para a queda enquanto ouvia minhas raízes estalando e se partindo, uma a uma. Um estranho e abafado *creque-creque-creque* emergiu do solo abaixo de mim. Se eu fosse humana, teria sido o som dos meus ossos se partindo.

NOITE

De pé junto à janela do quarto, com a testa pressionada contra a vidraça, Ada observava o pai no jardim, espectralmente iluminado pela luz de duas lanternas, de costas para ela enquanto varria as folhas secas sobre a terra nua. Desde que tinham voltado para casa juntos naquela tarde, ele estava lá fora, trabalhando no frio. Tinha dito que, quando recebeu o telefonema da escola, deixara a figueira tombada sem supervisão, o que quer que isso significasse. Mais uma das excentricidades do pai, Ada supôs. Ele disse que precisava cobrir a árvore urgentemente, prometendo que terminaria em alguns minutos, mas os minutos se estenderam até quase uma hora, e ele ainda estava lá fora.

A mente de Ada não parava de rememorar os acontecimentos daquela tarde. A vergonha era uma serpente enrolada dentro de seu estômago. Mordendo-a sem cessar. Ainda não conseguia acreditar no que tinha feito. Ali, na frente de toda a turma, gritando a plenos pulmões daquela maneira! O que tinha dado nela? O rosto da sra. Walcott, lívido, aterrorizado. Aquela expressão devia ser contagiosa, pois Ada a vira depois no rosto dos outros professores quando foram informados do que havia acontecido. Suas entranhas se contraíram ao se lembrar do momento em que foi levada à sala do diretor. Àquela altura, todos os outros alunos já tinham ido embora, e o prédio ecoava como uma concha vazia.

Eles a haviam tratado com amabilidade, ainda que com visível apreensão, ao mesmo tempo preocupados com ela e profundamente intrigados com o comportamento de Ada. Até aquele dia, provavelmente a consideravam uma das alunas introvertidas, nem tímida nem calada, apenas não gostava muito de ser notada. Uma garota contemplativa que sempre preferira viver no próprio mundo, mas se tornara ainda mais distante e retraída desde a morte da mãe. Agora não sabiam mais o que pensar sobre ela.

Tinham chamado seu pai de imediato, e ele fora correndo para lá na mesma hora, sem nem ao menos trocar as roupas que estava usando para trabalhar no jardim, as botas enlameadas, uma pequena folha presa no cabelo. O diretor teve uma conversa particular com ele enquanto Ada esperava no corredor, sentada em um banco, balançando nervosamente a perna.

No caminho de volta para casa, o pai não parara de fazer perguntas, tentando entender por que ela havia feito aquilo, mas sua persistência só fizera com que Ada ficasse ainda mais taciturna. Assim que chegaram em casa, ela se trancou no quarto, e o pai foi para o jardim.

Os olhos se encheram de lágrimas quando ela concluiu que agora teria que mudar de escola. Não havia outra solução. Nesse meio-tempo, será que o diretor daria a ela uma punição ou algo assim? Se o fizesse, seria a menor de suas preocupações. Nenhuma punição que ele pudesse aplicar seria tão terrível quanto os olhares que os outros alunos certamente dirigiriam a ela quando o novo semestre começasse. Dali em diante, nenhum garoto iria querer sair com Ada. Nenhuma garota a convidaria para sua festa de aniversário ou para fazer compras. Dali em diante, os rótulos de *esquisita* e *psicopata* ficariam grudados nela, tatuados em sua pele, e toda vez que ela entrasse na sala de aula, seria o que todos veriam primeiro. Só de pensar nisso ela ficava nauseada, sentia um peso no estômago, como areia úmida.

Tudo aquilo a deixou tão perturbada que Ada não conseguiu mais ficar no quarto sozinha. Saiu, passando pelo corredor, com as paredes decoradas com desenhos emoldurados e fotos de família em férias, aniversários, piqueniques, aniversários de casamento... instantâneos de momentos felizes, iluminados e alegres, mas há muito perdidos, como estrelas mortas emitindo a última luz.

Depois de cruzar a sala, Ada abriu a porta de correr que dava para o jardim dos fundos. No mesmo instante, o vento entrou com força, virando as páginas dos livros que havia sobre a mesa, espalhando folhas de papel pelo chão. Ela as recolheu e olhou para a que estava no topo da pilha, reconhecendo a caligrafia elegante do pai: "Como enterrar uma figueira em dez passos". Era uma lista com instruções detalhadas e desenhos rudimentares. O pai — ao contrário da mãe — nunca tinha sido bom em desenhar.

Assim que Ada saiu para o jardim, o frio cortante a fez estremecer. Imersa nas próprias preocupações, ela não tinha pensado muito na tempestade Hera, mas naquele momento ela lhe pareceu bastante real. Um cheiro mofado e azedo pairava no ar: folhas apodrecidas, pedra úmida e madeira molhada queimando.

Percorreu, resoluta, o caminho de pedras, o cascalho estalando sob as pantufas de pelo macio branco-creme, abertas na parte de trás. Deveria ter colocado as botas, mas era tarde demais. Seus olhos estavam fixos no pai, apenas alguns metros à frente. Ada passara muitas noites observando-o da janela do quarto, no mesmo lugar junto à figueira, enquanto a escuridão o envolvia como corvos sobre carniça. Uma silhueta abatida contra o céu escuro, tomada pela dor. Ela não fora até lá nem uma vez, pressentindo que ele não gostaria de ser visto por ela naquele estado.

— Pai? — A voz soou trêmula aos próprios ouvidos.

Ele não a ouviu. Ada se aproximou, só então percebendo que havia algo diferente no jardim, uma mudança que não conseguiu identificar de imediato. Olhou ao redor e respirou fundo ao perceber o que era: a figueira não estava lá.

— Pai!

Kostas se virou e o rosto se iluminou ao vê-la.

— Querida, você não deveria ter saído sem casaco. — O olhar se desviou para os pés da filha. — E sem botas. Ada *mou*, você vai pegar um resfriado.

— Estou bem. Cadê a figueira?

— Ah, ela está aqui embaixo. — Kostas apontou para algumas folhas de compensado que havia disposto cuidadosamente no chão, junto aos pés.

Ada se aproximou, olhando com curiosidade para a vala parcialmente coberta. Quando naquela manhã, enquanto tomavam café, o pai havia mencionado que planejava enterrar a figueira, ela não havia prestado atenção, sem entender muito bem o que ele queria dizer com aquilo.

— Uau, então você realmente enterrou a árvore! — exclamou ela.

— Eu tive que enterrar. Tive medo de ela sofrer um dessecamento progressivo.

— O que é isso?

— É como as árvores morrem em climas extremos. Às vezes, é a geada que causa o dano, ou o congelamento e degelo sucessivos. Então elas morrem.

Kostas se agachou e jogou uma braçada de musgo e folhas secas sobre a madeira compensada, ajeitando-as com as mãos.

— Pai?

— Hum?

— Por que você sempre fala da árvore como se fosse uma mulher?

— Bem, ela é… é uma fêmea.

— Como você sabe disso?

Kostas se levantou e refletiu um momento antes de responder.

— Algumas espécies são dioicas, o que significa que cada árvore é distintamente feminina ou masculina. Salgueiro, choupo, teixo, amoreira, álamo, zimbro, azevinho… são todas assim. Mas muitas outras espécies são monoicas, elas carregam flores tanto masculinas quanto femininas na mesma árvore. Carvalho, cipreste, pinho, bétula, aveleira, cedro, castanheiro…

— E as figueiras são fêmeas?

— As figueiras são complexas — respondeu Kostas. — Cerca de metade delas é monoica, a outra metade, dioica. Existem variedades cultivadas de figueira e há a baforeira, uma figueira silvestre do Mediterrâneo que produz frutos não comestíveis, geralmente dados como alimento às cabras. A nossa *Ficus carica* é fêmea e é de uma variedade partenocárpica, o que significa que ela pode produzir frutos sozinha, sem precisar de uma árvore masculina por perto.

Ele se deteve, dando-se conta de que dissera mais do que pretendia, preocupado com a possibilidade de tê-la perdido no caminho, como sempre parecia acontecer nos últimos tempos. O vento aumentou, fazendo os arbustos farfalharem.

— Não quero que você pegue um resfriado, amor. Volte lá para dentro. Vou entrar em alguns minutos.

— Foi o que você disse há uma hora — retrucou Ada com um encolher de ombros. — Estou bem. Não posso ficar e te ajudar?

— Claro, se você quiser.

Kostas tentou não demonstrar surpresa diante da oferta de ajuda dela. Desde a morte de Defne, tinha a impressão de que os dois, pai e filha, estavam presos em um pêndulo emocional. Sempre que perguntava a Ada sobre a escola e os amigos, ela se fechava e só se abria um pouco quando ele se encerrava no trabalho. Notava com cada vez mais frequência que, para que ela se aproximasse, ele tinha que recuar um passo primeiro. Isso o lembrava de quando ela era pequena, e eles iam ao parquinho todo fim de semana, de mãos dadas. Era um lugar encantador, com pistas de obstáculos e muitos brinquedos de madeira, embora Ada mal prestasse atenção neles — só se interessava pelo balanço. Cada vez que Kostas a empurrava e a via voar para longe dele, rindo e chutando o ar com as pernas, Ada gritava: "Mais alto, papai, mais alto!". Lutando contra o medo de que ela caísse ou de que as correntes de metal se partissem, ele a empurrava com mais força, e então, quando o balanço voltava, tinha que sair do caminho para abrir espaço para ela. E assim continuava sendo, esse vaivém, com o pai cedendo espaço à filha para que ela pudesse ter sua liberdade. Exceto pelo fato de que, naqueles tempos, eles tinham tanto a dizer um ao outro que conversavam o tempo todo; aquele silêncio incômodo e doloroso ainda não havia se instalado entre eles.

— Então, o que eu tenho que fazer? — perguntou Ada quando percebeu que ele não estava dando instruções.

— Ah, sim. Precisamos cobrir o buraco com terra e folhas, e um pouco de palha que tenho aqui.

— Eu posso fazer isso — disse ela.

Lado a lado, eles começaram a trabalhar: ele, concentrado e cuidadoso; ela, distraída e lenta.

Em algum lugar ao longe, uma sirene de ambulância interrompeu a quietude da noite. Na rua, um cachorro latiu. Então o silêncio voltou a se instalar, exceto pelo portão solto na frente da casa, batendo nas dobradiças de tempos em tempos.

— Dói? — perguntou Ada, tão baixinho que foi quase um murmúrio.

— O quê?

— Quando você enterra uma árvore, ela sente dor?

Kostas ergueu o queixo, a linha do maxilar se contraindo.

— Há duas formas de responder a isso. O consenso científico é que as árvores não são seres sencientes da maneira como a maioria das pessoas usa essa palavra...

— Mas você não parece concordar.

— Bem, acho que ainda há tantas coisas que não sabemos, estamos só começando a descobrir a linguagem das árvores. Mas o que podemos dizer com certeza é que elas podem ouvir, sentir cheiros, se comunicar... e definitivamente recordar. São capazes de sentir a água, a luz, o perigo. Podem enviar sinais para outras plantas e ajudar umas às outras. Estão muito mais vivas do que a maioria das pessoas imagina.

Especialmente nossa Ficus carica. *Se você soubesse como ela é especial*, Kostas quis acrescentar, mas se conteve.

Sob a luz fraca das lanternas do jardim, Ada estudou o rosto do pai. Ele envelhecera visivelmente nos últimos meses. Semicírculos haviam se formado sob seus olhos, como pálidas luas crescentes. A dor havia reesculpido seu semblante, acrescentando novos planos e ângulos. Ela desviou o olhar.

— Mas por que você sempre conversa com a figueira? — perguntou.

— Eu converso?

— É, você conversa, o tempo todo. Eu já ouvi. Por que você faz isso?

— Bem, ela é uma boa ouvinte.

— Fala sério, pai! Eu não estou brincando. Você tem alguma ideia de como isso parece insano? E se alguém ouvir? As pessoas vão pensar que você ficou maluco.

Kostas sorriu. Passou pela cabeça dele que talvez uma das diferenças mais reveladoras entre os jovens e os velhos estivesse nesse detalhe. À medida que envelhece, você passa a se importar cada vez menos com o que os outros pensam de você, e só então consegue ser mais livre.

— Não se preocupe, Ada *mou*, eu não falo com as árvores quando tem outras pessoas por perto.

— Tudo bem, mas ainda assim... um dia desses você vai ser pego no flagra — disse ela enquanto espalhava um punhado de folhas secas sobre o buraco. — E me desculpe, mas o que estamos fazendo aqui, aliás? Se os vizinhos nos virem, vão pensar que estamos enterrando um cadáver. Podem chamar a polícia!

Kostas baixou os olhos, o sorriso substituído por algo incerto.

— Sinceramente, pai, não quero te magoar, mas essa sua figueira me dá arrepios. Dá para perceber que tem alguma coisa estranha nela. Às vezes eu tenho a sensação de que... ela... está ouvindo a gente. Nos espionando. É maluquice, eu sei, mas é assim que me sinto. Quer dizer, isso é possível? As árvores podem ouvir o que estamos dizendo?

Um olhar momentâneo de inquietação atravessou o rosto de Kostas antes de ele responder.

— Não, amor. Não precisa se preocupar com essas coisas. As árvores são criaturas extraordinárias, mas eu não iria tão longe.

— Ok, ótimo. — Ela se afastou um pouco e, em silêncio, o observou trabalhar por um tempo. — Então, por quanto tempo você planeja manter a árvore enterrada?

— Alguns meses. Vou desenterrá-la assim que a temperatura estiver amena o suficiente.

Ada assobiou.

— Alguns meses é muito tempo. Tem certeza de que ela vai sobreviver?

— Ela vai ficar bem — assegurou Kostas. — Já passou por muita coisa, nossa *Ficus carica*... sua mãe sempre dizia que ela era uma guerreira.

Ele fez uma pausa, como se temesse ter falado demais. Rapidamente, estendeu uma lona sobre o buraco e colocou pedras nos quatro cantos para assegurar-se de que não seria levada pelo vento.

— Acho que terminamos. — Ele limpou as mãos. — Obrigado por me ajudar, amor. Fico muito contente.

Eles voltaram juntos para dentro de casa, os cabelos de Ada emaranhados pelo vento. E embora ela soubesse que não havia como a figueira, presa à terra com o que lhe restava de raízes, sair daquele buraco e segui-los, pouco antes de fechar a porta não pôde deixar de olhar por cima do ombro para a terra escura e fria, e, ao fazê-lo, sentiu um calafrio percorrer a espinha.

Figueira

"Essa sua figueira me dá arrepios", disse ela. E por que ela disse isso? Porque suspeita que talvez eu seja mais complexa do que aparento ser. Bem, de fato sou, mas isso não significa que eu seja *assustadora*.

Humanos! Depois de observá-los por tanto tempo, cheguei a uma conclusão desoladora: eles na verdade não querem saber mais sobre as plantas. Não querem verificar se somos capazes de ter vontade própria, altruísmo ou afinidade. Por mais interessantes que considerem essas questões em um nível abstrato, preferem deixá-las inexploradas, sem resposta. Acham mais fácil, suponho, acreditar que as árvores, não tendo cérebro no sentido convencional do termo, são capazes de vivenciar apenas a existência mais rudimentar.

De fato, nenhuma espécie é obrigada a gostar de outra, quanto a isso não há dúvida. Mas se vocês pretendem afirmar, como fazem os humanos, que são superiores a todas as outras formas de vida, passadas e presentes, então deveriam conhecer os organismos vivos mais antigos da Terra, que estavam aqui muito antes de vocês chegarem e ainda estarão aqui depois que vocês deixarem de existir.

Meu palpite é que os humanos evitam deliberadamente aprender mais sobre nós, talvez porque sintam, de maneira intuitiva, que o que vão descobrir pode ser perturbador. Será que eles gostariam de saber, por exemplo, que as árvores são capazes de se adaptar e mudar o comportamento com um propósito e que, se isso for verdade, talvez um ser não dependa necessariamente de um cérebro para ter inteligência? Ficariam satisfeitos em descobrir que, ao enviar sinais por uma rede de fungos entrelaçados no solo, as árvores podem alertar suas vizinhas sobre os perigos à espreita — um predador se aproximando ou insetos patogênicos — e que esses sinais de estresse vêm aumentando nos últimos tempos, devido ao desmatamento, à degradação das florestas e às secas, tudo isso causado diretamente pelo ser humano? Ou que a trepadeira *Boquila trifoliolata* pode alterar a aparência das folhas para imitar a forma e a cor da planta que a sustenta, levando os cientistas a se perguntarem se a videira tem algum tipo de capacidade visual? Ou que os anéis de uma árvore revelam não apenas a idade, mas também os traumas que ela sofreu, incluindo incêndios florestais, e que, portanto, gravadas profundamente em cada círculo, há experiências de quase morte, cicatrizes não curadas? Ou que o cheiro de grama recém-cortada, esse cheiro que os humanos associam à limpeza e restauração e as coisas novas e cheias de vida, é na verdade mais um sinal de socorro emitido pela grama para alertar outras plantas e pedir ajuda? Ou que as plantas são capazes de reconhecer seus amigos e parentes, e de sentir quando você as toca, e que algumas, como a dioneia, sabem até contar? Ou que as árvores da floresta sabem quando os cervos estão prestes a comê-las, e se defendem infundindo nas folhas um tipo de ácido salicílico que ajuda na produção de taninos que os inimigos detestam, repelindo-os de maneira engenhosa? Ou que, até pouco tempo atrás, existia uma acácia no deserto do Saara — "a árvore mais solitária do mundo", como a chamavam —, na encruzilhada das antigas rotas de caravanas, e que essa criatura milagrosa, estendendo suas raízes distante e profundamente, sobreviveu por conta própria apesar do calor extremo e da falta de água, até que um motorista bêbado a derrubou? Ou que muitas plantas, quando ameaçadas, atacadas ou cortadas, podem produzir etileno, que funciona como uma espécie de anestésico, e que essa liberação química foi descrita por pesquisadores como algo semelhante a gritos de plantas estressadas?

A maior parte do sofrimento arbóreo é causada pelos humanos.

As árvores nas áreas urbanas crescem mais rápido do que as árvores nas áreas rurais. Também tendemos a morrer mais cedo.

Será que as pessoas realmente gostariam de saber essas coisas? Acho que não. Para ser sincera, acho que às vezes elas nem mesmo nos veem.

Os humanos passam por nós todos os dias, sentam e dormem, fumam e fazem piqueniques à nossa sombra, arrancam nossas folhas e se empanturram com nossos frutos, quebram nossos galhos, cavalgando-os como se fossem cavalos quando crianças ou usando-os para açoitar e subjugar os outros quando ficam velhos e cruéis, entalham o nome da pessoa amada em nosso tronco e juram amor eterno, tecem colares com nossas sementes e transformam nossas flores em obras de arte, nos desmembram em toras para aquecer as casas e às vezes nos cortam só porque obstruímos a vista, fazem berços, rolhas para vinho, chiclete e móveis rústicos, e produzem a música mais fascinante a partir de nós, e nos transformam em livros nos quais ficam imersos nas noites frias de inverno, usam nossa madeira para fabricar caixões nos quais terminam a vida, enterrados a sete palmos abaixo da terra, conosco, e até compõem poemas românticos para nós, chamando-nos de elo entre a Terra e o céu, mas ainda assim não nos veem.

Acredito que uma das razões pelas quais os humanos têm tanta dificuldade de entender as plantas é o fato de que, para se conectar com algo diferente de si mesmos e se importar genuinamente com essa coisa, precisam interagir com um rosto, uma imagem que espelhe a deles com a maior proximidade possível.

Quanto mais visíveis os olhos de um animal, mais compaixão ele receberá dos humanos.

Gatos, cachorros, cavalos, corujas, coelhos, saguis, até mesmo aqueles avestruzes desdentados que engolem pedrinhas como se fossem frutas, todos recebem um quinhão de afeto deles. Mas cobras, ratos, hienas, aranhas, escorpiões, ouriços-do-mar, nem tanto... Criaturas com olhos pequenos ou sem olhos não têm chance. Mas, de novo, tampouco as árvores.

As árvores podem não ter olhos, mas temos visão. Eu reajo à luz. Detecto ondas ultravioletas, infravermelhas e eletromagnéticas. Se não estivesse enterrada agora, na próxima vez que Ada se aproximasse, eu poderia dizer se ela estava usando o casaco azul ou vermelho.

Eu adoro luz. Preciso dela não apenas para transformar água e dióxido de carbono em açúcares, para crescer e germinar, mas também preciso dela para me sentir segura e protegida. Uma planta sempre se inclina na direção da luz. Depois de descobrirem isso a nosso respeito, os humanos usam esse conhecimento para nos enganar e nos manipular para seus próprios fins. Os floricultores acendem lâmpadas no meio da noite, confundindo os crisântemos para que floresçam antes do tempo. Com um pouco de luz você pode nos induzir a fazer muitas coisas. Com uma promessa de amor...

"Alguns meses é muito tempo", ouvi Ada dizer. Ela não sabe que medimos o tempo de maneira diferente.

O tempo humano é linear, um *continuum* que vai de um passado que se supõe que esteja encerrado e resolvido em direção a um futuro considerado intocado, imaculado. Cada dia tem que ser um novo dia, cheio de acontecimentos inéditos, cada amor totalmente diferente dos que o precederam. O apetite da espécie humana por novidades é insaciável, e não tenho certeza se isso lhes faz muito bem.

O tempo arbóreo é cíclico, recorrente, perene; o passado e o futuro respiram no mesmo momento, e o presente não flui necessariamente em uma única direção; em vez disso, traça círculos dentro de círculos, como os anéis que encontram quando nos cortam.

O tempo arbóreo é equivalente ao tempo das histórias — e, como uma história, uma árvore não cresce em linhas perfeitamente retas, curvas precisas ou ângulos retos exatos, mas se dobra, se retorce e se bifurca em formas fantásticas, lançando galhos de maravilha e arcos de invenção.

O tempo dos humanos e o tempo das árvores são incompatíveis.

COMO ENTERRAR UMA FIGUEIRA EM DEZ PASSOS

1. Espere até que uma forte geada ou tempestade de inverno faça com que a árvore perca suas folhas.
2. Cave uma vala na frente da sua árvore antes que a terra congele. Certifique-se de que seja comprida e larga o bastante para acomodar toda a árvore confortavelmente.
3. Faça a poda dos ramos laterais e dos brotos verticais mais altos.
4. Com a ajuda de uma corda de cânhamo, amarre os ramos verticais restantes, tomando cuidado para não os deixar muito apertados.
5. Cave ao redor da parte frontal e traseira da árvore até atingir cerca de trinta centímetros de profundidade. Talvez você precise usar uma pá ou uma enxada para cortar as raízes, mas não toque nas laterais, pois é importante não cortar todas elas. Certifique-se de que o torrão central está intacto e pode ser facilmente girado para dentro da vala.
6. Empurre cuidadosamente a árvore para baixo. Continue a empurrar até que a árvore esteja tombada horizontalmente dentro da vala (galhos podem se partir e fraturar, assim como as raízes capilares podem arrebentar, mas as raízes maiores sobreviverão).

7. Encha o buraco com matéria orgânica, como folhas secas, palha, adubo vegetal e lascas de madeira. A árvore precisa ser coberta com pelo menos trinta centímetros de terra. Você pode então usar placas de compensado para isolamento térmico adicional.

8. Coloque tábuas de compensado em cima da árvore, deixando espaços para que o ar e a água circulem.

9. Cubra tudo com tecido poroso ou lona, presa com alguns centímetros de terra ou pedras colocadas nas bordas para que o vento não a leve.

10. Diga algumas palavras tranquilizadoras para sua figueira, confie nela e espere a primavera.

DESCONHECIDA

No dia seguinte, a temperatura tinha caído tanto que, apesar de ter acordado cedo, Ada relutava em sair de debaixo do edredom. Poderia ter passado a manhã inteira cochilando e lendo, se o telefone fixo não tivesse começado a tocar. Alto, persistente. Ela pulou da cama, tomada por um medo irracional de que pudesse ser o diretor ligando novamente, ainda que fosse fim de semana, ansioso para dizer ao pai dela que tipo de punição considerava adequada.

Seu coração acelerava a cada passo que dava pelo corredor. A meio caminho da cozinha, ela parou, ouvindo o pai tirar o fone do gancho.

— Alô? — atendeu Kostas. — Ah, oi... olá. Eu estava mesmo planejando ligar para você hoje.

Havia algo novo na voz dele. Uma faísca de expectativa.

Pressionando as costas contra a parede, Ada tentou imaginar com quem ele poderia estar falando. Tinha a sensação de que era uma mulher do outro lado da linha. Poderia ser qualquer uma, é claro — uma colega de trabalho, uma amiga de infância, até mesmo alguém que ele tivesse conhecido na fila do supermercado, embora ele não fosse do tipo que fazia amizades facilmente. Havia outras possibilidades também, embora improváveis, mas ela não estava pronta para considerá-las.

— Sim, sem dúvida, o convite ainda está de pé — continuou Kostas. — Pode vir quando quiser.

Respirando fundo, Ada refletiu sobre aquelas palavras. O pai raramente recebia visitas, sobretudo depois da morte da mãe, e quando isso acontecia, em geral eram colegas de trabalho. Aquilo soava como outra coisa.

— Que bom que conseguiu pegar o avião, muitos voos foram cancelados. — O tom mudou para um murmúrio quando ele acrescentou, baixinho: — É só que eu não tive oportunidade de contar a ela ainda.

Ada sentiu as bochechas queimarem. Uma nuvem de tristeza se abateu sobre ela quando se deu conta de que aquilo só podia significar uma coisa: o pai tinha uma namorada secreta. Há quanto tempo aquilo estaria acontecendo? Quando exatamente teria começado — logo após a morte da mãe, ou talvez até antes? Devia ser um relacionamento sério, caso contrário ele não a levaria para dentro daquela casa onde a memória de Defne estava por toda parte.

Cautelosamente, ela espiou pela porta da cozinha.

Seu pai estava sentado na extremidade da mesa, os olhos baixos, mexendo no fio do telefone. Ele parecia um pouco nervoso.

— Não, não! De jeito nenhum! Não vá para um hotel. Eu insisto — prosseguiu Kostas. — É uma pena você ter chegado com um tempo tão horrível. Eu adoraria te mostrar a cidade. Sim, venha direto do aeroporto. Vai ser ótimo, de verdade. Só preciso de um tempinho para falar com ela.

Depois que o pai desligou o telefone, Ada contou até quarenta e entrou na cozinha. Ela se serviu de uma tigela de cereal com um pouco de leite.

— Então, quem era no telefone? — perguntou ela, embora inicialmente tivesse decidido fingir que não tinha ouvido a conversa.

Inclinando a cabeça, Kostas fez um gesto para que ela se sentasse na cadeira mais próxima.

— Ada *mou*, por favor, sente-se. Tenho uma coisa importante para dizer a você.

Isso não é um bom sinal, pensou Ada enquanto obedecia ao pedido do pai.

Kostas olhou para sua caneca, o café havia esfriado. Mesmo assim, tomou um gole.

— Era sua tia.

— Quem?

— A irmã da sua mãe, Meryem. Você adorava os cartões-postais que ela nos mandava, lembra?

E embora Ada tivesse lido aqueles cartões-postais inúmeras vezes desde que era uma garotinha, agora não queria reconhecer. Ela endireitou as costas e perguntou:

— O que tem ela?

— Meryem está em Londres. Ela veio do Chipre e gostaria de nos visitar.

Ada piscou, os cílios escuros roçando a bochecha.

— Por quê?

— Querida, ela quer nos ver, mas, principalmente, ela quer conhecer você. Eu disse que ela poderia ficar conosco por alguns dias... Bem, um pouco mais. Achei que seria bom vocês se conhecerem.

Ada enfiou a colher na tigela, um fio de leite escorrendo pelas laterais. Lentamente, ela mexeu o cereal, mantendo-se impassível.

— Então você não tem uma namorada?

A expressão de Kostas mudou.

— Foi isso que você achou?

Ada deu de ombros.

Estendendo o braço sobre a mesa, Kostas pegou a mão da filha e a apertou suavemente.

— Não tenho namorada e não estou procurando uma. Me desculpe, eu deveria ter contado sobre Meryem antes. Ela me ligou semana passada. Disse que estava planejando nos visitar, mas não tinha certeza se ia conseguir. Tantos voos foram cancelados que, francamente, pensei que ela teria que adiar os planos. Eu ia falar com você neste fim de semana.

— Se ela estava tão ansiosa para nos visitar, por que não foi ao funeral da mamãe?

Kostas se recostou, as rugas do rosto esculpidas pela luz acima.

— Olha, eu sei que você está chateada, e você tem todo o direito de estar. Mas por que não ouve o que sua tia tem a dizer? Talvez ela mesma possa responder a essa pergunta.

— Não entendo por que você está sendo legal com essa mulher. Por que convidou ela para ficar na nossa casa? Se está tão ansioso para vê-la, pode tomar um café com ela em algum lugar.

— Querida, eu conheço Meryem desde que era garoto. Ela é a única irmã da sua mãe. É da família.

— Família? — disse Ada com um tom de escárnio. — Para mim, ela é uma completa desconhecida.

— Tudo bem, eu entendo. Minha sugestão é deixarmos ela vir; se gostar dela, você vai ficar feliz por tê-la conhecido. E, se não gostar, vai ficar feliz por não a ter conhecido antes. De qualquer forma, você não tem nada a perder.

Ada balançou a cabeça.

— Essa é uma maneira estranha de ver as coisas, pai.

Kostas se levantou e foi até a pia, com um cansaço nos olhos que não conseguia disfarçar. Depois de descartar o restante do café, lavou a caneca. Lá fora, junto ao local onde a figueira estava enterrada, um dom-fafe bicava no comedouro, ao que parecia sem nenhuma pressa, como se tivesse a sensação de que sempre haveria comida naquele jardim.

— Tudo bem, amor — concordou Kostas enquanto voltava para a mesa. — Não quero que você se sinta pressionada. Se não se sente confortável, tudo bem. Eu me encontro com a Meryem sozinho. Depois de passar um tempo conosco, ela estava planejando visitar uma velha amiga, então acho que pode ir para lá direto. Ela vai entender, não se preocupe.

Ada encheu as bochechas de ar, em seguida o soltou lentamente. Todas as palavras que tinha preparado para dizer agora pareciam inúteis. Foi invadida por um novo tipo de raiva. Não queria que o pai desistisse tão facilmente. Estava cansada de vê-lo perder todas as batalhas contra ela, fossem triviais ou importantes, recuando para o canto dele todas as vezes, como um animal ferido.

A raiva se transformou em tristeza, a tristeza em resignação, a resignação em uma sensação de entorpecimento que foi se inchando e se adensando, preenchendo o vazio em seu interior. No fim das contas, que diferença ia fazer se a tia fosse visitá-los por alguns dias? Seria tudo tão fugaz e sem sentido quanto os cartões-postais que enviava no passado. Claro, seria irritante ter uma desconhecida perambulando pela casa, mas talvez a presença dela pudesse, de alguma forma, disfarçar aquele abismo lamentável que se alargava entre ela e o pai.

— Quer saber, na verdade não me importo — disse Ada. — Faça como quiser. Deixe ela vir. Só não espere a minha cooperação, está bem? Ela é sua hóspede, não minha.

Figueira

Meryem! Aqui em Londres. Que estranho. Faz tanto tempo desde a última vez que ouvi a voz rouca dela no Chipre...

Acho que chegou o momento de lhe contar algo importante sobre mim. Não sou o que você pensa que sou: uma figueira jovem e delicada plantada em um jardim em algum lugar no norte de Londres. Eu sou isso e muito mais. Ou talvez deva dizer que em uma única vida vivi várias vidas, o que é outra maneira de admitir que sou velha.

Nasci e cresci em Nicósia, muito tempo atrás. Aqueles que me conheciam naquela época não podiam deixar de abrir um sorriso ao me ver, com um brilho terno nos olhos. Eu era estimada e amada a tal ponto que deram o meu nome a uma taberna. E que taberna era aquela, a melhor em um raio de muitos quilômetros! A placa de latão sobre a porta de entrada dizia:

A FIGUEIRA FELIZ

Foi dentro desse famoso restaurante e bar — lotado, barulhento, alegre e hospitaleiro — que espalhei minhas raízes e cresci através de um buraco no telhado que foi aberto especificamente para mim.

Todo mundo que ia ao Chipre queria comer lá — e provar as famosas flores de abobrinha recheadas seguidas de *souvlaki* de frango assado na brasa —, se tivesse a sorte de encontrar uma mesa. Aquele local oferecia a melhor comida, a melhor música, o melhor vinho e a melhor sobremesa, especialidade da casa: figos ao forno com mel e sorvete de anis. Mas havia algo mais no lugar, era o que diziam os fregueses habituais: ele fazia esquecer, mesmo que por apenas algumas horas, o mundo lá fora e suas tristezas desmedidas.

Eu era alta, robusta, autoconfiante e, surpreendentemente para minha idade, ainda carregada de figos saborosos e doces, que exalavam um aroma perfumado. Durante o dia, gostava de ouvir o barulho dos pratos, as conversas dos clientes, os músicos cantando — canções em grego e turco, canções que falavam de amor, traição e corações partidos. À noite, dormia o sono tranquilo de quem nunca teve motivos para duvidar de que o dia seguinte seria melhor do que o anterior. Até que tudo terminou abruptamente.

Muito tempo depois que a ilha foi dividida e a taberna caiu em ruínas, Kostas Kazantzakis pegou uma estaca de um de meus galhos e a colocou em sua mala. Acho que sempre serei grata a ele por isso, caso contrário, nenhuma parte de mim teria sobrevivido. Porque eu estava morrendo, a árvore que fui no Chipre. Mas a estaca que também era eu acabou sobrevivendo. Uma coisa pequenina — pouco mais de um palmo de comprimento, tão larga quanto um dedo mindinho. Aquela pequena estaca cresceu até se transformar em um clone, geneticamente idêntico. E desse clone eu brotei em minha nova casa em Londres. O padrão dos meus galhos não seria exatamente o mesmo, mas éramos semelhantes em todos os outros detalhes, quem eu era no Chipre e quem eu iria me tornar na Inglaterra. A única diferença era que havia deixado de ser uma árvore feliz.

Para que eu sobrevivesse à longa viagem de Nicósia a Londres, Kostas me embrulhou cuidadosamente em camadas de tecido úmido antes de me enfiar no fundo da mala. Era um risco, ele sabia. O clima inglês não era quente o bastante para que eu prosperasse, muito menos para que desse frutos comestíveis. Ele assumiu o risco. Eu não o decepcionei.

Gostei do meu novo lar em Londres e me esforcei para me adaptar, para me sentir em casa. De tempos em tempos, sentia falta das minhas vespas-do-figo, mas felizmente, nos últimos milhares de anos de evolução, surgiram figueiras partenocárpicas, que não precisam de polinização, e eu sou uma delas. Apesar disso, levei sete anos para voltar a dar frutos. Porque é isso que as migrações e os deslocamentos fazem conosco: quando deixa a casa rumo a terras desconhecidas, você não continua simplesmente vivendo como antes; uma parte de você morre por dentro para que outra parte possa começar tudo de novo.

Hoje, quando outras árvores me perguntam quantos anos tenho, acho difícil dar uma resposta precisa. Tinha noventa e seis anos da última vez que lembro de mim mesma em uma taberna no Chipre. Eu, que cresci de uma estaca plantada na Inglaterra, agora tenho pouco mais de dezesseis anos.

É preciso sempre calcular a idade de alguém somando os meses e anos por meio de uma aritmética simples e direta — ou há casos em que na verdade é mais sensato compensar as passagens do tempo para chegar ao número correto? E quanto aos nossos ancestrais — eles também podem continuar existindo através de nós? Será que é por isso que, ao conhecer alguns indivíduos — assim como acontece com algumas árvores —, você tem a impressão de que eles são muito mais velhos do que a idade cronológica?

Onde começa a história de alguém quando toda vida tem mais de um fio e o que chamamos de nascimento não é o único começo, nem a morte é exatamente um fim?

JARDIM

Sábado à tarde, Ada tinha acabado de tomar uma garrafa de Coca Diet, e Kostas, seu último café do dia, quando o som da campainha ressoou pela casa.

Ada estremeceu.

— Será que é ela? Já?

— Eu atendo — disse Kostas, olhando para a filha em tom de desculpas ao sair da sala.

Ada deixou as mãos caírem no colo e examinou as unhas, todas roídas até o sabugo. Começou a cutucar a cutícula do polegar direito, puxando lentamente a pelinha. Segundos depois, vozes vieram do corredor.

— Oi, Meryem, você chegou! Que bom te ver.

— Kostas, meu Deus, olhe só para você!

— E você... não mudou nada.

— Ah, isso é uma grande mentira, mas quer saber, na minha idade, aceito qualquer elogio.

Kostas riu.

— Deixa eu pegar as suas malas.

— Obrigada, estão um pouco pesadas. Desculpe, eu sei que deveria ter ligado no início da semana para confirmar que estava vindo. Mas as coisas acabaram se atropelando, e até o último momento achei que não conseguiria um voo, cheguei a brigar com a agência de viagens...

— Tudo bem — disse Kostas, seu tom amável. — Estou feliz que esteja aqui.

— Eu também... Estou muito feliz por estar aqui, finalmente.

Enquanto ouvia, Ada endireitou a postura, surpresa com o tom íntimo da conversa. Puxou a cutícula com mais força. Uma pequena poça vermelha e brilhante surgiu entre a carne e a unha do polegar. Rapidamente, ela a chupou.

Um minuto depois, uma mulher entrou, envolta em um sobretudo cinza felpudo com um capuz que fazia seu rosto redondo parecer mais redondo e sua pele escura, mais quente. Os olhos eram cor de avelã com manchas cor de cobre, ligeiramente separados sob as sobrancelhas finamente delineadas; os cabelos caíam sobre os ombros em mechas onduladas de um castanho-acobreado. O nariz era, sem dúvida, sua característica mais proeminente: forte e anguloso. E na narina esquerda brilhava um pequeno cristal. Ada estudou a hóspede, chegando à conclusão de que não se parecia em nada com a mãe.

— Ah, meu Deus... esta deve ser a Ada!

Mastigando o interior da bochecha, Ada se levantou.

— Oi.

— Meu Deus, eu esperava ver uma garotinha, mas encontrei uma moça!

Ada estendeu a mão, cautelosa, mas a mulher já tinha se aproximado dela em um movimento rápido e a havia estreitado em um abraço, seu peito, grande e macio, batendo contra o queixo de Ada. Suas bochechas estavam frias por causa do vento, e ela cheirava a uma mistura de água de rosas e colônia de limão.

— Deixe-me olhar para você! — Meryem a libertou do abraço e segurou Ada pelos ombros. — Ah, como você é linda, igual à sua mãe! Mais do que nas fotos.

Ada deu um passo para trás, desvencilhando-se da mulher.

— Você tem fotos minhas?

— Claro, centenas! Sua mãe as enviava para mim. Guardo todas em álbuns. Tenho até pequenas pegadas dos seus pés de bebê gravadas em barro, muito fofas!

Com a mão esquerda, Ada agarrou o polegar sangrando, que tinha começado a latejar — em um ritmo regular e pulsante.

Naquele momento, Kostas entrou na sala, carregando três malas grandes, cada uma em um tom de rosa e com o rosto de Marilyn Monroe impresso.

— Ah, obrigada. Por favor, não se incomode, apenas largue-as aí — pediu Meryem, nervosa.

— Imagina — disse Kostas. — Seu quarto está pronto se você quiser descansar primeiro. Ou podemos tomar um chá. Como preferir. Talvez você esteja com fome.

Deixando-se cair na poltrona mais próxima, Meryem tirou o casaco, as muitas pulseiras e os brincos tilintando. Um colar de ouro brilhava em seu pescoço, e dele pendia um pingente de olho turco, azul e imperturbável.

— Estou cheia, obrigada. Toda aquela comida de avião vem em porções minúsculas, mas deixa a gente inchada como um baiacu. Então não quero comer nada. Mas uma xícara de chá é sempre bem-vinda… sem leite. Por que os ingleses fazem isso? Nunca entendi.

— Claro.

Kostas colocou as malas no chão e foi em direção à cozinha.

Ao se ver de repente sozinha com aquela desconhecida espalhafatosa, Ada sentiu os ombros ficarem tensos.

— Agora me diga, em que escola você estuda? — perguntou Meryem, sua voz ressoando como sinos de prata. — Qual é a sua matéria favorita?

— Desculpe, é melhor eu ir ajudar meu pai — disse Ada, e saiu correndo da sala, sem esperar por uma reação.

Na cozinha, ela encontrou o pai enchendo a chaleira.

— Então? — sussurrou Ada enquanto se aproximava da bancada.

— Então? — ecoou Kostas.

— Você não vai perguntar por que ela está aqui? Deve haver uma razão. Aposto que tem alguma coisa a ver com dinheiro. Talvez meus avós tenham morrido, haja alguma disputa de herança e ela queira ficar com a parte da minha mãe.

— Ada *mou*, vá com calma, não tire conclusões precipitadas.

— Então pergunte a ela, pai!

— Eu vou perguntar, querida. Nós vamos perguntar. Juntos. Seja paciente — disse Kostas enquanto colocava a chaleira no fogo.

Ele arrumou xícaras de chá em uma bandeja e abriu um pacote de biscoitos, percebendo que estavam acabando. Tinha se esquecido de fazer compras.

— Não gosto dela — confessou Ada, mordendo o lábio inferior. — É muito exagerada. Você ouviu o que ela disse sobre as minhas pegadas de bebê? Muito irritante. Você não pode simplesmente invadir a casa de alguém que não conhece e querer ser íntima logo de cara.

— Escute, por que você não prepara o chá? O bule está pronto, é só adicionar água. Pode ser?

— Tudo bem — disse Ada com um suspiro.

— Vou conversar com ela. Sem pressa. Sem pressão. Pode se juntar a nós quando quiser.

— Eu sou obrigada?

— Vamos, Aditsa, vamos dar uma chance a ela. Sua mãe amava a irmã. Faça isso por ela.

* * *

Sozinha enquanto esperava a água ferver na cozinha, Ada se recostou na bancada, pensando.

Como você é linda, a tia dissera. *Igual à sua mãe.*

Ada se lembrou de uma tarde sonolenta no penúltimo verão. Canteiros de petúnias e calêndulas pintavam o jardim de laranja e roxos intensos, e a morte ainda não havia tocado a casa. Ela e a mãe estavam sentadas em cadeiras reclináveis, de pés descalços, as pernas quentes sob o sol. A mãe mordiscava a ponta de um lápis enquanto fazia palavras cruzadas. Bebericando limonada ao seu lado, Ada escrevia um trabalho escolar sobre divindades gregas, mas estava com dificuldade de se concentrar.

— Mãe, é verdade que Afrodite era a deusa mais bonita do Olimpo?

Afastando uma mecha de cabelo dos olhos, Defne olhou para ela.

— Ela era bonita, sim, mas se ela era legal, isso é outra questão.

— Peraí! Ela era má?

— Bem, ela podia ser uma vaca, desculpe a expressão. Não apoiava as mulheres. A nota dela no quesito feminismo era lamentável, se você quer saber.

Ada riu.

— Você fala como se a conhecesse.

— É claro que conheço! Nós viemos da mesma ilha. Ela nasceu no Chipre, da espuma de Pafos.

— Eu não sabia. Então ela é a deusa da beleza e do amor?

— Sim, ela mesma. Do desejo e do prazer também... e da procriação. Embora parte disso tenha sido atribuído a ela mais tarde, por meio de Vênus, sua encarnação romana. A Afrodite anterior era mais rebelde e egoísta. Por trás daquele rosto bonito havia uma manipuladora que tentava controlar as mulheres.

— Como?

— Bem, havia uma garota jovem e brilhante chamada Polifonte. Inteligente, obstinada. Ela olhou para a mãe e para a tia e decidiu que queria uma vida diferente para si mesma. Nada de casamento, nada de marido, nada de posses, nada de obrigações domésticas, muito obrigada! Em vez disso, ia viajar pelo mundo até encontrar o que estava procurando. E se não conseguisse encontrar, então ia se juntar a Ártemis como uma sacerdotisa virgem. Esse era o plano dela. Quando ficou sabendo, Afrodite se enfureceu. E sabe o que ela fez com Polifonte? Fez ela ficar louca. A pobre garota perdeu o juízo.

— Por que uma deusa faria isso?

— Excelente pergunta. Em todos os mitos e contos de fadas, uma mulher que rompe com as convenções sociais é sempre punida. E em geral a punição é psicológica, mental. Um clássico, não? Você se lembra da primeira esposa do sr. Rochester em *Jane Eyre*? Polifonte é a nossa versão mediterrânea de uma mulher perturbada, só que em vez de a trancarmos no sótão, nós a entregamos para ser devorada por um urso. Um fim incivilizado para uma mulher que não queria fazer parte da civilização.

Ada tentou sorrir, mas algo dentro dela a impediu.

— Bem, essa é Afrodite — disse Defne. — Não era amiga das mulheres. Mas, sim, era linda!

Quando voltou para a sala levando uma bandeja com o bule, xícaras de porcelana e um prato de biscoitos amanteigados, Ada ficou surpresa ao encontrá-la vazia.

Pousando a bandeja na mesa de centro, ela olhou em volta.

— Pai?

A porta do quarto de hóspedes estava entreaberta. A tia não estava lá, apenas as malas, jogadas sobre a cama.

Ada checou o escritório e os outros quartos, mas o pai e a tia não estavam em lugar nenhum. Só quando voltou para a sala ela percebeu que, por trás das cortinas grossas, as portas envidraçadas que davam para o jardim estavam destrancadas. Ela as empurrou e saiu.

Frio. Lá fora fazia um frio que penetrava os ossos, e estava mal iluminado. Uma das lanternas devia ter se apagado. O brilho pálido da lua minguante iluminava o caminho de pedra. Enquanto seus olhos se ajustavam à semiescuridão ao redor, ela distinguiu duas silhuetas próximas. O pai e a tia estavam lá, sob a neve fina que caía apesar da tempestade que se aproximava, de pé lado a lado onde a figueira estava enterrada. A visão de suas silhuetas encurvadas contra a noite era tão peculiar que Ada recuou.

— Pai? O que vocês estão fazendo? — perguntou ela, mas o vento levou sua voz.

Ela deu um passo adiante, depois outro. Podia vê-los claramente agora. O pai estava de pé, a coluna ereta, os braços cruzados, a cabeça ligeiramente inclinada para o lado, sem dizer nada. A tia carregava nos braços uma pilha de pedras que devia ter recolhido do jardim, os lábios movendo-se em oração, as palavras saindo rápidas e se chocando umas contra as outras em uma súplica entrecortada. O que será que ela estava dizendo?

Quando terminou, a mulher começou a colocar as pedras no chão, empilhando-as em pequenas torres, uma sobre a outra. O som rítmico lembrou a Ada o suave bater das ondas contra a lateral de um barco.

E então, Ada ouviu uma melodia — grave, crua, plangente. Sem conseguir evitar, se inclinou para a frente. A tia estava cantando. Com uma voz baixa e penetrante. Um canto melancólico em uma língua que ela não conseguia entender, mas cuja tristeza era indubitável.

Ada ficou imóvel, sem se atrever a interromper o que quer que estivessem fazendo. Ela esperou, o cabelo esvoaçando em torno da cabeça, as unhas cravando profundamente as palmas das mãos, embora só fosse perceber isso mais tarde. Meio escondida nas sombras, observou os dois adultos junto à figueira enterrada, atraída pela estranheza de seu comportamento, mas ao mesmo tempo distante deles, como se testemunhasse o sonho de outra pessoa.

Figueira

Era um ritual para os mortos. Um antigo rito para guiar o espírito de um ente querido para a segurança, para que ele não ficasse vagando pelos vastos recônditos do éter. Via de regra, a cerimônia deveria ser realizada *debaixo* de uma figueira, mas, considerando a minha posição atual, acho que tinha que ser acima dessa vez.

De onde eu estava, ouvi o *toc-toc-toc* baixo, ressonante e contínuo de uma pedra sendo colocada sobre a outra, erguendo-se como uma coluna para sustentar a abóbada celeste. Aqueles que acreditam nessas coisas dizem que o som representa os passos de uma alma perdida atravessando a ponte de Siraat, mais estreita que um fio de cabelo, mais afiada que uma espada, precariamente suspensa sobre o vazio entre este mundo e o próximo. A cada passo, a alma abandona mais um de seus inúmeros fardos, até que por fim se desvencilha de tudo, incluindo toda a dor que guarda dentro de si.

As figueiras, aqueles que nos conhecem lhe dirão, há muito são consideradas sagradas. Em muitas culturas acredita-se que nossos troncos abrigam espíritos, alguns bons, outros maus, alguns indecisos, todos invisíveis ao olho não iniciado. Outros afirmam que todo o gênero *Ficus* é, na verdade, um ponto de encontro, uma espécie de lugar de reunião. Abaixo, ao redor e acima de nós, eles se juntam, não apenas humanos e animais, mas também criaturas de luz e sombra. Há muitas histórias sobre como as folhas de uma figueira-de-bengala, uma parente minha, podem de repente farfalhar mesmo na ausência da mais leve brisa. Enquanto outras árvores permanecem imóveis, quando todo o universo parece estar parado, a figueira-de-bengala se agita e fala. O ar se torna mais espesso, como uma premonição. É uma visão assustadora, se você um dia vir isso acontecer.

Os humanos sempre sentiram que havia algo de incomum em mim e na minha espécie. É por isso que vêm até nós em caso de necessidade ou quando estão em apuros, e amarram fitas de veludo ou tiras de tecido em nossos galhos. E às vezes nós os ajudamos sem que percebam. De que outra forma você acha que aqueles irmãos gêmeos Rômulo e Remo teriam sido encontrados por uma loba, se a cesta deles, flutuando perigosamente nas águas do rio Tibre, não tivesse ficado presa nas raízes de uma *Ficus ruminalis*? No judaísmo, sentar-se sob uma figueira há muito é associado a um estudo profundo e devoto da Torá. E embora Jesus tenha desaprovado certa figueira estéril, não esqueçamos que foi um cataplasma feito de nós que, ao ser aplicado em sua ferida, salvou Ezequias. O profeta Maomé dizia que a figueira era a única árvore que ele desejava ver no paraíso — há uma sura no Alcorão com nosso nome. Foi enquanto meditava sob uma *Ficus religiosa* que Buda alcançou a iluminação. E já mencionei como o rei Davi gostava de nós ou como inspiramos esperança e novos começos em cada animal e ser humano a bordo da Arca de Noé?

Qualquer um que se refugie debaixo de uma figueira, pelo motivo que seja, tem minha mais profunda simpatia, e os humanos o fazem há séculos, da Índia à Anatólia, do México a El Salvador. Os beduínos resolvem suas divergências à nossa sombra, os drusos beijam nossa casca com reverência, colocando objetos pessoais ao nosso redor, rezando para alcançar o *ma'rifah*. Tanto árabes quanto judeus fazem seus preparativos de casamento junto de nós, na esperança de que o matrimônio seja forte o suficiente para resistir às intempéries em seu caminho. Os budistas querem nos ver florescer perto de seus templos, assim como os hindus. As mulheres quicuias, no Quênia, se cobrem com a seiva das figueiras quando querem engravidar, e são essas mesmas mulheres que nos defendem bravamente sempre que alguém tenta cortar uma *mugumo* sagrada.

Sob nossa copa, animais sacrificiais são abatidos, votos são feitos, alianças são trocadas e disputas de sangue são resolvidas. E algumas pessoas até acreditam que se rodear uma figueira sete vezes enquanto queima incenso e pronuncia as palavras certas na ordem certa, você pode mudar o sexo que lhe foi atribuído ao nascimento. Há também aqueles que martelam os pregos mais afiados em nosso tronco para transferir para nós qualquer doença ou mal que os acomete. Isso também suportamos em silêncio. Não é à toa que nos chamam de árvores sagradas, árvores dos desejos, árvores malditas, árvores espectrais, árvores sobrenaturais, árvores milagrosas, árvores que roubam almas...

E não foi à toa que Meryem insistiu em realizar um ritual para sua irmã morta sob uma *Ficus carica*, ou melhor, acima dela. Enquanto batia as pedras umas nas outras, eu a ouvi cantar — uma elegia, lenta e lúgubre, um lamento tardio pelo funeral ao qual não pôde comparecer.

Enquanto isso, tinha certeza de que meu amado Kostas mantinha distância, sem falar muito. Não precisava ver seu rosto para saber que ele devia ter adotado uma expressão de educada desaprovação. Como um homem da ciência, da razão e da pesquisa, ele nunca daria crédito ao sobrenatural, mas tampouco menosprezava quem o fizesse. Ele podia ser um cientista, mas, antes de tudo, era um ilhéu. Também tinha sido criado por uma mãe propensa à superstição.

Certa vez, ouvi Defne dizer a Kostas: "Pessoas que vêm de ilhas turbulentas nunca podem ser normais. Podemos fingir, podemos até fazer um progresso incrível, mas nunca aprenderemos de fato a nos sentir seguros. O solo que para os outros parece duro como pedra são águas agitadas para os da nossa espécie".

Kostas a ouviu com atenção, como sempre fazia. Ao longo de seu casamento e muito antes, enquanto ainda namoravam, ele tentara garantir que aquelas águas bravias nunca a tragassem, mas no final elas o fizeram.

Não sei por que essa lembrança se infiltrou em mim naquela noite enquanto eu estava enterrada sob a terra, mas me perguntei se as pedras que Meryem havia colocado na terra fria eram uma forma de conforto para ela, um símbolo de segurança quando nada mais parecia sólido.

BANQUETE

Quando Ada acordou na manhã seguinte, a casa estava tomada por cheiros incomuns. Sua tia havia preparado o café da manhã — ou melhor, um banquete. Queijo *halloumi* grelhado com *za'atar*, queijo feta assado com mel, halva de gergelim, tomates recheados, azeitonas verdes com erva-doce, pãezinhos com pasta de azeitona preta, pimentão frito, linguiça picante, *börek* de espinafre, palitos de massa folhada com queijo, melaço de romã com *tahine*, geleia de espinheiro, geleia de marmelo e uma grande panela de ovos pochê com iogurte de alho, tudo isso cuidadosamente arrumado sobre a mesa.

— Uau! — disse Ada ao entrar na cozinha.

Meryem, que estava picando salsa em uma tábua de madeira na bancada, se virou para ela com um sorriso. Estava vestindo uma saia preta comprida e um cardigã cinza grosso que quase chegava aos joelhos.

— Bom dia!

— De onde veio toda essa comida?

— Bem, encontrei algumas coisas nos armários e o resto trouxe comigo. Ah, você precisava me ver no aeroporto! Estava morrendo de medo de aqueles cães farejadores sentirem o cheiro da minha halva. Passei pela alfândega com o coração na boca. Porque eles sempre param pessoas como eu, não é? — Ela apontou para a cabeça. — Cabelo escuro, passaporte errado.

Ada se sentou na cabeceira da mesa, ouvindo. Observou enquanto a tia cortava uma grande fatia de *börek* e colocava uma porção generosa de ovos pochê e salsichas em um prato.

— Para mim? Obrigada, mas é coisa demais.

— Coisa demais? Isso não é nada! Uma águia não se alimenta de moscas.

Embora Ada tenha achado isso uma coisa estranha de se dizer, seu rosto não revelou nada. Ela olhou ao redor.

— Cadê o meu pai?

Meryem puxou uma cadeira para si mesma, um copo de chá na mão. Ao que parecia, também tinha trazido do Chipre um conjunto de copos de chá e um samovar de latão, que agora fervia e chiava em um canto.

— No jardim! Ele disse que precisava ir falar com a árvore.

— É, bem, não estou surpresa — murmurou Ada baixinho enquanto enfiava o garfo na massa. — Ele é obcecado por aquela figueira.

Uma sombra cruzou o rosto de Meryem.

— Você não gosta da figueira?

— Por que eu não gostaria de uma *árvore*? Não dou a mínima.

— Aquela não é uma árvore qualquer, sabia? Sua mãe e seu pai a trouxeram de Nicósia.

Ada não sabia disso, de modo que não tinha nada a dizer a respeito. A *Ficus carica* sempre estivera lá, no jardim dos fundos, desde que ela conseguia se lembrar. Ela comeu um pedaço de *börek* e mastigou devagar. Não havia como negar que a tia era uma boa cozinheira, em flagrante contraste com a mãe, que nunca havia se interessado por nenhum aspecto da vida doméstica.

Ela empurrou o prato para longe.

Meryem ergueu as sobrancelhas, tão finas que pareciam um par de arcos desenhados a lápis nas feições amplas.

— O quê? Só isso? Não vai comer mais?

— Desculpe, eu não sou de comer muito no café da manhã.

— Isso existe? Achei que todas as pessoas do mundo comessem muito no café da manhã. Todos acordamos com fome.

Ada lançou um rápido olhar para a tia. A mulher tinha um jeito peculiar de falar, que ela achava divertido e irritante em igual medida.

— Bom dia para vocês duas. — Veio por trás delas a voz de Kostas, que entrava na cozinha, as bochechas vermelhas por causa do frio, uma leve camada de flocos de neve sobre os cabelos. — Que banquete fabuloso.

— Sim, mas alguém não quer comer — disse Meryem.

Kostas sorriu para a filha.

— A Ada não tem muito apetite de manhã. Tenho certeza de que ela vai comer mais tarde.

— Mais tarde não é a mesma coisa — comentou Meryem. — Uma pessoa precisa tomar café da manhã como um sultão, almoçar como um vizir, jantar como um mendigo. Caso contrário, toda a ordem é quebrada.

Ada recostou-se e cruzou os braços. Estudou aquela mulher que tinha aparecido nas vidas deles do nada: as dimensões generosas do rosto dela, a presença ruidosa e estridente.

— Você ainda não disse o que veio fazer aqui.

— Ada! — exclamou Kostas.

— O que foi? Você disse que eu poderia perguntar.

— Tudo bem. É bom que ela tenha perguntado. — Meryem colocou um cubo de açúcar no chá e mexeu. Quando voltou a falar, a voz estava diferente. — Minha mãe faleceu; faz exatamente dez dias.

— Mãe Selma faleceu? — disse Kostas. — Eu não sabia. Sinto muito pela sua perda.

— Obrigada — respondeu Meryem, embora seus olhos permanecessem fixos em Ada. — Sua avó tinha noventa e dois anos, morreu durante o sono. Uma morte abençoada, como dizemos. Cuidei do funeral e comprei uma passagem no primeiro voo que consegui encontrar.

Ada se virou para o pai.

— Eu disse que tinha a ver com herança.

— Que herança? — interveio Meryem.

Kostas balançou a cabeça.

— A Ada acha que você precisa resolver algum tipo de documentação, e é por isso que está aqui.

— Ah, entendo, como um testamento. Não, meus pais eram pessoas sem muitas posses. Não tenho nenhuma papelada para discutir com vocês.

— Então por que veio para cá do nada? — perguntou Ada, o olhar assumindo um tom urgente.

No silêncio que se seguiu, algo se passou entre Meryem e Kostas, uma troca silenciosa. Ada percebeu, mas não sabia dizer o que era. Lutando contra a vontade de perguntar a eles o que estavam escondendo dela, a garota se manteve firme, do jeito que a mãe havia ensinado.

— Eu sempre quis vir visitar vocês — disse Meryem depois de uma breve pausa. — Como eu poderia não querer conhecer a filha da minha irmã? Mas eu tinha feito uma promessa. Meu pai faleceu há quatorze anos, quando você ainda era bebê. Mas até meus pais morrerem, eu tinha que manter minha palavra.

— Que tipo de promessa? — questionou Ada.

— Que nunca veria nenhum de vocês enquanto meus pais estivessem vivos — respondeu Meryem, a respiração um pouco entrecortada. — Quando minha mãe morreu, me senti livre para viajar.

— Não entendo — confessou Ada. — Por que você faria uma promessa tão horrível? E que tipo de pessoa pediria para você fazer isso?

— Ada *mou*, vá com calma — disse Kostas com delicadeza.

Ada olhou para o pai com os olhos iluminados de raiva.

— Por favor, pai, eu não sou criança. Eu entendo. Você é grego, a mamãe era turca, tribos opostas, rixa de sangue. Vocês contrariaram algumas pessoas quando se casaram, não foi? E daí? Nada justifica esse tipo de comportamento. Eles nunca vieram nos ver. Não só eles. Nenhum dos nossos parentes dos dois lados. Não vieram para o funeral da mamãe. Você chama isso de *família*? Não vou ficar sentada aqui, comendo faláfel e ouvindo provérbios e fingir que concordo com tudo isso!

Distraída, Meryem acrescentou outro cubo de açúcar ao chá, esquecendo-se de que já tinha feito isso. Tomou um gole. Muito doce. Deixou o copo de lado.

— Desculpe se estou sendo mal-educada. — Ada balançou a cabeça e, em um movimento fluido, empurrou a cadeira para trás e se levantou. — Tenho lição de casa para fazer.

Depois que ela saiu, um silêncio incômodo tomou conta da cozinha. Meryem tirou os anéis, um por um, e os colocou de volta. Murmurou para si mesma:

— Eu não fiz faláfel. Nem faz parte da nossa culinária.

— Sinto muito — disse Kostas. — A Ada passou por muita coisa este ano. Tem sido extremamente difícil para ela.

— E para você também — acrescentou Meryem, levantando a cabeça e olhando para ele. — Mas a semelhança é impressionante. Ela é… ela é igualzinha à mãe.

Kostas assentiu com um meio sorriso.

— Eu sei.

— E ela tem todo o direito de fazer essas perguntas — disse Meryem. — Como você não tem raiva de mim?

— De que adiantaria? Já não tivemos o suficiente de tudo isto: raiva, ódio, mágoa? Mais que o suficiente.

Meryem olhou ao redor como se tivesse perdido algo. Sua voz saiu em um sussurro quando voltou a falar.

— Quanto a Ada sabe?

— Não muito.

— Mas ela é curiosa. É jovem e inteligente, quer saber.

— Já contei algumas coisas, aqui e ali.

— Duvido que seja o suficiente para satisfazê-la.

Kostas inclinou a cabeça, os sulcos na testa se aprofundando.

— Ela é uma menina britânica. Nunca nem esteve no Chipre. Defne estava certa o tempo todo. Por que sobrecarregar nossos filhos com nosso passado, ou com a bagunça que fizemos dele? Esta é uma nova geração. Uma página em branco. Não quero que ela se angustie com uma história que não nos causou nada além de dor e desconfiança.

— Como quiser — disse Meryem, pensativa.

Deixou cair outro cubo de açúcar no chá e observou enquanto ele se dissolvia.

SEGUNDA PARTE

RAÍZES

AMANTES

Chipre, 1974

Faltava uma hora para meia-noite. Desde o dia anterior, a lua estava cheia, brilhante e jubilosa. E embora Defne normalmente tivesse gostado daquilo, naquela noite precisava da cobertura da escuridão.

Levantou-se da cama, tirou o pijama e vestiu uma saia azul rodada, amarrada com um cinto de couro bordado e uma blusa branca com babados que todos diziam que ficava bem nela. Colocou os brincos, não os de ouro — que eram quase imperceptíveis, tão minúsculos contra os lóbulos de suas orelhas —, mas os de cristal, que pendiam até os ombros e cintilavam como estrelas. Eles faziam com que se sentisse mais adulta e glamorosa. Amarrou os cadarços dos tênis uns nos outros e os pendurou em volta do pescoço. Tinha que ser tão silenciosa quanto a própria noite.

Depois de levantar a janela guilhotina, ela se acomodou no parapeito e se agachou na beirada por alguns segundos. Ouviu um ruído a distância, um piado suave de duas notas, provavelmente uma coruja perseguindo sua presa. Ela prendeu a respiração e escutou. Kostas lhe ensinara a sequência precisa de seus pios: nota breve, silêncio breve, nota longa, silêncio longo. Um código Morse de coruja só para eles.

Estendeu o braço para alcançar um dos galhos da amoreira e subiu cuidadosamente nele. Em seguida, desceu, um galho de cada vez, como tanto fizera quando era pequena. Assim que pulou no chão, olhou para cima para ver se alguém estava observando. Por uma fração de segundo, pensou ter visto uma sombra em uma das janelas. Seria sua irmã? Mas Meryem devia estar dormindo no quarto dela. Tinha verificado um pouco antes.

Com o estômago se contorcendo de ansiedade, Defne saiu sorrateiramente do jardim. A luz da lua se refletia nas pedras do calçamento ao longo da rua estreita, formando riachos de prata que brilhavam à frente dela como se estivesse deslizando sobre a água. Ela acelerou o passo, olhando por cima do ombro a cada poucos segundos para ter certeza de que ninguém a estava seguindo.

Eles costumavam se encontrar lá tarde da noite, naquela curva da rua, junto de uma antiga oliveira. Caminhavam um pouco ou se sentavam em um muro, escondendo-se nas sombras, a escuridão como um xale macio envolvendo sua inquietação. Às vezes, um socó-dorminhoco passava voando sobre as cabeça deles ou um porco-espinho rastejava perto, criaturas noturnas se movendo em segredo, como os próprios amantes.

Naquela noite, ela estava atrasada. Conforme se aproximava do ponto de encontro, a respiração se acelerava. Sem postes de luz ou casas por perto, em alguns trechos a escuridão era quase total. Ao chegar mais perto, ela estreitou os olhos e tentou identificar a silhueta familiar dele entre as árvores, mas não conseguiu ver nada. Sentiu um aperto no coração. Ele devia ter ido embora. Ainda assim continuou andando, esperançosa.

— Defne?

A voz dele dava ao nome um tom mais suave, as vogais ligeiramente arredondadas. Então ela distinguiu a silhueta dele. Alto, magro, inconfundível. Um minúsculo brilho laranja se movia em sua mão.

— É você? — sussurrou Kostas.

— Sim, seu bobo, quem mais poderia ser? — Defne se aproximou, sorrindo. — Eu não sabia que você fumava.

— Eu também não — disse Kostas. — Estava nervoso. Roubei um do maço do meu irmão.

— Mas por que está fumando, *ashkim*? Não sabe que são apenas algumas baforadas que desaparecem assim que você expira? — Ao ver sua expressão aflita, ela riu. — Estou brincando, está tudo bem. Não ligue para o que eu digo. Meus pais fumam. Estou acostumada.

Eles se deram as mãos, os dedos entrelaçados. Defne notou que ele havia exagerado um pouco na colônia. Claramente ela não era a única que tentava causar uma boa impressão. Puxou--o para junto de si e o beijou. Como era um ano mais velha, se considerava mais madura.

— Fiquei com tanto medo de você não vir — disse Kostas.

— Eu prometi, não prometi?

— Prometeu, mas mesmo assim...

— Na nossa família, sempre mantemos a nossa palavra. Meu pai nos criou assim, Meryem e eu.

Ele descartou o cigarro e o esmagou sob o sapato.

— Então você nunca quebrou uma promessa na vida?

— Para dizer a verdade, não, nunca. Acho que minha irmã também não. Não tenho orgulho disso, é muito enfadonho. Depois que dá a palavra, você tem que cumpri-la. É por isso que tento não fazer muitas promessas. — Ela inclinou a cabeça para trás e o olhou fixamente nos olhos. — Mas tem uma coisa que posso prometer facilmente: sempre vou te amar, Kostas Kazantzakis.

Ela podia ouvir o coração dele batendo forte dentro da caixa torácica. Aquele rapaz que era suave como o orvalho de uma manhã fresca e sabia cantar as baladas mais comoventes em uma língua que ela não compreendia; aquele rapaz, que podia conversar animadamente sobre arbustos perenes e poupas-eurasiáticas, agora parecia sem palavras.

Ela se inclinou para a frente, tão perto que podia sentir a respiração dele em seu rosto.

— E você?

— Eu? Mas eu já me comprometi há muito tempo. Sei que nunca vou deixar de te amar.

Defne sorriu, embora seu ceticismo habitual não lhe permitisse acreditar nele. Mas tampouco se permitia duvidar dele. Não naquela noite. Queria se envolver com as palavras dele, protegendo-as como se faz com as palmas das mãos em torno de uma chama ao vento.

— Trouxe uma coisa para você — disse Kostas, tirando do bolso um pequeno objeto sem embrulho.

Era uma caixinha de música feita de madeira de cerejeira com borboletas coloridas marchetadas na tampa e uma chave com uma borla de seda vermelha.

— Ah, é linda, obrigada...

Ela segurou a caixinha junto do peito, sentindo sua frieza suave. Sabia que ele devia ter economizado dinheiro para comprá-la. Com cuidado, girou a chave no fundo da caixinha, e uma doce melodia começou a tocar. Eles a ouviram até o fim.

— Eu tenho uma coisa para você também.

Ela tirou o papel enrolado do bolso. Era um esboço a lápis dele sentado em uma rocha, pássaros voando no horizonte, uma série de arcos de pedra se estendendo de cada lado. Na semana anterior, os dois haviam passeado pelo antigo aqueduto, que outrora levara água das montanhas ao norte para a cidade. Embora durante o dia fosse sempre mais arriscado, eles tinham passado a tarde inteira lá, inspirando o cheiro de grama selvagem, e tinha sido esse o momento que ela quisera capturar.

Ele segurou o desenho, observando-o ao luar.

— Você me deixou bonito.

— Bem, não foi difícil.

Kostas estudou a expressão de Defne, os dedos traçando a linha suave da mandíbula dela.

— Você é muito talentosa.

Eles se beijaram, dessa vez por mais tempo, buscando um ao outro com urgência, como se temessem cair. No entanto, havia também uma timidez nos movimentos deles, ao mesmo tempo que cada carícia, cada sussurro, os tornava mais ternos. Pois o corpo de um amante é uma terra sem fronteiras. Você o descobre, não de uma vez, mas a cada passo ansioso, se perdendo, perdendo o senso de direção, desbravando seus vales ensolarados e campos ondulantes, percebendo-o quente e acolhedor, e então, escondidas em cantos tranquilos, topando com cavernas invisíveis e inesperadas, fendas nas quais você tropeça e se corta.

Abraçando-a, Kostas apoiou a bochecha na cabeça dela. Defne enterrou o rosto no pescoço dele. Ambos sabiam que, por mais improvável que fosse, tão tarde, alguém poderia vê-los e informar as famílias. Uma ilha, grande ou pequena, estava cheia de olhos observando por trás de cada janela de treliça e de cada rachadura nos muros e por meio de cada búteo-de--cauda-vermelha que voava alto no vento: o olhar fixo de uma ave de rapina.

De mãos dadas, tomando o cuidado de permanecerem nas sombras, eles passearam, sem pressa de chegar a lugar nenhum. A noite havia esfriado um pouco. Com sua blusa fina, ela tremia. Ele lhe ofereceu o casaco, mas ela recusou. Quando ele insistiu, ela ficou chateada, pois não queria ser tratada como se fosse mais fraca do que ele. Era teimosa assim.

Ele tinha dezessete anos; ela, dezoito.

Figueira

Aqui embaixo da terra, eu permaneço imóvel, ouvindo cada pequeno som. Isolada de todas as fontes de luz — sol ou lua —, meu ciclo circadiano está perturbado e o sono regular me escapa. Imagino que seja mais ou menos como sofrer de jet lag. Padrões diurnos e noturnos em completa desordem, deixando-me imersa em uma névoa perpétua. Vou acabar me acostumando, mas vai levar um tempo.

A vida abaixo da superfície não é simples nem monótona. O subsolo, ao contrário do que a maioria das pessoas pensa, fervilha de atividade. Se cavar mais e mais fundo, você vai se surpreender ao ver o solo adquirir tons inesperados. Vermelho-enferrujado, rosa-claro, mostarda-quente, verde-limão, um rico turquesa... Os humanos ensinam os filhos a pintar a terra de uma cor só. Eles imaginam o céu azul, a grama verde, o sol amarelo e a terra toda marrom. Se eles soubessem que têm arco-íris sob os pés...

Pegue um punhado de terra, pressione-o entre as mãos, sinta o calor, a textura, o mistério. Há mais micro-organismos nesse pequeno torrão do que pessoas no planeta. Repleta de bactérias, fungos, arqueas, algas e minhocas que se contorcem, sem falar dos fragmentos de louça antiga, todos trabalhando para converter material orgânico em nutrientes com os quais nós, plantas, nos alimentamos e prosperamos com gratidão, a terra é complexa, resiliente, generosa. Cada centímetro de solo é resultado de muito trabalho. É preciso uma infinidade de minhocas e micro-organismos e séculos de trabalho incessante para produzir mesmo essa pequena quantidade. A terra argilosa e saudável é mais preciosa do que diamantes e rubis, embora eu nunca tenha ouvido humanos valorizarem-na assim.

Uma árvore tem mil orelhas em todas as direções. Posso detectar o mastigar das lagartas enquanto elas fazem buracos nas minhas folhas, o zumbido das abelhas que passam, o chilrear da asa de um besouro. Posso reconhecer o suave borbulhar das colunas de água quebrando dentro dos meus galhos. As plantas são capazes de detectar vibrações, e muitas flores têm a forma de tigelas para capturar melhor as ondas sonoras, algumas das quais são agudas demais para o ouvido humano. As árvores são repletas de canções, e não temos vergonha de cantá-las.

Prostrada aqui em pleno inverno, busco refúgio em sonhos arbóreos. Nunca fico entediada, mas já sinto falta de tantas coisas — as nesgas de luz das estrelas, a beleza da lua contra o céu noturno, perfeita e delicadamente sarapintada como um ovo de tordo, o aroma de café vindo da casa todas as manhãs... e, acima de tudo, Ada e Kostas.

Também sinto falta do Chipre. Talvez por causa do clima gelado, não posso deixar de relembrar meus dias ao sol. Posso ter me tornado uma árvore britânica, mas em alguns dias ainda levo um momento para entender onde estou, em que ilha exatamente. As memórias voltam depressa para mim e, se escuto com atenção, ainda posso ouvir o canto das cotovias e dos pardais, o assobio de toutinegras e piadeiras, os pássaros do Chipre, chamando meu nome.

ABRIGO

Chipre, 1974

Quando se encontraram de novo, Defne parecia inquieta, uma chama de apreensão queimando nos olhos escuros.

— Naquela noite, quando estava voltando para casa, dei de cara com meu tio — disse ela. — Ele me perguntou o que eu estava fazendo na rua tão tarde. Eu suei para encontrar uma desculpa.

— O que você disse? — perguntou Kostas.

— Eu disse que minha irmã estava se sentindo mal e que eu tive que ir à farmácia. Mas adivinha só: ele esbarrou em Meryem na manhã seguinte! Perguntou se ela estava se sentindo melhor, e Meryem, graças a Deus, fingiu que sim. Então ela voltou para casa e me pressionou. Eu tive que contar a ela, Kostas. Minha irmã sabe sobre nós agora.

— Pode confiar nela?

— Posso — respondeu Defne sem hesitar. — Mas se meu tio tivesse falado com meus pais, a história seria bem diferente. Não podemos continuar nos encontrando assim.

Kostas passou os dedos pelo cabelo.

— Eu venho pensando nisso já faz um tempo. Estou procurando um lugar seguro.

— Não há nenhum!

— Bem, na verdade, há um.

— Onde?

— É uma taberna. — Ele viu os olhos dela se arregalarem, depois se estreitarem. — Eu sei o que você vai dizer, mas ouça. O lugar fica praticamente vazio durante o dia. Os clientes só começam a chegar depois do pôr do sol. Antes disso, são apenas os funcionários. E mesmo à noite, se conseguirmos nos encontrar nos fundos e sair pela porta da cozinha, é mais seguro do que ficar na rua. Em uma taberna, as pessoas tomam conta das próprias vidas.

Defne mordeu o lábio inferior, avaliando a ideia.

— Qual taberna?

— A Figueira Feliz.

— Ah! — Seu rosto se iluminou. — Nunca fui lá, mas já ouvi muitas coisas sobre esse lugar.

— Minha mãe vende coisas para eles toda semana. Eu levo geleia de alfarroba e *melitzanaki glyko* para eles.

Defne sorriu, pois sabia como ele era próximo da mãe e o quanto a amava.

— Você conhece o dono?

— Os donos são dois caras. Eles são pessoas muito legais, mas opostos completos. Um é um tagarela incurável, sempre contando alguma história ou piada. O outro é mais calado. É preciso mais tempo para conhecê-lo.

Defne assentiu, embora não estivesse ouvindo de todo. Naquele segundo, o temor que carregava dentro de si se dissipou e ela se sentiu leve novamente, corajosa. Tocou os lábios de Kostas, que estavam levemente rachados, ásperos por causa do sol. Ele devia estar mordendo-os, assim como ela fazia.

— O que faz você pensar que eles vão nos ajudar? — perguntou ela.

— Tenho a sensação de que eles não vão dizer não para mim. Já faz tempo que venho observando os dois. São honestos e trabalhadores e cuidam da própria vida. Imagine só, eles conhecem todo tipo de gente, mas nunca fofocam sobre ninguém. Eu gosto disso neles.

— Tudo bem. Vamos tentar — disse Defne. — Mas se não der certo, vamos ter que encontrar outro jeito.

Ele sorriu, o alívio correndo por suas veias. Nunca havia confessado isso a ela, mas temia que um dia ela sugerisse que se tornara perigoso demais para eles continuarem se encontrando, um segredo pesado demais para guardar, que era melhor se separarem antes que as coisas saíssem do controle. Toda vez que sentia esse medo, ele o empurrava gentilmente para um lugar no porão da alma, onde mantinha todos os pensamentos descontrolados e dolorosos. Ele o guardava junto das lembranças do pai.

Figueira

Antes de me encontrar na taberna, preciso lhe contar mais algumas coisas sobre mim e sobre a minha terra natal.

Vim ao mundo em 1878, ano em que o sultão Abdul Hamid II, sentado no trono dourado dele em Istambul, fez um acordo secreto com a rainha Vitória, sentada no trono dourado dela em Londres. O Império Otomano concordou em ceder a administração da nossa ilha ao Império Britânico em troca de proteção contra as investidas russas. No mesmo ano, o primeiro-ministro britânico, Benjamin Disraeli, chamou minha terra natal de "a chave para a Ásia Ocidental" e acrescentou: "Ao tomá-la, o avanço não é em direção ao Mediterrâneo, mas à Índia". Embora não tivesse muito valor econômico aos olhos dele, a ilha estava em uma posição ideal para lucrativas rotas comerciais.

Algumas semanas depois, a bandeira britânica foi içada em Nicósia. Depois da Primeira Guerra Mundial, durante a qual o Império Otomano e o Império Britânico se tornaram adversários, os britânicos anexaram o Chipre e assim nos tornamos uma colônia da Coroa.

Eu me lembro do dia em que eles chegaram, as tropas de Sua Majestade, cansadas e com sede depois da longa viagem, e um pouco confusas sobre quem exatamente seriam os súditos coloniais. Os ingleses, embora no fundo também sejam ilhéus, nunca souberam bem que papel atribuir a nossa ilha. Em um minuto, parecíamos tranquilizadoramente familiares aos olhos deles, no minuto seguinte, estranhamente exóticos e orientais.

Naquele dia fatídico, *sir* Garnet Wolseley, o primeiro-alto-comissário, veio dar à nossa costa, com uma grande tropa de soldados vestindo uniformes grossos — calças de campanha inglesas e casacos de lã vermelha. O termômetro marcava quarenta e três graus. Eles acamparam em Larnaca, perto do Lago Salgado, montando barracas de lona que pouco faziam para protegê-los do sol escaldante. Nas cartas que escreveu para a esposa, Wolseley se queixaria mais tarde: "Foi um movimento muito imprudente enviar os regimentos britânicos para cá durante a estação de calor".

Mas o que mais o desapontou foi a paisagem árida: "Onde estão as florestas que achávamos que cobriam o Chipre?".

"Boa pergunta", nós, árvores, concordamos. A vida não era fácil para nós. Fazia tempo que enxames de gafanhotos atormentavam a ilha, chegando em nuvens densas e escuras, devorando tudo o que era verde. Florestas tinham sido dizimadas, derrubadas para dar lugar a vinhedos e outros cultivos e para obter lenha, e às vezes destruídas de forma deliberada em vinganças sem fim. Os desmatamentos constantes para a extração de madeira, os múltiplos incêndios e a pura ignorância foram responsáveis pelo nosso desaparecimento, para não citar o flagrante descaso da administração anterior. Mas também as guerras; já havíamos testemunhado muitas ao longo dos séculos. Conquistadores do Oriente, conquistadores do Ocidente: hititas, egípcios, fenícios, assírios, gregos, persas, macedônios, romanos, bizantinos, árabes, francos, genoveses, venezianos, otomanos, turcos, britânicos...

Estávamos lá quando, no início dos anos 1950, começaram os ataques violentos contra os britânicos em nome da Enosis — a união com a Grécia — e explodiram as primeiras bombas. Estávamos lá quando o Instituto Britânico na praça Metaxas e a biblioteca dentro dele, *a melhor biblioteca inglesa do Oriente Médio*, foram incendiados por jovens manifestantes, e todos aqueles livros e manuscritos feitos da nossa matéria foram reduzidos a cinzas. Em 1955, as coisas haviam se deteriorado tanto que foi declarado estado de emergência. Os floristas e floricultores locais, cujos negócios haviam sofrido um declínio dramático, talvez porque ninguém se sentisse no direito de desfrutar de beleza enquanto reinavam o medo e o caos, agora obtinham a maior parte do lucro fazendo coroas para os funerais dos Gordon Highlanders e de outros britânicos mortos no conflito.

Em 1958, a organização nacionalista grega conhecida como EOKA havia banido todas as placas em inglês da ilha. Os nomes ingleses das ruas foram riscados e cobertos com tinta. Logo os nomes turcos também seriam eliminados. Então a organização nacionalista turca conhecida como TMT começou a apagar nomes gregos. E chegou um momento em que as ruas da minha cidade natal ficaram sem nome, apenas tinta molhada sobre tinta molhada, como aquarelas que lentamente se diluem em nada.

E nós, árvores, observamos, esperamos e testemunhamos.

TABERNA

Chipre, 1974

A Figueira Feliz era um ponto de encontro popular, frequentado por gregos, turcos, armênios, maronitas, soldados da ONU e visitantes da ilha que rapidamente se adaptavam aos costumes locais. Era administrada por dois sócios, um cipriota grego e um cipriota turco, ambos na casa dos quarenta anos. Yiorgos e Yusuf tinham aberto o local em 1955, com dinheiro emprestado de familiares e amigos, e mantiveram o estabelecimento funcionando, até conseguiram prosperar, apesar das tensões e problemas que assolavam a ilha por todos os lados.

A entrada da taberna era parcialmente coberta por ramos retorcidos de madressilvas. No interior, vigas sólidas e enegrecidas percorriam todo o comprimento e a largura do teto, de onde pendiam guirlandas de alho, cebola, ervas secas, pimenta e embutidos curados. Havia vinte e duas mesas com cadeiras que não combinavam, um bar de madeira esculpido com bancos de carvalho e uma grelha a carvão na parte de trás de onde flutuava diariamente o cheiro de pão sírio, junto com os tentadores aromas de carne cozida. Com mais mesas no pátio, a taberna ficava lotada todas as noites.

Era um lugar com história e pequenos milagres próprios. Lá dentro, relatos de triunfos e dificuldades eram compartilhados, contas de longa data acertadas, risos e lágrimas misturados, confissões e promessas feitas, pecados e segredos confessados. Entre suas paredes, estranhos se transformavam em amigos, amigos, em amantes; velhas chamas se reacendiam, corações partidos se curavam ou voltavam a se despedaçar. Muitos bebês da ilha foram concebidos depois de uma noite alegre na taberna. A Figueira Feliz havia tocado a vida das pessoas de muitas maneiras desconhecidas.

Quando Defne, seguindo Kostas, entrou lá pela primeira vez, ela não sabia de nada disso. Ajeitando uma mecha de cabelo atrás da orelha, ela olhou ao redor com curiosidade. O lugar parecia ter sido decorado por alguém que sem dúvida adorava a cor azul. A entrada era de um azul-celeste vívido, com olhos turcos pendurados e ferraduras pregadas nas paredes. As toalhas de mesa eram quadriculadas de azul-marinho e branco, as cortinas de uma azul-safira intenso, os azulejos nas paredes adornados com padrões em água-marinha, e até mesmo os grandes e lânguidos ventiladores de teto eram de um tom semelhante. Havia duas colunas repletas de fotos emolduradas das celebridades que haviam visitado o restaurante ao longo dos anos: cantoras, atrizes, estrelas de TV, jogadores de futebol, estilistas, jornalistas, campeões de boxe...

Defne ficou surpresa ao ver um papagaio empoleirado no alto de um armário, absorto em comer um biscoito, um pássaro exótico de cauda curta com cabeça amarela e plumagem verde-clara. Mas foi o que ela encontrou no centro da taberna que imediatamente chamou sua atenção. Plantada no meio da sala de jantar, crescendo através de uma abertura no telhado, havia uma árvore.

— Uma figueira! — Uma expressão de puro encanto iluminou as feições dela. — É de verdade?

— Ah, pode apostar que é — disse uma voz atrás deles.

Virando-se, Defne viu dois homens de estatura e constituição medianas, lado a lado. Um deles, de cabelos curtos e com um crucifixo de prata no pescoço, tirou um chapéu imaginário na direção dela.

— Você deveria ver essa árvore à noite, com todas as luzes acesas. Parece eletrizada, mágica! Não se trata de uma árvore comum: tem mais de noventa anos, mas ainda produz os figos mais doces de toda a cidade.

O outro homem, provavelmente da mesma idade, tinha um bigode bem aparado e um queixo bem barbeado marcado por uma covinha pronunciada; o cabelo caía em longas mechas até os ombros. Ele gesticulou em direção a Kostas e disse:

— Então essa é a a-a-amiga de quem você nos falou.

Kostas sorriu.

— Sim, essa aqui é a Defne.

— Ah, ela é t-t-turca? — indagou o homem, mudando de expressão. — Você não tinha dito isso.

— Por quê? — perguntou Defne no mesmo instante e, quando não obteve uma resposta imediata, o olhar endureceu. — Vocês têm algum problema com isso?

O primeiro homem interveio.

— Ei, não fique chateada! O Yusuf também é turco. Ele não quis dizer nada de mais, só fala devagar. Se o apressar, ele começa a gaguejar.

Apertando os lábios para reprimir um sorriso, Yusuf concordou com a cabeça. Em seguida, se inclinou na direção do amigo e murmurou algo inaudível no ouvido dele, o que o fez rir.

— Yusuf está perguntando se ela sempre fica brava com tanta facilidade.

— Ah, fica — disse Kostas, sorrindo.

— Deus nos ajude, então! — exclamou o primeiro homem. Ele pegou a mão de Defne e apertou-a suavemente enquanto dizia: — Meu nome é Yiorgos, a propósito. A árvore não tem nome. O papagaio se chama Chico. Devo alertá-la sobre ele. Não se surpreenda se ele pousar no seu ombro e tentar roubar a sua comida. É uma ave terrivelmente mimada! Achamos que ele devia viver em um palácio ou em algum lugar assim antes de nos encontrar. De qualquer forma, bem-vinda ao nosso humilde estabelecimento.

— Obrigada — disse Defne, um pouco envergonhada pelo seu destempero.

— Agora, vocês dois, venham comigo.

Ele os conduziu a uma sala nos fundos onde guardavam caixas de batatas, cestas de maçãs e cebolas, colheitas de pomares locais e barris de cerveja. Havia uma pequena mesa em um canto com duas cadeiras, preparada bem antes da chegada deles, e uma cortina de veludo verde na entrada que podia ser puxada para terem privacidade.

— Receio que não seja muito luxuoso — comentou Yiorgos. — Mas pelo menos aqui ninguém vai incomodar vocês. Podem conversar o quanto quiserem.

— Está perfeito, obrigado — disse Kostas.

— E o que podemos trazer para vocês comerem?

— Ah, não queremos nada. — Kostas tocou as poucas moedas que tinha no bolso. — Só água.

— Sim — afirmou Defne com firmeza. — Água está ótimo.

Ela mal tinha acabado de falar quando um garçom apareceu, trazendo uma bandeja cheia de folhas de uva recheadas, *saganaki* de camarão, *souvlaki* de frango com molho *tzatziki*, *moussaka*, pão pita e uma jarra de água.

— Yusuf mandou isso, por conta da casa — informou o garçom. — Ele me pediu para dizer que é para vocês comerem!

Um minuto depois, finalmente sozinhos na pequena sala dos fundos, pela primeira vez em meses sem se preocupar com quem poderia vê-los e informar suas famílias, Kostas e Defne se entreolharam e começaram a rir. Um riso incrédulo, o tipo de leveza efervescente que só se sente depois de angústia e medo constantes.

Comeram devagar, saboreando cada pedaço. Conversavam sem parar, aproveitando ao máximo o que a linguagem podia oferecer, como se não tivessem certeza de que as palavras ainda estariam disponíveis quando chegasse o dia seguinte. Enquanto isso, os cheiros e sons dentro do estabelecimento foram se intensificando. As sombras projetadas pela luz das velas sobre a mesa brincavam nas paredes caiadas de branco. Toda vez que a porta da taberna se abria e uma nova corrente de ar agitava as cortinas, as mesmas sombras faziam uma pequena dança só para eles.

Eles ouviram os clientes chegarem. Os sons dos talheres, das conversas descontraídas. Em seguida, um prato se quebrando, seguido pelo riso de uma mulher. Alguém começou a cantar em inglês.

So kiss me and smile for me,
Tell me that you'll wait for me...

Outros se juntaram. Um coro espontâneo, ruidoso e desordenado. Eram soldados britânicos, muitos deles recém-saídos da academia, suas vozes subindo e descendo, agarrando-se uns aos outros em busca de apoio e camaradagem, um sentimento de lar, de pertencimento. Jovens presos em uma zona de conflito, aprisionados em uma ilha cujos idiomas não falavam, assim como não compreendiam as sutilezas do cenário político; soldados cumprindo ordens, sabendo que poderiam não estar vivos no dia seguinte.

Duas horas depois, Yusuf abriu a porta da cozinha e discretamente os deixou sair.

— V-v-voltem. Não é sempre que recebemos jovens amantes aqui, vão nos trazer sorte.

Ao serem recebidos pela brisa da noite, sorriram para o anfitrião, subitamente tímidos. Jovens amantes! Nunca tinham pensado em si mesmos naqueles termos, mas, agora que alguém tinha dito isso em voz alta, ficara claro, e eles souberam que era exatamente isso que eram.

Figueira

E foi assim que ela entrou na minha vida: Defne.

Era uma tarde tranquila. Eu estava cochilando dentro da taberna, desfrutando de um momento de paz antes da movimentação da noite, quando a porta se abriu e eles entraram, passando da claridade intensa da luz do sol para a sombra fresca.

"Uma figueira! É de verdade?"

É o que me lembro de Defne dizer assim que seus olhos pousaram em mim. A surpresa no rosto dela era inequívoca.

Eu me animei, curiosa para conhecer a pessoa que havia feito aquele comentário. Vaidade, talvez, mas sempre me interessei pelo que os humanos veem — ou são incapazes de ver — em nós.

Lembro-me de Yiorgos dizendo algo sobre como eu parecia eletrizada à noite. Ele usou a palavra "mágica". Fiquei feliz em ouvir isso. Era verdade. À noite, quando os funcionários acendiam as lâmpadas e as velas em vários cantos, uma luz dourada se refletia na minha casca e brilhava por entre as minhas folhas. Meus galhos se estendiam confiantes, como se tudo por ali fosse uma extensão de mim, não apenas as mesas de cavalete e as cadeiras de madeira, mas também as pinturas nas paredes, os cordões de alho pendurados no teto, os garçons andando de um lado para outro, os clientes que vinham de todas as partes do mundo, até o Chico, voando em uma explosão de cores, tudo isso acontecendo sob a minha supervisão.

Naquela época, eu não tinha nada com que me preocupar. Meus figos eram suculentos, abundantes, macios ao toque, e minhas folhas eram fortes e de um verde impecável, as mais novas maiores do que as mais antigas, sinal de um crescimento saudável. Tal era meu fascínio que melhorava até mesmo o estado de espírito dos clientes. Os sulcos na testa deles relaxavam, a rispidez de seu tom se suavizava. Talvez o que diziam sobre a felicidade fosse verdade, no fim das contas: era contagiosa. Em uma taberna chamada A Figueira Feliz, com uma árvore frondosa no centro, era difícil não se sentir cheio de esperança.

Eu sei que não deveria estar dizendo isso, sei que é errado da minha parte, hostil e ingrato, mas desde aquela tarde fatídica, muitos anos atrás, houve várias vezes em que lamentei ter conhecido Defne e desejei que ela nunca tivesse entrado por aquela porta. Talvez nossa bela taberna não tivesse sido consumida pelas chamas, destruída. Talvez eu ainda fosse aquela mesma árvore feliz.

SOLIDÃO

Londres, fim da década de 2010

A tempestade atingiu Londres com toda a força nas primeiras horas da madrugada. O céu, escuro como o peito de uma gralha, pesava sobre a cidade com toda a intensidade de aço dela. Raios faiscavam no alto, expandindo-se em galhos e brotos néon, como uma floresta fantasmagórica que tivesse sido desenraizada e varrida para longe.

Sozinha em seu quarto, com as luzes apagadas exceto por uma luminária de leitura ao lado, Ada estava deitada na cama, o edredom puxado até o queixo, ouvindo os trovões e pensando, preocupada. Por mais aterrorizante que tivesse sido gritar na frente dos colegas de classe, havia algo que a aterrorizava ainda mais: a constatação de que poderia acontecer de novo.

Durante o dia, distraída pela presença da tia, ela havia de alguma forma banido o incidente da mente, mas agora tudo voltava como uma onda. A expressão da sra. Walcott, as piadas dos colegas, a confusão no rosto de Zafaar. A sensação dilacerante no estômago. Devia haver algo de errado com ela, concluiu. Algo de errado em sua mente. Talvez ela tivesse o mesmo que a mãe, aquela coisa sobre a qual eles nunca falavam.

Achou que não conseguiria dormir, mas acabou pegando no sono. Um sono superficial e intermitente no meio do qual abriu os olhos, sem saber ao certo o que a teria despertado. Lá fora, chovia forte, o mundo engolido por um aguaceiro. O espinheiro-branco bem diante do quarto roçava contra a janela com cada rajada de vento, como se quisesse lhe dizer algo através do vidro.

Um carro passou pela rua; devia ser uma emergência para que saísse com aquele tempo, os faróis varrendo as persianas de modo que, por um momento, todos os itens do quarto ganharam vida, surgindo da escuridão. Silhuetas emergiram como personagens em um teatro de sombras. E com a mesma rapidez, desapareceram. Ela se lembrou, como havia feito inúmeras vezes nos últimos meses, do toque da mãe, do rosto da mãe, da voz da mãe. A dor envolveu todo o seu ser, apertando-a como um rolo de corda.

Lentamente, ela se sentou na cama. Como desejava um sinal! Pois a verdade era que, não importava quanto medo ou ceticismo pudesse nutrir em relação a fantasmas, espíritos e todas aquelas criaturas invisíveis nas quais suspeitava que a tia acreditasse, havia uma parte dela que esperava que, se conseguisse encontrar uma porta para outra dimensão, ou permitir que essa dimensão se revelasse, poderia ver a mãe uma última vez.

Ada esperou. Seu corpo ficou imóvel, mesmo com o coração batendo descontrolado no peito. Nada aconteceu. Nenhum sinal transcendente, nenhum mistério sobrenatural. Ela respirou fundo, desorientada. A porta que estava procurando, se é que havia uma, permaneceu fechada.

Pensou então na figueira, enterrada sozinha no jardim, as raízes restantes pendendo ao lado. Seus olhos se desviaram para o vazio que se estendia além da janela. Naquele instante, teve a estranha sensação de que a árvore também estava acordada, sintonizada em cada um de seus movimentos, ouvindo cada ranger da casa, esperando, assim como ela, esperando sem saber o quê.

Ada saiu da cama e acendeu as luzes. Sentada diante do espelho da penteadeira, estudou o nariz, que sempre achara grande demais, o queixo, que temia ser muito proeminente, os cabelos ondulados, que lutava para alisar... Lembrou-se de um dia, não muito distante no tempo, em que ficara observando a mãe trabalhar em uma pintura no estúdio dela.

— Quando terminar este, vou fazer um novo retrato seu, Adacim.

Desde que era bebê, a mãe pintava quadros dela; a casa estava cheia de retratos, alguns nas cores mais vibrantes, outros monocromáticos.

Mas, naquela tarde, pela primeira vez, Ada recusou.

— Eu não quero.

Deixando o pincel de lado, a mãe olhou para ela.

— Por que não, meu amor?

— Não gosto dos meus retratos.

Sua mãe ficou em silêncio por um momento. Uma expressão que parecia ser de sofrimento atravessou seu rosto, e então ela perguntou:

— Qual é o nome dele?

— Nome de quem?

— Do garoto... ou garota... qual é o nome da pessoa idiota que fez você se sentir assim?

Ada sentiu as bochechas queimarem e por uma fração de segundo quase contou à mãe sobre Zafaar. Mas não disse nada.

— Preste atenção, Ada Kazantzakis! As mulheres do Chipre, tanto do norte quanto do sul, são lindas. Como poderíamos não ser? Somos parentes de Afrodite... e mesmo que ela fosse uma vaca, não há como negar que era lindíssima.

Ada soltou um longo sibilo.

— Mãe, fala sério.

— Ei, estou falando sério. E quero que você entenda uma regra fundamental sobre o amor. Existem dois tipos de amor: o da superfície e o das águas profundas. Bem, Afrodite emergiu da espuma, lembra? O amor de espuma é um sentimento bom, mas tão superficial quanto ela. Quando termina, ele termina e não sobra nada. Sempre procure pelo tipo de amor que vem das profundezas.

— Eu não estou apaixonada!

— Tudo bem, mas quando estiver, lembre-se: o amor de espuma está interessado em beleza de espuma. O amor do mar procura a beleza do mar. E você, meu coração, merece um amor do mar, do tipo forte, profundo e arrebatador.

Pegando novamente o pincel, a mãe acrescentou:

— E quanto a esse garoto ou garota cujo nome não sei, se não enxerga o quanto você é especial, não merece um pingo da sua atenção.

Agora, sentada diante do espelho, examinando o rosto como se procurasse defeitos em uma superfície recém-caiada, Ada se deu conta de que nunca havia perguntado à mãe se o amor entre seu pai e ela era do primeiro ou do segundo tipo. Mas no fundo é claro que ela sabia. Em seu íntimo, sabia que era fruto do tipo de amor que surge do fundo do oceano, de um azul tão escuro que era quase preto.

Ada pegou o celular, depois de ter perdido o interesse no espelho e no que tinha visto lá. Apesar dos alertas do pai para que não usasse tecnologia à noite, pois alegava que atrasava os ritmos circadianos, ela gostava de navegar na internet quando não conseguia dormir. Assim que ligou o celular, uma mensagem surgiu. Número desconhecido.

Dá só uma olhada, surpresa!!!

Uma garra de ansiedade se cravou em seu peito enquanto ela hesitou por um segundo, sem saber se clicava ou não no link anexado à mensagem. Então apertou "play".

Era um vídeo horrível, horrível. Alguém a havia filmado na aula de História enquanto ela gritava. Devia ter sido um dos colegas de classe, levando um celular ilicitamente para dentro da sala. O estômago se contorceu, mas ainda assim Ada conseguiu assistir até o final. Lá estava ela, o perfil uma mancha vaga contra a luz da janela, mas ainda identificável, enquanto a voz se elevava até um tom ensurdecedor e inquietante.

Uma pontada de vergonha a atravessou, apunhalando a autoestima dela. Já era aterrador o suficiente que tivesse feito algo tão chocante e inesperado, mas descobrir que tinha sido gravado sem seu conhecimento ia muito além da humilhação. A mente começou a girar enquanto o pânico tomava conta dela, um gosto de ácido subindo até a boca. Foi horrível testemunhar a própria insanidade sendo exibida para todos verem.

Com a mão trêmula, acessou uma rede de compartilhamento de vídeos. Quem quer que tivesse filmado a cena já havia postado nas redes sociais — exatamente como ela temia. Abaixo do vídeo, as pessoas haviam postado comentários.

Uau, que aberração!

É claro que ela está fingindo.

Algumas pessoas fazem qualquer coisa para chamar atenção.

Qual é o problema dela?, alguém perguntara, e outra pessoa havia respondido: *Talvez ela tenha se olhado no espelho!*

E assim continuava, palavras de desprezo, de ridículo; centenas de piadas sexuais e comentários obscenos. Havia fotos e emojis também. Uma cópia da pintura de Munch, com a figura que grita em primeiro plano substituída por uma garota de aparência insana.

Ada agarrou o celular, tremendo. Começou a andar pelo quarto como um animal enjaulado, os nervos mais tensos a cada passo. Aquele vídeo humilhante ia ficar na internet para sempre, por toda a vida dela. A quem poderia pedir ajuda? O diretor?

Um professor? Escrever uma carta para a empresa de tecnologia — como se eles se importassem? Não havia nada que ela ou qualquer outra pessoa pudesse fazer, nem mesmo o pai. Estava completamente sozinha.

Deixou-se cair na cama e puxou as pernas junto ao peito. Balançando o corpo em silêncio, começou a chorar.

Figueira

Perto da meia-noite, ouvi um som estranho. Alarmada, me retesei. Mas no fim das contas era meu velho amigo, o espinheiro-branco, uma espécie nativa, um hermafrodita gentil, enviando sinais através de raízes e fungos, perguntando como eu estava. Fiquei tocada com a bondade, a pura simplicidade dele. Pois a bondade sempre é direta, ingênua, espontânea.

Abaixo e acima da terra, nós, árvores, nos comunicamos o tempo todo. Compartilhamos não apenas água e nutrientes, mas também informações essenciais. Embora às vezes tenhamos que competir por recursos, somos boas em proteger e apoiar umas às outras. A vida de uma árvore, por mais pacífica que possa parecer, é cheia de perigos: esquilos que arrancam nossa casca, lagartas que invadem e destroem nossas folhas, fogueiras nas proximidades, lenhadores com motosserras... Desfolhadas pelo vento, castigadas pelo sol, atacadas por insetos, ameaçadas por incêndios florestais, temos que trabalhar em conjunto. Mesmo quando parecemos distantes, crescendo longe umas das outras ou na borda das florestas, seguimos conectadas por faixas inteiras de terra, enviando sinais químicos pelo ar e por nossas redes de micorrizas compartilhadas. Humanos e animais podem percorrer quilômetros em busca de alimento, abrigo ou um companheiro, adaptando-se às mudanças ambientais, mas nós temos que fazer tudo isso e muito mais enquanto permanecemos enraizadas no mesmo lugar.

O dilema entre otimismo e pessimismo é mais do que um debate teórico para nós. É parte da nossa evolução. Basta olhar mais atentamente para uma planta de sombra. Apesar da pouca luz em seu ambiente, se conservar o otimismo, a planta produzirá folhas mais grossas para permitir o aumento do volume de cloroplastos. Se não estiver tão esperançosa em relação ao futuro, se não tiver expectativa de que as circunstâncias mudem tão cedo, manterá suas folhas com uma espessura mínima.

Uma árvore sabe que na vida tudo é uma questão de auto-conhecimento. Sob estresse, produzimos novas combinações de DNA, novas variações genéticas. Não apenas as plantas estressa-das fazem isso, mas também os descendentes delas, mesmo que eles próprios não tenham sofrido nenhum trauma ambiental ou físico semelhante. Você pode chamar isso de "memória transge-racional". No fim das contas, todas nos lembramos pelo mesmo motivo que tentamos esquecer: sobreviver em um mundo que não nos entende nem nos valoriza.

Onde houver trauma, procure os sinais, sempre há sinais. Ra-chaduras que aparecem em nosso tronco, feridas que não cicatri-zam, folhas que exibem cores de outono na primavera, cascas que se desprendem como pele ainda não trocada. Mas não importa que tipo de problema possa estar enfrentando, uma árvore sem-pre sabe que está ligada a infinitas formas de vida — do fungo *Armillaria*, o maior dos seres vivos, até as menores bactérias e ar-queas — e que sua existência não é uma casualidade isolada, mas parte intrínseca de uma comunidade muito mais ampla. Mesmo árvores de espécies distintas se mostram solidárias umas com as outras, independentemente de suas diferenças, o que é mais do que se pode dizer de muitos humanos.

Foi o espinheiro-branco que me informou que a jovem Ada não estava bem. Naquele momento, fui invadida por uma imensa tris-teza. Pois me sentia conectada a ela, mesmo que ela não me desse muita importância. Crescemos juntas nesta casa, um bebê e uma muda.

PALAVRAS VOAM

Chipre, 1974

Na quinta-feira à tarde, Kostas entrou na Figueira Feliz assobiando uma música que ouvira no rádio, "Bennie and the Jets". Naqueles dias, era difícil escutar qualquer coisa sem interrupções para notícias de última hora sobre um ataque terrorista em algum lugar da ilha ou um boletim sobre as crescentes tensões políticas, e ele ficara cantarolando a melodia como se quisesse prolongá-la, permanecer dentro de outro reino de leveza e encanto.

Ainda era cedo, então não havia clientes. Na cozinha, o chef estava sozinho, uma cesta de figos e uma tigela de chantili à sua frente, a mão no queixo. Não levantou a cabeça para ver quem havia entrado, tão absorto que estava no trabalho.

Yiorgos estava atrás do balcão enxugando copos, um pano branco pendurado no ombro.

— *Yassou* — disse Kostas. — O que o chef está fazendo?

— Ah, não o incomode — alertou Yiorgos. — Ele está praticando a sobremesa sobre a qual Defne nos falou. Receita do pai dela, lembra? Estamos planejando adicioná-la ao menu.

— Isso é ótimo. — Kostas olhou em volta. — E cadê o Yusuf?

Yiorgos gesticulou com o queixo em direção ao pátio nos fundos.

— Lá fora, regando as plantas. Ele canta para elas, você sabia?

— Sério?

— Sim, e todos os dias conversa com a figueira. Juro por Deus! Quantas vezes eu o flagrei... O engraçado é que, quando fala com humanos, ele gagueja e articula mal as palavras, mas, quando fala com as plantas, tem uma língua afiada. É o homem mais eloquente que já ouvi.

— Que extraordinário!

— Sim, bem. Talvez eu precise me transformar em um cacto para fazê-lo dizer mais do que duas palavras para mim — brincou Yiorgos, e riu. Pegou outro copo da prateleira, limpou-o com delicadeza e olhou para Kostas com seus olhos penetrantes.

— Sua mãe esteve aqui mais cedo.

Kostas empalideceu.

— Esteve?

— Sim, ela perguntou por você.

— Por quê? Ela sabe que eu venho ver vocês. É ela quem me manda aqui para vender coisas.

— Sim, mas ela queria saber se você vem aqui outras vezes, e se vem, qual seria o motivo.

Seus olhos se encontraram por um segundo.

— Meu palpite é que alguém viu você saindo daqui com a Defne. Em uma ilha, as palavras voam mais rápido que um falcão, você sabe.

— O que você disse a ela?

— Eu disse que você é um bom rapaz e que tanto Yusuf quanto eu estamos orgulhosos de você. Eu disse que às vezes vem até aqui à noite para nos ajudar, só isso. Disse a ela para não se preocupar.

Kostas baixou a cabeça.

— Obrigado.

— Olha… — Yiorgos jogou o pano de lado e apoiou as palmas no balcão. — Eu entendo. Yusuf entende. Mas há muitas pessoas no Chipre que nunca vão entender. Vocês dois precisam ter cuidado. Não preciso dizer que as coisas estão ruins. A partir de agora, saiam sempre separados pela porta dos fundos. Não saiam juntos. Não podem correr o risco de serem vistos por um cliente que seja.

— E os funcionários? — perguntou Kostas.

— Minha equipe é leal. Confio neles. Não precisa se preocupar.

Kostas balançou a cabeça.

— Mas tem certeza de que está tudo bem nós continuarmos vindo aqui? Não quero causar nenhum problema a vocês.

— Sem problemas para nós, *palikari mou*, não se preocupe com isso — assegurou Yiorgos. Seu rosto corou com um novo pensamento, talvez uma lembrança. — Mas espero que não se importe de eu dizer isto: quando somos jovens, achamos que o amor é para sempre.

Kostas sentiu um calafrio descer pela espinha, uma onda sinistra se propagando sob a pele.

— Sinto muito se essa foi a sua experiência, mas conosco é diferente. Nosso amor é para sempre.

Yiorgos não disse nada. Apenas uma pessoa jovem faria tal afirmação, e apenas uma pessoa mais velha reconheceria a falsa promessa.

Naquele segundo a porta se abriu, e Defne entrou com passos enérgicos, usando um vestido verde alinhavado com fios prateados, os olhos brilhando. O papagaio, Chico, animado ao vê-la, começou a bater as asas e a gritar o nome dela:

— Dapnee! Dapnee! Beijo-beijo!

— Que atrevimento! — disse Defne, ofegante, então se virou para os outros, a expressão animada dissipando no mesmo instante o clima no salão. — *Yassou!*

Caminhando na direção dela, Kostas abriu um sorriso, apesar da ansiedade que havia começado a consumi-lo.

A FIGUEIRA FELIZ

CARDÁPIO

Nossa culinária é uma mistura das muitas culturas que habitaram esta ilha paradisíaca ao longo dos séculos. Nossos ingredientes são frescos, nosso vinho é antigo e nossas receitas são atemporais.
Aqui somos uma família — uma família que dá, compartilha, ouve, canta, ri, chora, perdoa e, o mais importante, aprecia a boa comida.
Aproveite!

Y & Y

Entradas

Baba ghanoush com *tahini*
Fava de ervilha seca (servida em pão sírio)
Pimentões recheados (*dolmadakia/dolma*)
Flores de abobrinha recheadas com uma surpresa
Carne moída e arroz envoltos em folhas de uva

Sopas

Sopa de trigo fermentado (*trahanas/tarhana*)
Sopa do pescador faminto

Saladas

Salada da vila cipriota
Salada de melancia e romã com queijo feta
Salada de *halloumi* grelhado com laranja e hortelã

Especialidades do chef

Almôndegas com molho de iogurte (*keftedes/köfte*)
Carne de porco assada com orégano selvagem
Filés de solha fritos
Saganaki de camarão
Cordeiro assado com cebolas, embutido em tripa de cordeiro
Moussaka picante ao forno
Ensopado de alcachofra com mexilhões, batatas e açafrão
Wraps de *souvlaki* de frango (servidos com batatas fritas e *tzatziki*)

Sobremesas

Figos assados com mel e sorvete de anis (receita secreta
contrabandeada por uma de nossas clientes favoritas)
Bom e velho arroz-doce (sem segredos)
Bolinhos de chuva à moda grega com mel (*loukoumades/lokma*)
Baklava nômade (grega/turca/armênia/libanesa/síria/
marroquina/argelina/jordaniana/israelense/palestina/egípcia/
tunisiana/líbia/iraquiana… Esquecemos de alguém?
Caso afirmativo, por favor, acrescente)

Bebidas alcoólicas
Veja nossa requintada carta de vinhos!

Bebidas quentes
Café cosmopolita torrado com cardamomo
Chá da montanha mediterrâneo
Chá de alfarroba com raiz de dente-de-leão
Chocolate quente maroto com chantili e vodca

Para ficar sóbrio
Sopa de tripa com alho, vinagre, limão negro, sete especiarias e
ervas (a cura mais antiga para ressaca em todo o Levante)

SANTOS

Chipre, 1974

Sua mãe era profundamente religiosa. Kostas não conseguia se
lembrar de um tempo em que não fosse, mas com o passar dos
anos a religião havia se tornado ainda mais presente nas vidas
deles. Nas paredes pintadas de branco, em prateleiras de madeira,
em recantos salpicados de gotas de cera de vela, grupos de ima-
gens de santos montavam guarda, observando-os de um mundo
desconhecido, vigiando-os em silêncio.

— Nunca se esqueça: os santos estão sempre com você — dizia Panagiota. — Nossos olhos só veem o que está diante de nós,
mas com os homens santos é diferente. Eles veem tudo. Então, se
fizer algo em segredo, *levendi mou*, eles saberão imediatamente.
Você pode me enganar, mas nunca vai enganar os santos.

Quando menino, Kostas havia passado muitas horas ociosas
refletindo sobre a estrutura óptica dos olhos dos homens santos. Imaginava que deviam ter uma visão de trezentos e sessenta
graus, não muito diferente das libélulas, embora não esperasse
que a mãe aprovasse essa ideia. Ele próprio teria ficado entusias-
mado por ter características de libélula — como seria espetacular

pairar no ar como um helicóptero, um voo tão único que inspirara cientistas e engenheiros em todo o mundo.

Algumas das lembranças mais vívidas da infância dele envolviam estar sentado perto de um fogo de turfa na cozinha, observando a mãe cozinhar, uma camada brilhosa de suor se formando lentamente na testa. Ela estava sempre trabalhando, e as mãos eram testemunhas disso, a pele áspera e cheia de calos, os nós dos dedos esfolados por causa dos detergentes fortes.

Seu pai havia morrido quando ele tinha apenas três anos, de uma doença pulmonar provocada pela exposição prolongada ao amianto. Morte negra por pó branco. O mineral, extraído das encostas orientais dos montes Troödos, era exportado em grandes quantidades do Chipre. Por toda a ilha, mineradoras tiravam da terra ferro, cobre, cobalto, prata, pirita, cromo e terras ocres auríferas. As multinacionais obtinham lucros enormes enquanto nas minas, usinas e fábricas os trabalhadores locais eram pouco a pouco envenenados.

Kostas levaria anos para descobrir que as mulheres e os filhos dos homens que trabalhavam com amianto sofriam de exposição secundária à substância tóxica. Sobretudo as mulheres. Uma morte insidiosa e gradual, sem nenhum diagnóstico, muito menos indenização. Naquela época, não sabiam de nada disso. Não sabiam que o câncer que havia começado a dilacerar as células de Panagiota era consequência de lavar os macacões do marido todos os dias e de abraçá-lo na cama à noite, inspirando o pó de amianto branco que se depositava nos cabelos dele. Panagiota estava doente, embora as pessoas que não a conhecessem bem não imaginassem, vendo-a sempre a correr de uma tarefa para outra.

Kostas mal se lembrava do pai. Sabia que o irmão mais velho tinha muitas lembranças dele, e que o irmão mais novo, um recém-nascido na época, não tinha absolutamente nenhuma. Mas para ele, o do meio, era como se tivesse ficado envolto em névoa, com a ilusão frustrante de que, se pudesse dissipá-la com as mãos, encontraria o rosto do pai, não mais faltando pedaços, finalmente completo.

Panagiota não se casou novamente, criando os três meninos sozinha. Sem outra fonte de renda depois da morte do marido, passara a vender produtos caseiros para comerciantes locais e, com o passar dos anos, construíra o próprio negócio. O dinheiro de verdade vinha do licor de alfarroba, uma bebida forte que queimava a garganta e se instalava na corrente sanguínea como uma fogueira agradável, e de vez em quando o irmão, que vivia em Londres, lhe enviava algum dinheiro.

Forte e resiliente, Panagiota era ao mesmo tempo amorosa e severa. Acreditava que havia espíritos maliciosos por toda parte, atacando vítimas inocentes. O alcatrão que aderia aos sapatos, o barro que grudava nos pneus, a poeira que penetrava nos pulmões, o aroma de jacinto que fazia cócegas no nariz e até o sabor de mástique que permanecia na língua poderiam estar contaminados com o hálito de espíritos profanos. Para mantê-los afastados, era preciso permanecer vigilante. Ainda assim, eles se infiltravam nas casas das pessoas pelas frestas das portas, pelas gretas das janelas, pelas dúvidas na alma humana.

Queimar folhas de oliveira ajudava, e Panagiota fazia isso regularmente, o odor forte e levemente sufocante, tão penetrante que, depois de um tempo, se grudava à pele. Ela também queimava carvão, porque era sabido que o diabo odiava a fumaça dele. Fazendo o sinal da cruz repetidas vezes, ela andava a passos suaves pela casa, os lábios concentrados em oração, os dedos agarrados a um *kapnistiri* folheado a prata. Toda vez que saía de casa, e cada vez que voltava, Kostas tinha que se benzer, sempre com a mão direita, a mão boa.

Quando Kostas se sentia mal ou não conseguia dormir, Panagiota suspeitava de mau-olhado. Para desfazer o malefício, ela realizava um *xematiasma*, colocando o filho em um banquinho à frente dela, um copo d'água em uma das mãos, uma colher de azeite na outra. Quantas vezes ele tinha visto aquelas gotas douradas caírem na água, esperando para ver se iam se unir ou se espalhar para que a mãe pudesse avaliar a força da maldição? Depois, mandava que ele bebesse a água, agora carregada de encantamentos, e ele obedecia, bebendo até o último gole, esperando se livrar de qualquer que fosse o mal que o tivesse apanhado desprevenido.

Quando era mais novo, Kostas costumava escapar e sentar-se debaixo de uma árvore nas tardes tranquilas, imerso em um livro enquanto mordiscava uma fatia de pão com iogurte espesso polvilhado de açúcar. Com uma curiosidade abrangente, ele estudava um tronco coberto de musgo, inalava os aromas de erva-alheira e fitolaca, ouvia um besouro mastigando uma folha e se impressionava com o medo que a mãe tinha deste mundo tão cheio de maravilhas.

As regras eram o que dava estrutura à vida e tinham de ser obedecidas. Sal, ovos e pão não podiam sair de casa depois do pôr do sol; se o fizessem, nunca mais voltariam. Derramar azeite era um presságio particularmente ruim. Se isso acontecesse, era preciso derrubar uma taça de vinho tinto para equilibrar as coisas. Ao cavar a terra, você nunca deveria colocar a pá sobre o ombro, porque alguém poderia morrer. Igualmente importante era evitar contar o número de verrugas no corpo (elas se multiplicariam) ou as moedas nos bolsos (elas desapareceriam). De todos os dias da semana, terça-feira era o menos auspicioso. Ninguém deveria se casar, iniciar uma viagem ou dar à luz em uma terça-feira, se isso pudesse ser evitado.

Panagiota explicava que tinha sido em uma terça-feira de maio, séculos antes, que os otomanos haviam tomado a rainha de todas as cidades, Constantinopla. Aconteceu depois que uma estátua da Virgem Maria, levada para um refúgio a fim de ser protegida do tumulto do cerco em curso, caiu, partindo-se em pedaços tão pequenos que não poderiam ser colados novamente. Era um sinal, mas as pessoas não o reconheceram a tempo. Panagiota dizia que deveríamos estar sempre atentos aos sinais. Uma coruja piando no escuro, uma vassoura caindo sozinha, uma mariposa voando diante do seu rosto — tudo isso eram maus presságios. Ela acreditava que algumas árvores eram cristãs, outras muçulmanas, outras ainda pagãs, e que era preciso se certificar de ter as árvores certas plantadas no jardim.

Era especialmente cautelosa com três coisas: sentar-se debaixo de uma nogueira, porque dava pesadelos; plantar uma *koutsoupia*, a árvore de Judas, porque Judas havia se enforcado em um dos galhos dela depois de trair o Filho de Deus; e cortar uma aroeira--da-praia, que se sabe ter chorado duas vezes na longa história dela, uma vez quando os romanos torturaram um mártir cristão e outra quando os turcos otomanos conquistaram o Chipre e se estabeleceram lá.

Sempre que a mãe dizia essas coisas, Kostas sentia o coração apertar. Ele amava todas as árvores, sem exceção, e quanto aos dias da semana, no que lhe dizia respeito, eram divididos em apenas dois tipos: os que passava com Defne e os que passava sentindo a falta dela.

Uma ou duas vezes ele havia tentado, mas logo mudara de ideia. Sabia que nunca poderia contar à mãe que estava apaixonado por uma garota muçulmana turca.

O CASTELO

Londres, fim da década de 2010

Ada passou a manhã inteira no quarto, vendo a tempestade se transformar em uma tormenta. Não tomou café da manhã nem almoçou, comendo apenas um pacote de pipoca que encontrou na mochila. O pai foi até o quarto dela duas vezes, mas em ambas as ocasiões ela o mandou embora sob o pretexto de que estava estudando para as provas.

No fim da tarde, ouviu uma batida. Golpes fortes, insistentes. Ao abrir a porta, Ada se deparou com a tia.

— Quando você vai sair? — perguntou Meryem, o pingente de olho turco cintilando com a luz do teto.

— Desculpe, tenho coisas para fazer... *dever de casa* — disse Ada, enfatizando as últimas palavras, que ela sabia terem um efeito calmante sobre os adultos. Uma vez que as pronunciava, sempre a deixavam em paz.

Isso não pareceu funcionar com a tia, no entanto. Na verdade, ela pareceu chateada.

— Por que as escolas inglesas fazem isso? Olhe só para você, tão jovem e trancada no quarto feito uma prisioneira. Venha, esqueça o dever de casa. Vamos cozinhar!

— Não posso *esquecer* o dever de casa, você deveria me incentivar a estudar — comentou Ada. — Além disso, não sei cozinhar.

— Tudo bem, eu te ensino.

— Eu também não gosto.

Os olhos castanhos de Meryem eram inescrutáveis.

— Isso não pode ser verdade. Venha, experimente. Você sabe o que dizem, se encontrar um povoado feliz, procure pelo cozinheiro.

— Desculpe — disse Ada sem rodeios. — Eu realmente preciso ir.

Lentamente, ela fechou a porta, deixando a tia de pé no corredor com os acessórios e provérbios dela, desaparecendo como mais uma foto de família na parede.

No ano em que começou o ensino fundamental, Ada tomava o ônibus escolar de volta para casa todas as tardes. Ele parava no fim da rua dela. Sempre chegava em casa por volta do mesmo horário e encontrava a mãe esperando por ela junto do portão do jardim, o olhar distraído, batendo com a ponta do chinelo na cerca, como se acompanhasse o ritmo de uma melodia que só ela podia ouvir. Não importava que estivesse chovendo ou nevando, Defne estaria lá fora. Mas um dia, em meados de junho, ela não estava.

Ada desceu do ônibus, equilibrando cuidadosamente nas palmas das mãos a obra de arte que havia feito na escola. Tinha construído um castelo com potes de iogurte, palitos de picolé e caixas de ovos. As torres eram tubos de papelão pintados de um laranja vívido. O fosso ao redor, feito com embalagens de chocolate, brilhava ao sol poente como mercúrio. Ela havia levado uma tarde inteira para completar a peça e estava ansiosa para mostrar aos pais.

Assim que entrou em casa, Ada se deteve, paralisada por uma música tocando ao fundo, alta, muito alta.

— Mãe?

Ela encontrou a mãe no quarto dos pais, sentada em um banco junto à janela, o queixo apoiado na mão. O rosto estava pálido, quase translúcido, como se todo o sangue tivesse sido drenado dele.

— Mãe, está tudo bem?

— Hum? — Ela se virou, piscando rápido. Parecia confusa. — Querida, você está aqui. Que horas são? — A voz soava incerta, arrastada. — Já chegou...?

— O ônibus me deixou.

— Ah, querida, me desculpe. Eu só me sentei aqui por um momento. Devo ter perdido a noção do tempo.

Ada não conseguia desviar o olhar dos olhos da mãe: inchados, avermelhados. Com cuidado, colocou o castelo no chão.

— Você estava chorando?

— Não... só um pouco. Hoje é um dia especial. É um aniversário triste.

Ada se aproximou.

— Eu tinha dois amigos queridos. Yusuf e Yiorgos. Eles administravam um estabelecimento incrível, um restaurante. Ah, a comida era maravilhosa! Dava para encher o estômago só com aqueles cheiros deliciosos. — Defne se virou para a janela, e a luz do sol incidiu sobre os ombros como um xale de fios de ouro.

— O que aconteceu com eles?

— *Puf!* — A mãe estalou os dedos como um mágico que tivesse acabado de fazer um truque elaborado. — Desapareceram.

Por um momento, nenhuma das duas disse nada. Em silêncio, Defne assentiu com a cabeça, resignada.

— Naquela época, muitas pessoas desapareceram no Chipre. Os entes queridos ficavam esperando, torcendo para que estivessem vivos, mantidos em cativeiro em algum lugar. Foram anos horríveis. — Ela ergueu o queixo e apertou os lábios com tanta força que eles adquiriram uma palidez doentia. — As pessoas de ambos os lados da ilha sofreram... e as pessoas de ambos os lados odiavam que se dissesse isso em voz alta.

— Por quê?

— Porque o passado é um espelho escuro e distorcido. Quando olha para ele, você só enxerga a própria dor. Não há espaço nele para a dor de outra pessoa.

Percebendo a confusão no rosto de Ada, Defne tentou sorrir, um sorriso tão fino quanto uma cicatriz.

— E eles tinham sorvete nesse lugar? — perguntou Ada, a primeira coisa que lhe veio à mente.

— Ah, pode apostar que tinham. Eles tinham sobremesas fabulosas, mas a minha favorita era figos assados com mel e sorvete de anis. Era uma mistura incomum de sabores: doce, pungente, um pouco ácido. — Defne fez uma pausa. — Já te contei sobre o seu avô? Ele era chef, você sabia disso?

Ada balançou a cabeça.

— Ele era o chef de um famoso hotel, o Ledra Palace. Todas as noites eles davam grandes jantares. Meu pai costumava fazer essa sobremesa para os hóspedes. Ele tinha aprendido com um chef italiano. Mas eu sabia como fazer e ensinei a Yusuf e Yiorgos. Eles gostaram tanto que acrescentaram ao cardápio deles também. Eu fiquei orgulhosa, mas também com medo do meu pai descobrir. Fiquei preocupada por causa de uma sobremesa idiota! Como são ingênuas as coisas que nos perturbam na juventude. — Defne deu uma piscadela, como se estivesse revelando um segredo. — Sabe, eu nunca cozinho. Eu costumava cozinhar, mas parei.

Uma nova música começou a tocar ao fundo. Ada tentou entender as palavras em turco, mas não conseguiu.

— É melhor eu ir lavar o rosto — disse Defne, e em seguida se levantou. Ao fazê-lo, quase perdeu o equilíbrio e cambaleou para a frente, conseguindo se manter de pé no último segundo.

Ada ouviu o som de potes de iogurte sendo esmagados sob os pés dela.

— Meu Deus, o que acabei de fazer? — Defne se curvou, pegando os tubos de papelão amassados. — Isso era seu?

Ada não disse nada, temendo que, se abrisse a boca, pudesse começar a chorar.

— Era o seu trabalho escolar? Sinto muito, querida. O que era?

— Um castelo — Ada conseguiu dizer.

— Ah, meu amor.

Quando Defne a puxou para si para abraçá-la, Ada sentiu todo o corpo tensionar. Ela se curvou, como se estivesse sendo esmagada por algo invisível para o qual não tinha nome. Naquele momento, sentiu o cheiro de álcool no hálito da mãe. Não se parecia com o vinho que os pais pediam quando todos iam a um bom restaurante nem com o champanhe que tomavam quando comemoravam com os amigos. Era diferente: acre, metálico.

Cheirava a tristeza.

No fim da tarde, Ada saiu do quarto com fome e, arrastando os pés, foi até a cozinha. A tia estava lá, lavando pratos, os pulsos mergulhados na água, assistindo ao que parecia ser uma novela turca no celular.

— Oi.

— Ai! — Meryem se sobressaltou. — Você me assustou! — Ela ergueu a mão e pressionou o polegar contra o céu da boca.

Ada olhou para ela com curiosidade.

— É isso que você faz quando leva um susto?

— Claro — respondeu Meryem. — O que os ingleses fazem?

Ada deu de ombros.

— Seu pai está dando uma olhada na figueira de novo — disse Meryem enquanto desligava o celular. — Lá fora, no meio da tempestade! Eu disse a ele que está muito frio para sair, o vento é bestial, mas ele não me deu ouvidos.

Ada abriu a geladeira e tirou uma garrafa de leite. Pegou o cereal favorito e despejou um pouco em uma tigela.

Com uma careta, Meryem a observou.

— Não me diga que você vai comer esse prato de gente solteira.

— Eu gosto de cereal.

— Gosta? Para mim, todos têm cheiro de chiclete. Cereais não deveriam ter essa aparência. Tem algo de errado com eles.

Ada puxou uma cadeira, se sentou e começou a comer, apesar de agora ter a nítida impressão de que o cereal tinha um cheiro estranhamente doce.

— Então você aprendeu a cozinhar com seu pai? Ele era chef, não era?

Meryem ficou parada.

— Você já ouviu falar do *baba*?

— Mamãe me falou sobre ele... uma vez. Ela não estava sóbria, se quer saber. Caso contrário, nunca falava sobre o Chipre. Ninguém fala nesta casa.

Meryem voltou a lavar a louça e ficou em silêncio por um momento. Lavou uma caneca, colocou-a de cabeça para baixo no escorredor e perguntou com cautela:

— O que você quer saber?

— Tudo — respondeu Ada. — Estou cansada de ser tratada como uma criança.

— Tudo — repetiu Meryem. — Mas ninguém sabe tudo. Nem eu, nem seu pai... Só sabemos pedaços, cada um de nós, e às vezes os seus pedaços não se encaixam nos meus e então de que adianta falar do passado, só acaba magoando todo mundo. Você sabe o que dizem, mantenha a língua prisioneira na boca. A sabedoria consiste em dez partes: nove de silêncio, uma de palavras.

Ada cruzou os braços.

— Discordo. Devemos sempre falar, não importa o que aconteça. Não entendo do que vocês têm tanto medo. E, além disso, eu tenho lido sobre o assunto por conta própria. Sei que havia muita hostilidade e violência entre gregos e turcos. Os britânicos também estavam envolvidos, não podemos ignorar o colonialismo. É obvio. Não entendo por que meu pai faz tanto mistério, como se tudo isso fosse algum tipo de segredo. Ele parece que não sabe que está tudo na internet. As pessoas da minha idade não têm medo de fazer perguntas. O mundo mudou.

Meryem tirou a tampa e observou a água gorgolejar pelo ralo em círculos incessantes. Enxugou as mãos no avental e seu sorriso não refletiu o que havia nos olhos.

— O mundo mudou tanto assim? Espero que você esteja certa.

Naquela tarde, enquanto segurava a obra de arte pisada nas palmas das mãos como um pássaro ferido, a mãe de Ada havia falado sobre o Chipre, contando-lhe coisas que nunca havia menciona-do antes.

— Nasci perto de Cirénia, meu amor. Conheço um castelo igual ao que você construiu, só que o meu ficava no alto das rochas. Dizem que inspirou a Disney. Lembra da *Branca de Neve*? Da casa da rainha má cercada por arbustos selvagens e penhascos aterrorizantes?

Ada fez que sim com a cabeça.

— Esse castelo recebeu o nome de um santo da Palestina, santo Hilarião. Ele era um eremita.

— O que é isso?

— Um eremita é alguém que se retira do mundo. Não é um misantropo, vamos esclarecer isso. Um eremita não odeia os seres humanos, na verdade se interessa por eles, só não quer se misturar.

Ada assentiu com a cabeça outra vez, embora, no que lhe dizia respeito, nada estivesse esclarecido.

— Santo Hilarião era um viajante. Ele esteve no Egito, na Síria, na Sicília, na Dalmácia… depois chegou ao Chipre. Ajudava os pobres, dava de comer aos famintos, curava os doentes. Ele tinha uma grande missão: ficar longe da tentação.

— O que é tentação?

— É como quando eu te dou uma barra de chocolate e te peço para só comer no dia seguinte, e você coloca na gaveta, mas aí você abre a gaveta, só para ver se ainda está lá, e pensa: "Por que não posso comer um pedaço?". E acaba devorando a barra inteira. Isso é tentação.

— E o santo não gostava disso?

— Não, ele não era fã de chocolate. Santo Hilarião estava determinado a livrar o Chipre de todos os demônios. Andava para cima e para baixo pelos vales, matando diabretes, liquidando bestas infernais, até que um dia, veio para Cirénia e escalou as rochas para dar uma boa olhada na ilha. Achou que a tarefa estava praticamente terminada e que poderia navegar para outro porto. Satisfeito consigo mesmo, observou os arredores, as aldeias ao longe, dormindo pacificamente, graças ao árduo trabalho dele. Mas então ele ouviu uma voz: "Ó, Hilarião, filho de

Gaza, andarilho perdido… Tem certeza de que eliminou todos os demônios infernais?". "Claro que sim", respondeu o santo, um pouco presunçoso. "Se tiver sobrado algum, mostre-me, Deus, e eu acabarei com ele no mesmo instante." A voz disse: "E os que estão dentro de você? Aniquilou esses também?". E foi então que o santo se deu conta de que havia acabado com os demônios até onde a vista alcançava, mas não os que havia dentro dele. E sabe o que ele fez?

— O quê?

— Para não ouvir as vozes imorais e profanas na mente, santo Hilarião derramou cera derretida nos próprios ouvidos. Horrível, não é? Nunca faça uma coisa dessas! Destruiu a própria audição e se recusou a descer da montanha. Um ano se passou, depois outro, e o santo começou a pensar que, por mais satisfeito que estivesse no silêncio dele, havia sons dos quais sentia falta: o farfalhar das folhas, o rumorejar de um riacho, o tamborilar da chuva e principalmente o gorjear dos pássaros. Os animais, vendo a tristeza dele, não paravam de levar-lhe todo tipo de objetos reluzentes para animá-lo: anéis, colares, brincos, diamantes… Mas o santo não se importava com riquezas. Cavou um buraco e enterrou todas elas. É por isso que as pessoas que vão até o castelo hoje procuram secretamente tesouros.

— Você e papai foram lá?

— Sim, *canim*. Até passamos a noite lá. Prometemos a nós mesmos que, não importava o que nossas famílias e nossos parentes dissessem, íamos nos casar e, se tivéssemos um filho, daríamos ao bebê o nome da nossa ilha. Se fosse menino, um nome grego: Nisos. Se fosse menina, um nome turco: Ada. Na época, não sabíamos que isso também significava que nunca mais voltaríamos.

— Vocês encontraram algum tesouro? — perguntou Ada, esperando mudar a conversa para um assunto mais alegre.

— Não, mas encontramos uma coisa melhor, uma coisa inestimável. Você!

Só mais tarde Ada entenderia o que ela quisera dizer com isso. O pai e a mãe haviam passado a noite perto do castelo e tinha sido lá que ela fora concebida, no lugar onde, séculos antes, um santo solitário travara uma batalha perdida contra os próprios demônios.

Figueira

Durante o ano de 1974, Kostas Kazantzakis foi à Figueira Feliz com frequência — tanto para se encontrar em segredo com Defne quanto para nos levar as iguarias que a mãe preparava em casa.

Eu me lembro de uma tarde agradável, os dois proprietários da taberna de pé, um de cada lado meu, conversando com Kostas.

— Diga à sua mãe que o licor de alfarroba dela estava divino! Traga mais — pediu Yiorgos.

— Ele não está pedindo p-p-para os c-clientes — interveio Yusuf, os olhos escuros brilhando. — É tudo p-para ele mesmo.

— E o que há de errado nisso? — protestou Yiorgos. — O licor é o néctar dos deuses.

— O néctar dos deuses é o mel, n-não o licor. — Yusuf balançou a cabeça. Ele era abstêmio, o único naquela taberna.

— Mel, leite, vinho... se essa dieta era boa o suficiente para o poderoso Zeus, deve ser boa o suficiente para mim. — Yiorgos deu uma piscadela para Kostas. — E *pastelli*, por favor. Precisamos urgentemente de mais.

Nos últimos tempos, Kostas tinha começado a vender as barras de gergelim da mãe. Panagiota seguia a receita antiga, com um leve toque moderno. O segredo estava na qualidade do mel e no toque de lavanda que ela acrescentava, para que tivesse uma fragrância distinta e um sabor terroso.

Enquanto se dirigia à porta, Kostas sorriu.

— Vou dizer à minha mãe, ela vai ficar muito satisfeita. Temos cinco alfarrobeiras, mesmo assim não conseguimos atender a demanda.

Quando o ouvi dizer isso, tenho que confessar que senti um pouco de ciúmes. Por que tantos elogios para aquelas alfarrobas duras com as cascas coriáceas e polpa amarelada? Elas não são tão especiais.

É verdade que as alfarrobeiras são árvores sábias, existem há mais de quatro mil anos. Em grego, são chamadas de *keration*, "chifre"; em turco, *keciboynuzu*, "chifre de cabra" (pelo menos uma coisa com a qual gregos e turcos concordam). Com seus galhos robustos, sua casca grossa e áspera e suas sementes extremamente duras, protegidas por uma casca impermeável, podem sobreviver aos climas mais secos. Se quiser saber quão resistentes elas são, vá vê-las na época da colheita. Os humanos têm uma maneira estranha de colher alfarrobas, batendo nas vagens com paus e redes de fibra estendidas por baixo. É uma cena violenta.

Então, sim, as alfarrobeiras são fortes. Reconheço isso. Mas, ao contrário de nós, figueiras, são desprovidas de emoção. São frias, pragmáticas e carentes de alma. O perfeccionismo delas dá nos nervos. Suas sementes são quase sempre idênticas em peso e tamanho, tão uniformes que antigamente os mercadores as usavam para pesar ouro — é daí que vem a palavra "quilate", de *qirât*, que passou para o árabe do grego *keration*. Costumava ser o cultivo mais importante da ilha, seu principal produto agrícola de exportação. Então você sabe onde estou querendo chegar: há certa competição entre alfarrobeiras e figueiras.

As figueiras são sensuais, suaves, misteriosas, emocionais, líricas, espirituais, reservadas e introvertidas. As alfarrobeiras gostam que as coisas sejam pouco sentimentais, materiais, práticas, mensuráveis. Pergunte a elas sobre assuntos do coração e não vai obter resposta. Nem mesmo uma leve vibração. Se uma alfarrobeira tivesse que contar esta história, posso garantir que seria bem diferente da minha.

Em Nicósia, há uma alfarrobeira com duas balas alojadas em seu tronco. Aprenderam a viver juntos, fundidos em um único ser, metal e planta. Sem que Kostas soubesse, sua mãe visitava essa árvore de tempos em tempos e amarrava oferendas votivas em seus galhos, aplicava bálsamo em suas lesões, beijava sua casca ferida.

Era o ano de 1956. Kostas ainda não havia nascido, mas eu já estava bem viva. Foram tempos terríveis. Todos os dias ao anoitecer, Nicósia era colocada sob toque de recolher. O rádio transmitia notícias de ataques sangrentos a soldados e civis. Muitos expatriados britânicos, entre eles escritores, poetas e artistas, deixavam a ilha que era seu lar, pois já não se sentiam seguros. Alguns, como Lawrence Durrell, tinham começado a andar com uma pistola para se defender. Só no mês de novembro, Novembro Negro, como o chamaram, houve quatrocentos e dezesseis ataques terroristas: bombas, tiroteios, emboscadas e execuções à queima-roupa. As vítimas eram britânicos, turcos e gregos que não concordavam com os objetivos ou os métodos da EOKA.

Nós, árvores, também sofremos, embora ninguém tenha notado. Esse foi o ano em que florestas inteiras se incendiaram durante as caçadas a grupos de insurgentes escondidos nas montanhas. Pinheiros, cedros, coníferas... todos reduzidos a tocos. Na mesma época, a primeira barreira foi erguida entre as comunidades grega e turca em Nicósia: uma cerca de arame farpado com postes de ferro e portões que poderiam ser rapidamente fechados se e quando a violência eclodisse. Uma grande figueira-da-índia, vendo-se presa por esse obstáculo inesperado, continuou a crescer, estendendo os braços verdes através da malha de arame, retorcendo-se e dobrando-se enquanto o aço cortava a carne dela.

Naquele dia, o sol havia começado a se pôr, e o toque de recolher estava prestes a se iniciar. Os poucos moradores nas ruas corriam para casa, ansiosos para não serem pegos pelos soldados em patrulha. Exceto por um homem com bochechas encovadas e olhos verdes da cor de um rio de montanha. Ele parecia não ter pressa, fumando placidamente enquanto caminhava pela rua, o olhar fixo no chão. Atrás do fino véu de tabaco, o rosto estava abatido, pálido. Esse homem era o avô de Kostas. O nome dele também era Kostas.

Alguns minutos depois, um grupo de soldados britânicos virou a esquina. Eles costumavam patrulhar em grupos de quatro, mas dessa vez eram cinco.

Um dos soldados, ao avistar a figura à frente, consultou o relógio e gritou em grego:

— *Stamata!*

Mas o homem não parou nem diminuiu o passo. Na verdade, parecia ter começado a andar mais rápido.

— Alto! — ordenou outro soldado em inglês. — Ei, você! Pare! Estou avisando.

Ainda assim, o suspeito não vacilou, apenas continuou andando.

— *Dur!* — gritaram os soldados, em turco dessa vez. — *Dur dedim!*

A essa altura, o homem havia chegado ao fim da rua, onde uma velha alfarrobeira se erguia sobre uma cerca quebrada. Ele deu uma tragada no cigarro e segurou a fumaça. A boca estava esticada, fina e alargada, e naquele segundo pareceu que ele estava sorrindo, zombando dos soldados que o seguiam.

— *Stamata!* — Um último aviso.

Os soldados abriram fogo.

O pai de Panagiota caiu junto à alfarrobeira, a cabeça batendo na base do tronco. Um som abafado escapou dele, e em seguida um fio de sangue. Tudo aconteceu muito rápido. Num segundo ele estava contendo a respiração e no outro estava no chão, crivado de balas das várias armas de fogo, duas das quais passaram zunindo por ele e perfuraram a alfarrobeira.

Quando os soldados se aproximaram do homem caído para esvaziar os bolsos dele, não encontraram nenhuma pistola nem outro tipo de arma. Checaram, mas não havia mais pulsação. A família foi notificada na manhã seguinte; os filhos foram informados de que o pai havia desobedecido abertamente às ordens, apesar dos repetidos avisos.

Só então a verdade foi revelada: Kostas Eliopoulos, de cinquenta e um anos, nascera surdo. Não ouvira nenhuma das palavras gritadas na direção dele, fosse em grego, turco ou inglês. Panagiota, que era recém-casada na época, nunca esqueceria, nunca perdoaria. Quando deu à luz o primeiro filho, estava decidida a batizá-lo com o nome do pai assassinado, mas o marido foi inflexível: o primeiro filho deveria ter o nome do avô paterno. Então, quando o segundo filho nasceu, Panagiota não aceitou "não" como resposta. Kostas Kazantzakis, então, recebeu o nome do avô, um homem surdo e inocente, morto sob uma alfarrobeira.

Por mais que não goste de alfarrobas e da rivalidade dela, tenho que incluí-las em nossa história por esse motivo. Assim como todas as árvores se comunicam, competem e cooperam de forma perene, tanto acima quanto abaixo da terra, também as histórias germinam, crescem e florescem sobre as raízes invisíveis umas das outras.

CAIXINHA DE MÚSICA

Londres, fim da década de 2010

Na segunda manhã da tempestade, toda a cidade escureceu, como se a noite finalmente tivesse vencido a eterna batalha contra o dia. Uma neve fina cortava o ar e, justo quando parecia que iria durar para sempre, retrocedeu, dando lugar a uma nevasca vinda do norte.

Presos em casa, os três estavam sentados na sala, assistindo ao noticiário. As fortes chuvas tinham feito com que rios transbordassem, e milhares de casas e estabelecimentos comerciais foram inundados em todo o país. Houvera deslizamentos de terra em Lake District. Um bloco de apartamentos em uma rua movimentada de Londres tivera todo o telhado arrancado pelo vendaval, esmagando vários carros e ferindo pessoas. Árvores caídas bloqueavam ruas e trilhos de trem. Os boletins meteorológicos alertavam que o pior ainda estava por vir, pedindo à população que não saísse de casa, a menos que fosse estritamente necessário.

Quando desligaram a TV, Meryem suspirou de forma audível, balançando a cabeça.

— Sinais do Apocalipse, é o que acho. Eu temo que o fim da humanidade esteja próximo.

— São as mudanças climáticas — disse Ada, sem tirar o olho do celular. — Não um Deus vingativo. Estamos fazendo isso a nós mesmos. Vamos ver mais inundações e furacões se não agirmos agora. Ninguém vai nos salvar. Em breve será tarde demais para recifes de corais e borboletas-monarcas.

Ouvindo atentamente, Kostas assentiu com a cabeça. Estava prestes a dizer algo, mas se conteve, querendo dar à Ada a chance de se relacionar com a tia.

Meryem deu um tapa na testa.

— Ah, sim, borboletas! Agora me lembrei. Onde eu estava com a cabeça? Esqueci de te dar uma coisa importante. Venha comigo. Está no meu quarto… em algum lugar!

Mas Ada já havia perdido o interesse pela conversa depois de ver outro comentário cruel postado no vídeo dela. Levou alguns segundos para entender o que a tia estava pedindo.

— Vá, meu amor. — Kostas fez um gesto com o queixo, encorajando-a.

Relutante, Ada se levantou. Àquela altura, o vídeo já havia sido compartilhado tantas vezes que se tornara viral. Completos desconhecidos comentavam o comportamento dela como se sempre a tivessem conhecido. Memes, caricaturas. Nem todos eram ruins, no entanto. Havia mensagens de apoio também, muitas, aliás. Uma mulher na Islândia havia feito um vídeo de si diante de uma paisagem magnífica, gritando a plenos pulmões enquanto um gêiser explodia ao fundo. Embaixo havia uma hashtag que Ada notou que muitos outros também estavam compartilhando: #estaomeouvindoagora.

Sem saber o que fazer com tudo aquilo, mas precisando desesperadamente de uma pausa dos próprios pensamentos emaranhados, Ada enfiou o celular no bolso e seguiu a tia.

Quando entrou no quarto de hóspedes, Ada quase não o reconheceu. Contra as paredes pintadas de lilás e os móveis verde pastel que a mãe havia escolhido com cuidado, as malas da tia estavam abertas como animais estripados e ensanguentados; havia roupas, sapatos e acessórios espalhados por toda parte.

— Desculpe a bagunça, *canim* — disse Meryem.

— Tudo bem.

— Eu culpo a menopausa. Passei a vida arrumando a bagunça deixada pela minha irmã, pelo meu marido, pelos meus pais. Até quando íamos a um restaurante, limpava a mesa para que o garçom não pensasse mal de nós. Porque é *ayip*. Você conhece essa palavra? Significa "vergonha". É a palavra da minha vida. *Não use saias curtas. Sente-se com as pernas juntas. Não ria alto. Meninas não fazem isso. Meninas não fazem aquilo.* É ayip. Sempre mantive tudo limpo e organizado, mas nos últimos tempos alguma coisa mudou. Não quero limpar mais. Simplesmente não me dou ao trabalho.

Surpresa com o solilóquio, Ada deu de ombros.

— Eu não me importo.

— Ótimo. Venha, sente-se aqui.

Empurrando para o lado uma pilha de colares, Meryem abriu um pequeno espaço na cama. Ada se sentou ali, olhando maravilhada para a confusão de objetos por toda parte.

— Ah, veja só o que encontrei — comentou Meryem enquanto tirava uma caixa de doces turcos de debaixo de uma pilha de roupas e a abria. — Eu estava me perguntando onde eles estariam. Eu trouxe cinco. Tome, pegue um.

— Não, obrigada. Eu não gosto muito de doce — disse Ada, um pouco desapontada ao constatar que a coisa importante que a tia pretendia dar a ela no fim das contas eram apenas guloseimas.

— Sério? Eu pensei que todo mundo gostasse de doce. — Meryem colocou um *lokum* na boca e chupou, pensativa. — Você é muito magra. Não precisa fazer dieta.

— Eu não estou de dieta!

— Tudo bem, só estou dizendo.

Suspirando, Ada se inclinou para a frente e pegou um *lokum*. Fazia tempo que não comia um. O cheiro de água de rosas e a textura gelatinosa e pegajosa a fizeram lembrar de coisas do passado, coisas que achava que tinha esquecido havia muito.

Quando tinha sete anos, Ada vira uma caixa de veludo como aquela ao lado da cama da mãe. Esperando encontrar uma guloseima, ela a abriu sem pensar. Dentro, havia apenas pílulas de várias cores e tamanhos. Parecera errado de alguma forma, todos aqueles comprimidos e cápsulas escondidos em um recipiente tão bonito. Sentira um aperto repentino, uma sensação de mal--estar na boca do estômago. Daquele dia em diante, de vez em quando verificava a caixa, percebendo que o conteúdo diminuía rapidamente, e em seguida era renovado. Nunca teve coragem de perguntar à mãe por que ela guardava a caixa na mesinha de cabeceira ou por que tomava tantos remédios todos os dias.

Engolindo seu *lokum*, Ada olhou para as roupas empilhadas no tapete. Uma jaqueta de contas coral, um vestido azul-royal com mangas bufantes de organza, uma blusa de babados com estampa de leopardo, uma saia verde-pistache de um tecido tão brilhante que dava para ver seu reflexo...

— Uau, você realmente gosta de cores!

— Eu quero gostar — respondeu Meryem, olhando para o vestido que estava usando naquele dia: cinza-escuro, liso, folgado. — Durante toda a minha vida usei preto, marrom e cinza. Sua mãe costumava zombar do meu gosto. Dizia que eu devia ser a única adolescente que se vestia como uma viúva. Acho que não era a única, mas Defne tinha razão.

— E todas essas roupas, então, não são suas?

— São! Eu venho comprando desde que assinei os papéis do divórcio. Mas nunca usei. Simplesmente as mantinha no guarda-roupa ainda com as etiquetas. Quando decidi vir para Londres, disse a mim mesma: "Esta é sua chance, Meryem. Ninguém te conhece na Inglaterra, ninguém vai dizer que é *ayip*. Se você não fizer isso agora, quando fará?". Então trouxe todas elas comigo.

— Mas então por que não está usando?

As bochechas de Meryem ficaram rosadas.

— Não consigo. São muito exageradas para a minha idade, não acha? As pessoas iriam rir de mim. E você sabe o que dizem: coma de acordo com seu próprio gosto, vista-se de acordo com o gosto dos outros.

— Tem uma tempestade lá fora, estamos presas em casa! Quem vai rir de você? Além disso, quem se importa?

Assim que disse isso, Ada vacilou, sentindo o peso do celular no bolso, a superfície fria e polida e todas as palavras cruéis que continha. Estava a ponto de dizer à tia que ela deveria se importar menos com o que os outros pensavam, que as pessoas podiam ser cruéis, e, se zombavam de você ou não, isso não importava. Mas não podia dizer nada disso, quando ela mesma não acreditava nessas coisas.

Mordendo o interior macio da bochecha, Ada ergueu o olhar. À frente dela, o guarda-roupa estava aberto e, lá dentro, ela viu o único item que havia sido arrumado ordenadamente em um cabide: um casaco de pele comprido e fofo.

— Espero que aquela coisa seja falsa.

— Que coisa? — Meryem se virou. — Ah, aquilo? É cem por cento coelho!

— Isso é horrível. Matar animais para usar a pele é péssimo.

— Nós costumamos comer ensopado de coelho no Chipre — disse Meryem baixinho. — Fica muito bom com com alho picado, cebolas pequenas. Eu também acrescento um pau de canela.

— Eu não como coelho. Você também não deveria comer.

— Não fui eu que comprei, se isso serve de consolo — explicou Meryem. — Foi um presente… do meu marido. Ele comprou esse casaco para mim em Londres, em 1983, pouco antes do Ano-Novo. Osman me ligou e disse: "Tenho uma surpresa para você!". Então apareceu com um casaco de pele. No Chipre! No calor sufocante. Sempre desconfiei que ele tivesse comprado para outra pessoa, mas mudado de ideia. Talvez uma amante que morasse em algum lugar frio. Ele costumava viajar muito, a "trabalho". Sempre tinha uma desculpa… Se uma gata quer comer seus filhotes, ela diz que parecem camundongos. Ele era igual. Enfim, Osman comprou esse casaco na Harrods, aposto que custou uma pequena fortuna. Naquela época, usar peles não era uma coisa malvista. Quer dizer, eu sei que não é certo, mas até Margaret Thatcher usava. Foi no mesmo dia em que o IRA explodiu uma bomba na Harrods. Meu marido poderia ter morrido: um turista tolo procurando para a amante um presente que acabou dando para a esposa.

Ada ficou em silêncio.

Meryem foi até o guarda-roupa e acariciou o casaco distraída, tocando a borda da gola com as costas da mão.

— Eu não sabia o que fazer com isso. Tinha muita história, sabe? Nunca usei. Por que precisaria dele em Nicósia? Mas quando decidi vir ver vocês e ouvi sobre essa tempestade de inverno, pensei: É isso! É a minha oportunidade. Finalmente vou usar!

— O que aconteceu com seu marido? — perguntou Ada com cautela.

— Ex-marido. Eu preciso me acostumar a chamá-lo assim. Enfim, ele me deixou. Casou-se com uma mulher mais jovem. Metade da idade dele. Ela está grávida. O neném deve nascer a qualquer momento. Eles vão ter um menino. Ele está explodindo de felicidade.

— Você não tem filhos?

— Nós tentamos… tentamos por muitos anos, mas nada funcionou. — Meryem se sobressaltou como se estivesse despertando de um sonho, o rosto sério. — Eu já ia me esquecendo outra vez. Trouxe uma coisa para você. — Ela vasculhou uma das malas, jogou de lado alguns cachecóis e meias e pegou uma caixa de presente. — Aqui está! Tome, tome. Isto é para você.

Ada estendeu a mão para pegar o presente jogado na direção dela e rasgou lentamente o papel de embrulho. Dentro havia uma caixinha de música feita de madeira de cerejeira envernizada com borboletas na tampa.

— Sua mãe adorava borboletas — contou Meryem.

Girando a chave com sua borla de seda vermelha, Ada abriu a caixa. A música soou, as últimas notas de uma canção que ela não reconheceu. Em um compartimento escondido, encontrou um fóssil. Um amonoide com linhas de sutura intrincadas.

— Defne guardava essa caixinha debaixo da cama — disse Meryem. — Não sei onde a conseguiu, ela nunca me contou. Depois que ela fugiu com seu pai, minha mãe ficou tão brava que jogou fora todos os pertences dela. Mas consegui esconder isso. Achei que deveria ficar com você.

Ada fechou os dedos ao redor do fóssil, ao mesmo tempo inflexível e estranhamente delicado contra a palma de sua mão. Na outra mão ela segurava a caixinha de música.

— Obrigada.

Ela se levantou para sair, mas se deteve.

— Acho que você deveria usar as roupas. Quer dizer, menos o casaco de pele. Todas as outras ficariam bem em você.

Meryem sorriu, seu rosto um palimpsesto de emoções inconstantes, e, pela primeira vez desde que a tia chegara, Ada sentiu a distância entre elas diminuir um pouco.

Figueira

Se, como dizem, as famílias se assemelham a árvores, estruturas arborescentes com raízes emaranhadas e galhos individuais que se projetam em ângulos estranhos, os traumas familiares são como resina espessa e translúcida gotejando de um corte na casca. Escorrem por gerações.

Exsudam devagar, um fluxo tão lento que é quase imperceptível, avançando no tempo e no espaço, até encontrarem uma greta na qual se assentam e coagulam. O caminho de um trauma transmitido entre gerações é aleatório; nunca se sabe quem vai herdá-lo, mas alguém vai. Entre crianças que crescem sob o mesmo teto, algumas são mais afetadas por ele do que outras. Você já conheceu uma dupla de irmãos que teve mais ou menos as mesmas oportunidades, e ainda assim um é mais melancólico e recluso? Acontece. Às vezes, o trauma familiar salta uma geração inteira e redobra a influência sobre a seguinte. Você pode encontrar netos que carregam em silêncio as mágoas e os sofrimentos dos avós.

As ilhas divididas estão cobertas pela resina de árvores que, embora fique incrustada nas bordas, ainda é líquida no interior, e segue gotejando como sangue. Sempre me perguntei se é por isso que os ilhéus, assim como os marinheiros nos tempos antigos, são curiosamente propensos a superstições. Não nos curamos da última tempestade, daquela vez em que os céus desabaram e o mundo se despiu de toda cor, não esquecemos os destroços carbonizados e emaranhados flutuando por toda parte, e carregamos dentro de nós um medo primitivo de que a próxima tempestade talvez não esteja muito distante.

É por isso que, com amuletos e ervas, sussurros e sais, tentamos apaziguar os deuses e os espíritos errantes, por mais caprichosos que sejam. Cipriotas, mulheres e homens, jovens e velhos, do norte e do sul, temem igualmente o mau-olhado, quer o chamem de *mati* ou *nazar*. Penduram contas de vidro azul em colares e pulseiras, colocam-nas na entrada de casa, colam-nas no painel do carro, amarram-nas no berço dos recém-nascidos, até as prendem secretamente em roupas íntimas e, ainda não satisfeitos, cospem no ar para invocar toda a proteção que puderem. Os cipriotas também cospem quando veem um bebê saudável ou um casal feliz; quando arranjam um emprego melhor ou ganham um dinheiro extra; também fazem isso quando estão eufóricos, desolados ou confusos. Em nossa ilha, membros de ambas as comunidades, convencidos de que o destino é inconstante e de que nenhuma alegria dura para sempre, continuam cuspindo ao vento sem nunca parar para pensar que, naquele exato momento, pessoas do outro lado, do grupo oposto, podem estar fazendo a mesma coisa, precisamente pelo mesmo motivo.

Nada aproxima as mulheres da ilha mais do que a gravidez. Nessa questão, não há fronteiras. Sempre acreditei que as mulheres grávidas do mundo são uma nação à parte. Seguem as mesmas regras não escritas e, à noite, quando vão para a cama, preocupações e medos semelhantes se acumulam nas mentes delas. Durante esses nove meses, tanto as cipriotas gregas quanto as cipriotas turcas não entregam uma faca a outra pessoa nem deixam uma tesoura aberta sobre a mesa; não olham para animais peludos ou feios, nem bocejam de boca aberta, para que um espírito não entre. Depois que os bebês nascem, se abstêm de aparar as unhas e cortar o cabelo por meses. E quando, depois de quarenta dias, apresentam o bebê a amigos e parentes, as mesmas mulheres os beliscam em segredo para fazê-los chorar — uma precaução contra o mau-olhado.

Temos medo da felicidade, sabe. Desde a mais tenra idade nos ensinaram que no ar, nos ventos etésios, há uma estranha troca em ação, de modo que para cada bocado de contentamento se seguirá um bocado de sofrimento, para cada gargalhada há uma lágrima pronta para rolar, porque é assim que funciona este mundo estranho, e por isso tentamos não aparentar estar muito felizes, mesmo nos dias em que nos sentimos assim por dentro.

Tanto as crianças turcas quanto as gregas são ensinadas a mostrar respeito se virem um pedaço de pão na calçada. O pão é sagrado, cada migalha. As crianças muçulmanas o pegam e o encostam na testa com a mesma reverência com que beijam as mãos dos mais velhos nos dias sagrados do Eid. As crianças cristãs pegam a fatia e fazem o sinal da cruz, colocando as mãos sobre o coração, tratando-a como se fosse a hóstia, feita de farinha de trigo pura e com duas camadas, uma para o céu, outra para a Terra. Os gestos também são idênticos, como se refletidos em uma poça de água escura.

Enquanto as religiões entram em conflito para ter a palavra final, e os nacionalismos propagam um senso de superioridade e exclusividade, as superstições de ambos os lados da fronteira coexistem em rara harmonia.

IRMÃOS

Chipre, 1968-1974

Uma noite, quando tinha onze anos, Kostas estava sentado à mesa da cozinha junto à janela aberta, como de costume, a cabeça enterrada em um livro. Enquanto os irmãos preferiam passar o tempo no quarto que todos compartilhavam, ele gostava de ficar ali, lendo ou estudando enquanto observava a mãe trabalhar. Aquele era o lugar favorito dele na casa, com o vapor subindo das panelas no fogão, os panos de prato pendurados em uma corda balançando na brisa e, acima da cabeça dele, pendurados nas vigas, ramos de ervas secas e cestos de palha.

Naquela noite, Panagiota estava fazendo conserva de pássaros canoros. Abria o peito com os polegares e o enchia de sal e especiarias enquanto cantarolava baixinho para si mesma. De vez em quando, Kostas lançava um olhar para a mãe, o rosto esculpido pela luz de um lampião a óleo. Havia um cheiro pungente de vinagre no ar, tão forte que enchia as narinas dele.

Uma onda de náusea tomou conta de Kostas quando o gosto de salmoura queimou o fundo da garganta. Empurrou para o lado o livro que estava lendo. Por mais que tentasse, não conseguia desviar o olhar das fileiras de minúsculos corações marrons dispostos na bancada de madeira ou das toutinegras evisceradas em potes de vidro, com os bicos entreabertos. Em silêncio, começou a chorar.

— O que aconteceu, *paidi mou?* — Panagiota enxugou as mãos no avental e correu até ele. — Você está doente? Seu estômago dói?

Kostas balançou a cabeça, sem conseguir falar.

— Me conte, alguém disse alguma coisa a você, meu amor?

Sua garganta se estreitou quando ele apontou para a bancada.

— Não faça isso, mamãe. Não quero mais comer eles.

A mãe o encarou, surpresa.

— Mas nós comemos animais: vacas, porcos, galinhas, peixes. Caso contrário, morreríamos de fome.

Ele não conseguiu pensar em uma boa resposta para esse argumento e não fingiu ter uma. Em vez disso, murmurou:

— São pássaros canoros.

Ela ergueu as sobrancelhas, uma sombra atravessando o rosto e em seguida desaparecendo. Parecia estar prestes a dizer uma coisa, mas mudou de ideia. Com um suspiro, despenteou os cabelos dele.

— Tudo bem, se isso o incomoda tanto...

Mas, naquele momento, enquanto o mundo girava em voltas lentas, Kostas viu um brilho nos olhos da mãe, cheios de compaixão e apreensão. Intuiu o que ela estava pensando. Sabia que a mãe o achava muito sensível, sentimental demais, e de alguma forma mais difícil de entender do que os outros filhos.

Os três irmãos eram muito diferentes uns dos outros, e com o passar dos anos essas diferenças só se acentuaram. Por mais que amasse os livros, Kostas não queria ser poeta ou pensador, como o irmão mais velho. Michalis vivia imerso na linguagem, sempre procurando, longa e arduamente, a palavra exata, como se os significados fossem algo que precisasse perseguir e caçar. Ele se autodenominava marxista, sindicalista, anticapitalista — rótulos que se enroscavam na mente da mãe como buganvílias escalando um muro. Dizia que os membros da classe trabalhadora de todos os países um dia se uniriam para derrubar o opressor comum, os ricos, e que, por essa razão, um camponês grego e um camponês turco não eram inimigos, mas simplesmente camaradas.

Michalis não aprovava a EOKA, nem nenhum tipo de nacionalismo. Não fazia segredo das opiniões dele, criticando abertamente as mensagens pintadas de azul que agora começavam a aparecer em quase todos os muros do bairro: "VIDA LONGA À ENOSIS", "MORTE AOS TRAIDORES"...

Se Kostas não era como o irmão mais velho, tampouco se parecia com o irmão mais novo. Andreas, um menino alto e ágil, de grandes olhos castanhos e um sorriso tímido, mudara profundamente no decorrer de apenas alguns meses. Falava de Grivas, o líder da EOKA-B, que havia morrido recentemente na clandestinidade, como se ele fosse um santo, inclusive chamando-o de Digenis, em homenagem ao lendário herói bizantino. Andreas dizia que estava pronto para fazer um juramento sobre a Bíblia comprometendo-se a libertar o Chipre dos inimigos — tanto britânicos quanto turcos — e que, para isso, estava disposto a matar ou morrer. Mas como tinha uma tendência a verbalizar tudo que lhe passava pela cabeça, e como era o mais novo da família, sempre amado e mimado, nunca acreditaram que ele estivesse de fato falando sério.

Os três irmãos, embora antes muito próximos, agora viviam sob o mesmo teto, mas com uma interseção mínima entre seus mundos. Raramente brigavam, obedecendo às regras de Panagiota, desviando com cuidado das verdades do outro.

Assim era a vida deles, até que em uma manhã de março, em plena luz do dia, Michalis foi assassinado. Ele foi alvejado na rua, com um livro debaixo do braço, o poema que estava lendo ainda marcado. A identidade do atirador nunca foi revelada. Alguns diziam que tinham sido os nacionalistas turcos que o haviam matado, por ser cristão e grego; outros diziam que tinham sido os nacionalistas gregos, que o odiavam por ser um crítico aberto. E embora nunca tivesse ficado oficialmente provado quem fez aquilo, Andreas, por meio das próprias fontes, estava convencido de que havia descoberto a verdade. Kostas viu as chamas da vingança incendiarem a alma do irmão mais novo, queimando mais forte a cada dia. Então, uma noite, Andreas não voltou para casa, e a cama dele permaneceu intocada.

Nunca falaram sobre isso, mas tanto Panagiota quanto Kostas sabiam que Andreas havia partido para se juntar às fileiras da EOKA-B. Desde então, não tinham notícias dele e não faziam ideia se ele estava vivo ou morto. Agora, restavam apenas Kostas e a mãe naquela casa que havia encolhido e escurecido nas bordas, enrolando-se sobre si mesma como uma carta resgatada das chamas.

À noite, quando a lua brilhava no alto sobre os limoeiros e um arrepio de insetos invisíveis ao olho nu, ou de fadas mandadas para o exílio na Terra, percorria o ar, Kostas às vezes pegava a mãe olhando para ele com uma expressão aflita. Não podia deixar de se questionar se, apesar do coração generoso e amoroso da mãe, ela não perguntava a si ou aos santos em quem confiava tanto por que tinha sido o filho mais eloquente e apaixonado que fora assassinado e por que tinha sido o filho mais aventureiro e idealista quem abandonara o lar, deixando para trás aquele filho do meio tímido e distraído que ela nunca fora capaz de entender de todo.

Figueira

Certa vez, ouvi um jornalista inglês que jantava na Figueira Feliz dizer que os políticos da Europa e da América estavam tentando entender a situação na nossa ilha. Depois da crise de Suez, houve protestos em Londres, em um lugar chamado Trafalgar Square. As pessoas carregavam cartazes que diziam: "Faça a lei, não faça a guerra". Agora, em retrospecto, percebo que os jovens ainda não tinham começado a entoar "Faça amor, não faça guerra". Isso viria mais tarde.

O mesmo jornalista explicou aos companheiros de mesa que na Inglaterra, na Câmara dos Comuns, onde todas as decisões importantes eram tomadas, os membros do Parlamento estavam discutindo "o problema do Chipre". Ele disse que, em sua experiência, nunca era um bom presságio para um país ou uma comunidade quando começava a ser rotulado como "um problema", e era isso o que nossa ilha tinha se tornado aos olhos de todo o mundo: "uma crise internacional".

Mesmo assim, naquela época, os especialistas acreditavam que a tensão e a violência que haviam se apoderado de nossa terra eram apenas "agitação panfletária"; diziam que era uma tempestade em copo d'água e que acabaria em breve. Não havia necessidade de temer caos e derramamento de sangue, porque como poderia haver uma guerra civil em uma ilha tão bonita e pitoresca, de flores desabrochando e montes escarpados? "Civilizada" era a palavra que eles usavam repetidas vezes. Aqueles políticos e analistas pareciam supor que humanos civilizados não podiam matar uns aos outros, ao menos não em um cenário idílico de colinas verdejantes e praias ensolaradas: "Não há necessidade de fazer nada a respeito. Os cipriotas são... pessoas civilizadas. Nunca farão nada violento ou drástico".

Apenas algumas semanas depois que essas declarações foram proferidas no Parlamento Britânico, quatrocentos atentados já tinham sido realizados no Chipre. Sangue britânico, turco e grego fora derramado, e a terra absorvera tudo, como sempre faz.

Em 1960, o Chipre conquistou a independência do Reino Unido. Não era mais uma colônia da Coroa Britânica. Aquele foi um ano cheio de esperança, parecia um novo começo, uma espécie de calmaria reinando entre gregos e turcos. De repente, uma paz permanente parecia possível, ao alcance da mão, como um pêssego extravagante e aveludado pendendo de um galho inclinado, bem diante da ponta dos dedos. Um novo governo foi formado com membros de ambos os lados. Finalmente, cristãos e muçulmanos estavam trabalhando juntos. Naqueles dias, as pessoas que acreditavam que diferentes comunidades poderiam viver em paz e harmonia como cidadãos iguais costumavam aludir a uma ave nativa como o emblema delas: um tipo de perdiz, a chucar, que fazia ninhos em ambos os lados da ilha, sem se importar com divisões. Durante algum tempo, ele se tornou um símbolo perfeito da unidade.

Mas não ia durar muito. Líderes políticos e espirituais que estenderam a mão para o outro lado foram silenciados, rechaçados e intimidados — e alguns foram perseguidos e assassinados por extremistas do próprio lado.

A chucar é uma criatura pequena e encantadora, com listras pretas em torno do corpo. Ela gosta de pousar nas rochas e, quando canta, o faz em notas tímidas e agudas, como se estivesse aprendendo a gorjear pela primeira vez. Se escutar com atenção, você poderá ouvi-la dizer *chucar-chucar-chucar*. A única ave que gorjeia com ternura o próprio nome.

O número de chucars diminuiu significativamente nos últimos tempos, pois foram caçadas de forma implacável em toda a ilha — tanto no norte quanto no sul.

BAKLAVA

Londres, fim da década de 2010

À noite, Meryem começou a preparar sua sobremesa favorita: *baklava*. Moeu um pote inteiro de pistache, o barulho do processador de alimentos tão alto que abafava o uivo da nevasca lá fora. Preparou a massa do zero, dando batidinhas e amassando-a entre as palmas das mãos antes de cobri-la e deixá-la reservada para "descansar".

Enquanto isso, Ada observava a tia de onde estava sentada, na cabeceira da mesa. O livro de história estava aberto à frente. Não exatamente para estudar, mas para terminar a borboleta que havia deixado incompleta no último dia de aula, pouco antes de começar a gritar.

— Olhe só para você! Como é boa aluna — gorjeou Meryem, lançando um olhar meio de lado para a sobrinha enquanto abria o processador e transferia o conteúdo para um prato com uma colher. — Fico muito feliz que esteja fazendo sua lição de casa perto de mim.

— Bem, eu não tive muita escolha, não é? — disse Ada com um ar de cansaço. — Você não parava de bater na minha porta, me pedindo para sair.

Meryem deu uma risadinha.

— É claro. Caso contrário, você ia passar as férias inteiras trancada no quarto. Não é saudável.

— E isso é a *baklava*? — Ada não pôde evitar a pergunta.

— Claro! A comida é o coração de uma cultura — respondeu Meryem. — Se não conhece a culinária dos seus antepassados, você não sabe quem é.

— Bem, todo mundo faz *baklava*. Você pode comprar no supermercado.

— Todo mundo faz *baklava*, é verdade, mas nem todo mundo *sabe* fazer. Nós, turcos, a deixamos crocante com pistache torrado. Esse é o jeito certo. Os gregos usam nozes cruas... Só Deus sabe de onde tiraram essa ideia, simplesmente estraga o sabor.

Divertindo-se, Ada apoiou o queixo na ponta do dedo indicador.

Embora ainda estivesse sorrindo, uma sombra atravessou o rosto de Meryem. Ela não teve coragem de dizer a Ada que por um momento fugaz tinha visto Defne naquele gesto, tão dolorosamente familiar.

— Você fala como se a gente devesse julgar uma cultura não por sua literatura, sua filosofia ou sua democracia, mas apenas pela *baklava* — comentou Ada.

— Hum... sim.

Ada revirou os olhos.

— Você fez essa coisa de novo.

— Que coisa?

— Essa coisa de adolescente que você fica fazendo o tempo todo com os olhos.

— Bem, tecnicamente, eu *sou* uma adolescente.

— Eu sei — disse Meryem. — E neste país isso é um privilégio. O que há de melhor depois de ser da realeza. Na verdade é ainda melhor. Privilégio sem paparazzi.

Ada endireitou os ombros.

— Não é uma crítica. Estou apenas constatando um fato. É culpa da língua inglesa. Em inglês, treze anos é *thir-teen* e *teen* é adolescente, certo? Assim como quatorze, *four-teen*; quinze, *fif--teen*; dezesseis, *six-teen*; dezessete, *seven-teen*... De onde eu venho, aos dezessete você já está preparando seu dote. Aos dezoito está na cozinha fazendo café porque seu futuro marido está na sala de estar com os pais dele, pedindo sua mão em casamento. Aos dezenove está servindo o jantar da sua sogra, e, se queimar a comida, leva uma bronca. Não me entenda mal, não estou dizendo que isso é bom. De jeito nenhum! O que quero dizer é que existem crianças no mundo, meninas e meninos, que não podem aproveitar a adolescência.

Ada observou a tia.

— Me fale sobre o seu ex-marido.

— O que você quer saber?

— Você o amava? Pelo menos no começo?

Meryem acenou com a mão, as pulseiras tilintando.

— As pessoas todas estão sempre às voltas com o amor... todas as músicas, todos os filmes. Eu entendo, é bonito, mas você não constrói uma vida com base na beleza. Não, o amor não era minha prioridade. Meus pais eram minha prioridade, minha comunidade era minha prioridade. Eu tinha responsabilidades.

— Então não foi um casamento por amor?

— Não, não foi. Não foi como o casamento dos seus pais.

Algo novo havia se insinuado na voz de Meryem, e Ada percebeu.

— Você tem raiva deles? Acha que eles foram irresponsáveis?

— Seus pais, ah, eles foram inconsequentes. Mas eram muito jovens, só um pouco mais velhos que você.

Ada sentiu o calor subir pelo pescoço.

— Espere um segundo. Então, mamãe e papai eram... o quê, namoradinhos do ensino médio?

— As escolas eram separadas. As crianças gregas e as crianças turcas não se misturavam muito naquela época, embora houvesse cidades mistas e bairros mistos, como o nosso. Nossas famílias se conheciam. Eu gostava de Panagiota, a mãe do seu pai. Era uma senhora muito amável. Mas então as coisas ficaram muito ruins... e paramos de nos falar.

Ada desviou o olhar.

— Achei que meus pais tivessem se conhecido quando já tinham trinta e poucos anos ou algo assim. Quer dizer, minha mãe me teve com quarenta e poucos anos. Ela sempre dizia que foi uma gravidez tardia.

— Ah, mas isso foi depois. Porque eles se separaram, sabe? E, anos depois, ficaram juntos de novo. Na primeira vez, eram apenas crianças, na verdade. Eu estava sempre dando cobertura para a Defne. Se nosso pai a tivesse flagrado, teria sido um desastre! Eu morria de medo. Mas sua mãe... ninguém era capaz de detê-la. Ela colocava travesseiros sob as cobertas e saía de casa no meio da noite. Era corajosa... e tola. — Meryem respirou fundo. — Sua mãe era um espírito livre. Mesmo quando ainda era bem pequena, já tinha esse lado selvagem e imprevisível. Se você dissesse a ela para ficar longe do fogo, ela fazia uma fogueira! É um milagre não ter incendiado a casa. Eu era cinco anos mais velha, mas, mesmo quando tinha a idade dela, tomava todos os cuidados para não decepcionar meus pais, sempre tentando fazer a coisa certa... e quer saber? *Baba* amava mais a Defne. Não guardo ressentimento, só estou dizendo a verdade.

— Você também foi contra o casamento dos meus pais? — perguntou Ada.

Meryem enxugou as mãos no avental, olhou para as palmas como se procurasse uma resposta.

— Eu não queria que sua mãe se casasse com um grego, Deus sabe que tentei impedir. Mas ela não me ouviu. E fez a coisa certa. Kostas era o amor da vida dela. Sua mãe adorava seu pai, mas os dois pagaram um preço alto. Você cresceu sem conhecer seus parentes. Sinto muito por isso.

No silêncio que se seguiu, Ada ouviu o pai digitando no computador no quarto dele, como mil martelinhos batendo. Escutou por um tempo, então inclinou a cabeça com um ar decidido.

— Você sabia que minha mãe era alcoólatra?

Meryem estremeceu.

— Não diga uma coisa dessas. Essa palavra é horrível.

— Mas é verdade.

— Beber um pouco de tempos em tempos não é um problema. Quer dizer, eu não bebo, mas não me importo de os outros beberem... de vez em quando.

— Não era de vez em quando. Minha mãe bebia muito.

Uma sombra se abateu sobre o rosto de Meryem; sua boca estava ligeiramente aberta, como uma tigela vazia. Ela tocou a borda da toalha de mesa e afastou um grão de poeira invisível, concentrando-se inteiramente no movimento dos dedos.

Enquanto observava a tia, subitamente pouco à vontade e sem palavras, Ada viu pela primeira vez a fragilidade do universo que aquela mulher havia construído para si mesma, com as receitas, provérbios, orações e superstições. E ocorreu-lhe que talvez ela não fosse a única que sabia tão pouco sobre o passado.

Figueira

Eles a chamam de Linha Verde, a partição que divide o Chipre e cujo propósito é separar gregos de turcos, cristãos de muçulmanos. Ganhou esse nome não porque fosse marcada por quilômetros e quilômetros de floresta primitiva, mas simplesmente porque, quando um general de divisão britânico se propôs a traçar a fronteira em um mapa à sua frente, ele usou um lápis verde.

A cor não foi uma escolha aleatória. O azul teria sido demasiado grego, e o vermelho, demasiado turco. O amarelo representava o idealismo e a esperança, mas também poderia ser interpretado como covardia ou engano. O rosa, associado à juventude e à alegria, bem como à feminilidade, simplesmente não funcionaria. Tampouco o roxo, que simboliza a ambição, o luxo e o poder, teria produzido o resultado desejado. Nem o branco nem o preto serviriam, eram decisivos demais. Já o verde, usado nos mapas para marcar trilhas, parecia menos controverso, uma alternativa mais unificadora e neutra.

Verde, a cor das árvores.

Às vezes me pergunto o que teria acontecido se naquele dia específico, por ter consumido muita cafeína ou como efeito colateral de algum medicamento que tivesse tomado antes, ou simplesmente por causa do nervosismo, a mão do general de divisão Peter Young tivesse tremido apenas um pouco... Será que teria mudado a fronteira uma fração de centímetro para cima ou para baixo, incluindo aqui, excluindo ali, e se isso acontecesse, essa mudança involuntária teria afetado meu destino ou o de meus parentes? Teria restado uma figueira a mais do lado grego, por exemplo, ou uma figueira extra teria sido incluída no território turco?

Tento imaginar esse ponto de inflexão no tempo. Tão efêmero quanto um perfume na brisa, a mais breve pausa, a menor hesitação, o chiar de um lápis na superfície acetinada do mapa, um rastro de verde deixando a marca irrevogável com consequências perpétuas para as vidas das gerações passadas, presentes e ainda por vir.

A história se intrometendo no futuro.

Nosso futuro...

TERCEIRA PARTE

TRONCO

ONDA DE CALOR

Chipre, maio de 1974

Foi no dia em que uma onda de calor se abateu sobre Nicósia. Acima dos telhados, o sol era uma bola incandescente de fúria; queimando as antigas vielas venezianas, os pátios genoveses, os ginásios gregos e os *hamams* otomanos. As lojas estavam fechadas, as ruas vazias — exceto por um ocasional gato de rua enroscado sobre si mesmo em um pequeno trecho de sombra, ou um lagarto letárgico, tão imóvel que poderia ser confundido com um ornamento na parede.

O calor havia começado nas primeiras horas da manhã e fora se intensificando com rapidez. Por volta das dez, já irrompera plenamente, logo depois que turcos e gregos de ambos os lados da Linha Verde terminaram de tomar o café. Agora já passava do meio-dia, e o ar estava denso, difícil de respirar. As ruas estavam rachadas em alguns pontos, o asfalto derretendo em riachos da cor de madeira carbonizada. Em algum lugar, um carro acelerou, os pneus de borracha lutando para avançar sobre o asfalto pegajoso. Então, silêncio.

Por volta das três da tarde, o calor havia se transformado em uma criatura selvagem, uma cobra espreitando a presa. Sibilava e deslizava pelas calçadas, enfiava a língua flamejante pelos buracos das fechaduras. As pessoas se aproximavam mais dos ventiladores, chupavam cubos de gelo com força e abriam as janelas apenas para fechá-las no mesmo instante. Poderiam ter ficado dentro de casa todo o tempo não fosse por um odor peculiar que impregnava o ambiente, acre e indesejado.

A princípio, os turcos suspeitaram que o cheiro estivesse vindo do bairro grego, e os gregos presumiram que devia estar vindo do bairro turco. Mas ninguém conseguia identificar com exatidão a origem. Era quase como se tivesse brotado da terra.

De pé junto à janela, com um livro de poesias nas mãos — uma antiga edição de *Romiosini* que pertencera ao irmão mais velho —, Kostas olhava fixamente para o jardim, certo de ter ouvido um som na quietude sonolenta da tarde. Seu olhar se desviou para os galhos mais altos da alfarrobeira mais próxima, mas não encontrou nada incomum. Quando estava prestes a se virar, vislumbrou um movimento com o canto do olho. Alguma coisa tinha caído no chão, tão rápido que ele não conseguiu identificar o que era. Correu para fora de casa, cego pela luz do sol que se infiltrava por entre as folhas. Avançou depressa em direção às sombras ao longe, embora a princípio não conseguisse distingui-las contra a luz ofuscante. Só quando estava bem perto identificou o que estava olhando durante todo aquele tempo.

Morcegos! Dezenas de morcegos frugívoros. Alguns espalhados pelo chão como frutas podres, outros pendendo dos galhos, pendurados de cabeça para baixo pelas patas, envoltos nas próprias asas, como se precisassem se aquecer. A maioria tinha pouco mais de um palmo de comprimento, outros eram pequenos como um dedo mindinho. Os filhotes tinham sido os primeiros a sucumbir ao calor. Alguns tão jovens que ainda mamavam, grudados aos mamilos da mãe, tinham caído, mortos, incapazes de regular a temperatura do corpo. Com a pele desidratada e escamando, o cérebro fervendo dentro do crânio, aqueles animais inteligentes tinham ficado debilitados e tontos.

Sentindo um aperto no peito, Kostas começou a correr. Tropeçou em um caixote de madeira e caiu, a borda de metal cortando a testa. Levantou-se e continuou a correr, apesar do latejar acima da sobrancelha esquerda. Quando alcançou o primeiro morcego, caiu de joelhos e pegou o corpo minúsculo, leve como um sopro. Ficou ali, imóvel, segurando o animal morto, sentindo a maciez acetinada sob os dedos, os últimos vestígios de vida se evaporando.

Ele não havia chorado quando levaram o corpo de Michalis para a casa dele, o rosto tão sereno que era difícil acreditar que estivesse morto; a bala que o havia perfurado perfeitamente escondida, como se tivesse vergonha do que havia feito. Tampouco chorou quando se juntou aos homens que carregaram o caixão até a igreja, uma leve pressão sobre o ombro no qual estava apoiada a madeira polida, o gosto da prata que ficou nos lábios depois de beijar a cruz, o cheiro de óleo e poeira nas narinas. Também não chorou quando, no cemitério, o caixão foi baixado na cova em meio a soluços, e a única coisa que Kostas pôde oferecer ao irmão foi um punhado de terra.

Não havia chorado quando Andreas, de apenas dezesseis anos, saiu de casa para se juntar a um ideal, um sonho, um terror, deixando-os em um estado de apreensão constante. Ao longo de todos esses acontecimentos, Kostas não havia derramado uma lágrima, consciente de que a mãe precisava dele a seu lado. Mas naquele momento, enquanto segurava um morcego morto nas mãos, a dor se tornou tangível, como se algo costurado estivesse se rasgando. E ele começou a soluçar.

— Kostas! Onde você está? — chamou Panagiota da casa, um tremor de preocupação na voz.

— Estou aqui, *Mána* — conseguiu dizer Kostas.

— Por que saiu correndo daquele jeito? Fiquei preocupada. O que você está fazendo?

Conforme ela foi se aproximando, a expressão no rosto mudou de preocupação para confusão.

— Você está chorando? Se machucou?

Kostas mostrou o morcego a ela.

— Estão todos mortos.

Panagiota fez o sinal da cruz, movendo os lábios em uma rápida oração.

— Não toque neles. Vá lavar as mãos.

Kostas não se moveu.

— Não ouviu o que eu disse? Eles transmitem doenças, esses animais imundos. — Ela gesticulou indicando o entorno deles, a confiança retornando. — Vá. Vou pegar uma pá e colocá-los no lixo.

— Não, no lixo não — disse Kostas. — Deixe que eu faço isso, por favor. Vou enterrá-los, depois lavo as mãos.

Ao ver a dor nos olhos dele, Panagiota não insistiu, mas, ao se virar, não conseguiu se conter e murmurou:

— Nossos jovens estão sendo assassinados nas ruas, *moro mou*, mães não sabem mais onde estão os filhos, se estão nas montanhas ou na sepultura, e você chora por um punhado de morcegos? Foi assim que eu te criei?

Kostas sentiu uma solidão tão intensa que era quase tangível. Depois daquele dia, não falaria mais sobre morcegos frugívoros e sobre como eles eram importantes para as árvores do Chipre e, portanto, para os habitantes de lá. Em uma terra assolada por conflitos, incertezas e derramamento de sangue, se você prestasse muita atenção a qualquer coisa que não fosse o sofrimento humano, as pessoas tomavam isso como indiferença, como um insulto à dor delas. Não era a hora nem o lugar apropriados para falar sobre plantas e animais, a natureza em todas as suas formas e em todo o seu esplendor, e foi assim que Kostas Kazantzakis foi aos poucos se fechando, esculpindo para si mesmo uma ilha dentro de outra ilha, isolando-se no silêncio.

Figueira

O dia em que a onda de calor assolou Nicósia ficará marcado para sempre em minha memória, gravado em meu tronco. Quando descobriram de onde vinha o cheiro rançoso, os ilhéus começaram a se livrar dos cadáveres. Varreram as ruas, limparam os pomares, higienizaram os porões, verificaram os locais de extração de pedra calcária e as antigas galerias das minas. Onde quer que olhassem, encontravam centenas de morcegos mortos. Essa morte súbita e coletiva os marcou. Nessa extinção em massa, talvez tenham reconhecido a própria mortalidade. Ainda assim, com base na minha experiência pessoal, posso afirmar uma coisa sobre os humanos: reagem ao desaparecimento de uma espécie da mesma forma que reagem a tudo mais — colocando-se no centro do universo.

Os humanos se preocupam mais com o destino dos animais que consideram bonitos: pandas, coalas, lontras-marinhas e golfinhos, que também temos muitos no Chipre, nadando e brincando em nossas praias. Há algo de romântico a respeito de como os golfinhos perecem: surgindo na praia com o focinho em forma de bico e um sorriso inocente, como se tivessem ido dar um último adeus à humanidade. Na verdade, apenas um pequeno número deles faz isso. Quando morrem, os golfinhos submergem até o fundo do oceano, pesados como os medos da infância; é assim que partem, longe de olhares curiosos, afundando no azul.

Os morcegos não são considerados bonitos. Em 1974, quando morreram aos milhares, não vi muitas pessoas chorando por eles. Os humanos são muito estranhos, cheios de contradições. É como se precisassem odiar e excluir na mesma medida que precisam amar e acolher. Seu coração se fecha de forma hermética, em seguida se abre ao máximo, apenas para voltar a se fechar, como um punho indeciso.

Os humanos consideram camundongos e ratos desagradáveis, mas hamsters e gerbos, adoráveis. As pombas brancas são o símbolo da paz mundial, enquanto os pombos não passam de portadores de imundície urbana. Declaram que leitões são encantadores, mas javalis, apenas toleráveis. Admiram os quebra-nozes ao mesmo tempo que evitam seus primos ruidosos, os corvos. Os cães suscitam neles uma sensação de afeto peludo, enquanto os lobos evocam histórias de terror. Veem as borboletas com apreço, as mariposas nem um pouco. Têm um fraco por joaninhas e, no entanto, se vissem um besouro-soldado, o esmagariam na mesma hora. As abelhas são favorecidas, em nítido contraste com as vespas. Embora os caranguejos-ferradura sejam considerados encantadores, a história é bem diferente quando se trata de suas parentes distantes, as aranhas... Já tentei encontrar uma lógica em tudo isso, mas cheguei à conclusão de que não há nenhuma.

Nós, figueiras, temos os morcegos em alta conta. Sabemos como são essenciais para todo o ecossistema e os valorizamos, com seus grandes olhos da cor de canela queimada. Eles nos ajudam a polinizar, carregando fielmente nossas sementes para todos os cantos. Eu os considero meus amigos. Fiquei devastada ao vê-los caindo mortos como folhas secas.

Naquela mesma tarde, enquanto os ilhéus estavam ocupados em se livrar dos morcegos mortos, Kostas foi caminhando de casa até a Figueira Feliz. Fiquei surpresa quando ele apareceu. A taberna estava fechada e não estávamos esperando ninguém, não enquanto o calor ainda estivesse escaldante.

Kostas subiu com dificuldade pelo caminho sinuoso, avançando lentamente pela suave inclinação da encosta. Com as pontas dos meus galhos que se estendiam pela abertura no telhado, eu observava cada movimento dele.

Ao chegar, encontrou a porta da frente trancada. Bateu a aldrava de metal várias vezes em rápida sucessão. Foi então que comecei a me sentir inquieta, tomada por um mau pressentimento.

— Yiorgos! Yusuf! Você estão aí?

Ele tentou mais uma vez. A porta estava trancada por dentro.

Kostas deu a volta, olhando ansioso para os morcegos caídos no chão. Cutucou alguns deles com cautela, com um galho, para ver se algum estava vivo. Jogou o graveto de lado e estava prestes a ir embora quando se deteve ao detectar um sussurro no ar. Uma voz masculina falava em um tom baixo e sonhador.

Kostas se virou, escutando. Caminhou em direção ao pátio dos fundos ao se dar conta de que o som vinha de lá. Pulando sobre caixas de garrafas vazias e latas de azeite, se aproximou de uma das janelas de ferro forjado, ficou na ponta dos pés e espiou lá dentro.

Naquele momento, o pânico cresceu dentro de mim, pois eu sabia exatamente o que ele estava prestes a ver.

Yusuf e Yiorgos estavam no pátio, sentados lado a lado em um banco de pedra. Kostas estava prestes a chamá-los, mas então se deteve, os olhos identificando algo que a mente não conseguiu compreender de imediato.

Os dois homens estavam sorrindo um para o outro, de mãos dadas, os dedos entrelaçados. Yiorgos se inclinou e murmurou no ouvido de Yusuf algumas palavras que o fizeram rir. Embora Kostas não pudesse ouvir o que ele estava dizendo, sabia que era em turco. Eles faziam isso com frequência, falavam grego e turco quando estavam sozinhos, alternando entre os idiomas na mesma conversa.

Yusuf passou o braço em volta do pescoço de Yiorgos, tocando o pequeno sulco sob o pomo de adão, puxando-o para mais perto. Eles se beijaram. Com as testas apoiadas uma na outra, ficaram sentados, o sol pairando enorme e fundido acima deles. Havia uma ternura natural no movimento deles, uma harmonia de sombras e contornos, formas sólidas se dissolvendo em puro líquido, um fluxo suave que Kostas sabia que só podia existir entre amantes de longa data.

Kostas deu um passo para trás. De repente tonto, engoliu em seco. Sentiu na boca o gosto de poeira e pedra queimada pelo sol. O mais silenciosamente que conseguiu, se afastou, o sangue latejando nos ouvidos. Os pensamentos se fraturaram em mais pensamentos, e esses, em outros ainda, de modo que não sabia dizer como se sentia naquele momento. Havia passado tanto tempo com aqueles dois homens, dia após dia, mas nunca lhe ocorrera que pudessem ser mais do que sócios.

No dia em que a onda de calor se abateu sobre Nicósia e os morcegos frugívoros morreram aos milhares, o dia em que Kostas Kazantzakis descobriu nosso segredo na taberna, vi o rosto dele ficar sério, a testa se franzir de preocupação. Agora se dava conta de que Yusuf e Yiorgos corriam um risco muito maior do que ele e Defne jamais haviam corrido. Só Deus sabia que havia muitas pessoas naquela ilha que odiariam ver um turco e um grego em um relacionamento romântico, mas o número dessas pessoas provavelmente quadruplicaria se o casal em questão fosse homossexual.

ME OUÇA

Londres, fim da década de 2010

No terceiro dia, o epicentro da tempestade se deslocou para oeste, se precipitando na direção de Londres. Naquela noite, as janelas da casa chacoalharam quando o vento aumentou e a chuva açoitou as vidraças. O bairro sofreu um apagão pela primeira vez em anos. A eletricidade demorou horas para ser restabelecida. Sem energia, eles ficaram sentados na sala, à luz de velas, Kostas trabalhando em um artigo, Ada checando o celular a cada poucos segundos e Meryem tricotando o que parecia ser um cachecol.

Por fim, Ada pegou uma vela e se levantou.

— Vou dormir, estou um pouco cansada.

— Está tudo bem? — perguntou Kostas.

— Sim. — Ada assentiu com firmeza. — Vou ler um pouco. Boa noite.

Assim que chegou no quarto, ela verificou o celular mais uma vez. Novos vídeos tinham sido postados em várias redes sociais. Em um deles, uma garota atarracada, com uma franja suave sobre as sobrancelhas, estava em frente ao Portão de Brandemburgo, em Berlim, segurando um balão vermelho, que soltou assim que começou a gritar a plenos pulmões. Quando o balão flutuou para fora do quadro, ela ainda não havia perdido o fôlego. Em um vídeo filmado em Barcelona, um adolescente gritava enquanto andava de skate por um calçadão ladeado de árvores, e pedestres o observavam, entre curiosos e incrédulos. Outro vídeo, postado na Polônia, mostrava um grupo de jovens vestidos de preto da cabeça aos pés olhando para a câmera de boca aberta, embora em silêncio. Abaixo, a legenda dizia: "Gritando por dentro". Algumas pessoas gritavam sozinhas, outras em grupos. Todas as postagens usavam a mesma hashtag: #estaomeouvindoagora. A cada vídeo a que assistia, Ada sentia o pânico e a confusão se intensificarem. Não conseguia acreditar que havia dado início a uma febre global e não fazia a menor ideia de como alguém poderia pará-la.

Encolhendo as pernas, ela as envolveu com os braços, como costumava fazer quando era pequena e pedia aos pais que lhe contassem uma história. Naquela época, o pai, por mais ocupado que estivesse, sempre encontrava tempo para ler para ela. Eles se sentavam lado a lado na cama, de frente para a janela. O pai escolhia os livros infantis mais inusitados: sobre morcegos frugívoros, papagaios-cinzentos, borboletas belas-damas... livros com insetos e animais e, sempre, árvores.

A mãe, por sua vez, preferia inventar as próprias narrativas. Contava histórias que eram fruto da imaginação dela, tecendo o arco narrativo à medida que avançava na trama, voltando atrás e mudando as coisas por capricho. Os temas dela eram mais sombrios, com feitiços, assombrações e presságios. No entanto, uma vez, lembrou-se Ada, a mãe havia compartilhado com ela um tipo diferente de história. Ao mesmo tempo perturbadora e, estranhamente, esperançosa.

Durante a Segunda Guerra Mundial, contou a mãe, um batalhão de infantaria estava estacionado ao longo dos penhascos que davam para o Canal da Mancha. Uma tarde, os soldados, cansados e sujos, patrulhavam a costa. Eles sabiam que a qualquer momento poderiam ser atacados pela artilharia alemã, pelo mar ou pelo ar. Não lhes restava muita comida, não tinham munição suficiente, e quanto mais avançavam, a duras penas, mais fundo o chão sob as botas encharcadas e rachadas os tragava, como areia movediça.

Depois de um tempo, um deles notou algo extraordinário no horizonte: nuvens de fumaça pairavam sobre o Canal, de uma cor tão vívida que parecia sobrenatural. Tentando não fazer barulho para não alertar o inimigo, ele fez sinal para os companheiros. Logo, todos estavam olhando na mesma direção, o rosto marcado primeiro pela surpresa, depois por puro terror. A misteriosa nuvem só podia ser algum tipo de gás venenoso, uma arma química que, impelida pelo vento, avançava na direção deles. Alguns dos soldados caíram de joelhos, proferindo orações a um deus no qual havia muito tinham deixado de acreditar. Outros acenderam cigarros — um último prazer. Não havia mais nada a fazer, nenhum lugar para onde escapar. O batalhão estava estacionado bem no caminho do gás amarelo.

Um dos soldados, em vez de rezar ou fumar, subiu em uma pedra, desabotoou a casaca e começou a contar. A solidez dos números o acalmava enquanto esperava que a morte se abatesse sobre ele. "Vinte e dois, vinte e três, vinte e quatro…" Continuou, observando enquanto a ameaça dourada se aproximava, se expandindo e se contraindo. Quando chegou a cem, estava cansado de contar e pegou um par de binóculos. Foi então que ele viu o que a nuvem realmente era.

— Borboletas! — gritou a plenos pulmões.

O que eles pensavam ser uma massa de gás venenoso era, na verdade, borboletas migrando do continente europeu para a Inglaterra. Enxames de belas-damas atravessavam o Canal da Mancha, dirigindo-se devagar para o continente. Esvoaçavam pelo céu aberto, volteando e dançando na luz do verão, alheias à frente de batalha, fria e cinzenta.

Poucos minutos depois, rios de borboletas, muitos milhares delas, sobrevoaram o batalhão. E os soldados, alguns tão jovens que não passavam de meninos, aplaudiram e gritaram. Riram tanto que ficaram com lágrimas nos olhos. Ninguém, nem mesmo os comandantes, ousou dizer-lhes para ficarem quietos. Com as mãos estendidas em direção ao firmamento, a expressão de puro êxtase, eles pulavam para cima e para baixo, e os mais afortunados sentiram o toque de um par de asas diáfanas na pele, como um beijo de despedida das amantes que haviam deixado para trás.

Ao se lembrar da história, Ada fechou os olhos, e ficou assim até que uma batida na porta a sobressaltou. Supondo que fosse a tia de novo, chamando-a para experimentar mais uma receita qualquer que tivesse preparado, ela gritou:

— Não estou com fome!

A voz do pai surgiu do outro lado da porta.

— Querida, posso entrar?

Rapidamente, Ada escondeu o celular debaixo do travesseiro e pegou um livro que estava na mesa de cabeceira: *Eu sou Malala*.

— Claro.

Kostas entrou, com uma vela na mão.

— Esse livro que você está lendo é ótimo.

— É, eu também acho.

— Posso falar com você um segundo?

Ada fez que sim com a cabeça.

Kostas colocou a vela na mesa de cabeceira e sentou-se ao lado dela.

— *Kardoula mou*, eu sei que fiquei um pouco distante neste último ano. Tenho pensado muito nisso... me desculpe se nem sempre estive disponível para você.

— Está tudo bem, pai. Eu entendo.

Ele olhou para ela cheio de ternura.

— Será que podemos falar sobre o que aconteceu na escola?

Ela sentiu um aperto no peito.

— Não tem nada para falar. Acredite em mim. Eu só gritei, está bem? Não foi nada de mais. Não vou fazer isso de novo.

— Mas o diretor disse...

— Pai, por favor, aquele homem é esquisito.

— Nós podemos conversar sobre outras coisas. — Tentou Kostas novamente. — Eu me esqueci de perguntar como ficou aquele projeto de Ciências. Você ainda está trabalhando com aquele garoto... qual era o nome dele, Zafaar?

— Isso — disse Ada, de maneira um pouco brusca. — Nós já terminamos o projeto. Tiramos nota máxima.

— Fantástico. Estou orgulhoso de você, meu amor.

— Olha, sobre o grito, você precisa parar de se preocupar. Eu estava estressada, só isso — explicou Ada, e naquele momento acreditou em cada palavra que saiu de sua boca. — Ficar falando sobre isso não vai ajudar. Deixe comigo. Eu estou resolvendo.

Kostas tirou os óculos, soprou as lentes e, devagar, com cuidado, limpou-as com a camisa, como fazia sempre que não sabia o que dizer e precisava de tempo para pensar.

Observando-o, Ada sentiu uma súbita onda de afeto pelo pai. Como era fácil enganar os pais ou, quando não podia enganá-los, mantê-los atrás dos muros de evasivas que você erguia. Se realmente se concentrasse e tivesse o cuidado de não deixar pontas soltas, podia fazer isso por um bom tempo. Os pais, sobretudo aqueles tão distraídos quanto o dela, precisavam desesperadamente que as coisas corressem de forma tranquila e estavam tão inclinados a acreditar que o sistema que haviam criado estava funcionando bem que aceitavam a normalidade mesmo quando estava cercada de indícios contrários.

Enquanto pensava nisso, a culpa abriu caminho de maneira inevitável. Não estava planejando contar ao pai sobre o vídeo, era constrangedor, e não havia nada que ele pudesse fazer a respeito, de qualquer maneira, mas talvez devesse saber como ela se sentia.

— Pai, eu queria falar com você sobre isso... quero trocar de escola.

— O quê? Não, Ada. Você não pode fazer isso no meio dos exames para o certificado do ensino médio, está em uma boa escola. Sua mãe e eu ficamos muito felizes quando você entrou.

Ada mordeu o interior da bochecha, irritada com a forma como o pai havia ignorado as preocupações dela.

— Olha, se está preocupada com as notas, por que não estudamos juntos durante as férias? Vou gostar de ajudar.

— Eu não preciso da sua ajuda. — Ela desviou o olhar, perturbada com o próprio tom, a prontidão da raiva, tão perto da superfície.

— Olha, Aditsa — disse ele, a pele pálida à luz da vela, como se tivesse sido moldada em cera. — Eu sei que este último ano foi incrivelmente difícil para você. Sei que você sente falta da sua mãe...

— Por favor, pare!

A tristeza na expressão do pai provocou uma dor latejante no centro do peito de Ada. Ela viu o desamparo nos olhos dele e ainda assim não fez nada para tirá-lo de lá. Ficou quieta, tentando entender como aquilo poderia continuar acontecendo entre eles, aquela transição desconcertante de afeição e amor para pura mágoa e conflito.

— Pai?

— O que foi, meu amor?

— Por que as borboletas cruzam o Canal e vêm para cá? Elas não gostam de climas quentes?

Se achou a pergunta inesperada, Kostas não demonstrou.

— Sim, por muito tempo, os cientistas ficaram intrigados. Alguns diziam que era um erro, mas que as borboletas não podiam evitar, tinham sido condicionadas dessa forma. Chegaram a chamar isso de suicídio genético.

A palavra ficou suspensa no espaço entre eles. Ambos fingiram não notar.

— Sua mãe adorava borboletas — afirmou Kostas, a voz subindo e descendo, como água se assentando. — Olha, não sou especialista em borboletas, mas acho plausível que elas planejem seus movimentos para além de seu tempo de vida, não apenas o período de uma geração, mas de muitas.

— Eu gosto disso. Também meio que explica o que aconteceu com a gente. Você e mamãe se mudaram para este país, mas ainda estamos migrando.

Uma sombra cobriu o rosto dele.

— Por que você diz isso? Não vamos a lugar nenhum. Você nasceu e cresceu aqui. Aqui é o seu lar. Você é britânica, com uma ascendência mista, o que é uma grande riqueza.

Ela estalou a língua.

— Ah, claro, estou nadando na riqueza!

— Por que o sarcasmo? — perguntou Kostas, parecendo ofendido. — Nós sempre tratamos você como um ser independente, não como uma extensão de nós mesmos. Você vai construir seu próprio futuro, e eu vou apoiá-la em cada passo. Por que a obsessão com o passado?

— Obsessão? Eu já carrego esse fardo...

Ele a interrompeu.

— Não, não é verdade. Você não tem que carregar nada. Você é livre.

— Até parece!

Kostas prendeu a respiração, chocado com as palavras duras.

— Não vê problema em acreditar que as borboletas jovens herdam as migrações de seus ancestrais, mas quando se trata da sua própria família, acha que não é possível.

— Só quero que você seja feliz — disse Kostas, com um nó na garganta.

E então eles ficaram em silêncio de novo, voltando para o lugar doloroso que ambos compartilhavam, mas que só podiam ocupar separados um do outro.

Figueira

Uma vez ouvi Yiorgos contar uma história a Yusuf. Era tarde da noite, todos os clientes já tinham ido embora, e os funcionários, depois de limpar as mesas, lavar a louça e varrer a cozinha, tinham ido para casa. Onde momentos antes havia risos, música e agitação, agora reinava a calma. Yusuf estava sentado no chão, de costas para a janela, a sombra se espalhando pelo vidro escuro. Descansando a cabeça no colo de Yusuf, Yiorgos olhava para o teto, um ramo de alecrim entre os lábios. Era aniversário dele.

Tinham cortado um bolo mais cedo, um bolo de cereja e chocolate preparado pelo chef, mas, fora isso, aquela noite não era diferente de nenhuma outra. Os dois nunca tiravam um dia de folga. Trabalhavam o tempo todo, e tudo o que ganhavam, depois de cobrir as despesas e pagar o aluguel, dividiam entre si.

— Tenho um presente para você — disse Yusuf, tirando uma caixinha do bolso.

Eu adorava observar a mudança em Yusuf quando ele estava sozinho com Yiorgos. Raramente, para não dizer quase nunca, tropeçava nas palavras quando falava conosco, as plantas. Mas também gaguejava visivelmente menos quando estavam apenas os dois. O problema de fala que o atormentava desde sempre desaparecia quase por inteiro quando estava com seu amado.

Yiorgos, com um sorriso suavizando as feições esculpidas, apoiou-se em um dos cotovelos.

— Ei, pensei que não íamos comprar nada um para o outro este ano — disse ele, e mesmo assim pegou a caixa, o rosto iluminado pela expectativa de uma criança diante de uma guloseima, e tirou o papel de seda do embrulho.

— Ah, meu Deus! — Pendendo de uma corrente entre os dedos estava um relógio de bolso, dourado e brilhante. — É lindo, *chryso mou*, obrigado. O que é que você fez? Isso deve ter custado uma fortuna.

Yusuf sorriu.

— Abra. Há um p-p-poema.

Gravados dentro da tampa do relógio havia dois versos, as letras cintilando como vaga-lumes contra a escuridão da noite. Yiorgos os leu em voz alta:

Tua sina te assina esse destino,
mas não busques apressar sua viagem.

— Ah, é Kaváfis! — disse Yiorgos. Era o poeta favorito dele. Ele virou o relógio de bolso, e no verso encontrou duas letras: Y & Y.

— Gostou? — perguntou Yusuf.

— Se eu gostei? Eu adorei! — exclamou Yiorgos, a voz carregada de emoção. — Eu te amo.

O sorriso de Yusuf foi se desfazendo e se transformando aos poucos em outra coisa enquanto ele passava os dedos pelo cabelo de Yiorgos. Puxou-o para perto e o beijou com delicadeza, a tristeza nos olhos dele se aprofundando. Eu sabia o que o estava atormentando. No dia anterior, ele havia encontrado um bilhete preso na porta com goma de mascar. Uma mensagem curta e covarde, escrita em um inglês capenga, usando letras recortadas de jornais, anônima, manchada de terra e de algo vermelho para dar a impressão de que era sangue, e talvez fosse. Lera o bilhete várias vezes, as palavras horríveis — "sodomitas", "pederastas", "pecadores" — cravando-se como punhais, cortando uma veia perto do coração e abrindo uma ferida; não uma ferida nova, mas uma antiga que nunca tivera a chance de cicatrizar por completo. Desde menino, as pessoas implicavam com ele e o ridicularizavam por não ser homem o suficiente, *viril* o suficiente, primeiro a própria família, depois os colegas e professores da escola, até mesmo completos desconhecidos; insultos e farpas lançados em súbitos acessos de raiva e desprezo, embora de onde eles surgiam, ele nunca houvesse compreendido; nada daquilo era novo, mas daquela vez tinha vindo com uma ameaça. Não havia mencionado nada a Yiorgos, pois não queria preocupá-lo.

Naquela noite, eles conversaram por horas, mantendo-me acordada. Agitei meus galhos, tentando lembrá-los de que uma figueira precisava dormir e descansar. Mas eles estavam muito absortos um no outro para me notar. Yiorgos bebeu bastante, acompanhando o vinho com o licor de alfarroba de Panagiota. Embora estivesse sóbrio, de alguma maneira, Yusuf não parecia menos embriagado, rindo de cada piada boba. Cantaram juntos e, meu Deus, aqueles dois tinham vozes terríveis. Até o papagaio Chico cantava melhor do que eles!

Quando já estava quase amanhecendo, ansiosa e exausta, eu estava prestes a adormecer quando ouvi Yiorgos murmurar, como se estivesse falando consigo mesmo:

— Aquele poema de Kaváfis... Você acha que algum dia poderíamos deixar Nicósia? Não me entenda mal, eu amo esta ilha, mas às vezes gostaria de morar em um lugar onde tivesse neve!

Eles fizeram planos de viajar, elaborando uma lista de todas as cidades que gostariam de conhecer.

— Quem estamos querendo e-e-e-enganar, nós dois sabemos que não vamos embora — disse Yusuf com um ímpeto de emoção que era quase desespero. — Os pássaros podem ir, nós não. — Ele gesticulou para Chico, dormindo na gaiola sob um pano preto.

Yiorgos ficou em silêncio por um momento. Então disse:

— Você sabia que antigamente as pessoas não entendiam por que tantos pássaros desapareciam no inverno?

Ele contou a Yusuf como os antigos gregos ficavam intrigados com o que acontecia com os pássaros quando os dias se tornavam inconstantes e ventos gelados começavam a soprar das montanhas. Perscrutavam os céus vazios, tentando encontrar pistas de onde eles poderiam estar escondidos, todos aqueles milhafres-pretos, gansos-cinza, estorninhos, andorinhas e andorinhões. Como desconheciam os padrões de migração, os filósofos da Antiguidade apresentaram a própria explicação. Todo inverno, segundo eles, os pássaros se metamorfoseavam em peixes.

E os peixes, disse ele, ficavam felizes em seu novo ambiente. A comida era abundante na água, a vida, menos penosa. Mas não se esqueciam de onde tinham vindo e como costumavam pairar acima da terra, leves e livres. Nada poderia substituir aquela sensação. Então, todos os anos, por volta da primavera, quando a nostalgia se tornava insuportável, os peixes voltavam a se transformar em pássaros. E assim enchiam novamente o firmamento, todos aqueles milhafres-pretos, gansos-cinza, estorninhos, andorinhas e andorinhões.

Por um tempo, tudo ia bem e eles ficavam emocionados por estar de volta à casa, aos céus familiares, até que a geada se acumulasse nos galhos das árvores e eles tivessem que voltar mais uma vez para debaixo d'água, onde se sentiriam seguros, mas nunca completos, e assim se repetia o ciclo dos peixes e dos pássaros, dos pássaros e dos peixes. O ciclo do pertencimento e do exílio.

Era a velha questão: partir ou ficar. Naquela noite fatídica, Yusuf e Yiorgos decidiram ficar.

A LUA

Chipre, maio de 1974

No encontro seguinte na Figueira Feliz, Kostas se atrasou. Tivera que ajudar a mãe a cortar lenha e a empilhar os pedaços de madeira junto à lareira, e não conseguira escapar antes. Quando se viu finalmente livre, foi correndo de casa até a taberna.

Felizmente, Defne não tinha ido embora. Lá estava ela na pequena sala atrás do bar, esperando.

— Sinto muito, amor — disse Kostas ao entrar apressado.

Algo na expressão dela o deteve. Uma dureza no olhar. Ele se deixou cair no assento ao lado dela, recuperando o fôlego. Os joelhos se tocaram sob a mesa. Defne se afastou, de maneira quase imperceptível.

— Oi — cumprimentou ela, sem fazer contato visual.

Kostas sabia que deveria perguntar a ela o que havia de errado, por que ela parecia tão perturbada, mas uma estranha racionalidade fez com que se contivesse, como se, ao não a pressionar para que a expressasse em palavras, pudesse afastar a dor dela, pelo menos por um tempo.

Ela quebrou o silêncio.

— Meu pai está no hospital.

— Por quê? O que aconteceu? — Ele pegou a mão dela, que parecia inerte, sem vida na palma dele.

Ela balançou a cabeça, os olhos ficando marejados.

— E meu tio... irmão da minha mãe. Você se lembra que falei sobre ele? Aquele que me viu uma noite e me perguntou aonde eu estava indo.

— Sim, claro. O que aconteceu?

— Ele está morto.

Kostas ficou paralisado.

— Ontem, homens armados da EOKA-B pararam o ônibus em que meu pai e meu tio estavam e pediram a todos os passageiros que dissessem o nome... Separaram os homens com nomes turcos ou muçulmanos. Meu tio tinha uma arma. Mandaram que a entregasse, mas ele se recusou. Houve gritos de ambos os lados. Tudo aconteceu muito rápido. Meu pai tentou intervir, se jogou na frente e foi baleado. Está no hospital agora. Os médicos disseram que ele pode ficar paralisado da cintura para baixo. E meu tio... — Ela começou a soluçar. — Ele tinha vinte e seis anos. Tinha acabado de ficar noivo. Eu estava brincando com ele outro dia.

Inspirando rápido, Kostas vacilou, tentando encontrar as palavras.

— Eu sinto muito. — Pensou em abraçá-la, mas, como não sabia se era o que ela queria, se conteve, esperando, absorvendo aquela nova fissura que havia se aberto entre os dois. — Sinto muito, Defne.

Ela desviou o olhar.

— Se minha família descobrir... Se ficarem sabendo que estou saindo com um rapaz grego, nunca vão me perdoar. Aos olhos deles, é a pior coisa que eu poderia fazer.

Ele empalideceu. Era o que havia temido durante todo aquele tempo, um prelúdio do fim. Sentiu uma pressão tão grande no peito que teve medo de que fosse estourar. Foi preciso mobilizar cada músculo do corpo para manter a compostura. Por mais estranho que parecesse, a única coisa na qual conseguiu pensar naquele momento foi na almofada de alfinetes que a mãe usava para costurar. Assim estava o coração dele naquele instante, perfurado por dezenas de agulhas. Com uma voz que não passava de um rouco sussurro, ele perguntou:

— Está dizendo que é melhor terminar tudo? Não suporto ver você sofrendo. Faço qualquer coisa para acabar com esse sofrimento, mesmo que isso signifique não te ver mais. Diga, por favor, ajudaria se eu me afastasse?

Ela ergueu o queixo e o olhou nos olhos pela primeira vez desde que ele havia chegado.

— Não quero perder você.

— Também não quero perder você — disse Kostas.

Distraída, ela levou o copo aos lábios. Estava vazio.

Kostas se levantou.

— Vou buscar água.

Ele abriu a cortina. A taberna estava lotada naquela noite, uma névoa de fumaça de tabaco pairando no ar. Havia um grupo de americanos sentado perto da porta, as cabeças inclinadas ansiosamente sobre os pratos de *meze* que um garçom havia colocado diante deles.

Kostas viu Yusuf parado em um canto, vestindo uma camisa de linho azul, Chico empoleirado na prateleira atrás dele, limpando as penas.

Quando os olhos deles se encontraram, Yusuf abriu um sorriso — confiante, despreocupado. Kostas tentou retribuir o gesto, a habitual atitude amistosa tingida de timidez agora que conhecia o segredo dele. Mas só conseguiu oferecer em troca um arremedo de sorriso, o coração doendo por tudo o que Defne tinha acabado de lhe contar.

— Você está bem? — perguntou Yusuf, articulando as palavras em silêncio para que ele o entendesse apesar do barulho.

Kostas apontou para a jarra vazia que tinha nas mãos.

— Só vim pegar água.

Yusuf acenou para o garçom mais próximo, um grego alto e magro que acabara de ser pai pela primeira vez.

Enquanto esperava pela água fresca, Kostas olhou em volta, distraído, a mente nublada por tudo o que Defne acabara de lhe confidenciar. Os sons da taberna o envolviam como a mão em torno do cabo de uma faca. Ele observou uma mulher loira e robusta em uma das mesas da frente tirar o espelho da bolsa para retocar o batom. Aquela cor o acompanharia por muitos anos, um vermelho-vivo, uma mancha de sangue.

Mesmo anos depois, em Londres, ele se veria revisitando aquele momento e, embora tudo tivesse acontecido muito rápido, na memória dele os eventos daquela noite sempre se desenrolavam de forma dolorosamente lenta. Uma luz ofuscante, como ele nunca tinha visto, nunca havia imaginado que fosse possível. Um assobio terrível penetrando os ouvidos, seguido de um estrondo tremendo, como mil pedras contundentes se chocando. E então... cadeiras quebradas, pratos estilhaçados, corpos mutilados e, chovendo sobre tudo e todos, minúsculos cacos de vidro, que na lembrança dele seriam sempre perfeitamente redondos, como gotículas d'água.

O chão estremeceu e oscilou sob os pés dele. Kostas caiu para trás, impelido por uma força maior do que ele, o impacto estranhamente amortecido. Então silêncio. Puro silêncio, de um tipo que soava mais forte do que a explosão que tinha acabado de sacudir todo o lugar. Teria batido a cabeça em um degrau de pedra se não fosse o corpo que estava embaixo dele: o corpo do garçom que lhe trazia uma jarra de água.

Tinha sido uma bomba. Uma bomba caseira lançada no jardim por uma motocicleta que passava, destruindo toda a fachada. Cinco pessoas perderam a vida na Figueira Feliz naquela noite. Três americanos que visitavam a ilha pela primeira vez, um soldado canadense a ser dispensado da missão de manutenção da paz e prestes a voltar para casa, e o jovem garçom grego que acabara de se tornar pai.

Quando se levantou, Kostas cambaleou, agitando o braço esquerdo. Ao se virar, os olhos arregalados de terror, viu a cortina rasgada na parte de trás da sala se abrir e Defne sair apressada, o rosto lívido. Ela correu na direção dele.

— Kostas!

Ele queria dizer alguma coisa, mas não conseguia pensar em uma única palavra de consolo. Também quis beijá-la; em meio à carnificina, parecia uma coisa tão inoportuna e, no entanto, talvez a única que pudesse fazer. Sem dizer nada, ele a abraçou, o sangue de outras pessoas ensopando as roupas dele.

Teriam sido os turistas americanos ou os soldados britânicos o alvo do ataque? Ou teria sido a própria taberna e os dois donos? Sempre havia a possibilidade de ter sido um ato de violência aleatório, algo cada vez mais frequente naqueles tempos. Nunca saberiam.

Havia um cheiro acre por toda parte, de fumaça, tijolos carbonizados e destroços. A entrada sofrera o maior impacto, a porta de madeira arrancada das dobradiças, azulejos e fotos emolduradas removidos das paredes, cadeiras estilhaçadas, cacos de porcelana espalhados por toda parte. Em um canto, pequenas chamas surgiam debaixo de uma mesa virada. Com o vidro sendo esmagado sob os sapatos, Kostas e Defne se moveram rapidamente em direções opostas, tentando ajudar os feridos.

Mais tarde, logo depois que a polícia chegou e muito antes de a ambulância aparecer, Yiorgos e Yusuf disseram-lhes que era melhor eles irem embora, e assim eles fizeram, deixando A Figueira Feliz pelo pátio nos fundos. Lá fora, a lua cheia era a única coisa pacífica que eles tinham visto o dia todo. Brilhava com uma beleza impassível, como uma fria pedra preciosa contra veludo escuro, indiferente ao sofrimento humano lá embaixo.

Naquela noite, como nenhum dos dois queria ir para casa tão cedo, ficaram juntos até mais tarde do que o habitual. Caminharam por um tempo pela colina atrás da taberna e se sentaram perto de um velho poço, escondido entre arbustos crescidos e moitas de urze. Espiando por cima da borda de pedra e sentindo o musgo sedoso sob os dedos, olharam para o fundo, a água lá embaixo escura demais para que enxergassem. Não tinham moedas para jogar, nenhum desejo a fazer.

— Deixe-me acompanhá-la até em casa — pediu Kostas. — Pelo menos parte do caminho.

— Não quero ir — disse ela, esfregando a nuca onde um caco a havia cortado sem que percebesse. — Minha mãe e Meryem vão ficar com meu pai no hospital esta noite.

Ele pegou um lenço e enxugou as lágrimas e a fuligem das bochechas dela. Defne segurou a mão dele, descansando a cabeça contra a palma, sem soltar. Ele sentiu o calor da boca de Defne, a curva dos cílios contra a pele dele. Havia um silêncio no ar, o mundo de repente muito distante.

Defne pediu que ele fizesse amor com ela, e como Kostas não respondeu de imediato, ela se inclinou para trás e o encarou, seu olhar resoluto, sem nenhum traço de timidez.

— Tem certeza? — questionou ele, com o rosto levemente corado ao luar.

Seria a primeira vez de ambos.

Ela fez que sim com ternura.

Ele a beijou e disse:

— Preciso avisar que há urtigas por aqui.

— Eu percebi.

Kostas tirou a camisa e enrolou a mão direita nela. Vasculhou a grama, arrancando o máximo de urtigas que conseguiu, jogando-as de lado em maços, como tinha visto a mãe fazer tantas vezes na hora de preparar a sopa. Quando levantou a cabeça, ela o encarava com um sorriso triste.

— Por que está me olhando assim?

— Porque eu te amo — disse ela. — Você é uma alma nobre, Kostas.

Você não se apaixona no meio de uma guerra civil, quando ao redor há carnificina e ódio por todos os lados. Você foge, tão rapidamente quanto suas pernas são capazes de carregar seus medos, em busca da sobrevivência mais básica e nada além disso. Com asas emprestadas, ganha o céu e voa para longe. E se não puder ir embora, então procura abrigo, encontra um lugar seguro onde possa se refugiar, porque agora que tudo o mais fracassou, todas as negociações diplomáticas e consultas políticas, você sabe que só resta o olho por olho, dente por dente, e nenhum lugar fora da própria tribo é seguro.

O amor é uma afirmação ousada de esperança. Você não abraça a esperança quando a morte e a destruição estão no comando. Não coloca seu melhor vestido e uma flor no cabelo quando em volta há apenas ruínas e cacos. Não entrega o coração em um momento em que os corações deveriam permanecer selados, especialmente a pessoas que não sejam da sua religião, nem da sua língua, nem do seu sangue.

Você não se apaixona no Chipre durante o verão de 1974. Não ali, não naquele momento. E, no entanto, lá estavam os dois.

Figueira

Quando a bomba explodiu, um dos meus galhos pegou fogo com as faíscas. Em poucos segundos eu estava em chamas. Ninguém se deu conta. Não por um tempo. Todos estavam em choque, tentando desesperadamente ajudar os feridos, removendo destroços, incapazes de olhar para os cadáveres. Havia poeira e fumaça por toda parte, cinzas rodopiando no ar como uma nuvem de mariposas ao redor de uma vela. Ouvi uma mulher chorando. Não alto, praticamente inaudível, quase um som abafado, como se estivesse com muito medo de fazer qualquer ruído. Eu ouvi e continuei a queimar.

Em regiões propensas a incêndios, as árvores desenvolvem uma série de estratégias para se protegerem da devastação. Recobrem-se de uma casca grossa e escamosa ou escondem seus brotos latentes debaixo da terra. Você pode encontrar pinheiros com pinhas duras e resistentes prontas para liberar as sementes ao primeiro pico de calor intenso. Outras árvores deixam cair os galhos mais baixos, de modo que as chamas não possam subir facilmente. Fazemos tudo isso e muito mais para sobreviver. Mas eu era uma figueira que vivia dentro de uma taberna alegre. Não tinha motivos para tomar tais precauções. Minha casca era fina, meus galhos, abundantes e delicados, e eu não dispunha de nada que me protegesse.

Foi Yusuf quem me viu primeiro. Aquele homem amável, com a língua presa, que agora agitava os braços, soluçando, correu na minha direção.

— *Ah canim, ne oldu sana?* Meu coração, o que aconteceu com você? — disse ele repetidas vezes em turco, os olhos tingidos de tristeza.

Eu queria dizer a Yusuf que ele não estava gaguejando. Nunca gaguejava quando falava comigo.

Vi Yusuf pegar uma toalha de mesa, depois várias outras. Começou a me dar batidinhas nos galhos, pulando como um louco. Trouxe baldes de água da cozinha. Então Yiorgos se juntou a ele, e conseguiram apagar o fogo.

Uma parte do meu tronco estava chamuscada e vários dos meus galhos tinham sido completamente carbonizados, mas eu estava viva. Ia ficar bem. Poderia me recuperar daquele horror ilesa — ao contrário das pessoas que estavam lá naquela noite.

UMA CARTA

Chipre, junho de 1974

Algumas semanas depois que uma bomba explodiu na Figueira Feliz, Panagiota escreveu uma carta para o irmão, que vivia em Londres.

Querido Hristos,

Obrigada pelos lindos presentes que nos enviou no mês passado, todos chegaram intactos. Saber que você está bem e prosperando na Inglaterra é o maior presente para minha alma. Que a graça do Senhor sempre guie você e sua família, e os proteja como um escudo de aço.

Pensei muito antes de escrever esta carta. Acho que chegou a hora, pois não posso mais manter o medo trancado dentro do meu coração. Estou preocupada — apavorada — com Kostas. Você se lembra, irmão, de como eu era jovem quando Deus me deixou viúva com três filhos para criar sozinha. Três meninos que precisavam muito da orientação de um pai. Tentei ser mãe e pai para eles. Você sabe como foi difícil, e ainda assim nunca me queixei. Se me visse agora, irmão. Eu me pergunto se vai me reconhecer da próxima vez que nos encontrarmos. Envelheci rápido. Meus cabelos não são mais brilhantes nem pretos, e quando os penteio à noite eles caem em tufos. Minhas mãos estão secas e ásperas como lixa, e tenho o costume de falar sozinha, como Eleftheria, a velha louca que costumava tagarelar com fantasmas, lembra?

Em um ano, perdi dois filhos, Hristos. Não saber onde Andreas está agora, neste exato momento, se está preso ou livre, morto ou vivo, não é menos doloroso do que o dia em que trouxeram o cadáver do meu amado Michalis para casa. Ambos se foram, as camas deles estão frias e vazias. Não suporto a ideia de perder um terceiro filho. Vou enlouquecer.

Todas as noites me pergunto se estou fazendo a coisa certa mantendo Kostas ao meu lado no Chipre. E embora tenha sido o certo até agora, por quanto tempo poderei zelar por ele? É quase um homem adulto. Às vezes ele sai de casa e demora horas para voltar. Como posso ter certeza de que está bem e seguro?

A ilha não é mais um lugar adequado para homens jovens. Há sangue nas ruas. Todos os dias. Não há tempo nem mesmo para lavar o sangue do dia anterior. E meu menino é muito sensível. Encontra um ninho com um filhote de passarinho que foi morto pelas garras de um gato e passa dias sem dizer uma palavra. Sabia que, se pudesse, ele teria parado de comer carne? Quando tinha onze anos, começou a chorar por causa de uns pássaros canoros em conserva que eu estava preparando. Se acha que o tempo o tornou mais forte, está completamente enganado. No dia da onda de calor, ele viu um monte de morcegos mortos no jardim e ficou arrasado. Estou falando sério, Hristos. Isso devastou a alma dele.

Temo que não esteja preparado para lidar com as adversidades da vida — certamente não com as adversidades da nossa ilha. Nunca vi ninguém sentir a dor dos animais com tanta intensidade. Ele se interessa mais por árvores e arbustos do que pelos compatriotas. Não é uma bênção, tenho certeza de que vai concordar. Só pode ser uma maldição.

Mas há mais, muito mais. Sei que ele está se encontrando com uma garota. Ele vinha saindo de mansinho em horários estranhos, voltando com um olhar distraído e as bochechas ruborizadas. No começo não me importei, para ser sincera. Fingi não ter notado nada, na esperança de que isso lhe fizesse bem. Pensei que se ele se apaixonasse, isso o manteria longe das ruas e da política. Estou farta dos pallikaria — *esses jovens corajosos, mas inconsequentes. Então deixei acontecer. Fingindo ignorar, deixei que ele continuasse se encontrando com essa garota. Mas isso foi até eu descobrir, por intermédio de uma vizinha, esta semana, quem ela era. E agora estou apavorada.*

Nosso Kostas está apaixonado por uma turca! Eles têm se encontrado em segredo. Até onde chegaram, não sei e não posso perguntar. Um cristão não pode se casar com uma muçulmana, isso é uma ofensa aos olhos de Nosso Senhor. A família dessa garota pode descobrir a verdade a qualquer momento, e então o que vão fazer com meu filho? Ou se alguém do nosso lado descobrir, o que vai acontecer? Já não sofremos o suficiente? Não posso ser ingênua. Nós dois sabemos que há pessoas de ambas as comunidades dispostas a puni-los pelo que estão fazendo. A pena mais leve, diante das circunstâncias, seria falatório e calúnias. Nós carregaríamos essa vergonha para sempre. Mas não é esse o meu maior temor. E se eles sofrerem um castigo pior? Nem quero pensar nisso. Como Kostas pôde fazer isso comigo? Com o irmão mais velho, que Deus o tenha.

Já não durmo direito. Nem Kostas, ao que parece. Eu o ouço andar de um lado para outro no quarto todas as noites. As coisas não podem continuar assim, o medo de que algo terrível possa acontecer com ele está destroçando minha alma. Não consigo respirar.

Decidi, depois de muito refletir, mandar Kostas embora — para ficar com você, em Londres. Não preciso lhe dizer, irmão, o que isso faz ao meu coração. Não preciso lhe dizer.

O que estou pedindo, implorando, é que você cuide dele. Por favor, faça isso por mim. É um menino sem pai, Hristos. Precisa de uma mão paterna que lhe mostre o caminho. Precisa da ajuda e dos conselhos do tio. Quero que ele fique longe do Chipre, longe dessa garota, até cair em si e perceber como tem se comportado de maneira tola e imprudente.

Se você concordar, posso arranjar uma boa desculpa e dizer que ele vai ficar aí apenas uma semana ou algo assim. Mas quero que o mantenha aí por mais tempo — até o fim do verão, pelo menos. Ele é jovem, logo vai esquecer essa moça. Talvez ele possa ajudá-lo na loja e aprender algum ofício. Certamente será melhor do que ficar observando pássaros ou sonhando acordado debaixo de alfarrobeiras o dia todo. Receba o jovem Kostas em sua casa e em sua família, por favor. Pode fazer isso por mim, irmão? Pode cuidar do único filho que me resta? Seja qual for sua resposta à minha súplica, que a graça do Senhor Jesus Cristo, o amor de Deus e a comunhão do Espírito Santo estejam com você, hoje e sempre.

Sua irmã que o ama,
Panagiota

PIMENTÕES

Londres, fim da década de 2010

Na manhã seguinte, Meryem estava sentada em uma das extremidades da mesa da cozinha, diante dela uma tigela de arroz cozido e tomates misturados com especiarias, e uma pilha de pimentões verdes, lavados, com o caule e sementes cuidadosamente removidos. Ao ver Ada, ela abriu um sorriso — que desapareceu assim que registrou a expressão da sobrinha.

— Você está bem?

— Estou ótima — respondeu Ada, sem levantar os olhos.

— Sabe, lá no Chipre, tínhamos um bode. Um lindo animal. Eu e sua mãe estávamos sempre fazendo carinho nele. Nós o chamávamos de Karpuz, porque ele adorava melancias. Uma manhã, *baba* levou Karpuz ao veterinário. Ele o colocou na traseira da caminhonete. Apertada, empoeirada. Tinha outras coisas para fazer, então manteve Karpuz amarrado lá o dia inteiro. Quando voltou para casa, o bode estava muito estressado. Tinha um olhar vidrado. — Meryem se inclinou e estreitou os olhos. — E agora você está com a mesma expressão de Karpuz depois de passar o dia na caminhonete.

Ada soltou um pequeno resmungo.

— Estou bem.

— Foi o que Karpuz disse.

Inspirando devagar, Ada revirou os olhos. Poderia ter ficado irritada com a intromissão da tia, mas, estranhamente, não ficou. Em vez disso, sentiu vontade de se abrir com ela. Talvez pudesse confiar naquela mulher, que estava ali apenas por pouco tempo. Não havia risco em compartilhar algumas coisas com ela. Além disso, precisava falar com alguém, ouvir uma voz diferente daquelas que fervilhavam dentro de sua cabeça.

— Eu não gosto da minha escola. Não quero voltar para lá.

— Ah, querida — disse Meryem. — Seu pai sabe disso?

— Eu tentei falar com ele, mas não deu muito certo.

Meryem ergueu as sobrancelhas.

— Não faça essa cara, não é o fim do mundo — retrucou Ada. — Não vou abandonar os estudos para me juntar a um culto clandestino. Só não gosto da minha escola, só isso.

— Escute, *canim*, eu sei que você pode ficar zangada comigo por dizer isso, mas lembre que os bons conselhos sempre incomodam, já os maus conselhos não incomodam nunca. Então, se o que eu disser a deixar irritada, tome como um bom conselho.

Ada estreitou os olhos.

— Ótimo, estou vendo que você já está irritada — disse Meryem. — O que estou tentando dizer é que você é jovem, e os jovens são impacientes. Mal podem esperar que a escola termine e a vida comece. Mas deixe eu lhe contar um segredo: a vida já começou! A vida é isso. Tédio, frustração, tentar se libertar das coisas, desejar algo melhor. Ir para outra escola não vai mudar as coisas. Então é melhor você ficar. O que foi? Seus colegas estão implicando com você?

Ada tamborilou sobre a mesa para manter os dedos ocupados.

— Bem... eu fiz uma coisa horrível na frente da turma inteira. E agora estou com vergonha de voltar.

Os vincos na testa de Meryem se aprofundaram.

— O que você fez?

— Eu gritei... até perder a voz.

— Ah, querida, você nunca deve levantar a voz para seus professores.

— Não, não. Eu não gritei com a professora. Parecia que eu estava gritando com todo mundo... com *tudo*.

— Você estava com raiva?

Ada deixou os ombros caírem um pouco.

— Este é o problema: eu não acho que fosse raiva. Talvez eu não esteja bem. Minha mãe tinha problemas de saúde mental. Então, sim, eu posso ter o mesmo que a minha mãe tinha. Genética, acho.

Meryem parou de respirar por um segundo, embora Ada não tenha parecido notar.

— Meu pai diz que as árvores são capazes de se lembrar e que às vezes as árvores jovens têm uma espécie de "memória armazenada", como se soubessem dos traumas pelos quais os ancestrais passaram. Isso é uma coisa boa, segundo ele, porque assim as mudas conseguem se adaptar melhor.

— Não entendo muito de árvores — comentou Meryem, considerando a ideia. — Mas garotas da sua idade não deveriam se preocupar com essas coisas. A tristeza é para a alma o que um verme é para a madeira.

— Você quer dizer cupim?

— Digamos que a história seja feia, o que isso tem a ver com você? — disse Meryem, ignorando o comentário. — Não é um problema seu. Minha geração estragou tudo. Sua geração tem sorte. Você não vai acordar um dia com uma fronteira bem na frente da sua casa nem precisa se preocupar com a possibilidade de seu pai ser morto a tiros na rua apenas por causa da etnia ou religião dele. Como eu gostaria de ter a sua idade agora.

Ada continuou a olhar para as mãos.

— Olha, todo mundo já fez alguma bobagem na juventude e achou que não tinha conserto. Talvez você esteja se sentindo sozinha. Acha que seus colegas riram de você, e é possível que eles tenham rido, mas isso é da natureza humana. Se sua barba estiver pegando fogo, outros virão acender o cachimbo nela. Mas o que estou querendo dizer é que você vai sair disso mais forte. Um dia vai olhar para trás e se perguntar por que se preocupou tanto.

Ada pensou a respeito, embora não tivesse acreditado em uma palavra do que ela dissera. Talvez isso fosse verdade no passado, mas naquele novo mundo tecnológico, erros bobos, se é que se tratava disso, uma vez online, permaneciam lá para sempre.

— Você não entende, eu gritei feito uma louca, como se estivesse possuída — contou Ada. — A professora ficou com medo, eu vi nos olhos dela.

— Você disse… "possuída"? — repetiu Meryem lentamente.

— Sim, foi tão ruim que tive que ir falar com o diretor. Ele não parou de me fazer perguntas sobre minha *situação familiar*. É porque não consigo lidar com a morte da minha mãe? Ou é meu pai? Havia alguma coisa que ele precisava saber? Estou tendo problemas em casa? Meu Deus, ele me fez tantas perguntas pessoais que tive vontade de pular em cima dele e mandá-lo calar a boca.

Brincando com a pulseira, Meryem franziu a testa enquanto pensava. Quando voltou a levantar o olhar, havia um brilho nos olhos, um resplendor rosado nas bochechas.

— Agora eu entendo — disse ela com ânimo renovado. — Acho que sei qual é o problema.

Figueira

Meryem é uma pessoa curiosa, cheia de contradições. Procura a ajuda de árvores o tempo todo, embora não pareça ter consciência disso. Quando está com medo ou se sentindo solitária, ou quando quer afastar os maus espíritos, ela bate na madeira — um antigo ritual que remonta aos dias em que éramos consideradas sagradas. Toda vez que tem um desejo que não ousa verbalizar, amarra trapos e fitas em nossos galhos. Se está procurando por algo — um tesouro enterrado ou algum objeto trivial que tenha perdido —, ela anda por aí segurando um galho bifurcado, que ela chama de varinha de condão. Não me importo, particularmente, com essas superstições. Algumas podem até mesmo ser úteis para nós, plantas. Os pregos enferrujados que ela enfia nos vasos de flores para afugentar os maus espíritos tornam a terra alcalina. Da mesma forma, as cinzas de madeira deixadas pelas fogueiras que ela acende para desfazer uma maldição contêm potássio, que pode ser nutritivo. E quanto às cascas de ovo que ela espalha na esperança de atrair boa sorte, elas também são um rico adubo. Eu só me pergunto como ela continua a realizar esses antigos rituais sem se dar conta de que se originam de uma profunda reverência por nós, árvores.

No vale de Marathasa, nos montes Troödos, há um carvalho de setecentos anos. Os gregos contam que um grupo de camponeses amedrontados se escondeu sob ele enquanto fugia dos turcos otomanos no século XVI e que escaparam vivos por pouco.

E no mosteiro de Agios Georgios Alamanos há uma *Ficus carica* que os turcos dizem que cresceu do corpo de um homem morto, depois que um figo que ele tinha no estômago, a última coisa que comera naquela noite, brotou e se transformou em uma árvore. Ele havia sido levado com outros dois homens para uma caverna, onde foram mortos com uma explosão de dinamite.

Eu escuto com atenção e acho assombroso que as árvores, apenas com a presença delas, se transformem na salvação dos oprimidos e em um símbolo do sofrimento de pessoas em lados opostos.

Ao longo da história, fomos um refúgio para muitos. Um santuário não apenas para mortais humanos, mas também para deuses e deusas. Há uma razão pela qual Gaia, a deusa mãe Terra, transformou o filho em uma figueira a fim de salvá-lo dos raios de Júpiter. Em várias partes do mundo, as mulheres consideradas amaldiçoadas se casam com uma *Ficus carica* antes de jurar fidelidade à pessoa que realmente amam. Por mais estranhos que me pareçam todos esses costumes, entendo de onde vêm: as superstições são sombras de medos desconhecidos.

Então, quando Meryem veio até o jardim, me surpreendendo com a presença dela, e começou a andar de um lado para outro, alheia ao frio e ao mau tempo, tive o pressentimento de que ela estava tramando um plano para ajudar Ada. E soube que, mais uma vez, ia recorrer ao interminável repertório de mitos e crenças dela.

DEFINIÇÃO DO AMOR

Chipre, julho de 1974

O pátio estava fracamente iluminado pela lua minguante, o vento quente que havia sibilado por entre as copas das árvores durante todo o dia por fim havia se exaurido e aquietado, e a noite estava agradável e fresca. O aroma penetrante de jasmim se entremeava à balaustrada de ferro forjado como um fio de ouro em um tecido feito à mão e perfumava o ar, misturando-se ao cheiro de metal queimado e pólvora.

Defne estava sentada sozinha no canto mais afastado do pátio de casa, ainda acordada mesmo tão tarde. Estava agachada junto ao muro, onde os pais não a veriam se olhassem pela janela. Puxando os joelhos contra o peito, apoiou a cabeça na palma de uma das mãos. Na outra, segurava uma carta que já havia lido várias vezes, embora as palavras ainda flutuassem diante dos olhos, impenetráveis.

Seu olhar recaiu sobre o tomateiro que a irmã estava cultivando em um grande vaso de barro. Ao longo do ano anterior, aquela planta havia se tornado a aliada dela. Sempre que saía às escondidas à noite para se encontrar com Kostas, ela descia em segredo pela amoreira em frente à sacada do quarto, depois voltava por onde tinha vindo, impulsionando-se com cuidado para cima e para baixo usando o vaso como um degrau.

Não via Kostas desde a noite da explosão na Figueira Feliz. Sair para dar uma volta havia se tornado quase impossível. A cada dia as notícias ficavam mais sombrias, mais sinistras. Os rumores de que a junta militar na Grécia estava conspirando para derrubar o presidente do Chipre, o arcebispo Makarios, tinham se tornado realidade. No dia anterior, a Guarda Nacional cipriota e a EOKA-B haviam dado um golpe de Estado para derrubar o arcebispo, democraticamente eleito. O palácio presidencial, em Nicósia, foi bombardeado e incendiado pelas forças armadas leais à junta. Nas ruas, irromperam conflitos entre partidários do arcebispo e partidários do regime militar de Atenas. A rádio estatal anunciou que Makarios estava morto, mas justamente quando as pessoas começavam a chorar a morte dele, o arcebispo fez um pronunciamento por meio de uma estação de rádio improvisada: "Cipriotas gregos! Vocês conhecem esta voz. Aqui quem fala é o arcebispo Makarios. Eu sou aquele que vocês escolheram para ser o seu líder. Não estou morto. Estou vivo". Ele havia escapado por milagre, e ninguém sabia o paradeiro.

Em meio ao caos, a violência entre as comunidades explodiu. Os pais de Defne a proibiram de sair de casa, mesmo que fosse para comprar provisões básicas. As ruas não eram seguras. Os turcos tinham que ficar com os turcos, os gregos, com os gregos. Confinada em casa, ela passara horas refletindo, preocupada, tentando encontrar uma maneira de se comunicar com Kostas.

Por fim, naquele dia, quando a mãe saiu para participar de uma reunião de bairro e o pai adormeceu no quarto, como de costume depois de tomar a medicação diária, Defne saiu, apesar dos protestos da irmã. Correu até a Figueira Feliz, para falar com Yusuf e Yiorgos. Por sorte, ambos estavam lá.

Desde a noite da bomba, os dois homens vinham trabalhando com afinco para restaurar o local e conseguiram reparar a maior parte dos danos. A fachada e a porta tinham sido reconstruídas, mas, embora estivessem prontos para reabrir, se viram obrigados a permanecer fechados devido aos distúrbios contínuos na ilha. Defne os encontrou empilhando cadeiras e mesas na parte da frente da taberna, embalando os utensílios de cozinha antes de guardá-los em caixotes e caixas. Ao vê-la, seus olhos se iluminaram com um entusiasmo que foi rapidamente substituído por preocupação.

— Defne! O que você e-e-está fazendo aqui? — perguntou Yusuf.

— Estou tão feliz por ter encontrado vocês! Fiquei com medo de terem ido embora.

— Estamos fechando — explicou Yiorgos. — Os funcionários pediram demissão. Não querem continuar trabalhando. E você não deveria sair assim. É perigoso. Não ficou sabendo? As famílias britânicas estão voltando para o país delas. Um avião fretado decolou hoje de manhã levando esposas e filhos de militares. Outro avião vai partir amanhã.

Defne tinha ouvido falar de como as senhoras inglesas haviam embarcado no avião com os chapéus de cor pastel e vestidos combinando, as malas abarrotadas. Havia alívio no rosto delas. Mas muitas também choravam, pois estavam deixando uma ilha que haviam aprendido a amar.

— Quando os ocidentais fogem assim, significa que nós que ficamos para trás estamos na merda até o pescoço — disse Yiorgos.

— Todos na minha comunidade estão extremamente preocupados — contou Defne. — Dizem que vai haver um banho de sangue.

— N-n-não vamos perder a esperança, isto vai passar — disse Yusuf.

— Mas estamos felizes em vê-la — interveio Yiorgos. — Temos uma coisa para você. Uma carta de Kostas.

— Ah, que bom, vocês estiveram com ele. Como ele está? Está bem, não é? Graças a Deus! — Ela arrancou o envelope da mão dele, apertando-o contra o peito. Em seguida, em um gesto rápido, abriu a bolsa. — Também tenho uma coisa para ele. Aqui, tomem!

Nem Yusuf nem Yiorgos pegaram a carta.

Defne sentiu um aperto no estômago, mas tentou ignorar a sensação.

— Não posso me demorar. Podem entregar isto ao Kostas?

— Não podemos — respondeu Yiorgos.

— Está tudo bem. Não há perigo em você ir até a casa dele. Por favor, é muito importante. Tem uma coisa que preciso dizer a ele, é urgente.

Yusuf mudou o peso de um pé para o outro.

— Então você n-n-não sabe?

— Não sei o quê?

— Ele foi embora — disse Yiorgos. — Kostas foi para a Inglaterra. Achamos que a mãe o obrigou; ele não teve muita escolha. Tentou falar com você. Veio aqui várias vezes perguntando por você, na última vez, deixou o envelope. Mas achamos que ele a tivesse encontrado no fim das contas. Que tinha lhe contado.

No chão, junto ao sapato, ela viu uma falange de formigas carregando um besouro morto. Ficou observando aquela cena por alguns segundos, incapaz de entender como se sentia. Não era exatamente dor o que a invadia, isso viria mais tarde. Tampouco era choque, embora isso também fosse se abater sobre ela em breve. Era como se tivesse sido atraída por uma força de gravidade irresistível, que a prendera para sempre naquele local e naquele momento.

Levantando o queixo, os olhos perdidos, ela fez um aceno curto com a cabeça. Sem dizer uma palavra, se afastou. Yusuf gritou o nome dela, mas Defne não respondeu.

Ao longe, colunas de fumaça subiam acima dos telhados; partes da cidade estavam queimando. Para onde quer que olhasse, via homens: carregando armas, empilhando sacos de areia, homens com expressões sombrias e botas cobertas de pó. Civis, soldados, paramilitares. Para onde teriam ido todas as mulheres da ilha?

Ela foi em direção às ruelas, afastando-se do tumulto, atravessando jardins e pomares. Sem rumo, continuou andando, a sombra de Ada caminhando ao lado dela. A luz do dia fora diminuindo até se transformar em noite, o mundo esvaiu-se de cor. Quando chegou em casa, horas depois, os tornozelos e braços estavam arranhados por espinheiros, como inscrições em uma língua que ela nunca aprendera.

Desde então, permanecera em silêncio, retraída, os lábios apertados em concentração. Tinha se esforçado para agir normalmente perto de Meryem, caso contrário a irmã começaria a fazer perguntas. Descobriu que não era tão difícil adiar a dor, assim como havia adiado a leitura da carta de Kostas até mais tarde naquela noite.

Minha querida Defne,

Não acredito que não consegui vê-la antes de partir para a Inglaterra. Comecei a escrever esta carta, parei e recomecei muitas vezes. Queria lhe dar essa notícia pessoalmente, mas não consegui falar com você.

É minha mãe. Está cheia de temores, é impossível argumentar com ela. Está com medo de algo ruim acontecer comigo. Chorou sem parar e me implorou que fosse para Londres. Eu não podia dizer "não". Mas nunca mais vou deixar que faça isso. Ela está doente, você sabe. A saúde dela está se deteriorando. Desde que meu pai morreu, ela trabalha sem parar para cuidar de nós. A morte de Michalis a devastou, e agora que Andreas desapareceu, sou o único com quem ela pode contar. Não suportei vê-la daquele jeito. Não podia decepcioná-la.

Vai ser por pouco tempo, eu prometo. Em Londres, vou ficar com meu tio. Não haverá um único dia em que não pensarei em você, nem uma única batida do meu coração sem que eu sinta sua falta. Estarei de volta em duas semanas, no máximo. Vou trazer presentes da Inglaterra!

Nem tive a chance de dizer o que aquela noite significou para mim. Quando saímos da taberna... A lua, o perfume do seu cabelo, sua mão na minha, depois de todo aquele horror, quando percebemos que tínhamos apenas um ao outro.

Sabe o que tenho pensado desde então? Tenho pensado que você é o meu país. É estranho dizer isso? Sem você, não tenho casa neste mundo; sou uma árvore com as raízes partidas ao meu redor; você pode me derrubar com o toque de um dedo.

Estarei de volta em breve, não vou deixar isso acontecer de novo. E talvez da próxima vez, um dia, iremos juntos para a

Inglaterra, quem sabe? Por favor, pense em mim todos os dias, estarei de volta antes que você perceba.

Eu te amo.
Kostas

Defne segurou a carta com tanta força que a amassou nas bordas. Voltou a olhar para o tomateiro enquanto os olhos se enchiam de lágrimas. Kostas havia lhe contado que, antigamente, no Peru, de onde se acreditava que eram originários, os tomates costumavam ser chamados de "uma espécie de ameixa com umbigo". Defne tinha gostado dessa descrição. Tudo na vida deveria ser evocado com detalhes, pensou ela, em vez de receber nomes abstratos, uma combinação arbitrária de letras. Um pássaro deveria ser "uma coisa com plumas que canta". Um carro, "uma coisa metálica com rodas e buzina". Uma ilha, "uma coisa solitária rodeada de água por todos os lados". E o amor? Até aquele dia, era provável que tivesse respondido essa pergunta de forma diferente, mas agora estava certa de que o amor deveria ser chamado de "uma coisa enganosa com sofrimento no final".

Kostas tinha ido embora, e ela não tivera nem mesmo oportunidade de contar a ele. Nunca sentira tanto medo do amanhã. Estava sozinha agora.

ESTRANGEIRO

Londres, julho-agosto de 1974

Quando chegou a Londres, Kostas Kazantzakis foi recebido no aeroporto pelo tio e a esposa inglesa dele. O casal morava em uma casa de tijolos com revestimento de madeira com um pequeno jardim quadrado na frente. Tinham um cachorro, um collie marrom, preto e branco chamado Zeus, que adorava comer cenoura cozida e espaguete cru direto da caixa. Kostas levaria algum tempo para se acostumar com a comida daquele país. Mas foi a mudança do clima que o pegou desprevenido. Não estava preparado para aquele novo céu sobre sua cabeça, mal-iluminado na maior parte do tempo e que só ocasionalmente ganhava vida, como uma lâmpada zumbindo devido à baixa voltagem.

O tio, que se estabelecera em definitivo na Inglaterra, era um homem jovial de risada contagiante. Tratava Kostas com gentileza e, guiado pela forte convicção de que um jovem não deveria ficar ocioso nem parado, colocou de imediato o sobrinho para trabalhar na loja dele. Lá, Kostas aprendeu a reabastecer prateleiras, inventariar o estoque, operar a caixa registradora e cuidar do livro de contabilidade. Era um trabalho árduo, mas ele não se importava. Estava acostumado a estar sempre alerta, e aquilo o mantinha ocupado, tornando os dias longe de Defne um pouco mais suportáveis.

Uma semana depois da chegada, Kostas ouviu as notícias impactantes: forças militares, apoiadas pela junta na Grécia, haviam deposto o arcebispo Makarios; houvera troca de tiros entre os partidários de Makarios e do presidente de fato, Nikos Sampson, nomeado pelos líderes golpistas. Kostas e o tio se debruçavam na leitura de todos os jornais, chocados ao ler como "corpos se espalhavam pelas ruas e havia enterros coletivos". Ele mal dormia à noite e, quando conseguia pegar no sono, mergulhava em sonhos perturbadores.

Seguiram-se acontecimentos ainda mais impensáveis: cinco dias depois que o arcebispo Makarios foi derrubado, tropas turcas fortemente armadas desembarcaram em Cirênia, e trezentos tanques e quarenta mil soldados marcharam sem trégua ilha adentro. Os aldeões gregos em seu caminho foram forçados a fugir para o sul em busca de segurança, deixando tudo para trás. No turbilhão de caos e da guerra, o regime militar em Atenas caiu. Houve relatos de confrontos entre navios de guerra turcos e navios de guerra gregos perto de Pafos. Mas os combates mais letais estavam ocorrendo na capital, Nicósia, e nos arredores.

Morto de preocupação, Kostas tentava obter todas as informações que podia, sempre colado ao rádio para ouvir as últimas notícias. As palavras camuflavam e confundiam na mesma medida que revelavam e explicavam: "invasão", diziam as fontes gregas; "operação de paz", diziam os turcos; "intervenção", dizia a ONU. Conceitos estranhos chamavam a atenção de Kostas nos boletins, trazidos para o primeiro plano na mente dele. Os artigos falavam de "prisioneiros de guerra", "segregação étnica", "transferência de população"... Não conseguia acreditar que estivessem se referindo a um lugar que lhe era tão familiar quanto o próprio reflexo no espelho. Agora, não conseguia mais reconhecê-lo.

A mãe enviou uma mensagem desesperada, dizendo-lhe para não voltar. Depois de enfrentar quilômetros de engarrafamentos, ela conseguira sair de Nicósia no último minuto, assustada e lutando para salvar a própria vida. Tais eram a comoção e o medo entre os civis gregos, e tão aterrorizantes as histórias e os testemunhos que ouviam sobre o avanço do exército, que uma garotinha do bairro morrera de ataque cardíaco. Sem poder levar nenhum objeto pessoal consigo, Panagiota buscara refúgio com parentes no sul. Não tinham mais casa. Não tinham mais um jardim com cinco alfarrobeiras. Tudo o que ela havia construído com esmero e cultivado com amor desde o dia em que o marido morrera e a deixara sozinha com três filhos tinha sido tirado dela.

Apesar das objeções de Kostas, o tio cancelou a sua passagem de volta. Não podia voltar para uma ilha em chamas. Preso em uma situação sobre a qual não tinha nenhum controle, Kostas tentou de todas as maneiras possíveis entrar em contato com Defne: telegramas, telefonemas, cartas... No início, conseguiu falar com Yusuf e Yiorgos, mas então, estranhamente, os dois também ficaram incomunicáveis.

Depois de seis semanas sem resposta de Defne, Kostas conseguiu entrar em contato com Meryem por intermédio de um amigo que trabalhava nos correios e que a levou a um telefone em um horário previamente combinado. Com a voz baixa e aflita, Meryem confirmou que eles não tinham mudado de endereço, que a casa permanecia intacta. Defne estava recebendo as cartas dele.

— Então por que não me responde? — perguntou Kostas.

— Eu sinto muito, mas acho que ela não quer mais saber de você.

— Não acredito nisso — disse Kostas. — Só vou acreditar quando ouvir isso dela.

Uma pausa do outro lado da linha.

— Vou dizer a ela, Kostas.

Uma semana depois, chegou um cartão-postal com a letra de Defne, pedindo que ele parasse de tentar contatá-la.

O pequeno mercado era frequentado por todos os tipos de cliente: operários, taxistas, seguranças. E também um professor de meia-idade que dava aulas em uma escola próxima. Tendo percebido o interesse de Kostas pelo meio ambiente e por sua conservação, e vendo como ele estava angustiado e solitário, o homem começou a emprestar-lhe livros. À noite, ainda sem notícias de Defne, com os membros doloridos depois do dia de trabalho, Kostas ficava acordado até tarde, lendo na cama até não conseguir mais manter os olhos abertos. Durante o dia, sempre que tinha um intervalo entre um cliente e outro, ele se sentava atrás do caixa e lia com atenção as revistas sobre natureza vendidas na loja. Só quando pensava e lia sobre árvores encontrava algum consolo.

Em uma dessas revistas, deparou com um artigo sobre morcegos frugívoros, explicando como e por que mais e mais deles estavam morrendo em massa. O autor previa que, dentro de poucas décadas, o mundo experimentaria níveis perigosos de aquecimento. A isso se seguiria a morte coletiva de algumas espécies, aparentemente aleatória, mas na verdade conectada de maneira profunda. O artigo destacava o papel positivo que as florestas podiam desempenhar na desaceleração das catastróficas mudanças ecológicas. Algo mudou em Kostas ao ler aquilo. Até então, não sabia que uma pessoa podia dedicar a vida a estudar as plantas. Ele se deu conta de que era algo que podia fazer, e se acabasse significando levar uma vida solitária, poderia encarar isso também.

Continuou a enviar cartas para Defne. No início, falava apenas sobre o Chipre e, aflito, perguntava como ela estava, tentando transmitir palavras de encorajamento e apoio, demonstrações de amor. Mas aos poucos começou a falar também sobre Londres: a mistura étnica da vizinhança, os prédios públicos enegrecidos pela fuligem, os grafites nas paredes, as casinhas geminadas com cercas vivas bem cuidadas, os pubs impregnados de fumaça de cigarro e os cafés da manhã gordurosos e repletos de frituras, os policiais desarmados nas ruas, as barbearias grego-cipriotas...

Já não esperava uma resposta dela, mas continuava escrevendo mesmo assim; continuava a enviar palavras para o sul, como se libertasse milhares de borboletas migratórias que sabia que nunca mais iam voltar.

Figueira

Agora que chegou até este ponto de nossa história, há mais uma coisa que preciso compartilhar com você: sou uma árvore melancólica.

Não posso deixar de me comparar com as outras árvores do nosso jardim — o espinheiro-branco, o carvalho-roble, a sorveira-branca, o abrunheiro —, todas nativas da Grã-Bretanha. Eu me pergunto se o motivo para ser mais propensa à melancolia do que qualquer uma delas é o fato de eu ser uma planta imigrante e, como todos os imigrantes, carregar comigo a sombra de outra terra. Ou será que é apenas porque cresci entre seres humanos dentro de uma taberna barulhenta?

Como eles gostavam de discutir, os clientes da Figueira Feliz! Há dois assuntos dos quais os humanos nunca se cansam, sobretudo depois de já terem bebido um pouco além da conta: amor e política. Então, já ouvi muitas histórias e escândalos sobre ambos. Noite após noite, mesa após mesa, comensais de todas as nacionalidades mergulhavam em debates acalorados à minha volta, as vozes se elevando um pouco mais a cada copo, o ar ficando cada vez mais denso. Eu os escutava com curiosidade, mas formei minhas próprias opiniões.

O que lhe conto, portanto, eu conto pelo prisma do meu próprio entendimento, sem dúvida. Nenhum narrador é completamente objetivo. Mas sempre tentei compreender todas as histórias a partir de diversos ângulos, de perspectivas em constante mudança, de narrativas conflitantes. A verdade é um rizoma — o caule subterrâneo de uma planta com brotos laterais. É preciso cavar fundo para alcançá-lo e, uma vez desenterrado, é preciso tratá-lo com respeito.

No início da década de 1970, as figueiras do Chipre foram infectadas por um vírus que as foi matando lentamente. Os sintomas não eram visíveis no início. Não havia rachaduras nos troncos, nem cancros sangrando, nem manchas nas folhas. Ainda assim, alguma coisa não ia bem. Os frutos caíam prematuramente, tinham um gosto ácido e exsudavam uma gosma, como pus de uma ferida.

Uma coisa da qual me dei conta naquela época, e que nunca esqueci, foi que as árvores isoladas e aparentemente solitárias não foram tão afetadas quanto aquelas que viviam muito próximas umas das outras. Hoje, encaro o fanatismo — de qualquer tipo — como uma doença viral. Insinua-se de forma ameaçadora, avançando como um relógio de pêndulo que nunca fica sem corda, e se apodera de você mais rápido quando se faz parte de uma unidade fechada e homogênea. É melhor manter uma certa distância de todas as crenças e certezas coletivas, sempre digo a mim mesma.

No fim daquele verão interminável, quatro mil e quatrocentas pessoas estavam mortas, milhares haviam desaparecido. Cerca de cento e sessenta mil gregos do norte se mudaram para o sul e cerca de cinquenta mil turcos se mudaram para o norte. As pessoas se tornaram refugiadas no próprio país. Famílias perderam entes queridos, abandonaram casas, povoados e cidades; antigos vizinhos e bons amigos seguiram caminhos opostos, por vezes traindo uns aos outros. Deve estar tudo nos livros de história, embora cada lado conte apenas a própria versão. As narrativas se contradizem, sem nunca se tocar, como linhas paralelas que jamais se cruzam.

Porém, em uma ilha assolada por anos de violência étnica e atrocidades brutais, os humanos não foram os únicos que sofreram. Nós, as árvores, também sofremos, e os animais enfrentaram dificuldades e angústia conforme seus habitats foram desaparecendo. Mas ninguém jamais se importou com o que aconteceu conosco.

No entanto, eu me importo e, enquanto puder contar esta história, incluirei nela as criaturas do meu ecossistema: os pássaros, os morcegos, as borboletas, as abelhas, as formigas, os mosquitos e os camundongos — porque se tem algo que aprendi é: onde quer que haja guerra e divisões dolorosas, não haverá vencedores, quer sejam humanos, quer não.

QUARTA PARTE

GALHOS

PROVÉRBIOS

Londres, fim da década de 2010

— Então, no que exatamente você está trabalhando agora? — perguntou Meryem a Kostas enquanto o observava andar pela casa com suas anotações nas mãos.

— Ah, ele vai apresentar um trabalho — interveio Ada. — Papai foi convidado para ir ao Brasil, para a Cúpula da Terra. E quer que eu vá com ele.

— Vou apresentar nossa pesquisa pela primeira vez — disse Kostas. — Não sei o que me deixa mais nervoso: a opinião da comunidade científica ou o que minha filha vai achar!

Ada sorriu.

— No ano passado ele foi para a Austrália estudar eucaliptos. Eles estão analisando como diferentes árvores respondem a ondas de calor e incêndios florestais. Estão tentando entender por que algumas espécies sobrevivem melhor do que outras.

Ela não disse nada sobre como o pai havia abreviado a viagem, retornando a Londres no primeiro voo quando recebeu a notícia de que a mãe dela estava em coma.

— Ah, que emocionante vocês viajarem juntos! — exclamou Meryem. — Vá, vá escrever então, termine seu trabalho, Kostas. Não se preocupe conosco.

Sorrindo, ele lhes desejou boa-noite.

Elas escutaram os passos dele no corredor e, assim que o ouviram fechar a porta, Ada se virou para a tia.

— Eu também vou para o meu quarto.

— Espere, tenho algo importante para lhe dizer. Acho que sei por que você gritou no outro dia.

— Sabe?

— Sim, estive pensando sobre isso. Você disse que tem alguma coisa errada com você, e que a mesma coisa acontecia com a sua mãe. Problemas de saúde mental, como você diz. Fiquei triste ao ouvir isso porque sei que não é verdade. Não há nada de errado com você. É uma jovem brilhante.

— Então como você explica o que aconteceu?

Meryem olhou para o corredor e baixou a voz para um sussurro confidencial.

— São os *djinn*.

— Os o quê?

— Escute, lá no Chipre, minha mãe sempre dizia: "Se vir uma tempestade de areia se aproximando, procure abrigo, porque os *djinn* estão se casando!".

— Não faço ideia do que você está falando.

— Tenha paciência, vou explicar. Bem, os *djinn* são desavergonhadamente promíscuos. Tanto machos quanto fêmeas. Uma *djinni* pode ter até quarenta maridos. Você sabe o que isso significa?

— Hum, uma vida sexual animada?

— Significa muitos casamentos! Mas quando eles vão comemorar? Essa é a questão fundamental, não é? Eles têm que esperar uma tempestade. Uma tempestade de areia, ou uma tempestade de inverno. Agora mesmo deve haver hordas de *djinn* pelas ruas de Londres.

— Tudo bem, agora você está me assustando.

— Não seja boba, não há nada a temer. Só estou dizendo que os *djinn* estavam esperando por este momento. Estão lá fora, dançando, bebendo, se divertindo. A última coisa que querem é pisar em um humano. Embora, tecnicamente, sejam eles que estão abaixo dos nossos pés. De qualquer forma, se você pisar em um *djinni* por engano, ele pode obrigá-la a fazer coisas estranhas. Algumas pessoas têm ataques, falam coisas sem sentido ou começam a gritar sem motivo.

— Você está tentando me dizer que posso estar possuída? Porque quando eu disse isso, foi de forma totalmente *metafórica*. Não seja tão literal. Não era sério.

— Bem, eu sempre levo os *djinn* a sério — disse Meryem, falando devagar, como se pesasse cada palavra. — Eles são mencionados no Alcorão. Em nossa cultura, acreditamos na existência de criaturas invisíveis.

— Bem, preciso lembrá-la que meu pai é cientista e minha mãe era intelectual e artista. Não acreditamos nesse tipo de coisa nesta casa. Não somos religiosos, caso você não tenha notado.

— Ah, eu sei disso — respondeu Meryem, parecendo irritada. — Mas estou falando de sabedoria ancestral. Faz parte da nossa cultura. Da sua cultura. Está no seu DNA.

— Ótimo — murmurou Ada.

— Não se preocupe. Deus fez galhos mais baixos para os pássaros que não sabem voar muito bem.

— E isso quer dizer...

— Quer dizer que há uma cura. Andei pesquisando. Dei alguns telefonemas e encontrei um ótimo curandeiro. Não há mal nenhum em fazer uma consulta rápida.

— Um exorcista? — disse Ada. — Uau! Há exorcistas em Londres? Você só pode estar de brincadeira, né?

— Não é brincadeira. Vamos dar uma olhada, agora que o tempo está melhorando, vai ser a oportunidade perfeita. Estou esperando a confirmação da consulta. E, se não gostarmos, vamos embora. Não vamos ficar procurando um bezerro debaixo de um boi.

Ada respirou fundo, em seguida soltou o ar lentamente.

— Olha, pode acontecer com qualquer um. Não leve para o lado pessoal — continuou Meryem. — Eu mesma tive que visitar um curandeiro quando era jovem.

— Quando?

— Quando me casei.

— Isso é porque seu marido não prestava. Estou começando a suspeitar de que ele era um merda.

— Merda — repetiu Meryem, saboreando a palavra com a ponta da língua. — Eu nunca falo palavrão.

— Bem, você deveria. É muito bom.

— Ele não prestava, você tem razão. Mas não fez mal ir a um *exorcista*. Na verdade, pode ter até me ajudado. Escute, *cigerimin kösesi...* — Os olhos de Meryem vasculharam a sala como se estivessem procurando algo que ela acabara de se lembrar de ter perdido. — Como se diz mesmo... quando você começa a se sentir melhor porque acredita que um tratamento está funcionando?

— Efeito placebo?

— Isso! Se você acha que um curandeiro pode ajudar, ele vai ajudar. Só precisamos agir. Um barquinho de queijo não navega apenas pelo poder das palavras.

— Todos esses provérbios são reais ou você está inventando?

— São todos reais — disse Meryem, cruzando os braços. — Então o que me diz? Podemos visitar o mestre dos *djinn*?

— Mestre dos *djinn*! — Ada puxou o lóbulo da orelha, pensando no assunto. — Eu só concordo com essa maluquice sob uma condição. Você disse que minha mãe e meu pai eram namorados de adolescência e que eles terminaram, mas se encontraram novamente, anos depois.

— Isso.

— Eu quero saber como aconteceu. Como eles voltaram a namorar?

— Ah, ele voltou. — Meryem suspirou. — Uma manhã acordamos e soubemos que Kostas Kazantzakis estava em Nicósia. Achei que Defne tivesse superado essa fase da vida. Já não tinha sofrido o suficiente? Nem falava mais dele. Era uma mulher adulta. Mas você sabe o que dizem, o urso conhece sete canções e todas falam sobre mel.

— E o que isso quer dizer?

— Isso quer dizer que ela nunca o esqueceu. Então tive um pressentimento e tentei mantê-la longe dele, fogo e pólvora não devem andar juntos, mas falhei. Acontece que eu estava certa em me preocupar, porque, quando eles se reencontraram, foi como se todos aqueles anos não tivessem passado. Era como se fossem adolescentes de novo. Eu disse à Defne: "Por que você está dando a ele uma segunda chance? Não sabe que o jardineiro que se apaixona pelas rosas acaba ferido por mil espinhos?". Só que, mais uma vez, ela não me ouviu.

MIL ESPINHOS

Chipre, início dos anos 2000

Kostas Kazantzakis chegou ao norte do Chipre de balsa, porque não queria voar. Embora a viagem de oito horas não tivesse sido particularmente difícil, ele se sentia desorientado, com náuseas. Por causa do mar, imaginava. Mas talvez não tivesse nada a ver com isso. Talvez seu corpo estivesse reagindo de uma forma que a mente ainda não havia compreendido. Estava retornando ao lugar onde nascera pela primeira vez em mais de vinte e cinco anos.

Vestindo calça de veludo cotelê marrom, camisa de linho e paletó azul-marinho, os cabelos escuros e ondulados despenteados pelo vento, os olhos de Kostas percorreram o porto atentamente. Acompanhando o fluxo de passageiros, atravessou o convés e desceu a rampa da balsa. Agarrava o corrimão com tanta força que os nós dos dedos ficaram brancos. A cada segundo, sua inquietação aumentava. Sob o sol forte da tarde, estreitou os olhos para tentar ler as placas ao redor, mas não conseguia entender as letras turcas, tão diferentes do alfabeto grego. Tentou se desvencilhar da multidão, sem sucesso. Para onde quer que se virasse havia famílias com crianças, empurrando carrinhos ou carregando bebês agasalhados apesar do calor. Ele os seguiu, impelido pela corrente como se sob os pés não houvesse terra firme, apenas ar.

Passou pelo controle de passaportes sem contratempos, mais rápido do que esperava. O jovem policial turco o cumprimentou com um breve aceno de cabeça, estudando-o atentamente, ainda que não de maneira hostil. Não fez nenhuma pergunta pessoal, o que surpreendeu Kostas. Havia imaginado os possíveis cenários de como seria recebido, e uma parte dele temera até o último minuto que não lhe permitissem entrar no lado turco da ilha, mesmo com passaporte britânico.

Não havia ninguém para recepcioná-lo, e ele não ousara esperar que houvesse. Arrastando a mala, que continha mais equipamentos do que roupas, adentrou as ruas movimentadas da cidade.

Como não gostou da aparência do primeiro motorista no ponto de táxi, demorou-se, fingindo estar interessado nas mercadorias vendidas por um ambulante. *Komboloi*, em grego; *tespih*, em turco. De coral vermelho, esmeralda verde, ônix preto. Não resistiu a comprar um cordão de contas de ágata, apenas para ter algo com que se ocupar.

O motorista do táxi seguinte parecia simpático, e Kostas negociou com ele, precavendo-se para não ser enganado. Não disse ao homem que sabia falar um pouco de turco. As palavras que aprendera na infância eram como brinquedos lascados e comidos por traças; queria desempoeirá-las e verificar se funcionavam antes de tentar colocá-las em uso.

Depois de meia hora de trajeto em silêncio, eles se aproximaram de Nicósia, passando por casas recém-construídas em ambos os lados da estrada. Havia obras por toda parte. Kostas observou a paisagem luminosa e ensolarada. Pinheiros, ciprestes, oliveiras e alfarrobeiras se intercalavam com trechos de terra árida, tostada pelo sol, monocromática. Pomares de frutas cítricas tinham sido derrubados para dar lugar a casas e apartamentos elegantes. Ficou triste ao constatar que aquela parte da ilha não era mais o paraíso verdejante de que se lembrava. Na Antiguidade, o Chipre era conhecido como "a ilha verde", famosa por suas florestas densas e misteriosas. A ausência de árvores era uma contundente repreensão pelos terríveis erros do passado.

Sem perguntar se ele se importava, o motorista ligou o rádio, e música pop turca fluiu dos alto-falantes. Kostas deixou escapar um suspiro. A melodia alegre era tão familiar quanto as cicatrizes no corpo dele, embora a letra fosse um mistério. Mesmo assim, não era difícil imaginar o tema — naquela parte do mundo, todas as músicas eram sobre amor ou desilusão.

— Primeira vez aqui? — perguntou o motorista em inglês, olhando pelo retrovisor.

Kostas hesitou, mas apenas por um segundo.

— Sim e não.

— Sim? Não?

— Eu costumava... — Uma onda de calor subiu pelo peito. Nenhum dos vizinhos gregos vivia mais lá, as casas que conhecia agora pertenciam a desconhecidos. — Nasci e cresci neste lado da ilha — disse ele.

— Você é grego?

— Sim, sou.

O motorista inclinou a cabeça de lado. Por um momento, Kostas pensou ter visto um brilho severo nos olhos dele. Para quebrar uma possível tensão, inclinou-se para a frente e tentou mudar de assunto.

— Então, a temporada de turistas já começou?

Um sorriso surgiu no rosto do taxista, lento e cauteloso, como um punho fechado se abrindo.

— Sim, mas você não é turista, irmão. Você é daqui.

E aquela simples palavra, *irmão*, tão inesperada e ao mesmo tempo tão reconfortante, ficou suspensa no ar entre eles. Kostas não disse mais nada; nem o taxista. Era como se ambos tivessem ouvido tudo o que precisavam saber.

O Hotel Afrodit era um prédio de dois andares, caiado, cingido por um abraço magenta de uma buganvília. Atrás do balcão da recepção, havia uma mulher de ombros largos e rosto rosado, com um lenço amarrado frouxamente na cabeça, no estilo muçulmano tradicional. À esquerda dela, descansando em uma cadeira de vime, um homem que devia ser o marido tomava chá. Atrás dele, a parede estava repleta de uma miríade de objetos: bandeiras turcas de vários tamanhos, orações em letras árabes, olhos turcos, porta-vasos de macramê e cartões-postais de várias partes do mundo, enviados por clientes satisfeitos. Bastou olhar para o casal para Kostas intuir que, embora o marido pudesse ser oficialmente o dono do lugar, era a mulher quem administrava tudo.

— Boa tarde.

Ele sabia que o estavam esperando.

— Sr. Kazantzakis, certo? Seja bem-vindo! — cumprimentou alegremente a mulher, um sorriso fazendo covinhas nas bochechas redondas. — Fez boa viagem?

— Não foi ruim.

— É uma ótima época para visitar o Chipre. O que o traz aqui?

Estava esperando essa pergunta e tinha a resposta pronta, mas ainda assim fez uma pausa.

— Trabalho — respondeu, sem rodeios.

— Sim, o senhor é cientista. — Ela alongou a última palavra; falava inglês com um forte sotaque. — O senhor disse ao telefone que trabalha com árvores. Sabia que todos os nossos quartos têm nome de árvore?

Ela entregou a ele a chave dentro de um envelope. Por um segundo, Kostas não teve coragem de olhar o nome escrito nele, meio que esperando que fosse A Figueira Feliz. Os cabelos da nuca se arrepiaram enquanto os olhos percorriam as palavras. O quarto dele se chamava Carvalho-Dourado.

— Está ótimo — disse ele com um sorriso; tinha cada vez mais dificuldade de manter as lembranças afastadas.

No andar de cima, o quarto era espaçoso e muito iluminado. Kostas se jogou na cama, só então se dando conta de como estava exausto. As cobertas macias o acolheram, como um banho quente e perfumado, mas ele não se permitiu relaxar. Tomou uma chuveirada rápida e vestiu uma camiseta e jeans. Atravessou o quarto e abriu as portas duplas que davam para a varanda. Acima, uma águia — o animal companheiro de Zeus — voava por um céu sem nuvens, planando para oeste, em busca da próxima presa. Assim que saiu, sentiu na brisa uma mistura de cheiros havia muito esquecida: jasmim, pinho, pedras queimadas pelo sol. Cheiros que pensava ter enterrado em algum lugar no labirinto da memória. A mente humana é um dos lugares mais estranhos, ao mesmo tempo lar e exílio. Como poderia se agarrar a algo tão evasivo e intangível como um aroma quando era capaz de apagar pedaços concretos inteiros do passado, bloco a bloco?

Tinha que encontrar Defne. Naquela mesma tarde. Se deixasse para o dia seguinte, poderia perder a coragem e adiar o encontro por mais um dia ou talvez dois, certificar-se de estar terrivelmente ocupado, tão ocupado que a semana inteira passaria em um borrão, e então seria hora de fazer as malas outra vez. Mas naquele momento, recém-saído da balsa e ainda surfando na onda de nostalgia que o levara da Inglaterra até lá, estava seguro de que tinha forças para ver Defne.

Durante todo aquele tempo, ele havia coletado pedaços de informações sobre ela. Sabia que era arqueóloga e que tinha construído uma reputação no campo. Sabia que nunca havia se casado, que não tivera filhos. Tinha visto fotos dela em jornais vendidos em lojas turco-cipriotas em Londres, nas quais ela aparecia falando em conferências e seminários acadêmicos. Mas o que tudo aquilo dizia sobre as particularidades da vida atual dela? Fazia muito tempo desde a última vez que tinham se visto. Não podia preencher um vazio tão grande com aqueles poucos fatos insignificantes que havia reunido e, no entanto, eram tudo o que ele tinha.

Kostas não tinha o número dela e não queria ligar para a universidade onde ela trabalhava. Os amigos que tinham em comum no passado estavam espalhados por diferentes cantos do mundo e não podiam ajudar. Mas antes de sair de Londres ele conseguira encontrar um contato, e isso era um começo tão bom quanto qualquer outro.

Tinha um colega, David, com quem havia colaborado em vários projetos promovidos pelo Programa das Nações Unidas para o Meio Ambiente. Cada um tinha seguido o próprio caminho, mas mantiveram contato. Um homem alegre que falava meia dúzia de idiomas, com um pendor para o álcool e uma barba ruiva característica, David estava trabalhando no Chipre nos últimos dez meses. Quando decidiu viajar para a ilha, Kostas ligou para ele, esperando que pudesse ser a ponte que o levaria a Defne, sabendo que as pontes só aparecem em nossa vida quando estamos prontos para atravessá-las.

RESTOS DO AMOR

Chipre, início dos anos 2000

Kostas chegou à livraria onde haviam combinado de se encontrar e consultou o relógio. Como estava alguns minutos adiantado, folheou os livros, alguns deles em inglês. Em uma das seções, encontrou fileiras de selos que datavam dos anos de sua infância e até mesmo de antes. Entre os milhares deles, havia um emitido em 1975, mostrando a ilha dividida em duas cores, separadas por uma corrente metálica. Tanto simbolismo contido em quatro centímetros quadrados de papel.

Na loja de suvenires ao lado, comprou um amonoide — uma antiga concha marinha, enrolada ao redor dos próprios segredos. Sentindo o peso dela na palma da mão, começou a caminhar. Em um choupo, avistou um pássaro: uma estamenha-de-cabeça--negra com manchas amarelas no peito. Uma ave passeriforme. Todos os anos, aquela pequena criatura migrava das pastagens do Irã e dos vales da Europa para as costas da Índia e ainda mais para o leste, atravessando distâncias além do alcance da compreensão de muitos humanos.

A estamenha saltou para a frente e para trás ao longo do galho, em seguida parou. Por um momento fugaz, no silêncio crescente, os dois se entreolharam. Kostas se perguntou o que o pássaro veria nele: um inimigo, um amigo ou outra coisa? O que ele viu foi uma fascinante combinação de vulnerabilidade e resiliência.

O som de passos se aproximando o arrancou de seu devaneio. Assustado, o pássaro saiu voando. Ao virar a cabeça, Kostas viu uma figura alta e corpulenta vindo apressada na direção dele.

— Kostas Kazantzakis, aí está você! Eu reconheceria esses cabelos desgrenhados a quilômetros de distância — disse David, com um sotaque britânico inconfundível.

Kostas deu um passo à frente, protegendo os olhos do sol.

— Oi, David, obrigado por me encontrar.

Enquanto apertava a mão de Kostas, David abriu um sorriso.

— Devo admitir que fiquei surpreso quando você ligou para dizer que vinha. Pelo que lembro, você não queria voltar ao Chipre. Mas aqui está! O que o trouxe: trabalho ou saudade?

— Os dois — respondeu Kostas. — Um pouco de trabalho de campo… Eu também queria ver minha cidade natal, alguns velhos amigos…

— Sim, você me disse. Como falei ao telefone, conheço bem a Defne. Venha, vou te levar até onde ela está. Fica a apenas cinco minutos daqui. Ela e a equipe estão de pé desde o início da manhã. Vou explicar no caminho.

À menção do nome dela, Kostas sentiu um pânico gelado se apossar do peito. Eles começaram a andar para o nordeste, desviando dos buracos no caminho, o vento quente queimando o rosto.

— Então me diga, o que eles estão fazendo exatamente, ela e a equipe?

— Ah, eles são do CPD — respondeu David. — O Comitê de Pessoas Desaparecidas. É um trabalho muito intenso. Depois de um tempo, começa a te afetar. Turcos e gregos estão trabalhando juntos, por incrível que pareça. A ideia surgiu no início dos anos 1980, mas levou um bom tempo para que alguma coisa começasse a ser feita, porque os dois lados não concordavam com o número.

— O número?

— De desaparecidos durante os conflitos — explicou David, um pouco sem fôlego. — No fim, conseguiram compilar uma lista de duas mil e duas vítimas. O número real é muito maior, é claro, mas ninguém quer ouvir falar sobre esse assunto. De qualquer forma, é um começo. A ONU atua como parceira, é por isso que estou aqui, mas são os cipriotas que fazem o trabalho de verdade. Vou ficar aqui até o fim do mês, depois vou para Genebra. Eles vão continuar escavando, a sua Defne e os amigos dela.

— Os membros da equipe são todos arqueólogos?

— Só alguns. Na verdade, há pessoas de todas as profissões: antropólogos, historiadores, geneticistas, especialistas forenses... Os grupos são formados e aprovados pela ONU. Trabalhamos em diferentes locais, dependemos de informantes anônimos, que nos contam coisas por todo tipo de motivo pessoal. Então começamos a escavar. Você pode achar que esta ilha é pequena, mas quando se está procurando por uma pessoa desaparecida, mesmo o menor dos lugares se torna extremamente grande.

— E os moradores locais, eles apoiam o projeto?

— As reações têm sido mistas até agora. Temos muitos voluntários jovens de ambos os lados ávidos por ajudar, o que nos dá esperança na humanidade. Os jovens são sábios. Querem a paz. E os mais velhos, algum tipo de encerramento. São os que estão no meio que causam problemas.

— Nossa geração, você quer dizer — disse Kostas.

— Exatamente. Há uma minoria, pequena mas ruidosa, que não vê com bons olhos nosso trabalho, seja porque teme que ele possa despertar velhas animosidades, seja porque ainda as apoia. Alguns dos membros da comissão foram ameaçados.

Eles se aproximaram de uma clareira na floresta. Kostas ouviu vozes baixas à distância e o som áspero de pás e picaretas raspando a terra.

— Aí está o pessoal — indicou David, acenando com a mão.

Kostas viu um grupo de cerca de uma dúzia de pessoas, mulheres e homens, trabalhando sob o sol, usando chapéus de palha e bandanas. A maioria tinha o rosto meio coberto por máscaras de pano. Havia grandes lonas pretas estendidas sobre o chão e suspensas entre as árvores, como redes balançando ao vento.

Com o coração acelerado, Kostas perscrutou o grupo, mas não conseguiu identificar Defne entre eles. Havia imaginado aquele momento tantas vezes, pensando em todas as maneiras pelas quais poderia dar errado, que se sentiu quase paralisado ao estar inserido nele. Como ela reagiria quando o visse? Será que ia dar meia-volta e ir embora?

— Ei, pessoal! — chamou David. — Venham conhecer meu amigo Kostas!

Um a um, os membros da equipe pararam o que estavam fazendo e caminharam na direção deles, os passos tranquilos, sem pressa. Tirando as luvas e máscaras, deixaram de lado os cadernos e instrumentos, e foram lhe dar boas-vindas.

Kostas cumprimentou cada um calorosamente, embora não conseguisse deixar de olhar ao redor para identificar onde estaria Defne. E então ele a viu, sentada no galho de uma árvore, com as pernas balançando, a expressão impossível de decifrar enquanto o observava em silêncio do alto. Kostas notou uma teia de aranha entre os galhos ao lado dela e, por um instante, Defne e aqueles fios prateados se fundiram na mente dele, etéreos e frágeis como os vínculos que ainda restavam entre eles.

— Ah, ela faz isso sempre — disse David ao perceber para onde Kostas estava olhando. — A Defne adora se sentar lá como um pássaro, aparentemente ela se concentra melhor quando está em cima de uma árvore. É lá que escreve os relatórios. — David levantou a voz. — Desça daí!

Sorrindo, Defne pulou do galho e caminhou na direção deles. O cabelo preto ondulado caía sobre os ombros. Ela usava calças cáqui e uma camisa de botão branca e folgada. Nos pés, botas de caminhada. Não parecia surpresa. Parecia estar esperando por ele.

— Oi, Kostas. — O aperto de mão foi breve, não revelou nada. — David me disse que você viria. Falou que um amigo tinha perguntado por mim. Eu perguntei quem era, e no fim das contas era você.

Kostas ficou surpreso com o distanciamento na voz dela, nem fria nem formal, mas comedida, cautelosa. Os anos haviam marcado rugas finas no rosto dela, as bochechas haviam se afinado um pouco, mas tinham sido os olhos que mais haviam mudado: um brilho duro havia se depositado naqueles olhos castanhos grandes e redondos. Sentiu um aperto no peito ao constatar como ela ainda era bonita.

— Defne...

O nome dela parecia estranho na boca de Kostas. Temendo que ela pudesse ouvir as batidas do coração dele, deu um passo para o lado, o olhar pousando na lona mais próxima. A respiração se estrangulou quando se deu conta do que eram os fragmentos cobertos de pó, sujos e manchados de vermelho empilhados sobre ela. Um fêmur partido, um osso do quadril fraturado... eram restos humanos.

— Recebemos uma informação — disse Defne ao ver a expressão no rosto de Kostas. — Um camponês nos indicou este lugar. Seis filhos, dezessete netos. O homem estava nos estágios finais da doença de Alzheimer, não reconhecia nem a própria esposa. Uma bela manhã, acordou e começou a dizer coisas estranhas: "Há uma colina, uma árvore de terebinto com uma grande pedra embaixo". Ele a desenhou em um pedaço de papel e descreveu este lugar. A família entrou em contato conosco, viemos, escavamos e encontramos os restos mortais exatamente onde ele disse que encontraríamos.

Em todas as vezes que imaginara o encontro deles, Kostas nunca havia pensado que falariam sobre aquele tipo de coisa.

— Como o camponês sabia? — perguntou ele.

— Você quer saber se eu suspeito de que ele seja o assassino? — Defne balançou a cabeça, os brincos oscilando. — Quem sabe? Um assassino ou uma testemunha ocular inocente? Isso não é da nossa alçada. A CPD não se encarrega desse tipo de investigação. Se fizéssemos averiguações ou passássemos a informação à polícia, ninguém mais nesta ilha falaria conosco. Não podemos nos dar a esse luxo. Nosso trabalho é encontrar os desaparecidos para que as famílias possam dar aos entes queridos um enterro digno.

Kostas assentiu, refletindo sobre as palavras dela.

— Você acha que pode haver outras sepulturas por aqui?

— É possível. Às vezes você procura por semanas a fio e não encontra nada. É frustrante. Alguns dos informantes se confundem na hora de dar os detalhes, outros nos levam deliberadamente a fazer buscas inúteis. Você procura por vítimas e encontra ossos medievais, romanos, helênicos. Ou fósseis pré-históricos. Sabia que havia hipopótamos pigmeus no Chipre? Elefantes pigmeus! Então, justamente quando acha que não se está indo a lugar nenhum, encontra valas comuns.

Kostas olhou ao redor, observando a paisagem, a grama tingida de dourado sob o sol, os pinheiros com copas em forma de cúpula. Olhou a distância, o mais longe que podia enxergar, como se tentasse se lembrar das coisas das quais havia se separado...

— E os desaparecidos que vocês encontraram aqui, eram gregos ou turcos? — perguntou ele, com cautela.

— Eram ilhéus — respondeu Defne, e dessa vez a voz tinha um tom mais cortante. — Ilhéus, como nós.

Ao ouvir isso, David interveio.

— É essa a questão, meu amigo. Só ficamos sabendo depois que enviamos os ossos para um laboratório e obtemos um laudo. Quando segura um crânio nas mãos, você consegue dizer se é cristão ou muçulmano? Todo esse derramamento de sangue, para quê? Guerras estúpidas.

— Mas não temos muito tempo — disse Defne, a voz falhando. — As gerações mais velhas estão morrendo, levando os segredos com eles para o túmulo. Se não escavarmos agora, em mais ou menos uma década não haverá mais ninguém para nos dizer o paradeiro dos desaparecidos. É uma corrida contra o tempo, na verdade.

Dos arbustos ao longe veio o zumbido das cigarras. Kostas sabia que algumas espécies de cigarras cantavam em frequências extremamente agudas, e talvez estivessem fazendo isso naquele momento. A natureza estava sempre falando, contando coisas, mesmo que o ouvido humano fosse muito limitado para ouvi-las.

— Então, vocês dois são velhos amigos? — perguntou David. — Frequentaram a mesma escola ou algo assim?

— Algo assim — respondeu Defne, erguendo o queixo. — Crescemos no mesmo bairro, não nos víamos há anos.

— Bem, fico feliz por ter colocado vocês em contato de novo — disse David. — Devíamos todos sair para jantar hoje à noite. Isso pede uma celebração.

Um aroma intenso e delicioso impregnou o ar. Alguém estava fazendo café. Os membros da equipe se dispersaram para descansar sob as árvores, conversando em murmúrios baixos.

David subiu em uma pedra, pegou uma caixa de tabaco prateada e começou a enrolar um cigarro. Quando terminou, ele o ofereceu a Defne, que aceitou com um sorriso, sem dizer uma palavra. Ela deu uma tragada e o devolveu. Eles começaram a fumar, passando o cigarro entre si. Kostas desviou o olhar.

— *Kafé?*

Uma mulher grega alta e esguia servia café em copos de papel. Kostas agradeceu e pegou um.

Ele caminhou em direção ao único terebinto e sentou-se à sombra dele. A mãe de Kostas fazia pão com os frutos daquela árvore e usava a resina como conservante para o licor de alfarroba. Foi tomado por uma tristeza profunda. Tinha feito tudo o que podia para cuidar da mãe quando Andreas e ela se juntaram a ele na Inglaterra depois da divisão da ilha, mas era tarde demais. O câncer decorrente da exposição passiva ao amianto já estava em metástase. Panagiota foi enterrada em um cemitério em Londres, longe de tudo o que conhecera e amara. Ele ficou em silêncio, absorvendo os aromas de tabaco e café enquanto as memórias o invadiam.

No alto, o sol brilhava, forte e resplandecente. No calor, Kostas pensou ouvir os galhos ao redor deles estalando como mãos artríticas. Olhou para Defne, que havia voltado ao trabalho, as feições contraídas em concentração enquanto anotava no caderno cada uma das coisas que tinham desenterrado naquele dia.

Restos humanos... O que isso significava exatamente? Alguns ossos duros e tecidos moles? Roupas e acessórios? Coisas sólidas e compactas o suficiente para caber dentro de um caixão? Ou na verdade seria o intangível — as palavras que mandamos para o éter, os sonhos que guardamos para nós mesmos, as batidas que o coração pula quando estamos ao lado da pessoa amada, os vazios que tentamos preencher e nunca conseguimos articular de maneira adequada — quando tudo já foi finalizado, o que resta de uma vida inteira, de um ser humano... E isso pode realmente ser desenterrado do chão?

O sol estava começando a se pôr quando os membros do CPD deixaram de lado as ferramentas, as nuvens no horizonte embebidas em um âmbar resplandecente.

Colocaram cada fragmento de osso em sacos plásticos, que selaram e numeraram cuidadosamente. Em seguida, os guardaram em caixas etiquetadas. Escreveram a data e o local da escavação em cada caixa, bem como os detalhes do grupo que havia realizado o trabalho. Todas as informações foram registradas e arquivadas.

Cansados, começaram a descer a colina, dividindo-se em grupos menores. Mais para o fim do grupo, Kostas caminhava ao lado de Defne, um silêncio constrangedor crescendo entre eles.

— As famílias... — disse Kostas depois de um tempo. — Como reagem quando você diz que encontrou seus mortos depois de tantos anos?

— A maioria fica grata. Houve uma senhora grega que ao que parece foi uma costureira talentosa na juventude. Quando dissemos que havíamos encontrado os ossos do marido dela, ela chorou muito. Mas no dia seguinte, foi ao laboratório usando um vestido rosa com babados, bolsa e sapatos prateados. Batom vermelho nos lábios. Nunca vou esquecer. Aquela mulher que não havia usado nada além de preto por décadas, foi buscar os restos mortais do marido usando um vestido rosa. Ela disse que finalmente podia falar com ele. Disse que se sentia como se tivessem dezoito anos outra vez e estivessem namorando. Dá para acreditar? Alguns ossos, foi tudo o que lhe demos, mas ela estava feliz como se tivéssemos lhe dado o mundo inteiro.

Defne pegou um cigarro e o acendeu, protegendo a chama entre as palmas das mãos. Ao exalar uma nuvem de fumaça, ela perguntou:

— Quer um?

Kostas balançou a cabeça.

— E uma vez houve uma coincidência de partir o coração. Estávamos escavando na estrada de Karpas. A área era muito grande e tivemos que contratar um operador de escavadeira. O homem começou a escavar e encontrou um corpo. Então foi para casa e contou para a avó, descrevendo as roupas do cadáver. "É o meu Ali", disse a velha, e começou a chorar. Ao que parece, Ali Zorba tinha uma caravana de camelos na década de 1950 e estava voltando de Famagusta quando o mataram e o enterraram junto à estrada. Todo aquele tempo as pessoas passavam por ali sem saber de nada.

Nesse momento, David, que andava alguns metros à frente, virou-se e o chamou.

— Ei, Kostas! Não se esqueça do jantar esta noite. Vamos a uma taberna, a melhor da cidade!

Kostas se encolheu ao ouvir isso, o corpo inteiro tensionado. Defne notou.

— Não é a taberna que você está pensando. Essa já não existe faz tempo. A Figueira Feliz está em ruínas.

— Eu gostaria de ir até lá — disse Kostas, o coração tomado de tristeza. — Quero ver a figueira.

— Não há muito para ver, receio, mas a árvore ainda deve estar lá dentro. Faz séculos que não vou lá.

— Na Inglaterra, tentei entrar em contato com eles diversas vezes. Consegui localizar alguns parentes de Yiorgos. Me disseram que ele estava morto. Não me deram muitas informações, não pareciam gostar que eu estivesse fazendo tantas perguntas. Nunca consegui falar com Yusuf, nem com a família dele. Alguém me disse que ele foi embora do Chipre, para os Estados Unidos, mas não tenho certeza se isso é verdade.

— Então você não sabe? — Defne fechou os olhos com força, em seguida voltou a abri-los. — Yusuf e Yiorgos desapareceram no verão de 1974, algumas semanas depois que você foi embora. Eles estão entre os milhares de desaparecidos que estamos procurando.

Kostas diminuiu o passo, um nó na garganta.

— Eu... eu não...

— É normal. Você passou muito tempo fora. — Não havia emoção na voz dela, nem um traço de raiva, amargura ou lamento. A voz era plana como uma chapa de aço, e igualmente impenetrável.

Com uma espécie de desespero consumindo-lhe o coração, ele tentou dizer alguma coisa, mas as palavras pareciam inúteis. De qualquer maneira, Defne não lhe deu chance. Acelerando o passo, correu para se juntar a David.

Kostas ficou para trás, observando os dois caminharem juntos, de braços dados. Quando chegaram a uma esquina mais adiante, sob um poste de luz, David se virou para dar adeus, gritando:

— Estaremos no Caiam Errante, pergunte por aí e vai encontrar. Não chegue tarde, Kostas. Deus sabe que todos nós precisamos de uma bebida depois de hoje!

Figueira

Uma árvore é uma guardiã da memória. Emaranhados sob nossas raízes, ocultos em nosso tronco, estão os sustentáculos da história, as ruínas das guerras que ninguém venceu, os ossos dos desaparecidos.

A água que sugamos por nossos galhos é o sangue da terra, as lágrimas das vítimas e a tinta das verdades que ainda não foram descobertas. Os humanos, sobretudo os vitoriosos que empunham a pena com a qual escrevem os anais da história, têm uma propensão a apagar tanto quanto a documentar. Resta a nós, plantas, coletar o que não foi dito, o indesejado. Como um gato que se enrodilha em sua almofada favorita, uma árvore se enrosca em torno dos resquícios do passado.

Quando decidiu plantar ciprestes no jardim nos fundos da casa e fincou a pá na terra, Lawrence Durrell, que havia se apaixonado pelo Chipre, encontrou esqueletos. Mal sabia ele que isso não era nem um pouco incomum. Em todo o mundo, onde quer que haja ou já tenha havido uma guerra civil ou um conflito étnico, vá até as árvores em busca de pistas, porque somos nós que permanecemos em silenciosa comunhão com os restos humanos.

BORBOLETAS E OSSOS

Chipre, início dos anos 2000

O Caiam Errante era uma taberna simples com mesas com tampo de azulejo, pinturas pastoris a óleo e uma grande variedade de peixes no gelo. Kostas chegou por volta das sete e meia e consultou o relógio, sem saber se estava adiantado ou atrasado, pois não tinham lhe dito a que horas deveria encontrá-los.

Assim que entrou, foi recebido por uma mulher elegante e muito maquiada, na casa dos setenta anos, os cabelos loiros platinados presos em um intrincado coque.

— Você deve ser o Kostas — disse ela, estendendo os braços como se fosse abraçá-lo. — Eu sou a Merjan. Sou de Beirute, mas estou aqui há tanto tempo que me considero uma cipriota honorária. Seja bem-vindo, meu querido.

— Obrigado. — Kostas fez um aceno de cabeça, levemente desconcertado por ser recebido de maneira tão efusiva por uma desconhecida.

— Olhe só para você! — exclamou Merjan. — Ficou inglês demais, não é? Precisa passar mais tempo no Mediterrâneo. Retomar suas raízes. David disse que você deixou a ilha quando ainda era menino.

Ao ver a surpresa no rosto de Kostas, ela riu.

— Meus clientes me contam muitas coisas. Venha, deixe-me levá-lo até seus amigos.

Merjan o guiou até uma mesa nos fundos, perto da janela. O lugar estava lotado, os clientes barulhentos e animados, e a cada passo que dava taberna adentro, Kostas sentia os cabelos da nuca se arrepiarem. Não podia evitar a lembrança da Figueira Feliz, as semelhanças eram óbvias demais para que as ignorasse. Nunca tinha estado em um lugar como aquele desde então, e parecia uma traição estar ali agora.

Só quando deixou de olhar em volta ele teve uma clara visão da mesa à qual se dirigia. Havia três pessoas sentadas. Defne estava usando um vestido verde-azulado, o mar de cabelos escuros caindo sobre os ombros em ondas rebeldes. Havia trocado os brincos por um par de pérolas em forma de gota que refletiam a luz enquanto dançavam no espaço tranquilo entre as orelhas e o queixo dela. Quando chegou à mesa, Kostas percebeu um pouco tarde demais que estivera olhando fixamente para Defne e mais ninguém.

— Ah, aí está ele! — exclamou David. — Obrigado por trazê-lo são e salvo.

Segurando a mão de Merjan, ele a beijou.

— Sem problema, meu querido. Agora cuidem bem dele — disse a proprietária, antes de se afastar com uma piscadela.

Kostas puxou a cadeira vazia ao lado de David e se sentou diante de uma mulher de testa larga e olhos cinzentos por trás

de óculos de aro de tartaruga. Ela se apresentou como Maria-
-Fernanda.

— Estávamos conversando sobre exumações, como de costume — comentou David, erguendo um copo de *raki*, do qual parecia já ter bebido alguns goles.

As mulheres estavam bebendo vinho. Kostas serviu-se de uma taça. Tinha gosto de casca de árvore, ameixas doces e terra escura.

— Maria-Fernanda é espanhola — contou Defne. — Ela desempenhou um papel muito importante na documentação das atrocidades do período da Guerra Civil.

— Ah, obrigada, mas não fomos os primeiros — disse Maria-
-Fernanda com um sorriso. — Houve muito progresso nos trabalhos de campo forense na Guatemala na década de 1990, graças aos esforços incansáveis de ativistas dos direitos humanos. Eles conseguiram descobrir um grande número de valas comuns onde dissidentes políticos e indígenas de comunidades rurais maias foram enterrados. Tem também a Argentina. Infelizmente, até o fim da década de 1980, as exumações não eram incluídas na resolução de conflitos. Uma vergonha.

David virou-se para Kostas.

— Os julgamentos de Nuremberg foram um marco. Foi quando as pessoas perceberam quão aleatória e generalizada a violência de fato é. Vizinhos virando-se contra vizinhos, amigos denunciando amigos. É um tipo diferente de mal, que ainda não enfrentamos como humanidade. Trata-se de um assunto difícil em todo o mundo, os atos de barbárie que acontecem fora do campo de batalha.

— É um trabalho árduo — disse Maria-Fernanda. — Mas sempre digo a mim mesma que pelo menos não estamos vasculhando o oceano.

— Ela está se referindo ao Chile — comentou Defne, olhando de soslaio para Kostas. — Milhares desapareceram durante o regime de Pinochet. Eles faziam voos secretos sobre o oceano Pacífico e os lagos, em aeronaves repletas de prisioneiros: torturados, drogados, muitos ainda vivos. Amarravam trilhos de trem às vítimas e as arremessavam nas águas de helicópteros Puma.

Os militares sempre negaram, mas houve um relatório do exército que dizia que eles haviam "escondido" os cadáveres no oceano. *Escondido!* Filhos da puta!

— Como as pessoas descobriram a verdade? — perguntou Kostas.

— Por pura coincidência — respondeu Maria-Fernanda. — Ou por obra de Deus, se você acredita nessas coisas. O corpo de uma das vítimas apareceu na praia. Nunca vou me esquecer do nome dela: Marta Ugarte. Ela era professora. Foi brutalmente espancada, torturada, estuprada. Também foi amarrada a um pedaço de metal e atirada de um helicóptero, mas de alguma forma o arame se soltou e o corpo veio à tona. Há uma foto dela logo depois que foi tirada do mar. Os olhos estão abertos e penetram sua alma. E foi assim que as pessoas se deram conta de que havia muitos mais mortos sob as águas.

Kostas segurou a taça de vinho entre as palmas, sentindo seu volume liso e redondo. Olhou através do líquido carmesim. Não para seus companheiros em torno da mesa, mas para uma parte do coração que mantivera fechada por muito tempo. Lá encontrou velhas dores, algumas dele, outras da terra onde havia nascido, inseparáveis agora, estratificadas e comprimidas como formações rochosas.

Erguendo a cabeça, perguntou à Maria-Fernanda:

— Onde mais você já trabalhou?

— Ah, em todo o mundo. Iugoslávia. Camboja. Ruanda... No ano passado, participei de exumações forenses no Iraque.

— E como você e a Defne se conheceram?

Foi Defne quem respondeu.

— Eu já tinha ouvido falar da Maria-Fernanda e escrevi para ela, que me respondeu de maneira muito amável e me convidou para ir à Espanha. No verão passado, consegui uma bolsa e fui visitá-la. Ela e sua equipe realizaram três exumações, na Extremadura, em Astúrias e em Burgos. E todas as vezes as famílias espanholas deram a seus mortos um belo funeral. Foi muito comovente. Depois que voltei ao Chipre para me juntar ao CPD, convidamos Maria-Fernanda para observar nossos métodos. E aqui está ela!

Maria-Fernanda enfiou uma azeitona na boca e mastigou devagar.

— A Defne foi incrível! Ela foi comigo falar com as famílias, chorou com elas. Fiquei muito emocionada. Você acha que não fala a mesma língua, mas então se dá conta de que a dor é a língua. Nós que temos passados conturbados nos entendemos.

Kostas inspirou lenta e profundamente e a sala pareceu embalá-lo — ou talvez fossem as palavras de Maria-Fernanda.

— Essas coisas que você vê durante o dia costumam aparecer nos seus sonhos? Me perdoe se for uma pergunta muito pessoal.

— Não, tudo bem. Eu costumava ter sonhos perturbadores — disse Maria-Fernanda, tirando os óculos e esfregando os olhos. — Mas não mais. Ou talvez simplesmente não consiga me lembrar deles.

— *Injuriarum remedium est oblivio* — disse David. — O esquecimento é o remédio para as feridas.

— Mas temos que lembrar para nos curar — objetou Defne. Em seguida se virou para Maria-Fernanda e disse, com um tom cheio de ternura: — Conte a eles sobre Burgos.

— Burgos era o coração do franquismo. Não havia frentes de batalha lá, o que significa que todos os corpos que encontramos em valas comuns eram de civis. Na maioria das vezes, as famílias não queriam falar sobre o passado. Só queriam dar aos entes queridos um enterro decente, dignidade. — Maria-Fernanda bebeu um gole de água antes de continuar. — Um dia, peguei um táxi para um dos locais de escavação. Eu estava atrasada. O taxista parecia um sujeito decente, amigável, engraçado. Algum tempo depois, passamos por um lugar chamado Aranda de Duero, uma cidadezinha encantadora. E o taxista me olhou pelo retrovisor e disse: "Aqui é a Aranda Vermelha, um lugar cheio de subversivos. Os nossos executaram muitas pessoas, jovens e velhos, foi necessário". E de repente me dei conta de que aquele homem com quem antes estava conversando sobre o clima e coisas triviais, aquele pai de três filhos, que exibia com orgulho fotos da família no painel do carro, era alguém que apoiava o assassinato em massa de civis.

— O que você fez? — perguntou David.

— Não havia muito que eu pudesse fazer. Estava sozinha na estrada com ele. Não disse mais nada durante o resto da viagem. Nem uma única palavra. Assim que chegamos, paguei a corrida e saí sem nem sequer olhar para ele. E ele entendeu o motivo, é claro.

David acendeu o cachimbo e expirou, gesticulando para Defne através da fumaça.

— O que você teria feito nessa situação?

Todos olharam para ela. À luz das velas, os olhos do grupo brilhavam como bronze polido.

— Não quero soar moralista, peço que me perdoem se for esse o caso, mas acho que eu teria dito a esse desgraçado para parar o maldito carro e me deixar sair! Provavelmente teria que pedir carona, mas tudo bem. Pensaria nisso depois.

Kostas estudou o rosto dela: sabia que ela estava dizendo a verdade. Naquele instante fugaz, como um viajante noturno que distingue uma silhueta distante quando irrompe um relâmpago, ele teve um vislumbre da garota que ela fora um dia, sua indignação diante das injustiças, seu senso de justiça, sua paixão pela vida.

David deu uma baforada no cachimbo.

— Mas nem todos precisam ser guerreiros, querida. Caso contrário, não teríamos poetas, artistas, cientistas...

— Discordo — disse Defne, e bebeu um gole de vinho. — Há momentos na vida em que todo mundo tem que se tornar um guerreiro de algum tipo. Se é um poeta, você luta com suas palavras; se é um artista plástico, você luta com suas pinturas... Mas não pode dizer: "Sinto muito, sou poeta, não tenho nada a ver com isso". Você não diz uma coisa dessas quando há tanto sofrimento, desigualdade e injustiça. — Ela bebeu o resto do vinho e completou: — E você, Kostas? O que teria feito?

Ele respirou fundo, sentindo o peso do olhar dela.

— Não sei. Sem ter estado em uma situação como essa, acho que não posso realmente saber.

Um meio sorriso aflorou no rosto de Defne.

— Você sempre foi racional, lógico. Um observador atento das maravilhas da natureza e dos erros da raça humana.

Havia uma certa dureza no tom dela, impossível de ignorar, e isso fez o clima pesar ao redor da mesa.

— Ei, não vamos julgar uns aos outros — sugeriu David com um aceno displicente da mão. — Eu provavelmente teria ficado no carro o resto do trajeto e teria continuado a tagarelar com o taxista.

Mas Defne não estava ouvindo. Ela olhava para Kostas e apenas para ele. E Kostas viu que por trás da súbita raiva dela estavam todas as palavras não ditas entre eles, rodopiando dentro da alma dele como flocos soltos em um globo de neve.

Ele olhou para as mãos dela, que haviam mudado com os anos. Antes, ela adorava pintar as unhas, cada uma coberta de um rosa perolado. Não fazia mais isso. Havia um leve desleixo agora, as unhas estavam curtas e irregulares, as cutículas descamando. Quando olhou para cima novamente, ele a encontrou observando-o.

Com o peito subindo e descendo em respirações rápidas, Kostas se inclinou para a frente e disse:

— Há outra questão que poderíamos considerar, uma talvez ainda mais difícil. O que faríamos, cada um de nós, se fôssemos jovens de Burgos nos anos 1930, apanhados no meio de uma guerra civil? É fácil afirmar em retrospecto que teríamos feito a coisa certa. Mas, na verdade, nenhum de nós sabe onde estaria quando as coisas pegassem fogo.

Nesse momento, o garçom chegou com os pratos, quebrando o silêncio que se seguiu: espetinhos de cordeiro grelhado com queijo feta e hortelã, caçarola de peixe ao vinho branco, camarões assados com manteiga e alho, frango com sete especiarias e ensopado libanês de folhas de juta…

— Cada vez que venho ao Chipre, engordo cinco quilos — disse David, dando um tapinha na barriga. — Isso é uma coisa sobre a qual gregos e turcos podem concordar.

Kostas sorriu, embora naquele momento estivesse pensando que todos estavam bebendo rápido demais. Especialmente Defne.

Como se tivesse lido os pensamento dele, ela apontou a taça para ele e disse:

— Está bem, então. Vamos mudar de assunto... este é muito sombrio. Então diga-nos, Kostas, o que o trouxe de volta? Foram suas amadas árvores ou seus musgos e líquens?

Ocorreu-lhe então que, assim como ele havia reunido informações sobre ela durante todos aqueles anos, ela também havia investigado o que ele fazia para ganhar a vida. Ela sabia sobre os livros dele.

Com cautela, ele respondeu:

— Em parte, o trabalho. Estou investigando se, e como, as figueiras podem ajudar na perda de biodiversidade no Mediterrâneo.

— As figueiras? — questionou Maria-Fernanda, erguendo as sobrancelhas.

— Sim, elas sustentam o ecossistema mais do que quase qualquer outra planta, eu diria. Os figos alimentam não apenas humanos, mas também animais e insetos. No Chipre, o desmatamento é um problema grave. Além disso, durante o combate à malária, quando drenaram os pântanos, no início do século XX, foram plantados muitos eucaliptos e outras plantas australianas. São espécies invasoras não nativas que causam enormes danos aos ciclos naturais daqui. Gostaria que as autoridades tivessem dado mais atenção às figueiras locais... De qualquer forma, não quero aborrecê-los com os detalhes da minha pesquisa.

Como sempre, Kostas temia que as pessoas achassem o trabalho dele maçante.

— Não estamos nem um pouco entediados — disse David. — Continue, conte-nos mais. Qualquer informação sobre uma figueira é sempre mais interessante do que uma exumação em massa.

— As borboletas se alimentam de figos, não é? — Defne entrou na conversa.

Ao dizer isso, ela abriu a pulseira de couro em volta do pulso, revelando uma pequena tatuagem na parte interna do braço.

— Ah, que lindo! — entusiasmou-se Maria-Fernanda.

— É uma bela-dama — disse Kostas, tentando não demonstrar surpresa. Quando a vira pela última vez, ela não tinha a minúscula tatuagem, em nenhum lugar do corpo. — Todos os anos elas vêm de Israel e descansam no Chipre. Depois algumas vão para a Turquia, outras para a Grécia. Outras ainda viajam do norte da África direto para a Europa Central. Mas este ano algo incomum está acontecendo. As que saíram do norte da África mudaram de rota. Ninguém sabe por quê. A única coisa que sei é que estão vindo em direção à ilha e vão se juntar às outras que costumam fazer esse caminho. Se nossas suposições estiverem corretas, veremos uma migração massiva de borboletas nos próximos dias. Estimo que vão estar por toda a costa, do lado grego e do lado turco. Milhões delas.

— Parece fascinante — comentou Maria-Fernanda. — Espero que cheguem antes de eu ir embora.

Tinham terminado a sobremesa e o café havia sido servido, mas Defne pediu mais uma garrafa de vinho e não parecia dar sinais de desacelerar.

— A última vez que te vi, você não bebia nem fumava — disse Kostas, sentindo uma pulsação fraca nas têmporas.

Com um minúsculo sorriso se formando no canto dos lábios, ela lhe dirigiu um olhar rápido e desfocado.

— Muita coisa mudou desde que você foi embora.

— Eu a acompanho, Defne — afirmou David fazendo sinal para o garçom trazer mais uma dose de *raki*.

— Mas parece que você não bebe muito — disse Maria--Fernanda a Kostas. — Não fuma, tenho a impressão de que não mente... Nunca faz nada errado?

Defne emitiu um pequeno som que poderia ser de incredulidade ou concordância. Um rubor tingiu as bochechas quando notou que os outros estavam olhando para ela.

— Bem, ele fez uma vez — prosseguiu ela, encolhendo de leve os ombros. — Ele me deixou.

Uma expressão de pânico surgiu no rosto de Maria-Fernanda.

— Ah, eu sinto muito. Eu não sabia que vocês dois tinham sido um casal.

— Eu também não. — disse David, erguendo as mãos.

— Eu não te deixei! — rebateu Kostas, percebendo, tarde demais, que havia levantado a voz. — Você nunca respondeu as minhas cartas. Me disse para não entrar mais em contato.

O rubor no rosto de Defne se intensificou e ela fez um gesto de desdém com a mão.

— Não se preocupe, eu estava brincando. São águas passadas.

Durante alguns segundos, ninguém disse nada.

— Bem, um brinde à juventude, então! — disse David, erguendo o copo.

Todos seguiram o exemplo.

Defne pousou a taça na mesa.

— Diga-nos, Kostas, elas têm ossos?

— Como assim?

— As borboletas. Têm ossos?

Kostas engoliu saliva; a garganta estava seca. Ele olhou para a vela, que havia queimado até se reduzir a um toco.

— O esqueleto das borboletas não fica dentro do corpo. Elas não têm uma estrutura rígida protegida sob tecidos moles, como nós; na verdade, pode-se dizer que toda a pele dela é um esqueleto invisível.

— Eu me pergunto como deve ser — refletiu Defne. — Carregar os ossos do lado de fora, quero dizer. Imaginem o Chipre como uma enorme borboleta! Então não teríamos que escavar para encontrar nossos desaparecidos. Saberíamos que estamos cobertos deles.

Não importava quantos anos se passassem, Kostas nunca esqueceria aquela imagem. Uma ilha borboleta. Linda, vistosa, adornada com um esplendor de cores, tentando alçar voo e adejar livremente sobre o Mediterrâneo, mas sobrecarregada pelas asas revestidas de ossos quebrados.

Quando por fim deixaram a taberna, em busca de ar fresco, os quatro serpentearam pelas ruas sinuosas, inspirando os aromas de jasmim e cedro. A lua, que dali a poucos dias estaria cheia, estava oculta sob um tule de nuvens leves como plumas. Ao passarem por casas de pedra com janelas de treliça, pareciam silhuetas recortadas de um teatro de sombras contra a luz anêmica dos postes de luz.

Naquela noite, de volta ao quarto de hotel, Kostas teve um sonho perturbador. Estava em uma cidade anônima que poderia ser em qualquer lugar: Espanha, Chile ou Chipre. Além das dunas, erguia-se uma figueira e, atrás dela, uma rua vazia repleta do que pareciam ser detritos. Ele se aproximou para ver o que eram, e só então descobriu, para horror dele, que eram peixes moribundos. Desesperado, procurou um balde de água. Correu de um lado para outro, tentando pegar o máximo de peixes que pudesse, mas eles escapavam por entre seus dedos, agitando a cauda, ofegantes.

Ao longe, viu um grupo de pessoas olhando para ele fixamente. Todos usavam máscaras de borboleta. Defne não estava em lugar nenhum. Mas quando Kostas acordou no meio da noite, com o coração acelerado, não teve dúvida de que ela estava em algum lugar do sonho dele, por trás de uma daquelas máscaras, observando-o.

MENTE INQUIETA

Chipre, início dos anos 2000

Na manhã seguinte, bem cedo, Kostas encontrou a equipe em campo, já imersa no trabalho. O comitê havia recebido outra denúncia durante a noite e, assim que tivessem terminado os trabalhos ali, começariam a escavar o leito de um rio seco, a cerca de setenta quilômetros de Nicósia. Com base em suas conversas, Kostas percebeu que eles preferiam realizar buscas em lugares mais isolados e em áreas rurais. Nas cidades e aldeias, os transeuntes sempre se aproximavam para observar, fazer perguntas, tecer comentários, alguns dos quais podiam ser inoportunos, até mesmo incendiários. Se houvesse algum achado, os ânimos se exaltavam. Uma vez, uma mulher desmaiou e eles tiveram que cuidar dela. Os membros do CPD preferiam trabalhar sozinhos, cercados pela natureza, tendo as árvores como únicas testemunhas.

Quando fizeram uma pausa para o café, Kostas e Defne sentaram-se juntos ao lado de um arbusto de oleandro selvagem, ouvindo as cigarras zumbirem no calor crescente. Defne pegou uma pequena bolsa de tabaco e começou a enrolar um cigarro. Kostas notou que ela estava com a cigarreira prateada de David. Sentiu um aperto no peito quando lhe ocorreu que eles poderiam ter passado a noite juntos. Durante o jantar, ele havia notado, em mais de uma ocasião, como David olhava para ela. Tentou acalmar a mente inquieta. Que direito tinha de pensar na vida amorosa dela quando haviam se tornado estranhos não apenas um para o outro, mas também para as pessoas que haviam sido?

Ela inclinou a cabeça na direção dele, tão perto que Kostas podia ver as manchas azuis em seus olhos escuros, um cobalto intenso.

— O David parou de fumar hoje.

— Parou?

— Sim, e para provar que está determinado, me deu a cigarreira. Tenho certeza de que ele vai pedir de volta no fim da tarde. Ele para de fumar a cada dois ou três dias.

Kostas não pôde deixar de sorrir. Tomou um gole de café e perguntou:

— Então, por quanto tempo você pretende fazer isso?

— Pelo tempo que for necessário.

— O que isso quer dizer? Até encontrar a última vítima?

— Isso não seria extraordinário? Não, não sou tão ingênua. Eu sei que muitos, de ambos os lados, nunca vão ser encontrados. — Seu olhar ficou distante. — Mas talvez não seja inimaginável. Pense: quando éramos mais jovens, se alguém tivesse nos dito que a ilha seria dividida por linhas étnicas, e que um dia teríamos que procurar túmulos sem identificação, não teríamos acreditado. Agora, não acreditamos que a ilha possa ser unificada outra vez. O que pensamos ser impossível muda a cada geração.

Ele a escutou enquanto esmigalhava um pequeno torrão de terra entre os dedos.

— Percebi que há mais mulheres do que homens fazendo esse trabalho.

— Somos muitas, é verdade, gregas e turcas. Algumas escavam, outras trabalham no laboratório. Depois, há as psicólogas, que vão conversar com as famílias. A maioria dos nossos voluntários é mulher.

— Por que você acha que é assim?

— É óbvio, não? O que fazemos aqui não tem nada a ver com política nem com poder. Nosso trabalho está centrado na dor… e na memória. E as mulheres são melhores do que os homens em lidar com ambas as coisas.

— Os homens também se lembram — disse Kostas. — E os homens também sofrem.

— É? — Ao notar a voz entrecortada de Kostas, ela examinou o rosto dele. — Talvez você tenha razão. Mas, em média, os homens que ficam viúvos voltam a se casar muito mais rápido do que as mulheres na mesma posição. As mulheres guardam luto, os homens substituem.

Ela colocou atrás da orelha uma mecha de cabelo que havia se soltado. Ele sentiu um impulso tão forte de tocá-la que teve que cruzar os braços, como se tivesse medo de que eles pudessem agir por vontade própria. Lembrou-se de quando costumavam se encontrar em segredo, cercados pela vasta noite, as oliveiras surgiam cinzentas sob a luz tênue da lua crescente. Lembrou-se de como, em uma noite na taberna, ela lhe pediu água, e ele a deixou sozinha por um minuto, a noite em que atiraram a bomba na Figueira Feliz. A noite, ele agora suspeitava, em que as vidas deles haviam mudado para sempre.

Ele olhou para o cigarro na mão dela.

— Mas por que está fumando, *ashkim*? Não sabe que são apenas algumas baforadas que desaparecem assim que você expira?

Defne estreitou os olhos.

— O quê?

— Você não se lembra, não é? Foi o que me disse quando me viu fumando uma vez.

Ele podia ver agora, na expressão dela, que ela se lembrava. Pega de surpresa, Defne tentou não dar importância com uma risada.

— Por que você não respondeu nenhuma das minhas cartas? — perguntou Kostas.

Uma pausa.

— Não havia nada para escrever.

Kostas engoliu o nó na garganta.

— Uma pessoa do passado entrou em contato comigo recentemente, um médico... — Ele estudou o rosto de Defne, mas a expressão era difícil de decifrar. — O dr. Norman encontrou meu contato depois que viu meu nome em um jornal. Eu tinha acabado de lançar um livro, dei uma entrevista, e foi assim que ele soube de mim. Nos encontramos, conversamos. Ele mencionou algo de passagem que me fez perceber que há coisas que aconteceram no verão de 1974 das quais eu não sei. Eu tive que vir para o Chipre, para ver você.

— O dr. Norman? — perguntou ela, arqueando ligeiramente uma das sobrancelhas. — O que ele disse?

— Não muito, na verdade. Mas eu juntei dois e dois. Ele me disse que você entregou a ele um bilhete e pediu que me entregasse se algo desse errado. Ele guardou o bilhete no bolso, mas infelizmente o perdeu. Não sabia o que dizia porque não leu, já que era particular. Não sei se acredito nele. Agora estou tentando entender por que uma garota teria que se consultar com um ginecologista no verão de 1974, numa época em que a ilha estava em chamas e havia soldados por toda parte... A menos que tivesse acontecido algo inesperado... Urgente... Uma gravidez indesejada. Um aborto. — Ele olhou para ela com tristeza. — Quero que saiba que desde que descobri isso me sinto péssimo. Me sinto culpado. Eu sinto muito. Eu deveria estar aqui com você. Durante todos esses anos, eu não tinha ideia.

Nesse momento, alguém da equipe chamou o nome dela. Uma nova sessão estava prestes a começar.

Depois de dar uma última tragada, Defne largou o cigarro e o esmagou com a sola do sapato.

— Tudo bem, vamos voltar ao trabalho. Como eu disse ontem, éramos jovens. Nessa idade, as pessoas cometem erros. Erros terríveis.

Um arrepio percorreu o corpo dele. Kostas se levantou, deu um passo na direção dela, mas era difícil falar.

— Olha — disse ela. — Eu não quero falar sobre isso. Você precisa entender uma coisa: sempre que algo terrível acontece em um país, ou em uma ilha, um abismo se abre entre aqueles que partem e aqueles que ficam. Não estou dizendo que seja fácil para as pessoas que foram embora, tenho certeza de que elas enfrentaram suas próprias dificuldades, mas não têm ideia de como foi para os que ficaram.

— Os que ficaram lidaram com as feridas e depois com as cicatrizes, e isso deve ser extremamente doloroso — supôs Kostas.

— Mas para nós... os fugitivos, você pode nos chamar assim... Nós nunca tivemos chance de nos curar, as feridas ficam sempre abertas.

Ela inclinou a cabeça, pensando, e então se apressou em dizer:

— Desculpe, preciso trabalhar agora.

Kostas observou enquanto ela se afastava para se juntar aos outros. Teve medo de que aquele fosse o fim de tudo: o fim deles. Estava claro que ela não queria discutir o passado. Talvez preferisse manter com ele uma relação distante, ainda que cordial. Pensou que lhe restava apenas voltar à sua pesquisa, depois à Inglaterra, de volta à sua antiga vida, às rotinas e aos ritmos que o sufocavam pouco a pouco, mas nunca rápido o suficiente. E poderia ter sido assim, se no fim daquela tarde, depois de horas escavando e limpando, mechas de cabelo escuro escapando da bandana, a pele lisa e morena da testa manchada de terra, ela não tivesse voltado até ele e dito, com perfeita tranquilidade:

— Então, o que acha de eu te levar para sair esta noite? Só nós dois. A menos que você tenha outros planos.

Ela sabia, é claro, que ele não tinha nenhum.

PIQUENIQUE

Chipre, início dos anos 2000

O sol estava se pondo quando eles se encontraram novamente no fim da tarde. Defne havia trocado de roupa e usava um longo vestido branco com pequenas flores azuis bordadas no peito. A luz minguante acariciava seu rosto, tingindo as bochechas de tons sutis como pinceladas, espalhando reflexos de cobre nos cabelos castanhos. Na mão, ela carregava uma cesta.

— Teremos que caminhar um pouco, você se importa? — perguntou Defne.

— Eu gosto de caminhar.

Eles passaram por lojas de souvenires e casas com rosas trepadeiras na fachada. Os muros caiados, outrora repletos de palavras de ordem, agora resplandeciam, limpos e lustrosos, de ambos os lados da rua. Tudo parecia tranquilo, pacífico. As ilhas têm um jeito de enganar as pessoas e fazê-las acreditar que sua serenidade é eterna.

Deixando para trás as ruas movimentadas, eles logo estavam nos arredores da cidade, os olhos fixos no caminho coberto de agulhas de pinheiro à frente, como se avançassem contra um vento forte e seco. Mas naquela noite soprava apenas uma brisa suave, e o ar estava carregado de promessas. Embora sua mente estivesse acelerada e a língua se esforçasse para encontrar as palavras que queria dizer, uma espécie de alegria invadiu Kostas. Viu arbustos de alho-sem-cheiro, mostarda-dos-campos, cardos-de-ouro, alcaparra, os brotos abrindo caminho através da terra seca. Concentrou-se nas árvores como sempre fazia quando se sentia perdido: oliveiras, laranjeiras, murtas, romãzeiras... e, mais afastada, uma alfarrobeira. A voz da mãe ecoou nos ouvidos dele: "Quem precisa de chocolate quando se tem alfarroba, *agori mou*?".

Ele notou que Defne não apenas andava rápido, mas parecia gostar de fazê-lo. As mulheres com quem ele havia saído no passado em geral eram avessas a longas caminhadas. Eram criaturas da cidade, pessoas ocupadas, sempre com pressa. Mesmo aquelas que diziam gostar de caminhar se entediavam em pouco tempo. Repetidas vezes, naqueles passeios, Kostas ficava irritado com as parceiras por não se vestirem de maneira apropriada: as roupas eram muito finas, os sapatos, inadequados.

Agora, enquanto tentava acompanhar Defne, ficou surpreso ao vê-la andar decidida com as sandálias baixas. Ela avançava por campos esburacados e caminhos de terra, entre urzes repletas de flores roxas e arbustos de tojo amarelo que se roçavam e se agarravam à barra da saia. Ele a seguia, sintonizado em cada pequeno sinal dela — o timbre da risada, a profundidade do silêncio —, perguntando-se se em alguma parte do coração ela ainda o amava.

Uma perdiz saiu do meio dos arbustos. Um bútio-vespeiro pairava e flutuava nas correntes térmicas acima, procurando pequenos mamíferos no chão. Milhares de olhos espiavam das folhas, olhos formados por minúsculos detectores de luz que discerniam diferentes comprimentos de onda, realidades conflitantes que lembravam a Kostas que o mundo que os humanos viam era apenas um dos muitos existentes.

Quando chegaram ao topo da colina, pararam para admirar a vista. Antigas casas de pedra brilhavam ao longe, telhados vermelhos de terracota, um céu infinito, generoso. Se alguma vez houvera um centro neste mundo, tinha de ter sido ali. Ocorreu a Kostas que aquilo devia ter sido o que inúmeros viajantes, peregrinos e expatriados tinham visto, e que esse era o motivo por que haviam ficado.

Defne abriu a cesta que havia se recusado a deixá-lo carregar. Dentro havia uma garrafa de vinho, duas taças, um pote de figos e pequenos sanduíches com recheios diversos que ela havia preparado em casa.

— Espero que não se importe de fazer um pequeno piquenique comigo — disse ela enquanto estendia uma toalha no chão.

Kostas se sentou ao lado dela, sorrindo. Ficou comovido por ela ter se esforçado para preparar tudo aquilo. Enquanto comiam, devagar, saboreando cada pedaço, exatamente como haviam feito quando foram juntos à Figueira Feliz pela primeira vez, Kostas contou a Defne sobre a vida na Inglaterra. Um nó se formou em sua garganta quando falou sobre a morte de Panagiota, sobre o relacionamento difícil e tenso com o irmão mais novo, que havia se tornado mais distante ao longo dos anos, sobre a incapacidade de voltar à ilha todo durante todo aquele tempo, como se tivesse medo do que poderia encontrar lá ou como se fosse impedido por um feitiço prolongado. Não mencionou que, embora estivesse contente com a trajetória profissional, muitas vezes se sentia solitário, mas tinha um pressentimento de que ela já sabia disso.

— Você estava certo. Houve uma gravidez — disse Defne depois de ouvi-lo em um silêncio atento. — Mas faz tanto tempo desde que me proibi de pensar nisso que não tenho certeza se quero fazê-lo agora. Prefiro deixar tudo isso no passado.

Kostas tentou não perguntar nem dizer nada, apenas compreender, apoiá-la.

Defne mordeu o lábio inferior, puxando um pedaço da pele entre os dentes.

— Você também me perguntou quanto tempo eu planejava trabalhar com o CPD. Gosto de pensar que vai ser até eu encontrar Yusuf e Yiorgos. Esses dois homens arriscaram a vida por mim. Acho que você não sabia disso.

— Não — respondeu Kostas, os cantos da boca se curvando para baixo.

— Me deixa louca não saber o que aconteceu com eles. A cada dois ou três dias eu ligo para o laboratório para ver se eles encontraram alguma coisa. Há uma cientista lá, Eleni, que é muito gentil, mas já deve estar cansada das minhas ligações.

Ela riu, um som frágil. Havia uma aspereza e uma dureza em seu riso que lembravam Kostas de superfícies rachadas, fraturadas, como telhas quebradas.

— Eu não deveria te dizer isso, é muito constrangedor, mas a louca da minha irmã acha que devemos consultar uma vidente. Meryem marcou uma sessão com uma clarividente maluca. Ao que parece, essa mulher ajuda famílias enlutadas a encontrar seus desaparecidos, dá para acreditar? No Chipre isso é uma profissão agora.

— Você quer ir?

— Na verdade, não — respondeu ela, enquanto se abaixava, soltava um pouco a terra e arrancava uma erva daninha. A longa raiz pendeu dos dedos dela. A cavidade profunda e estreita deixada na terra parecia um buraco de bala. Ela enfiou um dedo na cavidade e engoliu em seco, a respiração presa na garganta. — Só se você for comigo.

— Eu vou com você.

Kostas se inclinou e acariciou os cabelos dela com delicadeza.

Houve um tempo em que ele acreditara que eles poderiam se elevar acima de suas realidades, estender as raízes de ambos para o céu, sem amarras e livres da gravidade, como árvores em um sonho. Como desejava que pudessem voltar àquele tempo cheio de esperança.

— Vou com você a qualquer lugar — disse ele.

Sua voz soou diferente então, mais cheia, como se tivesse surgido de algum lugar profundo dentro dele. E mesmo que suspeitasse que o cinismo habitual de Defne talvez não permitisse que ela acreditasse nele, ela tampouco parecia disposta a duvidar, e então se refugiou naquele espaço liminar entre a crença e a dúvida — assim como havia feito em outra noite no que agora parecia ter sido outra vida.

Defne se aproximou, enterrando a cabeça no pescoço dele. Não o beijou e não deu nenhuma indicação de que queria que ele a beijasse, mas o abraçou, um abraço forte e genuíno, e isso era tudo de que ele precisava. A sensação de Defne ao lado dele, as batidas do coração dela contra sua pele o preencheram. Defne tocou a cicatriz na testa dele, uma cicatriz tão antiga que ele havia esquecido fazia tempo, uma marca deixada no dia da onda de calor, quando ele tropeçou em um caixote de madeira, desesperado para salvar os morcegos.

— Senti sua falta — confessou ela.

Naquele momento, Kostas Kazantzakis soube que a ilha o havia atraído para sua órbita com uma força maior do que ele poderia resistir e que não voltaria para a Inglaterra tão cedo, não sem ela ao lado dele.

INCENSO DIGITAL

Londres, fim da década de 2010

Na véspera do Natal, de costas para os galhos decorados — um feixe que Kostas havia recolhido no jardim, pintado com spray e decorado com enfeites, como uma árvore natalina alternativa —, Meryem estava sentada no sofá, estranhamente silenciosa e retraída. Olhava para a tela do celular com a expressão magoada de quem sofrera uma injustiça.

— Ainda está esperando para marcar uma consulta com aquele exorcista? — perguntou Ada ao passar ao lado dela.

Meryem levantou ligeiramente a cabeça.

— Não, está tudo certo. Eles estão nos esperando na sexta--feira.

— Bem, obrigada por não me avisar. — Ada olhou de soslaio para a tia, mas a mulher estava distraída demais para notar.

— Está tudo bem? — perguntou Ada.

— Hum, eu perdi uma coisa e agora não consigo encontrar. Odeio tecnologia!

Ada se sentou na outra ponta do sofá, segurando um livro — um romance sobre o qual já tinha ouvido falar muito. Tinha começado a lê-lo na noite anterior. Ela ergueu o livro de modo que escondesse a maior parte do rosto dela, os olhos de Sylvia Plath, na capa, olhando fixamente para Meryem.

Um minuto se passou, Meryem suspirou.

— Você precisa de ajuda? — perguntou Ada.

— Está tudo bem — respondeu ela secamente.

Ada enterrou o rosto no livro. Por um tempo, as duas ficaram em silêncio.

— Ah, por que eu continuo tentando? Já era! — disse Meryem, esfregando as têmporas. — Tudo bem, me dê uma ajuda, por favor, mas não me julgue.

— Por que eu iria julgá-la?

— Nunca se sabe. — Meryem colocou o celular entre elas. — Eu desinstalei um aplicativo por engano. Acho que foi isso que aconteceu. Estou tentando recuperá-lo, mas não quero pagar de novo. O que eu faço?

— Vamos ver. Qual é o nome do aplicativo?

— Não sei. Tem uma coisa azul no nome.

— Isso não ajuda muito. Para que serve?

Meryem alisou a saia.

— Ah, eu uso para afastar o mau-olhado.

As sobrancelhas de Ada se ergueram.

— É sério? Existe um aplicativo para isso?

— Eu sabia que você ia me julgar.

— Só estou tentando entender do que se trata.

— Olha, vivemos em um mundo moderno. Todo mundo vive ocupado. Às vezes você está com pressa, não tem tempo de acender um incenso. Ou não há sal para jogar por cima. Ou talvez você esteja com pessoas educadas e não possa cuspir. O aplicativo faz tudo isso para você.

— Quer dizer que ele queima incenso digital, joga sal digital e cospe no ar digitalmente?

— É, algo assim.

Ada balançou a cabeça.

— E quanto você pagou por essa falcatrua?

— É uma assinatura, todo mês eu renovo. E não vou dizer o valor. O que quer que eu diga, você vai achar que é muito.

— Claro que vou. Você não vê que está sendo enganada? Você e centenas, talvez milhares de pessoas crédulas!

Uma pesquisa rápida revelou dezenas de aplicativos semelhantes, alguns para proteção, outros para atrair boa sorte e outros para ler borra de café, folhas de chá ou sedimentos de vinho. Ada encontrou o aplicativo desinstalado e o baixou novamente, sem pagar nada.

— Ah, obrigada — disse Meryem, o franzido da testa se desfazendo. — Quando Deus quer agradar uma pobre alma, faz com que perca o burro dela e em seguida a ajuda a reencontrá-lo.

Ada traçou as linhas na capa do livro, a ponta do dedo percorrendo a lombada.

— Me fale sobre a minha avó. Ela era como você? Temia que algo ruim pudesse acontecer a qualquer momento?

— Na verdade, não — respondeu Meryem, os olhos brilhando com a lembrança, depois voltando a se nublar. — Minha mãe costumava dizer que, mesmo que o mundo inteiro perdesse o juízo, os cipriotas permaneceriam sãos. Porque dávamos banho nos bebês uns dos outros, ajudávamos na colheita uns dos outros. Guerras irrompem entre estranhos que não sabem os nomes uns dos outros. Nada de ruim poderia acontecer lá. Então, não, sua avó não era medrosa como eu. Ela não imaginava nada do que ia acontecer.

Ada estudou a tia e notou seus ombros se encolherem um pouco.

— Sabe o que eu estava pensando? Tenho que fazer um trabalho de história e talvez você possa me ajudar.

— Mesmo? — Meryem levou a mão ao peito como se tivesse recebido um elogio inesperado. — Mas será que vou saber as respostas?

— Não é um questionário. É mais como uma entrevista. Vou fazer algumas perguntas sobre de onde você vem, como eram as coisas quando você era jovem, esse tipo de coisa.

— Isso eu posso fazer, mas você não acha que deveria perguntar ao seu pai? — indagou Meryem com cautela.

— Meu pai não fala muito sobre o Chipre. Mas você pode falar.

Depois de dizer isso, Ada se recostou e pegou o livro novamente. De trás das páginas de *A redoma de vidro*, com a voz áspera e distante, ela disse:

— Caso contrário, não vou ao exorcista com você.

VIDENTE

Chipre, início dos anos 2000

Dois dias depois, enquanto a oração do início da noite reverberava das mesquitas próximas a Nicósia, Kostas se encontrou com Defne e Meryem em frente ao Büyük Han. Ele ficou surpreso ao ver que a histórica estalagem — construída pelos otomanos como um caravançarai e convertida pelos britânicos na prisão da cidade — era agora um centro de artes, artesanato e comércio. Em um café dentro do antigo pátio, cada um deles tomou um copo de chá de tília.

Meryem suspirou enquanto olhava Kostas de soslaio. Ela estivera estranhamente calada desde que haviam se encontrado, mas não conseguia mais se conter.

— Imagine a minha surpresa quando Defne disse que você estava de volta. Eu não consegui acreditar! Eu disse a ela para ficar longe de você. E vou lhe dizer o mesmo. Fique longe dela. Só Deus sabe como você me deixa nervosa, Kostas Kazantzakis. Você foi embora quando ela estava grávida...

Com os olhos soltando faíscas, Defne interveio:

— *Abla*, pare com isso. Eu disse para você não tocar nesse assunto.

— Está bem, está bem. — Meryem levantou as duas mãos. — Bem, Kostas, me perdoe por perguntar, eu sei que não é educado, mas quando você volta para a Inglaterra? Logo, espero.

— *Abla!* Você prometeu que seria amável com ele. Fui eu que o convidei para vir.

— Bem, eu *sou* amável, esse é o meu problema. — Meryem enfiou um cubo de açúcar entre os dentes e o chupou com força antes de voltar a falar. — Sempre fui eu quem deu cobertura a vocês dois.

Kostas assentiu com a cabeça.

— Sempre serei grato a você por isso. Me desculpe por deixá-la nervosa. Eu sei que você nos ajudou muito no passado.

— Sim, e veja aonde isso nos levou.

— *Abla*, pela última vez!

Meryem sacudiu a mão; se foi no sentido de dispensar ou aceitar a observação, era difícil dizer. Ela endireitou a postura.

— Agora, sobre a sessão de hoje, vamos todos concordar com as regras primeiro. A vidente com quem vamos nos consultar, madame Margosha, é uma pessoa importante. Ela tem uma reputação na comunidade dos videntes. O que quer que digam, não a ofendam. Essa mulher é muito poderosa. Ela tem contatos em toda parte, e com isso quero dizer também contatos no outro mundo.

Defne colocou os cotovelos sobre a mesa e se inclinou para a frente.

— Como sabe disso? Você não tem como saber.

Meryem continuou como se não tivesse ouvido.

— Ela é russa, nasceu em Moscou. Sabem por que ela veio para o Chipre? Um dia, ela teve um sonho. Viu uma ilha cheia de túmulos desconhecidos. Acordou aos prantos e disse a si mesma: "Preciso ajudar essas pessoas a encontrar seus entes queridos". É por isso que ela está aqui. As famílias recorrem a ela em busca de ajuda.

— Que magnânimo da parte dela — murmurou Defne. — E quanto ela cobra por cada ato de generosidade?

— Eu sei que você não acredita nessas coisas, nem o Kostas, mas não se esqueça de que está fazendo isso por seus amigos. Você quer saber o que aconteceu com Yusuf e Yiorgos, não quer? E eu estou fazendo isso por você. Então vocês dois têm que me prometer que não vão ser desrespeitosos.

— Prometo — disse Kostas com ternura.

Defne abriu as mãos com um sorriso.

— Vou fazer o possível, mana, mas *eu* não prometo nada.

A vidente morava em uma casa de dois andares com grades de ferro forjado nas janelas, não muito longe da Linha Verde, em uma rua que era conhecida como Shakespeare Avenue na época em que o Chipre estava sob domínio britânico. Depois da divisão, as autoridades turcas a renomearam para avenida Mehmet Akif, em homenagem a um poeta nacionalista. Mas naqueles tempos a maioria das pessoas se referia a ela como Dereboyu Caddesi, a avenida junto ao rio.

A primeira coisa que os impactou quando entraram na casa foi o cheiro — não de todo desagradável, mas forte, penetrante. Uma mistura de incenso de sândalo e mirra, peixe frito e batatas assadas do almoço, e essência de rosa e jasmim borrifada generosamente por alguém que gostava muito de seu perfume intenso.

Com uma saudação curta, o ajudante da vidente — um adolescente desengonçado — conduziu-os escada acima até uma sala com poucos móveis, o piso de madeira salpicado pelos últimos raios de sol que se projetavam através das grandes janelas de vidro.

— Volto em um segundo, por favor, sentem-se — disse o garoto em um inglês com forte sotaque.

Pouco depois, o ajudante reapareceu e anunciou que madame Margosha estava pronta para recebê-los.

— Talvez seja melhor eu ir sozinha — disse Meryem, ansiosa.

Defne ergueu as sobrancelhas.

— Decida-se. Você me arrastou até aqui e agora quer entrar sozinha?

— Tudo bem, pode ir. Nós ficamos aqui esperando — disse Kostas.

Mas logo depois de desaparecer corredor adentro, Meryem voltou correndo, com as bochechas coradas.

— Ela quer ver vocês dois! E adivinhem só. Soube na hora que éramos irmãs, e a diferença de idade entre nós. Ela também sabia que Kostas é grego.

— E você está impressionada? — indagou Defne. — O ajudante deve ter contado a ela. Ele me ouviu chamar você de *abla* e me ouviu chamar Kostas pelo nome, um nome *grego*!

— Tanto faz — disse Meryem. — Podem vir de uma vez? Não quero deixá-la esperando.

A sala na extremidade oposta do corredor era bem iluminada e espaçosa, embora repleta de objetos que pareciam ter sido acumulados no decorrer de uma vida longa e itinerante: abajures de pé com cúpula de seda e borlas, cadeiras descombinadas, retratos solenes nas paredes, tapetes e tapeçarias, estantes cheias de livros encadernados em couro e pergaminhos, estátuas de anjos e santos, bonecas de porcelana com olhos de vidro, vasos de cristal, castiçais de prata, queimadores de incenso, cálices de estanho, estatuetas de porcelana...

No centro desse *bric-à-brac* estava uma mulher loira e esbelta com maçãs do rosto proeminentes. Tudo nela era limpo e angular. Piscando lentamente os olhos azul-acinzentados, da cor de um lago congelado, ela os cumprimentou com um aceno de cabeça. Em volta do pescoço, usava um colar com um pingente de pérola rosa do tamanho de um ovo de codorna. Cada vez que se movia, ele refletia a luz.

— Sejam bem-vindos! Sentem-se. Que bom ver vocês três juntos.

Meryem se empoleirou em uma cadeira, enquanto Defne e Kostas escolheram bancos perto da porta. Madame Margosha estava sentada em uma poltrona espaçosa atrás de uma mesa de nogueira.

— Então, o que os traz aqui, o amor ou a perda? Geralmente é um ou outro.

Meryem pigarreou.

— Anos atrás, minha irmã e Kostas tinham dois bons amigos: Yiorgos e Yusuf. Os dois desapareceram no verão de 1974. Os corpos nunca foram encontrados. Queremos saber o que aconteceu com eles. E, se estiverem mortos, queremos encontrar a sepultura para que as famílias possam dar a eles um enterro digno. É por isso que precisamos da sua ajuda.

Madame Margosha entrelaçou os dedos, e o olhar dela passou lentamente de Meryem para Defne e depois de Defne para Kostas.

— Então estão aqui por causa de uma perda. Mas algo me diz que também estão aqui por causa do amor.

Franzindo os lábios, Defne cruzou as pernas e logo depois as cruzou novamente.

— Está tudo bem? — perguntou a médium.

— Sim, não... Isso não é meio óbvio? — disse Defne. — Quer dizer, todo mundo não perdeu alguma coisa e todo mundo não está procurando o amor?

Meryem deslizou para a beirada da cadeira.

— Desculpe, madame Margosha, por favor, não ligue para a minha irmã.

— Está tudo bem — disse a vidente, focando em Defne. — Eu gosto de mulheres que dizem o que pensam. Na verdade, vamos fazer o seguinte: se ao fim da sessão não estiverem satisfeitos, não vou cobrar nada. Mas, se estiverem satisfeitos, vou cobrar o dobro.

— Mas não podemos… — tentou intervir Meryem.

— Fechado! — disse Defne.

— Fechado! — ecoou madame Margosha, estendendo a mão de unhas perfeitas.

Por um momento as duas mulheres ficaram presas em um aperto de mão, olhando-se fixamente, avaliando uma à outra.

— Vejo fogo em sua alma — disse madame Margosha.

— Não tenho dúvida de que vê. — Defne recolheu a mão. — Podemos nos concentrar em Yusuf e Yiorgos agora?

Assentindo para si mesma, madame Margosha girou o anel de prata no polegar.

— Há cinco elementos que nos ajudam em nossas buscas mais profundas. Quatro mais um: fogo, terra, ar, água e espírito. Qual deles querem que eu invoque?

Os três se entreolharam sem entender.

— A menos que queiram outra coisa, vou invocar a água — disse madame Margosha.

Fechando os olhos, ela se recostou. Suas pálpebras eram quase translúcidas, atravessadas por minúsculos capilares azuis.

Por um longo minuto ninguém disse nada, ninguém se moveu. No silêncio incômodo, a vidente falou baixinho:

— No Chipre, a maioria dos desaparecidos está oculta no leito dos rios, em colinas com vista para o mar e às vezes dentro de um poço… Se conseguir convencer a água a nos ajudar, encontraremos as pistas de que precisamos.

Meryem prendeu a respiração, aproximando-se ainda mais da borda da cadeira.

— Vejo uma árvore — começou madame Margosha. — O que é… uma oliveira?

Kostas se inclinou na direção de Defne. Não precisava olhar para ela para perceber o que estava pensando: que era seguro mencionar oliveiras em um lugar como aquele, onde elas eram abundantes.

— Não, não é uma oliveira, talvez seja uma figueira… Uma figueira, mas está do lado de dentro, não fora… Que estranho, uma figueira dentro de uma sala! É muito barulhento… Música, risos, todos falando ao mesmo tempo… Que lugar é esse? É um restaurante? Comida, muita comida. Ah, lá estão eles, seus amigos! Eu os vejo agora, eles estão perto, estão dançando? Acho que estão se beijando.

Apesar de tudo, Kostas sentiu um arrepio na nuca.

— Sim, eles estão se beijando… Vou chamar seus nomes e ver se eles respondem. Yusuf… Yiorgos… — A respiração de madame Margosha desacelerou, um som áspero emanando da garganta. — Para onde eles foram? Eles desapareceram. Vou tentar de novo: Yusuf! Yiorgos! Ei, estou vendo um bebê agora. Que menino lindo! Qual é o nome dele? Vamos ver… Ah, entendi, ele se chama Yusuf Yiorgos. Está sentado em um sofá, rodeado de almofadas. Está mastigando um mordedor. Que fofo… Ah, não! Ah, pobrezinho…

Madame Margosha abriu os olhos e olhou para Defne. Apenas para ela.

— Tem certeza de que quer que eu continue?

Quinze minutos depois, os três estavam de volta à avenida junto ao rio. Defne andava apressada à frente, os lábios apertados em uma linha, Kostas a seguia a passos moderados e atrás deles vinha uma Meryem de aparência abalada. Pararam diante de uma joalheria, fechada àquela hora. As luzes de néon da vitrine, misturadas aos reflexos reluzentes de pulseiras, braceletes e colares de ouro, realçavam suas feições.

— Por que você fez aquilo? — perguntou Meryem, enxugando os olhos com as costas da mão. — Você não precisava tratá-la mal. Ela ia nos contar.

— Não, não ia. — Defne afastou o cabelo do rosto. — Aquela mulher é uma charlatã. Estava nos devolvendo as informações que demos a ela. Ela disse: "Vejo uma cozinha grande e iluminada, pode ser uma casa ou um restaurante…". Aí você interveio: "Deve ser uma taberna!". Então ela disse: "Sim, sim, é uma taberna". E você fica impressionada com isso?

Meryem desviou o olhar.

— Sabe o que mais me dói? A maneira como você me trata, como se eu não tivesse cérebro. Você é inteligente, certo, e eu não. Eu sou convencional, tradicional. Meryem, a doméstica! Você nos menospreza, a mim e a sua família. Suas próprias raízes! *Baba* a adora, mas para você ele nunca foi bom o suficiente.

— Isso não é verdade. — Defne colocou a mão no braço da irmã. — Olha...

Meryem deu um passo para trás, o peito arfando.

— Eu não quero ouvir. Não agora. Só preciso ficar sozinha, por favor.

Ela se afastou com rapidez, as luzes ao longo da avenida refletindo nos longos cabelos ruivos.

Sozinha com Kostas, Defne olhou para ele atentamente; com o rosto meio oculto na sombra, ele parecia imerso em pensamentos. Ela jogou as mãos para o alto.

— Eu me sinto péssima. Por que sou sempre assim? Eu estraguei tudo, não foi? A Meryem tem razão. Depois que você foi embora, as coisas ficaram complicadas lá em casa. Eu estava infeliz e descontei nos meus pais. Nós brigávamos o tempo todo. Eu os chamava de antiquados, tacanhos.

Kostas mudou o peso de um pé para o outro.

— Ei. Deixe eu pagar uma bebida para você — disse Defne quando percebeu que ele não ia dizer nada. — Vamos ficar incrivelmente bêbados! Eu tenho todo o dinheiro que não pagamos à vidente.

Kostas a encarou, a concentração absoluta.

— Você não acha que deveria me contar?

— O quê?

— Aquela mulher falou de um menino, Yusuf Yiorgos. Não consigo imaginar uma criança nesta ilha batizada com um nome grego e um nome turco. Impossível. A menos que tenha sido você quem deu à luz esse bebê...

Ela desviou os olhos, mas apenas por um segundo.

— Quando soube da gravidez, imaginei que tivesse havido um aborto. Mas agora estou me dando conta de que talvez estivesse errado. Houve ou não houve? Me diga, Defne.

— Por que você está me perguntando essas coisas? — indagou ela enquanto abria a bolsa e pegava um cigarro, que não acendeu. — Não me diga que acredita em toda aquela baboseira da vidente. Você é um cientista! Como pode levar isso a sério?

— Não dou a mínima para a vidente, eu me importo com o que aconteceu com o nosso bebê.

Ela se encolheu quando ele disse isso, como se tivesse tocado ferro quente.

— Você não tinha o direito de esconder a gravidez de mim — disse Kostas.

— Eu não tinha o direito? Sério? — O olhar de Defne endureceu. — Eu tinha dezoito anos. Estava sozinha. Morrendo de medo. Não tinha para onde ir. Se meus pais descobrissem, eu não fazia ideia do que poderia acontecer. Eu estava envergonhada. Você sabe como é descobrir que está grávida e não poder nem sair para pedir ajuda? Havia soldados por toda parte. Em uma cidade dividida, no pior momento possível, o rádio berrando dia e noite: "Fiquem em casa!". E com novas medidas de emergência a cada hora, sem saber o que esperar do amanhã, pânico por toda parte, as pessoas se atacando e morrendo lá fora... Você sabe como é tentar esconder uma gravidez quando parece que o mundo está desmoronando e você não tem com quem conversar? Onde você estava? Se não estava lá, então não tem o direito de me julgar agora.

— Não estou julgando você.

Mas ela já tinha ido embora.

Na crua luz néon da loja, Kostas ficou parado, tomado por uma sensação de desamparo tão profunda que, por um segundo, não conseguiu respirar. Distraído, o olhar recaiu sobre a vitrine diante da qual estava parado e ele contemplou o ouro e a prata cuidadosamente arrumados em prateleiras de vidro: anéis, pulseiras, colares comprados para celebrar bodas, aniversários, datas felizes — tudo que eles haviam perdido durante todo aquele tempo.

Defne não queria falar com ele, mas ele precisava saber a verdade. No dia seguinte, a primeira coisa que ia fazer era ligar para o dr. Norman e perguntar o que havia acontecido no verão de 1974, quando ele estava a quilômetros de distância.

NÃO É SEU DJINNI

Londres, fim da década de 2010

Depois de passada a tempestade, o céu havia desbotado para um cinza pálido, embora continuasse escuro nas bordas, como uma fotografia indesejada atirada no fogo. À tarde, Ada e a tia saíram de casa com o pretexto de ir às compras, mas na verdade iam visitar o exorcista.

— Ainda não acredito que concordei com isso — murmurou Ada enquanto se dirigiam para a estação do metrô.

— Temos muita sorte por ele ter concordado em nos atender — disse Meryem, os saltos anabela estalando conforme ela andava.

— Bem, não é como se o cara tivesse uma lista de espera.

— Na verdade, ele tem. A primeira consulta era só para daqui a dois meses e meio! Eu tive que usar toda a minha simpatia ao telefone.

Elas desceram em Aldgate East, onde fizeram uma breve parada em um café e pediram duas bebidas: um *chai latte* para Ada, um moca com chocolate branco e creme para Meryem.

— Lembre-se, nem uma palavra sobre isso para o seu pai. Ele nunca me perdoaria. Promete?

— Não se preocupe, eu não contaria uma coisa dessas a ele! Papai ficaria decepcionado comigo se descobrisse que estou desperdiçando minha energia com feitiçarias. Temos um pacto de vergonha e sigilo!

Quando chegaram ao endereço eram quase três da tarde, e o sol nem mesmo se insinuava no céu de chumbo.

A rua movimentada era ladeada por plátanos sem folhas. Havia prédios residenciais recém-construídos, restaurantes indianos, cadeias de pizzarias, restaurantes *halal*, barracas de pashminas e saris, lojas que haviam pertencido a levas sucessivas de imigrantes, dos huguenotes franceses e judeus do Leste Europeu às comunidades de Bangladesh e do Paquistão. Nas lojas de *kebab*, pedaços de carne giravam lentamente nas vitrines, perdidos em um transe próprio, como os últimos convidados de uma festa que já durava tempo demais. Meryem observava o entorno com fascínio, ao mesmo tempo intrigada e encantada com aquela Londres que nunca soubera que existia.

Caminhando na direção oposta ao trânsito, chegaram a uma casa geminada de tijolos vermelhos. Não havia campainha, apenas uma aldrava de bronze em forma de escorpião com a cauda levantada, que bateram com firmeza.

— Alguém gosta de se exibir — disse Ada enquanto inspecionava a elegante aldrava com um certo desgosto.

— Fique quieta, cuidado com as palavras — sussurrou Meryem. — Com homens santos não se brinca.

Antes que Ada pudesse responder, a porta se abriu. Uma jovem mulher com um lenço verde-limão na cabeça e um vestido de tom semelhante que ia até os tornozelos as cumprimentou.

— *Assalamu alaikum* — disse Meryem.

— *Walaikum salaam* — respondeu a mulher com um breve aceno de cabeça. — Entre. Estávamos esperando vocês mais cedo.

— O metrô atrasou muito — disse Meryem, sem mencionar as lojas que insistira em visitar pelo caminho.

No vestíbulo, havia sapatos de vários tamanhos cuidadosamente alinhados, todos apontando para a porta da frente. Do andar de cima vinha o som de crianças brigando, a batida rítmica de uma bola. Um bebê chorava em algum lugar no corredor. Um cheiro sutil pairava no ar: de comida, velha e nova.

Meryem se deteve por um momento, o rosto abatido.

Ada olhou para a tia com curiosidade.

— O que foi?

— Nada. Acabei de me lembrar que, muito tempo atrás, levei sua mãe a uma famosa vidente no Chipre. Seu pai também foi conosco.

— Até parece! Sério... meu pai concordou com isso?

Mas Meryem não teve tempo de responder. Elas foram conduzidas a uma sala nos fundos. Lá dentro havia fileiras de cadeiras de plástico voltadas para a frente e orações em árabe emolduradas penduradas nas paredes. Uma família de quatro pessoas estava reunida em um canto, falando entre si em voz baixa. Sentada junto à porta, uma senhora idosa tricotava o que parecia ser um suéter — tão pequeno que só podia ser para uma boneca. Ada e Meryem se sentaram ao lado dela.

— Primeira vez, certo? — disse a mulher com um sorriso cúmplice. — É para a jovenzinha?

Meryem assentiu com um leve aceno de cabeça.

— E a senhora?

— Ah, a gente vem aqui há anos. Tentamos de tudo… médicos, pílulas, terapias. Nada ajudou. Então uma pessoa nos recomendou este lugar. Que Alá a recompense.

— Então você está dizendo que funciona? — perguntou Meryem.

— Sim, mas você precisa ser paciente. Vocês estão em boas mãos. Aqui é o lugar onde se curam todos os *majnun*.

O som de um grito vindo da sala ao lado cortou o ar.

— Não se preocupe. É meu filho — disse a mulher, puxando um fio de lã. — Ele também grita à noite, enquanto dorme.

— Então talvez não esteja funcionando — sugeriu Ada.

Meryem fez uma careta.

Mas a mulher não pareceu ofendida.

— O problema é que havia mais de um *djinni* atormentando ele. O xeque removeu dez, bendito seja, mas ainda há mais um. Depois meu filho vai estar livre.

— Uau! — exclamou Ada. — Dez *djinn*, e ainda falta um. Ele poderia ter seu próprio time de futebol.

A careta de Meryem se intensificou.

Mas mais uma vez a mulher não pareceu se importar. Nesse momento, ocorreu a Ada que, aos olhos daquela desconhecida, ela também era uma *majnun* e, como tal, poderia dizer coisas loucas e fazer coisas ainda mais loucas, e ainda assim seria perdoada. Que liberdade! Talvez em um mundo regido por regras e regulamentos que não faziam muito sentido, e que em geral privilegiavam uns poucos em detrimento da maioria, a loucura fosse a única e verdadeira liberdade.

Pouco depois, elas foram chamadas para a consulta com o exorcista.

Não havia muitos móveis na sala: um sofá vermelho encostado em uma das paredes, em cima de um tapete em tons de jade e azul. Espalhadas aqui e ali, havia almofadas bordadas. Uma mesa de centro baixa e redonda ocupava o centro e, ao lado dela, uma cesta cheia de garrafas e potes de vidro.

Na parede oposta havia uma lareira que parecia ter sido incluída depois, com azulejos lascados e o mármore da cornija rachado. Pendurado acima da lareira, um *kilim* decorativo, a representação tecida de um bazar: barracas repletas de especiarias; um pavão vaidoso exibindo a magnificência do leque de penas; homens vestidos com trajes orientais sentados em tamboretes de madeira, alguns tomando café, outros fumando narguilé. A impressão era de que, mais do que um lugar real, a imagem era um Oriente Médio imaginado por alguém.

No centro da cena, sentado de pernas cruzadas, o homem que elas presumiam ser o exorcista. Uma barba curta e redonda emoldurava os olhos fundos e o rosto anguloso. Ele não se levantou para cumprimentá-las. Tampouco apertou a mão delas. Com a cabeça, ele fez um gesto para que elas se sentassem no tapete diante dele.

— Então quem é a paciente?

Meryem pigarreou.

— Minha sobrinha, Ada, está tendo alguns problemas. Outro dia, na escola, ela gritou na frente de toda a turma. Não conseguia parar.

Ada deu de ombros.

— Foi na aula de história. Todo mundo sente vontade de gritar na aula da sra. Walcott.

Se entendeu a piada, o exorcista não sorriu.

— Parece obra dos *djinn* — disse ele com um ar solene. — Eles são astutos. Primeiro, se apoderam do corpo. O elo mais fraco.

As pessoas fazem coisas inesperadas. Algumas falam sem parar em uma reunião séria, outras dançam no meio de uma rua movimentada ou, como você, gritam... Se ficarem sem tratamento, pioram. Os *djinn* dominam a mente. É quando a depressão se instala. Ansiedade, ataques de pânico, pensamentos suicidas. Depois os *djinn* vão atrás da alma. É a última fortaleza.

Ada olhou para a tia e viu que ela estava ouvindo atentamente.

— Mas Deus é misericordioso, e onde há doença, há cura — disse o exorcista.

Como se fosse uma deixa, a porta se abriu e a mesma jovem entrou, carregando uma bandeja cheia de objetos: uma tigela de prata com água, um pote de tinta preta, um pedaço de papel amarelado nas bordas, uma pitada de sal, um raminho de alecrim e uma pena. Ela colocou a bandeja na frente do homem e se retirou para um canto, evitando contato visual. Será que era a aprendiz de exorcista, Ada se perguntou, e que tipo de trabalho era aquele? Como a assistente de um mágico, só que sem o brilho e os aplausos?

— Você precisa se concentrar — disse o homem, examinando Ada. — Quero que você olhe para a água nesta tigela. Quando me ouvir rezar, não se mova, não pisque, fique parada. Se tivermos sorte, você vai ver o rosto do *djinni* que a está atormentando. Tente descobrir o nome dele. Isso é importante. Uma vez que soubermos quem é o culpado, poderemos chegar ao fundo do problema.

Ada semicerrou os olhos. Uma parte dela queria se levantar e sair correndo. Outra parte estava curiosa para ver o que ia acontecer.

Enquanto isso, o exorcista mergulhou a pena na tinta e rabiscou uma oração sete vezes. Dobrou o papel e o jogou na tigela antes de adicionar o sal e o alecrim. Tirando um rosário de âmbar do bolso, começou a manusear as contas enquanto rezava, elevando e baixando a voz a cada respiração.

Ada olhou para a água, agora turva por causa da tinta que se desprendia do papel, e se esforçou para manter o olhar imóvel, esperando por um sinal, que um mistério fosse desvendado. Nada aconteceu. O som das crianças brincando no andar de cima, o clique-claque das contas do rosário, o contínuo murmúrio sibilante em árabe... Parecia sem sentido ficar sentada ali, esperando por um milagre. Mais do que isso, parecia absurdo. Ela fechou a boca, mas era tarde demais. Uma risada alta e nervosa escapou de sua garganta.

O exorcista parou.

— Não adianta. Ela não consegue se concentrar. Os *djinn* não permitem.

Meryem se aproximou de Ada.

— Você viu alguma coisa?

— Eu vi um baú de tesouro — sussurrou Ada. — Eu sei onde o ouro está enterrado. Vamos!

— Como eu disse, os *djinn* são astutos — comentou o exorcista. — Estão brincando com a mente dela. Eles sabem que podem dominar os humanos apenas quando os tememos. Por isso se escondem.

Então Ada pensou no pai, que sempre dizia que o conhecimento era o antídoto para o medo. Quem sabe o exorcista e o cientista pudessem chegar a um acordo sobre essa questão.

— Teremos que tentar uma abordagem diferente. — O homem acenou para a garota no canto. — Jamila, venha aqui.

Ele fez as duas garotas se sentarem em almofadas uma de frente para a outra e colocou sobre a cabeça de ambas um xale que descia até os ombros. De ambos os lados, pôs lascas de madeira fumegantes embebidas em óleo perfumado que exalavam um cheiro pungente de *oud* e almíscar.

Sob o xale, Ada estudou a garota de perto, como se ela fosse o próprio reflexo em um espelho distorcido. Reconheceu algo de si mesma em Jamila, um traço da própria estranheza. Naquele momento se deu conta da semelhança física entre o exorcista e a garota. Eles eram pai e filha. Como não tinha reparado nisso antes? Em outro universo, elas poderiam ter nascido uma na família da outra: a filha do cientista e a filha do exorcista. Se fosse assim, ela seria uma pessoa completamente diferente ou ainda seria ela mesma?

Ada se perguntou se Jamila também sofria de crises de tristeza, se também se sentia inútil. Será que cada geração começava inevitavelmente onde a anterior havia desistido, absorvendo todas as decepções e sonhos não realizados? Seria o momento presente uma mera continuação do passado, cada palavra um epílogo do que já havia sido dito ou do que se deixara de dizer? Estranhamente, essa ideia era ao mesmo tempo reconfortante e inquietante, e tirava um peso dos ombros. Talvez fosse por isso que as pessoas desejavam acreditar no destino.

— Tudo bem — disse o exorcista, com um tom mais autoritário dessa vez. — Estou falando com você, criatura de fogo sem fumaça! Deixe Ada em paz! Se precisa de uma presa, tome Jamila no lugar dela.

— O quê? — disse Ada, e com um movimento rápido, tirou o xale da cabeça, piscando. — O que está acontecendo?

— Cale-se, criança — ordenou o exorcista. — Coloque o xale de volta. Faça o que digo.

— Mas por que você disse "tome Jamila"?

— Porque queremos que esse *djinni* vá para Jamila. Porque ela sabe como lidar com eles.

— De jeito nenhum vou permitir isso. Não é justo. Por que ela deveria ter que lidar com o meu problema?

— Não se preocupe. Jamila já fez isso antes. Ela foi bem treinada.

Ada se pôs de pé.

— Não, obrigada. Vou ficar com o meu *djinni*.

— Não é *seu djinni* — disse o exorcista.

— Bem, que seja, não vou deixar você transferir minha criatura malvada para sua filha só porque lhe pagamos. Para mim encerramos por aqui!

Quando se levantou, afastando a fumaça do incenso com a mão, Ada pensou ter visto no rosto da outra garota o leve traço de um sorriso.

— É o *djinni* falando, não ouça o que ela diz — instruiu o exorcista.

Meryem suspirou.

— Duvido. Parece a Ada para mim.

★ ★ ★

Ainda assim, elas tiveram que pagar pela consulta. Quer o *djinni* fosse exorcizado quer não, o preço era o mesmo.

Lá fora, caía uma chuva fina, do tipo que parece inofensiva, leve demais para molhar alguém, embora sempre molhe. Poças de água brilhavam nas calçadas e os faróis dos carros que passavam refletiam no asfalto, fazendo com que, por um momento, as cores fossem mais vívidas, o mundo mais líquido. O forte cheiro de mofo das folhas caídas pairava no ar.

— Está com frio? — perguntou Meryem.

— Estou bem — disse Ada. — Desculpe, eu fiz você passar vergonha.

— Bem, eu deveria ter imaginado. Também não deu certo quando levei seus pais a uma vidente. — Meryem levantou a gola do casaco. A expressão dela se suavizou. — Sabe… por um momento, naquela sala, pensei ter visto sua mãe em você. Você se comportou igual a ela.

Havia tanta ternura na voz da tia que Ada sentiu um aperto no coração. Ninguém nunca tinha dito isso a ela antes. Pela primeira vez lhe ocorreu que talvez o pai visse a mesma coisa; todos os dias, ele poderia estar testemunhando nos gestos, no discurso, na raiva e na paixão dela, reflexos da mãe morta. Se fosse esse o caso, ele devia achar aquilo ao mesmo tempo comovente e doloroso.

— Tia Meryem, acho que não tenho um *djinni* dentro de mim.

— É provável que você tenha razão, *canim*. Talvez seja apenas… você sabe, tem sido extremamente difícil para você. Talvez demos outros nomes à tristeza porque temos muito medo de chamá-la pelo nome.

Os olhos de Ada se encheram de lágrimas. Naquele momento, ela se sentiu mais próxima daquela mulher do que jamais pensara ser possível. No entanto, quando abriu a boca, o que saiu foi diferente.

— Fique sabendo que nunca vou perdoá-la por não ter ido ao enterro da minha mãe.

— Eu entendo — disse Meryem. — Eu deveria ter ido; não consegui.

Caminharam juntas, as pessoas passando por elas pela esquerda e pela direita. De vez em quando, pisavam em uma pedra solta do calçamento que salpicava lama e manchava as roupas, embora nenhuma das duas se desse conta.

ALMA ANTIGA

Chipre, início dos anos 2000

De volta ao Hotel Afrodit, Kostas não conseguia dormir, a mente dando voltas e pensando em tudo que Defne havia dito… e deixado de dizer. Assim que amanheceu, vestiu-se e desceu, em busca de uma xícara de chá. Não havia ninguém na recepção; apenas o gato enrolado em sua cesta, perseguindo em sonhos coelhos selvagens. Kostas destrancou a porta e saiu. O cheiro intenso de terra foi um alívio depois do quarto apertado e cheirando a mofo.

Ao longe, junto às colinas ondulantes, avistou acácias. De perfume doce e crescimento rápido. Uma espécie exótica e invasora trazida da Austrália. Haviam sido plantadas em profusão por toda a ilha, sem dúvida com boas intenções, mas com pouco entendimento do ecossistema local e da complexidade dos lençóis freáticos, que estavam naquele momento mudando e sendo destruídos em silêncio. Kostas sabia que não eram apenas burocratas sem nenhum conhecimento de ecologia os responsáveis por causar o problema. As acácias também contavam com a ajuda dos caçadores ilegais de pássaros, que continuavam a plantá-las unicamente com esse propósito.

Uma névoa lenta havia começado a se levantar do chão, tênue e frágil como as esperanças infundadas. Kostas sentiu uma dor de cabeça se insinuando e andou mais rápido, esperando que o ar fresco ajudasse. Foi só quando se aproximou das árvores que viu surgirem à frente dele redes finas suspensas no ar e, presos nelas como bandeirinhas macabras, pássaros canoros que haviam sido apanhados.

— Ah, não! Ah, meu Deus!

Kostas começou a correr.

A rede estava cheia de toutinegras, felosas, tentilhões, caminheiros, alvéolas, trigueiros e as valentes e alegres cotovias, belas cantoras, as primeiras em todos os coros do amanhecer... Tinham sido apanhados nas profundezas da noite. Kostas ficou na ponta dos pés e puxou com força a rede, mas, como estava presa pelos quatro lados, ela não cedeu. Conseguiu desprender apenas um dos cantos. Desesperado, examinou as árvores ao redor. Para onde quer que olhasse, via uma seiva pegajosa espalhada por galhos altos e baixos. Estava cercado de pássaros canoros mortos, as asas abertas, enredadas e imóveis, os olhos vidrados, como se estivessem encerrados em vidro.

Cerca de três metros adiante no caminho, encontrou um tordo colado de cabeça para baixo em um galho, o peito vermelho-alaranjado, o bico ligeiramente aberto, inerte, embora ainda respirasse. Com cuidado, Kostas tentou libertar o pássaro, mas a substância adesiva era forte demais. Seu estômago se contorceu por se sentir impotente, incapaz de fazer qualquer coisa, e ao mesmo tempo se recusava a desistir. Quando, alguns segundos depois, percebeu que o coração do pássaro havia parado, foi invadido por um alívio culpado.

Em Londres, sempre se admirara com o esforço dos tordos para se fazerem ouvir acima do clamor urbano, trinando em meio ao barulho do tráfego, dos trens e das máquinas de construção. Um esforço constante com pouco descanso. Enganados pelas luzes brilhantes nas horas de escuridão, muitos pássaros supunham que deveriam continuar cantando. Quando um começava, os outros o imitavam, defendendo seu território. Não ser capaz de dizer onde terminava o dia e começava a noite custava-lhes uma energia enorme. Kostas entendia como a vida poderia ser cansativa para os pássaros na cidade, de forma que parecia duplamente cruel que tivessem encontrado a morte naquela ilha idílica.

Ele sabia, é claro, que isso acontecia em todo o lugar. *Ambelopoulia*, o caviar do Chipre: aves canoras cozidas — grelhadas, fritas, em conserva, cozidas. Considerado uma iguaria, um prato popular. No Sul. No Norte. No território da ONU. Na zona militar britânica. Entre os ilhéus, as gerações mais velhas o consideravam uma tradição inofensiva, e os jovens o viam como uma maneira de demonstrar coragem. Kostas se lembrou das mãos e do rosto da mãe enquanto arrumava cuidadosamente os pássaros na bancada antes de colocá-los em potes. *Não faça isso, mamãe. Não quero nunca mais comê-los.*

Mas o que ele estava testemunhando naquele momento era mais do que um costume local. Nos anos de sua ausência, um mercado paralelo havia surgido: o tráfico de aves mortas havia se tornado um negócio lucrativo para gangues internacionais e seus colaboradores. Os pássaros capturados no Chipre eram contrabandeados para outros países, onde eram vendidos por preços elevados. Itália, Romênia, Malta, Espanha, França, Rússia, até a Ásia... Alguns restaurantes os exibiam no cardápio; outros os serviam às escondidas a preços especiais. E os clientes apreciavam o privilégio, era uma questão de orgulho quantos conseguiam consumir de uma só vez. De modo que os pássaros continuaram a ser abatidos, caçados de maneira indiscriminada. Mais de dois milhões de pássaros canoros eram mortos no Chipre a cada ano.

Não eram apenas passeriformes; outros também foram pegos nas redes: corujas, rouxinóis e até falcões. Depois do nascer do sol, sem pressa, os caçadores clandestinos iam conferir as presas — um a um, passavam pelos pássaros e os matavam, cravando-lhes um palito de dente na garganta. Os que rendiam dinheiro eram então colocados em recipientes, e os que não rendiam nada eram descartados.

Os caçadores clandestinos não precisavam atirar nos pássaros, eles os enganavam com o próprio canto. Escondiam alto-falantes atrás de arbustos em descampados e reproduziam sons pré-gravados de aves para atrair as presas. E os pássaros vinham; procurando pelos semelhantes, voavam direto para as armadilhas enquanto a noite se cerrava sobre eles. Entre a hora mais escura e a primeira luz, já presos na rede, muitos pássaros canoros quebravam as próprias asas no desespero por escapar.

★ ★ ★

Ao retornar ao hotel, Kostas fez a ligação que planejava desde o dia anterior. Ninguém atendeu, então ele deixou uma mensagem em uma secretária eletrônica.

— Bom dia, dr. Norman, aqui é Kostas… Estou no Chipre. Decidi viajar depois que conversamos. Obrigado por ter ido me ver naquele dia, significou muito para mim. Eu só gostaria de ter sabido muito antes o que sei agora. Mas há coisas que ainda não consigo entender. Eu estive com a Defne e… dr. Norman, podemos conversar? É importante. Por favor, me ligue de volta.

Deixando seu número, ele desligou. Tomou um banho, a água fria um bálsamo para sua pele. Depois de um rápido café da manhã tardio, ele caminhou até a delegacia de polícia mais próxima.

— Quero fazer uma denúncia.

No início, pensaram que ele estava se referindo a um crime ou roubo e o levaram a sério. Mas assim que ouviram seu nome e perceberam que era grego, ficaram desconfiados e começaram a suspeitar das intenções dele. Por fim, ao saber que a denúncia era sobre a morte de pássaros canoros, os policiais não conseguiram disfarçar o quanto estavam se divertindo. Prometeram que iam investigar "o assunto" e lhe dar um retorno, mas Kostas sabia que não deveria esperar uma resposta tão cedo.

À tarde, visitou a base militar britânica. O funcionário, um homem que piscava os olhos de maneira compulsiva, mostrou-se mais acessível, embora igualmente inútil.

— É um desastre, eu temo. Isso acontece bem debaixo do nosso nariz. Em teoria, é ilegal, mas isso não impede os caçadores clandestinos. É uma indústria enorme. Mês passado, prendemos um traficante no aeroporto. Encontraram três mil, quinhentos e vinte e nove pássaros nas malas dele. Aquele sujeito foi pego, mas a maioria nunca vai ser.

— Então vocês não vão fazer nada a respeito? — perguntou Kostas.

— É uma questão sensível. Nossa presença aqui é delicada, o senhor precisa compreender. Não podemos incomodar os moradores locais. Vou ser bem sincero com o senhor: as pessoas não gostam quando começamos a fazer perguntas sobre pássaros canoros.

Kostas se levantou; já tinha ouvido o suficiente.

— Olha, se você destrói uma rede, eles colocam uma nova em outro lugar — disse o funcionário. — Preciso avisá-lo que algumas dessas gangues são perigosas. Estamos falando de muito dinheiro.

De volta ao hotel, Kostas perguntou à mulher da recepção se havia alguma mensagem para ele, esperando que Defne tivesse deixado uma. Nada. Passou toda a tarde no quarto, a maior parte dela sentado na varanda, tentando ler, mas incapaz de se concentrar, observando a ilha, sabendo que ela estava lá em algum lugar, afastada dele talvez por alguns dias, talvez para sempre. Ao cair da noite, ele pensou nas redes que estariam sendo erguidas, invisíveis aos olhos, leves e diáfanas como cabelos de milho, letais.

Depois da meia-noite, ele saiu novamente, carregando uma faca e um maço de papel. Escondendo-se nas sombras, destruiu todas as armadilhas que encontrou, certificando-se de cortar as fibras. Cobriu o visco pegajoso espalhado nos galhos com papel e, quando o papel acabou, usou folhas. Movia-se rápido, o suor escorrendo em profusão pelas costas. Quando não encontrou mais redes e não conseguia andar mais, voltou ao hotel, desabou na cama e dormiu um sono profundo e sem sonhos.

Na noite seguinte, saiu novamente, só que dessa vez foi pego. Os caçadores clandestinos estavam escondidos nos arbustos, curiosos para ver quem era a pessoa que estava destruindo as armadilhas.

Havia sete deles, um tão jovem que era quase um colegial. Não sentiram necessidade de esconder o rosto. Kostas viu a dureza nos olhos deles antes de começarem a desferir-lhe socos e chutes.

No dia seguinte, deitado na cama, olhando para uma rachadura no teto, talvez não tivesse atendido o telefone se não estivesse esperando notícias do dr. Norman. Movendo-se com dificuldade, pegou o fone. Era a recepcionista.

— Alô, sr. Kazantzakis. O senhor tem visita. Tem uma pessoa aqui querendo vê-lo. Ela disse que se chama Defne.

Kostas tentou se sentar, mas uma dor aguda atravessou sua caixa torácica. Um gemido escapou dos lábios.

— O senhor está bem?

— Sim — murmurou Kostas. — Poderia pedir a ela para subir, por favor?

— Desculpe, não permitimos casais não casados em nossos quartos. O senhor vai ter que descer.

— Mas... — Kostas hesitou. — Tudo bem. Diga a ela que estarei aí embaixo em alguns minutos.

Passo a passo, ele desceu as escadas, devagar e respirando com dificuldade, o menor movimento disparando um espasmo de agonia pela lateral do corpo.

Quando entrou no saguão, a recepcionista sufocou um grito de assombro. Kostas voltara tão tarde na noite anterior que tinha conseguido se arrastar para o quarto sem que ninguém visse seu estado lamentável.

— Sr. Kazantzakis! O que aconteceu com o senhor? Ah, meu Deus. Quem fez isso com o senhor? — Ela agitou as mãos freneticamente. — Quer que eu chame um médico? O senhor colocou gelo? O senhor tem que colocar gelo!

— Estou bem, não é tão grave quanto parece — disse Kostas, tentando fazer contato visual com Defne por cima da cabeça da mulher.

Ao perceber que estava obstruindo sua visão, a recepcionista se afastou.

Kostas caminhou em direção a Defne, que o estudava com uma expressão de pura tristeza. No entanto, ela não parecia surpresa, e Kostas se perguntou se ela estaria esperando que algo assim acontecesse, que ele se metesse em encrenca. Dando um passo à frente, ela tocou o lábio dele, cortado e inchado, acariciando com ternura o hematoma sob o olho esquerdo, da cor de uma ameixa deixada ao sol.

— Essa cor realça seus olhos — afirmou ela, um pequeno sorriso se insinuando nos cantos da boca.

Ele riu e doeu, o corte no lábio ardendo.

— Ah, querido — disse ela e o beijou.

Tantos pensamentos cruzaram a mente dele naquele momento, seguidos de uma sensação de quietude e leveza tão pura que ele se deixou levar enquanto ela o guiava. O cheiro dos cabelos e o calor da pele dela ainda tão familiares como se nunca tivessem se separado e o tempo fosse apenas um sopro de vento.

Mais tarde, ao cair da noite, Defne conseguiu entrar sorrateiramente no quarto dele; a mulher da recepção tinha desaparecido misteriosamente, talvez por coincidência, talvez por bondade, talvez por pura pena deles.

Aquela primeira vez que fizeram amor, aquele primeiro contato depois de anos de separação, foi como uma cortina de neblina se erguendo para revelar um desejo nu. Por fim, a mente, com os medos, arrependimentos e tristezas infindáveis dela, aquietou-se em um sussurro. E foram os corpos deles que se lembraram do que eles tinham esquecido havia muito tempo, pulsando com uma força que pensavam pertencer apenas à juventude, à juventude deles. A carne tinha uma memória própria, lembranças tatuadas na pele, camada sobre camada.

O corpo de um antigo amante é um mapa que o arrasta para suas profundezas e o leva de volta a uma parte de si mesmo que você pensava ter sido deixada para trás em outro tempo, outro lugar. É um espelho também, embora lascado e rachado, que mostra tudo aquilo que mudou em você e, como todo espelho, sonha em se tornar inteiro novamente.

Depois, já deitados na cama, ela com o rosto enterrado no peito dele, Kostas lhe contou sobre o tordo com as asas quebradas. Explicou que cinco bilhões de aves voavam para a África e para o norte do Mediterrâneo para passar o inverno lá e, desses, um bilhão eram abatidos todos os anos. Portanto, cada passarinho que via no céu era um sobrevivente. Assim como ela.

Ele descreveu o que havia dentro das malas do traficante que havia sido parado e revistado no aeroporto — três mil, quinhentas e vinte e nove aves no total. Era do pássaro três mil, quinhentos e trinta que ele queria falar. Talvez fosse uma cotovia, mergulhando na noite, seguindo os companheiros, mas desacelerando no último segundo e voando em uma tangente logo acima do alcance da rede. O que a teria salvado e não os outros? A crueldade da vida repousava não apenas nas injustiças dela, injúrias e atrocidades, mas também na aleatoriedade de tudo.

— São apenas os humanos que fazem isso — constatou Kostas. — Os animais não. As plantas não. Sim, as árvores às vezes fazem sombra para outras árvores, competem por espaço, água e nutrientes, lutam pela sobrevivência... Sim, os insetos comem uns aos outros, mas o assassinato em massa para obter proveito pessoal é uma característica da nossa espécie.

Depois de ouvir cada palavra com atenção, Defne se apoiou em um dos cotovelos e analisou o rosto dele, o cabelo caindo sobre os ombros nus.

— Kostas Kazantzakis... — disse ela. — Você é estranho, sempre achei isso. Acho que os hititas trouxeram você para esta ilha por volta do fim da Idade do Bronze e se esqueceram de levá-lo de volta. Quando o conheci, você já tinha milhares de anos. E é cheio de conflitos, meu amor, como qualquer um que viveu tanto tempo. Em um momento, você pode ser tão gentil, paciente e tranquilo que me dá vontade de chorar. No momento seguinte, está arriscando sua vida, sendo espancado por gangues mafiosas. Quando faz amor comigo, você canta sobre pássaros canoros. Você é uma alma antiga.

Kostas não disse nada. Não podia. Defne estava pressionando as costelas dele, e ele sentia uma dor horrível, mas não queria que ela se movesse, nem mesmo um centímetro, então ficou parado e a abraçou forte, tentando suportar a onda de dor.

— Ou você é um herói anônimo ou um tolo maravilhoso, não consigo decidir — disse Defne.

— Um tolo anônimo, tenho certeza.

Ela sorriu e o beijou, fazendo movimentos circulares com o dedo sobre o peito dele, desenhando pequenas boias salva-vidas para que ele se agarrasse enquanto flutuava e nadava na ternura daquele momento. Dessa vez, quando fizeram amor, os olhos deles não deixaram de se encarar, os movimentos lentos e deliberados, elevando-se em ondas constantes.

Ele disse o nome dela várias vezes. A cada respiração, os músculos, os ossos, o corpo inteiro dele doíam e pulsavam como uma ferida latejante, e ainda assim ele se sentia mais vivo do que havia se sentido em muito, muito tempo.

QUINTA PARTE

ECOSSISTEMA

Figueira

No dia seguinte, vieram as borboletas. Elas chegaram ao Chipre em um número sem precedentes, inundando nossas vidas aos jorros e borbotões, em uma onda de movimento, como um grande rio aéreo tingido do ouro mais brilhante. Salpicaram o horizonte com as manchas amarelo-negras e os tons de laranja-areia. Pousaram nas pedras cobertas de musgo e nas orquídeas, conhecidas pelos habitantes como "Lágrimas da Virgem Santíssima". Esvoaçaram sobre janelas de treliça e cata-ventos e cruzaram a Linha Verde com sua velha placa enferrujada de PROIBIDA A ENTRADA. Elas pousaram em uma ilha dividida, adejando entre nossas mais profundas inimizades como se fossem flores das quais iam extrair néctar.

De todas as *Vanessa cardui* que vieram pousar nos meus galhos, cada uma com uma personalidade distinta, houve uma que se enraizou em minhas lembranças. Como muitas outras, essa bela-dama em particular viera do norte da África. Enquanto me contava sobre as viagens dela, eu a ouvia com respeito, sabendo como essas borboletas são migrantes resilientes: vistas em quase todos os lugares do mundo, podem voar por impressionantes quatro mil quilômetros. Nunca entendi por que os humanos consideram as borboletas tão frágeis. Otimistas podem ser, mas frágeis, nunca!

Nossa ilha, com árvores em flor e exuberantes pradarias, era o lugar ideal para descansar e recuperar as energias na perspectiva da borboleta. Depois de deixar o Chipre, ela retomaria o voo para a Europa, de onde nunca voltaria, embora um dia os descendentes dela o fizessem. Os filhos dela fariam a viagem inversa, e os filhos dos filhos dela fariam o mesmo caminho de volta, e assim continuaria essa migração geracional na qual o que importava não era o destino final, mas estar em movimento, buscando, mudando, transformando-se.

A borboleta sobrevoou os bosques de amendoeiras com as pétalas alegres delas — as brancas produzindo amêndoas doces e as rosadas, amêndoas amargas — e revoou sobre campos de alfafa, seguindo a promessa de budleias sedutoras. Por fim, encontrou um local que parecia bem iluminado, acolhedor.

Era um cemitério militar, muito organizado, com caminhos de cascalho ladeando as lápides, tão sereno e completo no isolamento dele que era quase como se nada existisse fora dali. Aquele era o último local de descanso dos soldados britânicos que morreram durante o conflito do Chipre — exceto os soldados de origem hindu, cuja maioria foi cremada.

O sul do cemitério era supervisionado pela Guarda Nacional grego-cipriota. O norte e o oeste eram vigiados pelo exército turco. E ambos os lados eram monitorados por soldados do posto de observação da ONU. Todos estavam constantemente vigiando uns aos outros, e talvez os mortos vigiassem todos eles. As lápides estavam em ruínas, em estado de abandono, precisando de reparos. No passado, quando um grupo de pedreiros grego-cipriotas foi levado para consertá-los, o exército turco se opôs à presença dele. E quando um grupo de trabalhadores turco-cipriotas foi chamado, foi o lado grego que se opôs. No fim, deixaram que os túmulos fossem se deteriorando pouco a pouco.

Com o sol acariciando as asas dela, a borboleta saltava de uma lápide para outra, olhando os nomes gravados nelas. Observou as idades. Como eram jovens todos aqueles soldados que tinham vindo de longe para morrer ali. O Primeiro Batalhão dos Gordon Highlanders. O Primeiro Batalhão do Regimento Real de Norfolk.

Então ela se deparou com um túmulo maior: o do capitão Joseph Lane, assassinado por dois homens armados da EOKA em 1956. Segundo a inscrição, ele dera um beijo de despedida na mulher e no filho de três meses ao sair para trabalhar, momentos antes de ser baleado nas costas.

Havia várias árvores crescendo ali: pinheiros, cedros, ciprestes. Um eucalipto estendia as folhas cinza-azuladas em um canto afastado. "Fazedores de viúvas", eles eram chamados. Os eucaliptos, por mais encantadores que sejam, têm o hábito de deixar cair galhos inteiros, que podem ferir e até matar aqueles que são tolos o suficiente para acampar embaixo deles. Sabendo disso, a borboleta voou na direção oposta. E foi então que descobriu algo inesperado: crianças pequenas, fileiras e mais fileiras de crianças pequenas. Quase trezentos bebês britânicos tinham morrido na ilha, arrancados dos braços dos pais por uma doença misteriosa que até hoje ninguém conseguiu explicar completamente.

Quando a borboleta me contou aquilo, fiquei surpresa. Ninguém espera encontrar bebês em um cemitério militar. Perguntei-me quantas famílias voltavam ao Mediterrâneo para visitar esses túmulos. Quando nós, ilhéus, vemos turistas, supomos que tenham vindo para nossa ilha por causa do sol e do mar, nunca suspeitamos de que às vezes as pessoas viajam para lugares a quilômetros de casa apenas para chorar os mortos.

Foi naquela parte do cemitério que a bela-dama cruzou com um grupo de jardineiros. Com cautela, pousou em um gerânio robusto, de onde ficou de olho neles. Estavam plantando flores nas sepulturas — açafrões-verdadeiros, narcisos, crisântemos-silvestres —, racionando com cuidado a água, que era escassa.

Algum tempo depois, os jardineiros fizeram uma pausa. Estendendo um tapete sob a copa de um pinheiro, evitando sabiamente os eucaliptos, eles se sentaram de pernas cruzadas e começaram a conversar em sussurros em respeito aos mortos. Um deles tirou uma melancia da bolsa e cortou-a em fatias grossas com a faca. Encorajada pela doce fragrância, a borboleta se aproximou e pousou em um túmulo próximo. Enquanto esperava uma oportunidade de provar aquele suco açucarado, olhou ao redor e viu a inscrição na lápide.

Nosso amado bebê
Em memória de Yusuf Yiorgos Robinson
Nicósia, janeiro de 1975 – Nicósia, julho de 1976

Quando a bela-dama me contou aquilo, pedi que ela repetisse tudo duas vezes. Havia alguma possibilidade de que, distraída pela promessa da melancia, não estivesse se lembrado bem das coisas? Mas eu sabia que as borboletas eram grandes observadoras, atentas a todos os detalhes. Para compensar minha grosseria, ofereci a ela meu figo mais suculento. Maduro e macio, pois uma borboleta só pode "comer" líquidos.

Esse foi o dia em que milhares de lepidópteros encheram os céus do Chipre, e uma pousou momentaneamente em um dos meus galhos. Foi então que eu soube de um fato particular que lançou para sempre uma sombra sobre mim. Eu estava começando a juntar vários elementos que faltavam na história, ciente de quem era aquele bebê e por que ele recebera os nomes de Yusuf e Yiorgos. Porque na vida real, diferentemente dos livros de história, as histórias chegam até nós não em sua totalidade, mas em pedaços, segmentos partidos e ecos parciais, uma frase completa aqui, um fragmento ali, uma pista escondida no meio. Na vida, diferentemente dos livros, temos que tecer nossas histórias com fios tão finos quanto as frágeis veias que percorrem as asas de uma borboleta.

ENIGMAS

Chipre, início dos anos 2000

No dia seguinte, Kostas acordou com o som do telefone tocando. Ao seu lado, Defne se mexeu, as narinas se dilatando de leve, como se ela tivesse percebido um aroma durante o sono. Estendendo com cuidado a mão por cima do corpo adormecido dela, Kostas atendeu.

— Alô? — sussurrou Kostas.

— Ah, alô. Aqui quem fala é o dr. Norman.

No mesmo instante, Kostas se endireitou, já completamente desperto. Saiu da cama e caminhou até a varanda, puxando o fio o mais longe possível da parede. Sentou-se no chão, o fone preso entre a bochecha e o ombro.

— Desculpe não ter atendido sua ligação mais cedo — disse o dr. Norman. — Estávamos em nossa casa no campo... Só recebi sua mensagem hoje.

— Obrigado, doutor. Quando nos falamos em Londres, eu não estava inteirado de certas coisas e não pude fazer as perguntas certas. Mas agora... — Ele se interrompeu ao notar que Defne tinha virado de lado; a luz do sol entrava pelas cortinas e acariciava as costas nuas dela. Ele respirou fundo antes de voltar a falar. — Quando nos encontramos, o senhor me disse que tinha tentado ajudar a Defne, mas não deu mais detalhes. Suponho que o que quis dizer foi que realizou um aborto. Estou certo?

Seguiu-se um longo silêncio antes que o dr. Norman voltasse a falar.

— Receio que não possa responder a essa pergunta. Tenho que respeitar a confidencialidade. Não sei exatamente o que Defne lhe disse, mas não tenho liberdade para fornecer informações pessoais sobre meus pacientes, não importa quantos anos tenham se passado.

— Mas, doutor...

— Sinto muito, mas não posso ajudá-lo com esse assunto. Se permite que um velho diga o que pensa, eu o aconselho a esquecer isso. Já faz muito tempo.

Quando desligou, depois de mais ou menos um minuto de uma tensa conversa trivial, Kostas ficou parado, olhando para a nesga de horizonte através da balaustrada da varanda.

— Com quem você estava falando?

Sobressaltado, ele se virou. Defne havia se levantado, com os pés descalços, o corpo meio coberto com um lençol. Assim que viu a expressão dela, ele soube que ela ouvira tudo.

— Era o dr. Norman — explicou Kostas. — Ele se negou a me dizer.

Defne se sentou na única cadeira que havia na varanda, sem se importar que o casal na recepção pudesse vê-la do pátio logo abaixo.

— Você tem um cigarro? — Ele balançou a cabeça. — Eu sei que você não fuma — disse Defne distraída —, mas meio que esperava que você tivesse um maço no fundo da mala. Às vezes as pessoas fazem coisas que vão contra a sua natureza.

— Por favor, Defne... — pediu Kostas, segurando a mão dela e traçando as linhas da palma dela com o polegar, como se procurasse o calor que havia encontrado ali na noite anterior. — Chega de enigmas. Preciso saber o que aconteceu depois que eu fui embora do Chipre. O que aconteceu com o nosso bebê?

Nos olhos dela, ele viu uma emoção se sobrepor a outra.

— Ele morreu — disse Defne, sem nenhuma emoção na voz. — Eu sinto muito. Achei que ele estaria seguro com aquela família.

— Que família?

— Um casal inglês. Pessoas confiáveis e boas. Eles queriam desesperadamente um filho. Pareceu a coisa certa a fazer. Prometeram que iam cuidar muito bem dele, e eu sei que cuidaram. Ele foi um bebê feliz. Eles me deixaram ir vê-lo. Diziam a todos que eu era a babá. Eu não me importava, contanto que pudesse estar com ele.

Lágrimas começaram a escorrer pelas bochechas dela, ainda que a expressão permanecesse inalterada, como se ela não tivesse percebido que estava chorando.

Kostas apoiou a cabeça no colo dela, enterrando o rosto no cheiro dela. Defne passou os dedos pelo cabelo dele. O espaço entre eles se estreitou, uma ternura se expandindo onde antes havia dor.

— Você pode me contar... tudo? — pediu ele.

E dessa vez, ela contou.

Verão de 1974. As estradas eram poeirentas e acidentadas, era difícil dirigir por elas; o sol estava abrasador, o tipo de calor que se infiltra pelos poros e não dá trégua.

Ela havia tentado de tudo. Havia levantado todos os móveis pesados que encontrara na casa, saltado de muros altos, tomado banhos escaldantes e bebido xícara após xícara de chá de olmo--vermelho, o sabor amargo queimando a garganta. Quando um método falhava, ela lançava mão do próximo. Perto do fim da semana, exasperada, usou uma agulha de tricô, enfiando a ponta afiada dentro do corpo, a dor tão inesperada que ela se dobrou ao meio e os joelhos cederam sob o peso dela. Depois, ficou deitada no chão do banheiro, tremendo, soluçando, a voz entrecortada como uma serra, dilacerando o próprio ser. Ela sabia que havia parteiras na comunidade que poderiam induzir o aborto, mas como conseguir a ajuda delas sem que os pais descobrissem? E o que aconteceria se eles descobrissem? O fato de ela estar grávida já era vergonhoso o bastante; mas o filho que esperava ser de um homem grego era inconcebível.

Quando saiu cambaleando do banheiro, encontrou a irmã colada ao rádio transistor. Meryem lançou um olhar de soslaio para ela.

— Está tudo bem? Você está com uma cara péssima.

— É meu estômago — disse Defne, o rosto corado. — Devo ter comido alguma coisa que não me caiu bem.

Mas Meryem não estava prestando atenção.

— Ouviu as notícias? O exército turco chegou! Eles desembarcaram em Cirênia, estão vindo para cá.

— O quê?

— Os gregos enviaram dois torpedeiros da Marinha para detê-los, mas eles foram atingidos pela Força Aérea Turca. Estamos em guerra!

Defne não conseguiu processar a notícia de imediato, a mente um torvelinho de incredulidade. Mas ela entendeu que em pouco tempo as ruas estariam cheias de soldados, grupos paramilitares, veículos blindados. Sabia que se quisesse fazer um aborto, aquela era a única oportunidade de ainda encontrar uma maneira. Em poucos dias, as estradas seriam fechadas, talvez um toque de recolher fosse imposto em caráter indefinido. Não havia tempo para pensar, tempo para ter dúvidas. Depois de pegar todo o dinheiro que encontrou no paletó do pai e de esvaziar o pote de moedas na cozinha, ela saiu de casa sem ter a menor ideia de para onde ir. Havia médicos turcos na área, mas ela temia que alguém informasse a família dela. E à medida que novas barreiras iam surgindo entre um bairro e outro, era quase impossível encontrar um médico grego. Sua única chance era um médico britânico, mas todos os médicos estrangeiros estavam deixando a ilha.

★ ★ ★

— Não posso atendê-la — disse o dr. Norman.

Ele a havia examinado, tendo o cuidado de fazer o menor número de perguntas possível. Ele era gentil e paternal, e parecia compreender a situação difícil em que Defne se encontrava. Mas não podia ajudar.

— Eu tenho dinheiro — disse ela, abrindo a bolsa. — Por favor, isso é tudo o que tenho. Se não for suficiente, eu trabalho e lhe pago, prometo.

Ele respirou fundo.

— Guarde isso. A questão não é o dinheiro. Nossos consultórios estão fechados. Não estamos autorizados a trabalhar. Minhas duas enfermeiras já voltaram para a Inglaterra, e eu vou embora amanhã de manhã.

— Por favor — insistiu Defne, os olhos se enchendo de lágrimas. — Não tenho a quem recorrer. Minha família nunca vai me perdoar.

— Sinto muito, mas não posso atendê-la — repetiu o médico, a voz engrossando.

— Doutor... — Ela começou a explicar, mas em seguida parou, alguma coisa lhe estrangulava o peito. Com um breve aceno de cabeça, pegou a bolsa, deu meia-volta e caminhou em direção à porta, o consultório de repente pequeno demais para contê-la.

O médico a observou por alguns segundos, a pressão crescendo atrás dos olhos, pulsante.

— Espere. — O dr. Norman suspirou para si mesmo. — Há outro avião em dois dias. Acho que posso tomar esse.

Defne se deteve, o rosto atravessado por algo que parecia alívio, mesmo que não de todo. Segurou as mãos dele, chorando, toda a tensão que vinha acumulando dentro de si finalmente encontrou uma saída.

— Minha filha, acalme-se.

Ele fez com que ela se sentasse e lhe deu um copo de água. No corredor, soava o tique-taque constante de um relógio, cada batida um batimento cardíaco.

— Tenho uma irmã que passou por uma situação parecida quando tinha mais ou menos a sua idade. — Sua testa se franziu quando aquela lembrança veio à tona. — Estava perdidamente apaixonada, planejando se casar. Acontece que o homem já tinha família, uma esposa e cinco filhos, dá para acreditar? Quando soube que ela estava grávida, cortou todos os laços com ela. Foi na semana anterior às eleições gerais de 1950, no inverno. Minha irmã não me contou nada, só depois. Ela foi sozinha a um consultório clandestino, onde a trataram sem nenhum cuidado. Depois, teve complicações que mudaram a vida dela. Não podia mais engravidar. Quero ajudar você porque temo que, se não ajudar, você acabe nas mãos de um desses açougueiros.

Enquanto o ouvia falar, Defne ficou tonta.

— Mas há um problema — disse o dr. Norman, a voz ainda amável, mas com uma nova intensidade. — Recebemos ordens para fechar tudo. Vou entregar as chaves hoje à tarde, de forma que não vou poder realizar o procedimento aqui.

Ela assentiu com a cabeça, lentamente.

— Acho que sei aonde podemos ir.

No dia seguinte, no início da noite, a sala dos fundos da Figueira Feliz havia sido transformada em uma clínica improvisada. Yiorgos e Yusuf arrumaram as cadeiras, juntaram três mesas e as cobriram com toalhas recém-lavadas, tentando deixar tudo o mais limpo e confortável possível. Já fazia uma semana desde que a taberna havia fechado as portas para os clientes. Apesar dos relatos de confrontos militares e baixas civis, do êxodo da população de ambos os lados da ilha e dos rumores de uma divisão permanente, os dois homens, sócios havia muitos anos, tinham ficado onde estavam, incapazes de deixar Nicósia. Já que não queriam se separar, para onde iriam, para o norte ou para o sul? Conforme o caos em torno deles se tornava mais vertiginoso, mais eles afundavam em um estado de torpor. Quando Defne contou-lhes sobre sua situação, eles ofereceram ajuda na mesma hora.

De pé no meio da sala, o dr. Norman preparou o clorofórmio que planejava usar como anestésico. Não ia dar à Defne a dose usual, ela estava muito pálida e agitada, e ele temia que o corpo frágil e estressado não resistisse. Enquanto o médico esterilizava os instrumentos, ela começou a chorar.

— Minha filha, seja corajosa — disse o dr. Norman. — Vai dar tudo certo. Eu vou sedá-la; você não vai sentir nada. Mas, por favor, pense mais uma vez, isso é mesmo o que você quer? Não há nenhuma maneira de conversar com sua família? Talvez eles entendam.

Com o rosto coberto de lágrimas, ela fez que não com a cabeça.

— Ah, querida Defne, n-n-não chore. — Ao lado dela, Yusuf, acariciou os cabelos dela. — Você n-n-não precisa fazer isso. Veja, podemos c-c-criar o bebê. Você sempre será a mãe, as pessoas não precisam saber. Será um s-s-segredo. Yiorgos e eu cuidaremos dele. Vamos encontrar um j-j-jeito. Vai ficar tudo bem. O que você acha?

Mas as palavras amáveis dele só a fizeram chorar ainda mais.

Yiorgos foi até a cozinha e voltou com um copo de suco de alfarroba. Defne recusou; só de ver aquilo ela se lembrava de Kostas.

Fecharam as janelas, em seguida voltaram a abri-las; o calor era sufocante apesar dos ventiladores de teto. O ar lá fora cheirava a citronela, que haviam plantado para se livrar dos mosquitos. Enquanto isso, Chico, trancado em sua gaiola para não incomodar ninguém, gritava palavras que havia aprendido em dias mais felizes.

— Olá, beijo-beijo! *Uh-lá-lá!*

E foi então que ouviram o ruído de um motor. Um carro se aproximava, os pneus esmagando o cascalho. Depois, outro. Os clientes nunca iam de carro até tão perto, porque a taberna ficava em meio aos olivais, preferiam estacionar na clareira a cerca de trinta metros de distância e subir a pé a colina.

— Vou verificar — disse Yiorgos. — Deve ser um dos nossos clientes habituais, esperando entrar sorrateiramente para beber alguma coisa. Vou pedir que voltem outra hora.

— Eu vou com você — afirmou Yusuf ao se juntar a ele.

Mas não eram clientes fiéis que desejavam uma bebida do estabelecimento favorito. Era um grupo de desconhecidos: homens jovens, imundos e mal-encarados, que davam voltas de carro para aliviar o estresse, procurando briga e cheirando a álcool. Desceram dos carros, todos, exceto um. Nas mãos, tinham bastões e porretes, que seguravam de forma grosseira, como se tivessem se esquecido do motivo por que os haviam levado.

— Estamos fechados — disse Yiorgos. Havia uma nota de cautela na voz enquanto tentava descobrir as intenções daqueles homens. — Estão procurando alguma coisa?

Nenhum dos homens disse uma palavra. A expressão deles endureceu quando olharam para a taberna, a raiva substituindo a leviandade. Foi então que Yusuf notou algo que inicialmente havia passado despercebido. Um dos homens também carregava uma lata de tinta com um pincel.

Yusuf não conseguia tirar o olhar da lata de tinta. Era rosa, da cor da goma de mascar que encontrara presa na porta com um bilhete ameaçador. Da cor das bagas que cresciam em arbustos perenes aferrados de forma precária às encostas dos penhascos, perigosamente debruçados sobre o vazio.

Figueira

De todos os animais do meu ecossistema, havia alguns que eu admirava e outros dos quais desgostava em silêncio, mas não lembro de me lamentar por ter conhecido nenhum deles, uma vez que tentava compreender e respeitar todas as formas de vida. Exceto uma vez, na verdade. Exceto ela. Eu gostaria de nunca a ter conhecido ou de poder, ao menos, encontrar uma maneira de apagá-la das minhas lembranças. Mesmo que já esteja morta há muito tempo, às vezes ainda ouço aquele som agudo, uma vibração inquietante no ar, como se ela estivesse se aproximando com rapidez, zumbindo na escuridão.

Os mosquitos são inimigos da humanidade. Mataram metade dos humanos que já caminharam sobre a Terra. Sempre me surpreende que as pessoas tenham pavor de tigres, crocodilos e tubarões, para não mencionar vampiros e zumbis imaginários, e se esqueçam de que o inimigo mais mortal delas não é outro senão o minúsculo mosquito.

Com seus charcos, pântanos, turfeiras e riachos, o Chipre costumava ser um paraíso para eles. Famagusta, Larnaca, Limassol... Houve uma época em que eles estavam por toda parte. Uma antiga tabuleta de argila encontrada aqui dizia: "O demoníaco mosquito babilônico está agora em minha terra; já matou todos os homens do meu país". Bem, teria sido mais correto se dissesse: "Ela matou...", já que é a fêmea que causa a carnificina, mas não é a primeira vez que as mulheres são apagadas da história.

Eles existem desde sempre, embora não sejam tão antigos quanto nós, árvores. Em todo o mundo é possível encontrar mosquitos de tempos pré-históricos presos em nossa resina ou seiva petrificada, dormindo pacificamente nos túmulos de âmbar. É extraordinário que ainda carreguem o sangue de répteis pré-históricos, mamutes, tigres-dentes-de-sabre, rinocerontes-lanudos...

Malária. A doença que dizimou multidões de soldados e civis até Ronald Ross — o médico escocês de rosto largo e bigode espetado — descobrir o que os médicos vinham deixando passar desde os tempos de Hipócrates. Em um humilde laboratório na Índia, Ross fez uma incisão no estômago de um mosquito *Anopheles*, e lá estava a evidência que vinha procurando. Não eram os gases do pântano que transmitiam a malária, mas um parasita. De posse desse conhecimento, ele se dedicou a erradicar a doença em todo o Império Britânico. Ross visitou o Chipre em um fatídico dia em 1913.

No entanto, a luta contra os mosquitos teria que esperar até o fim da Segunda Guerra Mundial, quando um médico turco, Mehmet Aziz, empreendeu a campanha a sério. Tendo sofrido da febre da água negra quando menino, ele sabia em primeira mão como era perniciosa. Com o apoio do Fundo de Desenvolvimento Colonial, dedicou-se à causa. O que me parece notável a respeito dele é que não tenha prestado atenção às divisões étnicas e religiosas que estavam dividindo a ilha e tenha se concentrado apenas em salvar vidas humanas. Começando na península de Karpas, Aziz pulverizou todos os criadouros com inseticida, em seguida repetiu a operação, para eliminar possíveis larvas. Foram necessários quatro árduos anos, mas no final ele triunfou.

Desde então, o Chipre está livre da malária, embora isso não tenha significado que os mosquitos tenham sido erradicados por completo. Eles continuaram se reproduzindo em sarjetas e fossas sépticas. Como adoravam voar ao redor de figueiras e gostavam de frutas maduras ou em decomposição, conheci muitos ao longo dos anos.

Eles rondavam a taberna todas as noites, incomodando os clientes. Incrivelmente velozes, eles passavam a toda velocidade, zumbindo para cima e para baixo sobre as presas no intervalo entre dois batimentos cardíacos. Para mantê-los afastados, Yusuf e Yiorgos colocavam potes de manjericão, alecrim ou capim-limão em cada mesa. E quando isso não era suficiente, queimavam borra de café. Mas à medida que a noite avançava e os clientes suavam por causa da bebida e do calor, emanando ácido lático, os insetos pestilentos voltavam a se lançar sobre eles. Matá-los tampouco era solução. As inábeis mãos de um humano não são páreo para a velocidade de suas asas. Ainda assim, eles não gostam de correr risco. Lembram-se do cheiro da pessoa que tentou matá-los e a evitam por um tempo, dando tempo suficiente para que a presa esqueça a presença deles. São muito pacientes, esperam o momento certo para saborear o sangue.

Também atacam animais: bois e vacas, ovelhas, cabras, cavalos... e papagaios. Picado do bico às garras, o pobre Chico reclamava o tempo todo. Francamente, nada disso me incomodava naquela época. Eu havia aceitado os mosquitos como eram, sem pensar muito neles — até que a conheci, em agosto de 1976. Àquela altura, a Figueira Feliz estava fechada havia quase dois anos e fazia tempo que Chico havia partido. Eu era a única que restava dentro da taberna. Ainda esperava o retorno de Yiorgos e Yusuf. Esperava fielmente. Naquele verão, produzi minha melhor colheita até então. É isso que acontece com as árvores: podemos crescer em meio aos escombros, estendendo nossas raízes sob os detritos de ontem. Meus figos, cheios de sabor, permaneciam nos galhos, sem serem colhidos, tampouco eram recolhidos do chão, onde atraíam todos os tipos de animais e insetos.

A fêmea do mosquito apareceu do nada no meio da noite e me encontrou, solitária e angustiada, com saudade do passado. Pousou em um dos meus galhos e olhou ao redor, nervosa, porque havia detectado o cheiro de citronela no ar. Saiu voando em seguida, para fugir do cheiro, e pousou em outro galho, do lado oposto.

Ela me falou de seus filhos. O que quer que se pense das fêmeas dos mosquitos, não há como negar que são boas mães. São capazes de sugar uma quantidade de sangue equivalente a até três vezes o peso corporal e usá-lo como suplemento pré-natal. Mas a fêmea do mosquito me disse que nos últimos tempos não estava conseguindo cuidar dos ovos como deveria, porque havia sido infectada pelo infame parasita. Tentando desesperadamente nutrir a prole, acabou alimentando o inimigo que carregava em si.

Foi assim que fiquei sabendo que recentemente houvera um aumento nas notificações de malária por todo o Mediterrâneo, um crescimento no número de casos devido às mudanças climáticas e às viagens internacionais. Os mosquitos haviam desenvolvido resistência ao DDT, e os parasitas, à cloroquina. Mas não fiquei muito surpresa ao ouvir isso. Os seres humanos perdem o foco com facilidade. Imersos nas políticas e conflitos deles, eles se distraem, e é então que proliferam as doenças e começam as pandemias. Mas foi o que a fêmea do mosquito compartilhou comigo em seguida que me surpreendeu. Ela falou sobre um bebê que havia picado várias vezes: Yusuf Yiorgos Robinson. Senti um calafrio da ponta dos meus galhos até minhas raízes laterais.

Centenas de bebês britânicos morreram na década de 1960 no Chipre de uma causa ainda hoje desconhecida. E quando o filho de Defne, adotado por um casal inglês, morreu de insuficiência respiratória aguda causada pelo parasita transmitido pelo inseto, ele foi enterrado no mesmo local, ao lado dos outros bebês que haviam perdido a vida na ilha cerca de uma década antes.

Uma onda de tristeza me invadiu quando descobri isso. Tentei não odiar a fêmea do mosquito. Lembrei a mim mesma que ela também era uma vítima do parasita, e que às vezes o que chamamos de responsável é apenas mais uma vítima não reconhecida.

Mas eu não consegui ver as coisas assim. Não consegui superar a amargura e a raiva que se apoderaram de mim. Até hoje, sempre que ouço aquele zumbido no ar, meu tronco enrijece, meus galhos se retesam e minhas folhas tremem.

ſOLDADOS E BEBÊS

Chipre, início dos anos 2000

Na varanda do hotel, quando Defne parou de falar, Kostas se levantou e a abraçou, sentindo a dor que a atravessava. Por um tempo, os dois olharam em silêncio para a ilha que se estendia diante dos olhos deles. Um falcão gritou no alto, flutuando nas correntes de ar, quilômetros acima da terra.

— Quer que eu desça para buscar seu cigarro?

— Não, amor. Eu quero terminar. Quero contar tudo, só uma vez, e nunca mais voltar a falar sobre aquele dia.

Kostas se sentou novamente no chão e apoiou a cabeça no colo de Defne, que continuou a acariciar o cabelo dele, os dedos traçando círculos no pescoço de Kostas.

— Eu fiquei dentro da taberna com o dr. Norman. No início, não prestamos atenção ao que estava acontecendo lá fora. Imaginamos que depois de alguns minutos estaria tudo resolvido, o que quer que fosse. Ouvimos uma discussão. Vozes raivosas. Gritos. Palavrões. Então as coisas ficaram realmente assustadoras. O médico mandou eu me esconder debaixo de uma mesa, e ele fez o mesmo. Esperamos, tentando não fazer barulho. E não pense que não me martirizei pela minha covardia durante todos esses anos. Eu deveria ter saído, ter ajudado Yiorgos e Yusuf.

Kostas fez menção de dizer algo, mas ela o interrompeu com um gesto brusco. Com um movimento impaciente de cabeça, ela continuou, falando mais rápido dessa vez.

— Quando os sons ficaram mais altos, Chico entrou em pânico. A pobre ave ficou agitada, começou a gritar, se debatendo contra a gaiola. Foi horrível. Eu tive que deixar meu esconderijo para tirá-lo de lá. Chico tinha feito tanto barulho que os homens lá fora devem ter ouvido. Tentaram entrar para ver o que era. Mas Yiorgos e Yusuf bloquearam o caminho. Houve uma briga. Uma arma disparou. Ainda assim, eu e o médico esperamos em silêncio. Por quanto tempo, não sei, minhas pernas ficaram dormentes. Quando saímos, o céu estava escuro e reinava um silêncio inquietante. Eu sabia, no fundo da minha alma, que algo terrível havia acontecido e que eu não tinha feito nada para impedir.

— O que você acha que aconteceu?

— Acho que aqueles delinquentes já estavam vigiando a taberna havia algum tempo. Eles sabiam que Yusuf e Yiorgos eram um casal gay e queriam dar uma lição neles. Provavelmente achavam que o lugar estava fechado. Foram até lá para vandalizar a taberna, arrombar as janelas, quebrar algumas coisas, escrever insultos nas paredes e ir embora. Com o caos por toda a ilha, estavam confiantes de que ninguém ia se dar ao trabalho de investigar um incidente tão trivial e que iam se safar. Mas as coisas não saíram conforme o planejado. Eles não esperavam que os donos estivessem lá, muito menos que fossem encontrar resistência.

A mão dela que traçava o pescoço de Kostas foi ficando mais lenta, até parar.

— E nem Yusuf nem Yiorgos teriam contra-atacado daquela maneira, eram as almas mais gentis do mundo. Acho que se tornaram superprotetores por minha causa; deviam estar preocupados que os homens entrassem à força e me encontrassem com o médico. Como íamos explicar o que estávamos prestes a fazer? O que eles teriam feito conosco se descobrissem? Foi por isso que Yusuf tentou bloquear a entrada e Yiorgos correu para dentro para pegar a pistola dele, e as coisas saíram do controle.

— Quando você saiu, eles não estavam lá?

— Não. Não havia ninguém. Procuramos por toda parte. O médico não parava de dizer que tínhamos que ir embora, que era perigoso estarmos do lado de fora tão tarde. Mas eu não me importava. Fiquei sentada lá, atordoada. Meus dentes batiam, eu me lembro, embora não estivesse frio. Tive a ideia absurda de que a figueira devia ter presenciado tudo, queria encontrar uma maneira de fazer com que a árvore falasse comigo, essa era a única coisa em minha mente. Achei que estava ficando louca. Voltei no dia seguinte, depois no outro... Fui até a taberna todos os dias durante um mês, na esperança de que Yiorgos e Yusuf voltassem. Sempre levava comida para Chico, aqueles biscoitos que ele tanto amava, lembra? O papagaio não estava bem. Eu queria levá-lo para casa comigo, mas ainda não tinha conseguido falar com minha família sobre minha *situação*, não sabia como eles iam reagir. Certa manhã, cheguei à taberna e Chico não estava lá. Nunca paramos para pensar em como os animais são afetados por nossas guerras e nossos conflitos, mas eles sofrem como nós.

Kostas observou os olhos de Defne ficarem cautelosos, o maxilar se enrijecer, as bochechas se afundarem. Pela forma de pressionar os lábios um contra o outro, ele percebeu que a mente dela estava em outro lugar, no porão escuro e estreito que a mantinha escravizada, e que o deixava de fora.

— Esses homens... eram gregos ou turcos? — perguntou ele, com a garganta estrangulada.

Em resposta, Defne repetiu as palavras que lhe dissera poucos dias antes, na primeira vez que se viram depois de muito anos.

— Eram ilhéus, Kostas, assim como nós.

— Você nunca mais viu Yusuf e Yiorgos?

— Nunca mais os vi. Decidi ter o bebê, quaisquer que fossem as consequências. Minha irmã já sabia sobre nós. Eu contei a ela que estava grávida. Meryem disse que não havia como contar toda a verdade aos meus pais. Tivemos que manter seu nome fora da história. Então, nós duas bolamos um plano. Com toda a delicadeza possível, Meryem deu a notícia a eles. Meu pai ficou mortificado. Aos olhos dele, eu havia desonrado nosso nome. Nunca vi ninguém carregar a própria vergonha daquela forma, como se tivesse se tornado sua pele, inseparável dele. Aquele homem paralisado da cintura para baixo... Havia perdido o trabalho e os amigos, e estava sofrendo física, mental e financeiramente, mas para ele a honra era tudo, e quando descobriu que eu não era a filha que ele pensou que tinha, ficou devastado. Não olhava mais na minha cara, não falava mais comigo, e minha mãe... não sei se a reação dela foi melhor ou pior. Ela ficou fora de si de raiva, gritava sem parar. Mas acho que o silêncio do meu pai me doeu mais, no fim das contas. E eis mais um motivo para você me odiar: Meryem e eu decidimos dizer a eles que o bebê era de Yusuf e que nós planejávamos nos casar, mas ele havia desaparecido misteriosamente. Minha mãe ia até a taberna atrás dele, mas é claro que não havia ninguém lá. Ela ligou até para a família de Yusuf, para perguntar se sabiam onde ele estava, acusando-os de coisas das quais eles não tinham conhecimento. E durante todo esse tempo eu fiquei calada, sentindo desprezo por mim mesma por ter manchado o nome de um homem bom, quando nem sequer sabia se ele estava vivo ou morto.

— Ah, Defne...

Ela fez um gesto vago com a mão, para que ele não dissesse mais nada. Em silêncio, ela se levantou, entrou no quarto e começou a se vestir.

— Você vai embora? — perguntou Kostas.

— Vou dar uma volta — respondeu ela, sem olhar para ele.

— Por que você não vem comigo? Eu gostaria de levá-lo a um cemitério militar.

— Por quê? O que tem lá?

— Soldados — disse ela suavemente. — E bebês.

Figueira

Depois que Yusuf e Yiorgos desapareceram e A Figueira Feliz fechou, Chico caiu em uma depressão profunda. Começou a arrancar as próprias penas e a morder a própria pele, um mapa vermelho e cru da dor que foi se estendendo por sua carne exposta. Acontece com os papagaios o mesmo que com os humanos: eles sucumbem à melancolia, perdem toda a alegria e a esperança, cada dia vai se tornando mais insuportável que o anterior.

O pássaro não se alimentava mais como devia, embora tivesse bastante comida. Ele poderia sobreviver facilmente com as provisões de frutas e frutos secos, insetos e caracóis, rasgando os sacos na despensa, sem falar dos biscoitos que Defne lhe levava. Mas ele mal tinha apetite. Quando tentei ajudá-lo, vi o quão pouco eu o conhecia. Tínhamos vivido todos aqueles anos na mesma taberna, dividindo o mesmo espaço, um papagaio exótico e uma figueira, mas nunca tínhamos sido próximos. Nossas personalidades não combinavam, exatamente. Mas em tempos de crise e desespero, podem florescer as amizades mais improváveis; isso também aprendi.

Um papagaio-de-cabeça-amarela, espécie em extinção nativa do México, é uma visão incomum no Chipre. Não se encontram aves como ele por aqui. Nem entre as milhares de aves passeriformes que embelezavam nossos céus por um momento fugaz todos os anos. A presença de Chico era uma anomalia, e eu a havia aceitado como tal, sem nunca me perguntar de onde Yusuf o havia tirado.

Quando lhe perguntei sobre seu passado, Chico me contou que antes tinha vivido em uma mansão em Hollywood. Eu não acreditei nele, é claro; me pareceu tudo invenção. Ele deve ter notado meu ceticismo, porque ficou chateado. Mencionou o nome de uma atriz americana famosa pela silhueta voluptuosa e os vários papéis em filmes clássicos. Ele disse que ela adorava pássaros exóticos, que tinha uma coleção inteira deles em seu jardim. Ele me contou que toda vez que ele aprendia uma palavra nova, a atriz o recompensava com um presente. Batia palmas e dizia: "Querido, como você é inteligente!".

Chico me disse que depois de um tórrido romance com um chefão da máfia, durante o qual ela embarcou em um cruzeiro pelo Mediterrâneo em um iate particular, a atriz havia se apaixonado pelo Chipre. Gostara especialmente de Varosha, a "Riviera Francesa do Mediterrâneo Oriental", onde comprou uma *villa* espetacular. Ela não foi a única celebridade que descobriu aquele lugar paradisíaco. Em um dia comum, era possível ver Elizabeth Taylor saindo de um hotel deslumbrante, Sophia Loren saindo de um carro, a saia subindo acima dos joelhos, ou Brigitte Bardot passeando pela praia, olhando para as profundezas da água como se esperasse que alguém emergisse dela.

A atriz decidiu passar mais tempo na ilha. Combinava com ela — o clima, o glamour, mas havia um problema: sentia falta de seus papagaios! Então cuidou de todos os trâmites para levá-los para lá. Dez aves no total. Enfiados em contêineres malcheirosos e abafados, carregados de um avião para outro, foram despachados de Los Angeles até o Chipre. E foi assim que Chico e seu clã foram parar em nossa ilha.

A viagem não foi fácil para as aves. Como eram fotossensíveis, o trajeto por oceanos e continentes foi penoso. Elas pararam de beber água e de se alimentar como deveriam, com saudade de casa dentro das gaiolas de latão ornamentais. Uma morreu. Mas as aves restantes, quando finalmente chegaram ao destino, adaptaram-se rapidamente ao seu novo lar em Varosha, na parte sul de Famagusta. Lojas luxuosas, cassinos magníficos, marcas exclusivas, tudo o que havia de mais moderno estava ali... Música ressoava de conversíveis coloridos enquanto deslizavam pelas avenidas principais. Iates de luxo e barcos turísticos navegavam para cima e para baixo ao longo do porto. Sob a lua, o mar brilhava com o resplendor das discotecas, as águas escuras enfeitadas como carros alegóricos de carnaval.

Turistas de todo o mundo viajavam para Varosha para comemorar luas de mel, formaturas, aniversários de casamento... Economizavam dinheiro para passar alguns dias naquele famoso local turístico. Bebiam coquetéis de rum e jantavam em bufês requintados; surfavam, nadavam e tomavam sol na areia das praias, empenhados em conseguir o bronzeado perfeito, o horizonte se estendendo, azul e claro, diante dos olhos deles. Mesmo que aquele lugar fosse o paraíso, sabiam, por meio do noticiário, que havia problemas ganhando força nas margens, relatos de tensão entre as comunidades turcas e gregas. Mas, dentro dos limites da área turística, o espectro da guerra civil era invisível, e a vida parecia fresca, eternamente jovem.

Chico me contou que nove aves dividiam o mesmo espaço — quatro casais e ele. Ele era a única ave sem parceira. Sentia-se magoado, excluído. Os papagaios são estritamente monogâmicos. Leais e amorosos, ficam com o mesmo parceiro por toda a vida. Quando têm filhotes, criam-nos juntos, macho e fêmea dividindo o cuidado. São aves domésticas. Nada daquilo funcionava para Chico. Quando os outros formaram pares, ele ficou sozinho. Não tinha ninguém para amar e ninguém que o amasse. E para piorar as coisas, a atriz, que agora tinha um novo namorado e um novo filme emocionante em andamento, andava mais ocupada do que nunca. Passava dias e semanas inteiros longe de casa, confiando os papagaios à governanta, para quem deixava longas e detalhadas listas de instruções presas na geladeira: o que dar de comer às aves, quando administrar os remédios, como verificar as penas em busca de sinais de ectoparasitas. Listas que definhavam sem serem lidas.

A governanta não gostava de papagaios, pois os achava barulhentos, escandalosos e mimados. Via-os como um fardo e não fazia segredo disso. As outras aves, ocupadas com a própria família, não a preocupavam tanto. Mas Chico sim, solitário e vulnerável como era. Uma manhã, ele saiu voando pela janela aberta, deixando para trás os parentes, a atriz e toda aquela comida gourmet. Sem saber para onde ir, voou sem descanso até chegar a Nicósia, onde Yusuf, por um golpe do destino, o encontrou empoleirado em um muro, grasnando angustiado, e o levou para casa.

Agora, Chico temia que Yusuf também tivesse partido. Os seres humanos são todos iguais, disse. Indignos de confiança e egoístas até o âmago.

Protestando com todas as minhas forças, tentei explicar a ele que nem Yusuf nem Yiorgos desapareceriam daquela forma, algo devia ter acontecido para mantê-los afastados, mas eu estava cada vez mais angustiada.

Nenhum de nós sabia que, em apenas algumas semanas, o destino de Varosha estaria selado. No verão de 1974, depois que o exército turco se instalou na ilha, toda a população da cidade, mais de trinta e nove mil pessoas, teve que fugir, deixando para trás todos os pertences. Entre essas pessoas devia estar a governanta. Eu a imagino fazendo as malas, saindo às pressas e evacuando o local com os outros. Será que teria se lembrado de levar os outros papagaios com ela? Ou pelo menos de libertá-los? Para ser justa, ela provavelmente esperava estar de volta em alguns dias. Era isso que todos achavam.

Ninguém pôde voltar. Mulheres com botas brancas de cano alto, minissaias, vestidos baby-doll, jeans de boca larga; homens vestindo camisas de tie-dye, mocassins, calças boca de sino, paletós de tweed. Estrelas de cinema, produtores, cantores, jogadores de futebol e os paparazzi que os seguiam. DJs, bartenders, crupiês, dançarinas. E as muitas e muitas famílias locais que viviam ali havia gerações e não tinham outro lugar para chamar de lar. Os pescadores que levavam peixe fresco para restaurantes elegantes, onde eram vendidos por dez vezes o preço, os padeiros que trabalhavam à noite para preparar pães recheados de queijo e os ambulantes que passeavam pelo calçadão vendendo balões, algodão-doce e sorvete para as crianças e os turistas. Todos se foram.

As praias de Varosha foram isoladas com arame farpado, barreiras de cimento e placas ordenando que os visitantes não se aproximassem. Pouco a pouco, os hotéis se desintegraram em redes de cabos de aço e pilares de concreto; os pubs ficaram mofados e desertos, as discotecas ruíram; as casas com vasos de flores no peitoril das janelas se dissolveram no esquecimento. Aquele centro turístico internacional, outrora luxuoso e elegante, tornou-se uma cidade-fantasma.

Sempre me perguntei o que aconteceu com aqueles papagaios que uma atriz de Hollywood levou para o Chipre. Espero que tenham conseguido deixar a mansão por uma janela aberta. Papagaios vivem longas vidas, e é possível que eles tenham sobrevivido se alimentando de frutas e insetos. Quem sabe, se passar pelas barricadas de Varosha hoje, você tenha um vislumbre de verde brilhante entre os prédios abandonados e a decadência, e ouça um par de asas batendo como uma vela rasgada em uma tempestade.

Chico sabia dizer muitas palavras. Tinha um talento extraordinário: imitava sons eletrônicos, sons mecânicos, sons de animais, sons humanos… Era capaz de identificar dezenas de objetos, pulverizar conchas e até montar quebra-cabeças, e se lhe dessem uma pedrinha, ele a usava para esmagar nozes.

Na taberna vazia, enquanto nós dois esperávamos o retorno de Yusuf e Yiorgos, Chico exibia seus talentos para mim.

"Venha, passarinho, passarinho!", gritava ele da cadeira atrás do caixa onde Yusuf costumava se sentar todas as noites para cumprimentar os clientes, agora coberto por uma grossa camada de poeira.

"*S'agapo*", cantarolava Chico em grego, "eu te amo", algo que ouvira Yiorgos sussurrar para Yusuf. E então, depois que foi assimilando a verdade e se deu conta de que ninguém ia voltar, arrancava uma pena da carne machucada e repetia para si mesmo uma palavra que aprendera em turco: "*Aglama*", "não chore".

AMONITA

Chipre, início dos anos 2000

Depois que visitaram o cemitério militar e Kostas viu pela primeira vez o local onde seu filho estava enterrado, eles caminharam em silêncio, de mãos dadas. Atravessaram campos de margaridas com as pálidas flores alaranjadas acariciadas pelo vento enquanto cardos e espinheiros arranhavam seus tornozelos nus.

À tarde, alugaram um carro e foram até o Castelo de São Hilarião. A longa e difícil escalada pela encosta íngreme e sinuosa, o caráter puramente físico da subida, lhes fez bem. Quando chegaram ao topo, contemplaram a paisagem de uma janela gótica esculpida na antiga construção, a respiração entrecortada e o pulso acelerado.

No fim daquele dia, depois que o castelo foi fechado e tanto os turistas quanto os moradores locais foram embora, eles continuaram perambulando pelos arredores, porque ainda não estavam prontos para voltar e estar na companhia de outras pessoas. Eles se sentaram em uma rocha onde um dia o santo havia descansado, desgastada por séculos de passagem.

Aos poucos, o crepúsculo se transformou em noite. À medida que a escuridão ao redor deles se adensava, foi ficando impossível voltar pelo caminho por onde tinham chegado, então eles decidiram passar a noite lá. Como era uma zona militar, estavam se arriscando ao ficar do lado de fora depois do horário permitido. Perto de alguns arbustos de açafrão-do-prado, de um branco rosado resplandecente sob a pálida nesga de lua, eles fizeram amor. Estarem assim nus, ao ar livre, acima deles apenas um céu infinito, foi uma experiência assustadora, e o mais próximo que haviam chegado da liberdade em muito tempo.

Comeram avelãs e amoras secas, a única comida que tinham levado. Beberam água de garrafas que carregavam na mochila, depois uísque. Enquanto Kostas desacelerou depois de alguns goles, Defne não. Mais uma vez, ele notou que ela estava bebendo demais, e muito rápido.

— Quero que você venha comigo — disse Kostas, mantendo os olhos fixos em Defne, como se temesse que ela pudesse desaparecer entre um piscar de olhos e outro.

Balançando a cabeça, ela gesticulou para o espaço vazio entre eles.

— Para onde?

— Para a Inglaterra.

Nesse exato momento, a lua se escondeu rapidamente atrás de uma nuvem, mal dando tempo suficiente a ele para detectar a mudança na expressão dela: uma surpresa momentânea, depois o recuo. Ele reconheceu o jeito que ela tinha de se fechar em si mesma, na defensiva.

— Podemos começar tudo de novo, eu prometo — falou Kostas.

Quando a nuvem se afastou, ele a viu absorta em pensamentos. Defne o observava com cuidado, examinando os lábios dele, o corte ainda cicatrizando, as contusões ao redor dos olhos mudando lentamente de cor.

— Isso é… Espera, você está me pedindo em casamento?

Kostas engoliu em seco, chateado consigo mesmo por não ter se preparado melhor. Poderia ter levado um anel. Ele se lembrou da joalheria na qual haviam parado depois da consulta com a vidente. Ele deveria ter ido lá no dia seguinte, mas, ocupado em ajudar os pássaros canoros, não teve oportunidade.

— Não sou muito bom com as palavras — disse Kostas.

— Imaginei.

— Eu te amo, Defne. Sempre te amei. E sei que não podemos voltar no tempo. Não estou tentando passar por cima do que aconteceu, do seu sofrimento, da nossa perda, mas quero que a gente se dê uma segunda chance. — Ao se lembrar de que ainda tinha o fóssil no bolso do paletó, ele o pegou. — Seria terrivelmente inapropriado se eu lhe desse uma amonita em vez de um anel?

Defne riu.

— Essa criatura marinha viveu há milhões de anos, imagine. À medida que foi envelhecendo, acrescentou novas câmaras à sua concha. As amonitas sobreviveram a três extinções em massa e nem eram boas nadadoras. Mas tinham uma capacidade de adaptação fascinante, a tenacidade era seu ponto forte. — Ele entregou o fóssil a ela. — Quero que você venha comigo para a Inglaterra. Casa comigo?

Ela fechou os dedos ao redor da pedra lisa enquanto sentia o delicado desenho.

— Pobre Meryem, ela estava certa em ficar preocupada quando soube que você estava de volta. Se fizermos isso, minha família provavelmente nunca vai me perdoar. Meu pai, minha mãe, meus primos...

— Eu posso falar com eles.

— Não é uma boa ideia. Meryem já sabe sobre nós dois, mas meus pais ainda não têm a menor ideia. Vou contar tudo a eles, estou cansada de me esconder. Eles agora vão saber que eu menti durante todos esses anos sobre Yusuf ser o pai do meu bebê... Que tinham ainda mais motivos para me renegar... Acho que nunca vão me perdoar por difamar um homem turco para proteger meu amante grego, que confusão eu fiz... — Ela passou a mão pelos cabelos e falou com a mandíbula cerrada. — Mas a sua família também não vai ficar feliz. Seu irmão mais novo, seu tio, seus primos...

Ele franziu a testa.

— Eles vão entender.

— Não, não vão. Depois de tudo o que passaram, nossas famílias vão ver isso como uma traição.

— O mundo mudou.

— Ódios tribais nunca morrem — disse ela, erguendo a amonita. — Só vão acrescentando novas camadas às conchas endurecidas.

O silêncio se alongou. Uma brisa soprou entre as árvores, agitando os arbustos à frente deles, e ela estremeceu involuntariamente.

— Sem nenhum apoio familiar, sem país, vamos ficar muito sozinhos — afirmou ela.

— Todo mundo está sozinho. Só vamos ter mais consciência disso.

— Foi você que me fez ler Kafávis. Já se esqueceu do seu próprio poeta? Acha que pode deixar sua terra natal porque muitas pessoas já fizeram isso, então por que você não deveria? Afinal, o mundo está cheio de imigrantes, fugitivos, exilados... Encorajado, você se liberta e viaja o mais longe que pode, mas um dia olha para trás e percebe que ela viajou com você o tempo todo, como uma sombra. Aonde quer que formos, esta cidade, esta ilha irão conosco.

Ele tomou a mão dela, beijou-lhe a ponta dos dedos. Ela carregava o passado muito perto da superfície, a dor correndo sob a pele como sangue.

— Vamos conseguir se nós dois acreditarmos nisso.

— Não sou muito boa em acreditar — confessou Defne.

— Imaginei — disse Kostas.

Já naquela época ele sabia que ela era propensa a crises de melancolia. Sobrevinham em ondas sucessivas, um fluxo e refluxo. Quando chegava a primeira onda, mal tocando os dedos dos pés, era uma ondulação tão leve e translúcida que dava para ignorá-la por considerá-la insignificante, acreditando que logo desapareceria, sem deixar rastros. Mas logo em seguida vinha outra, e a seguinte, subindo até os tornozelos, e mais uma depois dessa, cobrindo os joelhos, e antes que se desse conta ela estava imersa em uma dor líquida até o pescoço, se afogando. Era assim que a depressão a tragava.

— Tem certeza de que quer se casar comigo? — perguntou Defne. — Porque eu não sou uma pessoa fácil, como você já sabe, e tenho...

Kostas pousou os dedos sobre os lábios dela, interrompendo-a pela primeira vez.

— Nunca tive tanta certeza de nada na vida. Mas tudo bem se você precisar de mais tempo para pensar... ou para recusar.

Ela sorriu então, uma traço de timidez na voz. Ela se inclinou na direção dele, a respiração dela roçando a pele de Kostas.

— Não preciso pensar, meu amor. Sempre sonhei em me casar com você.

E como não havia mais nada a dizer, ou foi o que sentiram, ficaram em silêncio por um tempo, ouvindo a noite, atentos a cada chiado e farfalhar.

— Há mais uma coisa que quero fazer antes de irmos embora da ilha — comentou Kostas, por fim. — Quero ir até a taberna e ver como está a velha figueira.

Figueira

De todos os insetos, se há um que você não pode ignorar ao contar a história de uma ilha, esse inseto é a formiga. Nós, árvores, devemos muito a elas. Assim como os humanos, para falar a verdade. No entanto, eles as consideram triviais, sem muita importância, como fazem com frequência com as coisas que jazem sob seus pés. São as formigas que sustentam, oxigenam e melhoram a terra pela qual gregos e turcos lutaram de maneira tão amarga. O Chipre também pertence às formigas.

Elas são resistentes e trabalhadoras, capazes de carregar vinte vezes o próprio peso corporal. Com um tempo de vida que supera quase qualquer outro inseto, também são as mais inteligentes, na minha opinião. Você já as observou arrastando um diplópode, ou atacando em grupo um escorpião, ou devorando uma lagartixa inteira? É ao mesmo tempo fascinante e assustador, cada passo perfeitamente sincronizado. O que se passa na mente de uma única formiga nesse momento? Como alcança esse tipo de confiança interior, a assertividade para enfrentar um inimigo muito melhor equipado para o combate? Graças à memória olfativa, as formigas conseguem detectar rastros de odores, farejar um intruso de outra colônia e, quando estão longe de casa, lembrar o caminho de volta. Se surgem obstáculos no caminho, rachaduras no chão ou galhos caídos, elas constroem pontes com o corpo, agarrando-se umas às outras como habilidosas acrobatas. Tudo que aprendem, transmitem à geração seguinte. O conhecimento não é propriedade de ninguém. Você o recebe, e o devolve. Dessa forma, uma colônia lembra o que os membros, como indivíduos, há muito esqueceram.

As formigas conhecem nossa ilha melhor do que ninguém. Estão familiarizadas com as rochas ígneas, pedras calcáreas recristalizadas, antigas moedas de Salamina, e são especialistas em aproveitar a resina que escorre da casca das árvores. E sabem onde os desaparecidos estão enterrados.

No ano em que Kostas Kazantzakis voltou ao Chipre, uma colônia de formigas se estabeleceu entre minhas raízes. Eu as estava esperando, pois pouco tempo antes havia sido infestada por pulgões, esses minúsculos insetos que sugam a seiva das folhas, transmitem vírus e causam um estresse profundo às árvores. Se Yusuf e Yiorgos estivessem lá, nunca teriam permitido que isso acontecesse. Todos os dias eles inspecionavam meus galhos em busca de pragas, pulverizando minhas folhas suavemente com vinagre de maçã, cuidavam bem de mim; mas agora eu estava sozinha, indefesa. Onde os pulgões aparecem, é certo que em seguida virão as formigas, que gostam de colher o excremento doce dos pulgões. Mas essa não foi a única razão pela qual construíram uma colônia inteira em mim. As formigas adoram figos maduros e agora que ninguém os colhia, os meus estavam todos maduros demais. Um figo não é exatamente uma fruta, veja você. É um sicônio — uma estrutura fascinante que abriga flores e sementes na cavidade, com uma abertura quase imperceptível por onde as vespas podem entrar e depositar o pólen. E às vezes, aproveitando a oportunidade, as formigas também penetram por essa abertura e comem o que podem.

Então me acostumei a ouvir o tamborilar de milhares de patinhas correndo de um lado para o outro. Uma colônia é uma sociedade baseada exclusivamente em classes. Desde que cada membro aceite a desigualdade como norma e concorde com a divisão do trabalho, o sistema funciona com perfeição. As operárias procuram comida, mantêm os espaços vitais ordenados e atendem às infinitas necessidades da rainha; as soldados protegem a comunidade contra predadores e perigos; os zangões ajudam a perpetuar a espécie e morrem logo após o acasalamento. Além disso, há as princesas, as futuras rainhas. A estratificação social deve ser preservada a todo custo.

Uma noite, enquanto me preparava para dormir, ouvi um som incomum. Com apenas alguns assistentes a reboque, a rainha estava subindo pelo caminho longo e acidentado do meu tronco.

Ainda ofegante por causa da árdua subida, começou a me contar a história dela. Disse que havia nascido perto de um velho poço, não muito longe. Tinha boas lembranças de ter crescido lá. Como princesa, sabia que, quando chegasse a hora, seria convidada a deixar o local de nascimento para fundar o próprio reino. A colônia estava prosperando, a população crescendo. Como precisavam de mais espaço, vinham ampliando o assentamento por meio de passagens subterrâneas e túneis, que conectavam as câmaras aos ninhos. No entanto, devido a um terrível erro de engenharia, as operárias haviam escavado demais a parede. Uma tarde, a parte leste do poço cedeu e desabou. Em um segundo, a água que extravasou afogou centenas. Algumas espécies de formigas sabem nadar, mas aquela não. Os sobreviventes se dispersaram em todas as direções, buscando refúgio onde quer que fosse possível. Depois dessa catástrofe, disse a rainha, ela se viu obrigada a abandonar seu lar o mais rápido possível para começar uma nova vida.

Durante o voo nupcial, manteve a cabeça erguida e voou rápido enquanto os zangões se esforçavam para alcançá-la. Atravessou um caminho de areia, subindo e descendo pelas marcas de pneus. Adentrou as ruínas da taberna. Assim que me viu, carregada de figos, soube que era ali que construiria o reino. Em mim, acasalou e arrancou aos bocados as asas como se descartasse um vestido de noiva, de forma que nunca mais pudesse voar. Transformou-se em uma máquina de pôr ovos em pleno funcionamento.

Com as feições contorcidas pela tristeza, ela disse então que quando as paredes caíram, encontraram, lá no fundo do poço, dois homens mortos. Ela não fazia ideia de quem fossem até me conhecer e saber sobre o casal que era dono da taberna.

Deixei meus galhos caírem conforme ia compreendendo a terrível verdade por trás das palavras delas. Ao ver minha angústia, ela me assegurou de que as formigas não haviam tocado Yusuf e Yiorgos. Elas os haviam deixado lá, intactos. Alguém os encontraria em breve, agora que estavam parcialmente descobertos.

Depois que a rainha e seu séquito de súditos leais partiram, mergulhei em uma estranha apatia que apenas se agravou nos dias que se seguiram. Não me sentia bem. Como qualquer ser vivo, uma figueira pode sofrer de várias doenças e infecções, só que dessa vez mal tive forças para lutar. As pontas das minhas folhas se enrolaram sobre si mesmas, minha casca começou a se soltar. A polpa dos meus figos adquiriu um tom verde doentio, depois ficou assustadoramente farinhenta.

Conforme minha imunidade diminuía e a força minguava, fui caindo vítima de um dos meus piores inimigos: a broca-da-figueira, um grande escaravelho com chifre de veado, *Phryneta spinator*. Como em um pesadelo, a fêmea desceu sobre mim e colocou os ovos perto da base do meu tronco. Desamparada e cheia de medo, esperei, sabendo que as larvas logo começariam a perfurar meu tronco e a se alimentar de mim, cavando túneis nos galhos, me destruindo pouco a pouco por dentro.

O dano provocado por esse besouro é muitas vezes irreparável. As figueiras que estão fortemente infestadas precisam ser destruídas.

Eu estava morrendo.

RAÍZES PORTÁTEIS

Chipre, início dos anos 2000

Quando se aproximaram da Figueira Feliz, Defne e Kostas a encontraram engolida pela vegetação rasteira. Havia telhas quebradas e escombros da construção espalhados por toda parte, como destroços depois de uma tormenta. Sabendo que era a primeira vez que Kostas veria o lugar em muitos anos, Defne ficou afastada, dando-lhe tempo para assimilar.

Kostas empurrou a porta de madeira apodrecida e sem vida, pendendo das dobradiças. Lá dentro, as ervas daninhas tinham aberto caminho pelas rachaduras do piso, os azulejos estavam cobertos de líquen, e as paredes, manchadas de mofo, enegrecidas como ferro. Em um canto, a moldura de madeira de uma das janelas, o vidro há muito estilhaçado, rangeu lentamente com a brisa. Havia um cheiro fétido no ar, de mofo e putrefação.

No momento em que entrou, todas as lembranças o invadiram de uma vez. Noites perfumadas pelos odores deliciosos de comida fumegante e massa folhada quente, as conversas e risadas dos clientes, a música e as palmas, os pratos que se quebravam à medida que a noite avançava... Ele se lembrou das tardes em que subia com dificuldade a colina, carregando as garrafas de licor de alfarroba e as barrinhas de mel e gergelim que Yiorgos tanto amava, e de como a mãe ficava feliz com o dinheiro que ele levava para casa... Os olhos brilharam ao se lembrar de Chico batendo as asas, Yiorgos contando piadas para um casal recém-casado e Yusuf assistindo a tudo com seu silêncio costumeiro e seu olhar atento. Como tinham orgulho do que haviam construído juntos. Aquela taberna era sua casa, seu refúgio, seu mundo inteiro.

— Você está bem? — perguntou Defne enquanto o abraçava.

Eles ficaram parados por um minuto, enquanto a respiração dele desacelerava e se ajustava à dela e os batimentos cardíacos iam se acalmando.

Defne inclinou a cabeça e olhou em volta.

— Imagine só, a figueira presenciou tudo.

Gentilmente, Kostas se desvencilhou dela e se aproximou da *Ficus carica*. Em seguida, fez uma expressão séria.

— Ah, esta árvore não está bem. Ela está doente.

— O quê?

— Está infestada. Olha, os parasitas se espalharam por toda parte.

Ele apontou para os galhos cobertos de minúsculos furos, a polpa seca reduzida a serragem no pé do tronco, as folhas mortas e quebradiças espalhadas pelo chão.

— Você não pode ajudá-la?

— Verei o que posso fazer. Vamos buscar umas coisas.

Eles voltaram uma hora depois, carregando várias bolsas. Com a ajuda de uma marreta, Kostas derrubou partes da parede sul da taberna, que estava tomada pelo mofo. Queria ter certeza de que a árvore receberia mais luz do sol e oxigênio. Depois, cortou os galhos doentes com uma serra de poda. Em seguida, injetou inseticida com uma seringa nos túneis que as larvas haviam cavado. Para impedir que os insetos letais colocassem ovos novamente, cercou a parte inferior do tronco em uma rede de arame e encheu as feridas purulentas da árvore com um selante.

— Acha que ele vai melhorar? — perguntou Defne.

— Ela. É uma árvore fêmea. — Kostas se endireitou, enxugou a testa com as costas da mão. — Não sei se ela vai se recuperar. As larvas estão por toda parte.

— Gostaria de levá-la conosco para a Inglaterra — disse Defne. — Quem me dera as árvores fossem portáteis.

Kostas estreitou os olhos enquanto uma nova ideia lhe ocorria.

— Nós podemos fazer isso.

Ela olhou para ele, incrédula.

— É possível propagar uma figueira a partir de um galho. Se a plantarmos imediatamente em Londres e cuidarmos dela, há uma chance de ela sobreviver.

— Está falando sério? Consegue fazer isso?

— É possível — respondeu Kostas. — Ela pode não gostar do clima inglês, mas talvez se desenvolva bem lá. Amanhã de manhã vou voltar e ver como ela está. Vou pegar um corte de um galho saudável. Assim ela vai poder viajar conosco.

Figueira

No dia seguinte, enquanto esperava ansiosamente pela volta de Kostas, uma abelha que eu conhecia havia algum tempo me fez uma visita. Eu tinha profundo respeito pelas abelhas. Nenhuma outra espécie encarna o ciclo da vida como as *Apidae*. Se desaparecessem um dia, o mundo jamais se recuperaria dessa perda. O Chipre era o paraíso das abelhas, mas esse paraíso não era algo de que desfrutassem facilmente. Usando o sol como bússola, as incansáveis coletoras chegavam a visitar trezentas flores em apenas um voo, o que totalizava mais de duas mil flores em um único dia.

Assim era a vida das abelhas: trabalho, trabalho, trabalho. Às vezes dançavam um pouco, mas isso também fazia parte do trabalho. Quando encontrava uma boa fonte de néctar, a abelha fazia uma dança em círculos ao retornar à colmeia para informar às outras para onde deveriam se dirigir em seguida. Mas às vezes dançava porque se sentia grata por estar viva. Ou porque estava alterada depois de digerir acidentalmente muito néctar misturado à cafeína.

Os seres humanos têm ideias estereotipadas sobre as abelhas. Quando lhes pedem que desenhem uma abelha — e nisso, bebês e adultos são surpreendentemente parecidos —, eles rabiscam uma bolha redonda e gorda coberta por uma densa pele listrada de amarelo e preto. Mas, na realidade, há uma ampla variedade delas: algumas são de uma cor laranja vívida, outras de um siena queimado ou roxo intenso, algumas emitem um brilho verde metálico ou azul, enquanto outras ainda têm a cauda de um vermelho vivo ou de um branco puro que brilha ao sol. Como todas podem parecer idênticas ao olho humano quando são tão fascinantemente diversas? Claro, é maravilhoso que os pássaros sejam exaltados por terem o impressionante número de dez mil espécies, mas por que muitas vezes se ignora que as abelhas têm pelo menos o dobro desse número e ao menos a mesma quantidade de personalidades?

A abelha me contou que não muito longe da taberna havia um campo de flores ambrosíacas e plantas exuberantes em plena floração. Voava para lá com frequência, pois, além de margaridas e papoulas, lá floriam as mais doces equináceas, manjeronas e, suas favoritas, as ervas-pinheiras, com seus tons rosados e pétalas suculentas agrupadas na forma de pequenas estrelas. Às margens do campo havia um edifício completamente branco e sem atrativos. Uma placa na parede dizia: LABORATÓRIO DO CPD — ÁREA RESTRITA DAS NAÇÕES UNIDAS.

Ela havia passado por aquele lugar inúmeras vezes no trajeto de ida e volta para a colmeia. Em algumas ocasiões, por puro capricho, desviava-se do caminho e voava direto para dentro do laboratório por uma janela aberta. Gostava de ficar voejando por lá, de observar as pessoas trabalhando lá dentro, depois ir embora do mesmo jeito que havia chegado. Mas naquele dia, quando entrou no prédio sem nenhum propósito ou plano específico, algo inesperado aconteceu. Um dos membros da equipe, sabe Deus por quê, decidiu que era uma boa ideia fechar todas as janelas. A abelha ficou presa!

Tentando em vão não entrar em pânico, ela se jogou contra o vidro de todas as janelas, cambaleando para cima e para baixo pelas superfícies vítreas, sem conseguir encontrar uma saída. De onde estava, podia ver as flores do lado de fora, tão perto que quase podia saborear o néctar, mas, por mais que se esforçasse, não conseguia alcançá-las.

Frustrada e exausta, a abelha pousou em cima de um armário para recuperar o fôlego. Voltou a atenção para a sala que agora havia se tornado a cela dela. Catorze cientistas forenses trabalhavam lá — grego-cipriotas e turco-cipriotas —, e àquela altura ela já conhecia todos eles. Todos os dias da semana os gregos vinham do sul e os turcos vinham do norte e se encontravam naquela terra de ninguém. Era para lá que eram levados todos os restos humanos descobertos nas várias exumações por toda a ilha.

O que quer que as equipes de escavação desenterrassem, os cientistas daquele laboratório limpavam e classificavam, separando ossos de ossos, reunindo os conjuntos de restos humanos. Trabalhavam sozinhos ou em pequenos grupos, debruçados sobre mesas compridas e estreitas nas quais dispunham os quebra-cabeças de esqueletos — colunas vertebrais, omoplatas, articulações de quadril, vértebras, dentes maxilares... E os rearrumavam, peça por peça, associando fragmentos a partes maiores. Era um trabalho meticulosamente lento, no qual erros não eram tolerados. A reconstrução de apenas um pé, composto por vinte e seis ossos individuais, podia levar horas. Ou de uma mão, composta de vinte e sete ossos e mil toques e carícias agora perdidos. Ao final, como se emergisse de águas turvas, a identidade da vítima vinha à tona — o sexo, a altura e a idade aproximada.

Alguns dos restos estavam fragmentados demais para serem úteis ou não continham mais DNA, destruído por bactérias nocivas. As peças não identificadas eram guardadas na esperança de que, em um futuro não muito distante, quando a ciência e a tecnologia avançassem, os mistérios pudessem ser resolvidos.

Os cientistas redigiam relatórios extensos sobre as descobertas deles, incluindo descrições detalhadas de roupas e objetos pessoais, coisas que, embora perecíveis, podem ser surpreendentemente duradouras. Um cinto de couro com fivela de metal gravada, um colar de prata com uma cruz ou meia-lua, sapatos de couro com os saltos gastos... Certa vez, uma carteira foi entregue no laboratório. Dentro, junto de algumas moedas e a chave de uma fechadura desconhecida, havia fotos de Elizabeth Taylor. A vítima devia ser fã da atriz. As descrições desses objetos destinavam-se tanto aos parentes dos desaparecidos quanto aos arquivos do CPD. As famílias sempre queriam saber esse tipo de detalhe. Mas o que realmente queriam saber era se os entes queridos haviam sofrido.

Em algum momento, a abelha adormeceu, exausta. Estava acostumada a dormir em posições estranhas. Às vezes tirava uma pequena sesta dentro de uma flor. Precisava disso, já que as coletoras privadas de sono têm dificuldade de se concentrar ou encontrar o caminho de volta para casa. Mesmo na colmeia, dormiam na periferia, enquanto as operárias, que limpam e alimentam as larvas, ocupam as células mais próximas do centro, de forma que minha amiga tinha um sono leve por natureza.

Quando acordou, era meio-dia. A equipe tinha saído para o almoço — todos menos uma jovem grega, que ainda estava trabalhando. Tendo-a observado muitas vezes antes, a abelha sabia que gostava de ficar sozinha com os ossos e que às vezes falava com eles. Naquela tarde, no entanto, sozinha no laboratório, a cientista pegou o telefone e discou um número. Enquanto esperava que tocasse, ela continuava lançando olhares ansiosos para as mesas à esquerda e à direita, nas quais havia ossos e crânios.

"Alô?", disse a cientista ao telefone. "Alô, Defne, oi. Aqui é a Eleni. Do laboratório, sim. Tudo bem, obrigada. Como vai o trabalho de campo?"

Elas conversaram um pouco, uma conversa humana chata, até que algo que Eleni disse chamou a atenção da abelha.

"Olha, hum... O casal sobre quem você estava sempre perguntando, seus amigos... Acho que os encontramos. A identificação pelo DNA foi positiva em ambos os casos."

Intrigada, a abelha voou para mais perto para escutar.

"Ah, não!", gritou Eleni, pegando um jornal e agitando-o enlouquecida em torno de si.

Quem diria que aquela mulher que passava os dias rodeada de cadáveres e esqueletos tinha pavor de abelhas?

Minha pobre amiga, mais uma vez incompreendida e confundida com algo que não era, levou uma pancada na cabeça. Caiu em uma caneca de café, por sorte vazia, exceto por algumas gotas. Enquanto se levantava, fraca e tonta, ouviu Eleni murmurar:

"Para onde será que ela foi...? Desculpe, Defne, tinha uma abelha aqui. Tenho um pouco de medo."

Um pouco?, pensou minha amiga. Se aquilo era o que faziam os humanos com um pouco de medo, imagine o que seriam capazes de fazer com muito medo. Ela conseguiu subir pela lateral da caneca e secar as asas.

"Sim, claro que você pode vir ver", estava dizendo Eleni então. "Ah, é sério que você vai para a Inglaterra amanhã? Entendo. Perfeito. Esta tarde está bem. Ok, conversamos quando você chegar."

★ ★ ★

Meia hora depois, a porta se abriu e uma mulher entrou apressada; os outros cientistas ainda não haviam voltado do almoço.

"Ah, Eleni, obrigada por me ligar."

"Oi, Defne."

"Tem certeza de que são eles?"

"Acredito que sim. Verifiquei o resultado da análise do DNA duas vezes com as amostras de referência fornecidas pela família, só para ter certeza, e em ambas as vezes a compatibilidade estava acima do limiar de segurança."

"Onde eles foram encontrados, você sabe?"

"Em Nicósia.", Eleni fez uma pausa, hesitando em compartilhar com Defne a informação seguinte. "Dentro de um poço."

"Um poço?"

"Sim, temo que sim."

"Todo esse tempo eles estavam lá?"

"Isso. Foram acorrentados um ao outro, nenhum dos dois poderia vir à tona. Fomos informados de que o poço desmoronou recentemente e quando os pedreiros começaram a trabalhar, encontraram os restos", disse Eleni, o tom contido. "Sinto muito pela sua perda. Devo dizer que nunca tínhamos visto nada assim antes. Normalmente é um grego-cipriota enterrado aqui, um turco-cipriota enterrado ali. Mortos separadamente. Enterrados separadamente. Nunca antes encontramos um grego e um turco juntos."

Defne ficou parada, as mãos pairando acima da mesa antes de se agarrar à borda.

"Quando vai informar às famílias?"

"Eu estava pensando em fazer isso amanhã. Uma das famílias vive no norte, a outra, no sul."

"Então agora eles vão ser separados", disse Defne, a voz um fio. "Não podem ser enterrados lado a lado. Que tristeza... Tanto tempo procurando por eles e talvez tivesse sido melhor se nunca tivessem sido encontrados... Se pudessem ter permanecido perdidos juntos."

Eleni colocou a mão sobre o ombro dela com ternura.

"Ah, antes que eu esqueça..." Ela foi até a mesa e pegou uma caixinha de plástico. "Também encontraram isso."

Um relógio de bolso.

Defne baixou os olhos.

"Era de Yiorgos. Um presente de aniversário de Yusuf. Tem um poema dentro... de Kafávis." Ela se interrompeu. "Desculpe, Eleni, preciso de um pouco de ar fresco. Podemos abrir as janelas?"

No mesmo instante, a abelha se empertigou. Era sua chance, talvez a única. Assim que elas abriram a janela, minha amiga reuniu todas as forças e saiu voando em zigue-zague. Voou o mais rápido que pôde e só parou quando havia chegado a um lugar seguro, ao campo de flores.

PEQUENOS MILAGRES

Chipre-Londres, início dos anos 2000

Quando voltou, Kostas examinou cuidadosamente a *Ficus carica*. Com um par de tesouras de poda, fez um corte reto e outro diagonal em um único galho saudável. Embora soubesse que era melhor fazer vários brotos, para o caso de alguns não sobreviverem, a árvore estava em tão mau estado que ele só conseguiu um, que embrulhou com cuidado e guardou na mala.

Seria difícil, mas não totalmente impossível. Pequenos milagres acontecem. Assim como a esperança pode brotar das profundezas do desespero e a paz germinar entre as ruínas da guerra, uma árvore podia crescer a partir da doença e da decomposição. Se se enraizasse na Inglaterra, aquela estaca do Chipre seria geneticamente idêntica à figueira, mas não a mesma.

Em Londres, eles plantaram a estaca em um vaso de cerâmica branca e o colocaram em uma mesa junto à janela do pequeno apartamento de Kostas, com vista para uma praça tranquila e arborizada. Foi ali que descobriram que Defne estava grávida, os dois sentados de pernas cruzadas no chão do banheiro, com a cabeça inclinada sobre um kit de teste caseiro. Uma lâmpada zumbia e piscava no alto, porque a voltagem oscilava. Defne nunca esqueceria a alegria que iluminou o rosto de Kostas, os olhos brilhando com algo parecido com gratidão. Ela também estava feliz, embora apreensiva e um pouco assustada. No entanto, a alegria de Kostas era tão pura que parecia uma traição contar a ele sobre as pontadas de ansiedade que atravessavam a pele e estilhaçavam a mente dela. Em um dos sonhos recorrentes naqueles dias, ela se perdia em uma floresta densa e escura com um bebê nos braços, colidindo com as árvores, incapaz de encontrar uma saída, enquanto os galhos raspavam os ombros e arranhavam o rosto dela.

Apenas uma vez, cerca de um mês depois, Defne perguntou:

— E se tudo der errado?

— Não pense nisso.

— Estou velha para ter um bebê, nós dois sabemos disso, e se houver complicações...

— Vai ficar tudo bem.

— Mas eu não sou mais jovem.

— Pare de dizer isso.

— E se eu for uma péssima mãe? E se eu falhar?

Defne viu na forma pela qual Kostas cerrava a mandíbula como ele estava se esforçando para encontrar as palavras certas para acalmá-la, o quanto precisava que ela acreditasse no futuro que estavam construindo juntos. E ela tentou. Havia dias em que se enchia de confiança e expectativa, havia outros em que ficava bem, mas havia dias, e sobretudo noites, em que ouvia, em algum lugar distante, o tique-taque constante, como um metrônomo, os passos de uma melancolia familiar se aproximando. Ficava culpada por se sentir assim, e se censurava, julgava e repreendia sem cessar por isso. Por que não podia simplesmente agradecer aquela surpresa que a vida havia lhe proporcionado e viver plenamente aquele momento? Qual era o sentido de se estressar tanto? Preocupar-se se seria uma boa mãe para um bebê que ainda nem tinha nascido era como sentir saudade de um lugar que nunca havia visitado.

Nesse ínterim, Kostas descobriu que novas folhas haviam brotado na estaca. Ficou eufórico. Pouco a pouco, foi acreditando que as coisas estavam se ajustando, para ele, para eles, toda a sua vida composta de peças de um quebra-cabeça que finalmente estavam se encaixando. O trabalho como botânico e naturalista começava a chamar mais a atenção de pessoas dentro e fora da área de trabalho dele; recebia convites para dar palestras e falar em conferências, para publicar artigos em revistas e, discretamente, começou a escrever um novo livro.

Defne considerou a resiliência da estaca como um bom presságio. A gravidez a tornara supersticiosa de uma maneira inesperada, fazendo aflorar um lado dela que era surpreendentemente parecido com a irmã, embora ela jamais fosse admitir isso. Parou de beber. Parou de fumar. Voltou a pintar. Daquele momento em diante, o destino do bebê e o destino da árvore se fundiram na mente dela. À medida que a barriga crescia, crescia também a necessidade da figueira por mais espaço. Kostas a replantou em um vaso maior, verificando diariamente o progresso dela. Mudaram-se para uma casa no norte de Londres. A essa altura, a *Ficus carica* estava forte o suficiente para ser transplantada para o jardim, e assim o fizeram.

Apesar da chaminé fumarenta e das goteiras no telhado, das rachaduras que percorriam as paredes de cima a baixo e dos radiadores que nunca esquentavam de todo, foram felizes naquela casa. Ada nasceu no início de dezembro, dois meses prematura. Os pulmões dela ainda não estavam totalmente formados, e ela teve que passar várias semanas em uma incubadora. Enquanto isso, a pequena muda não estava se saindo muito melhor no enfrentamento com o novo clima. Tiveram que envolvê-la com estopa, cobri-la com papelão, isolá-la. Mas quando chegou o verão, as duas estavam saudáveis e crescendo, a figueira e a criança.

Figueira

O último animal do meu ecossistema que me lembro de ter me visitado antes de eu deixar a ilha para sempre foi um rato. Há uma verdade fundamental que, embora seja universalmente relevante e mereça ser reconhecida, nunca é mencionada nos livros didáticos de história. Onde quer que a humanidade tenha travado suas guerras, transformando terras férteis em campos de batalha e destruindo habitats inteiros, os animais sempre se instalaram nos vazios deixados pelo homem. Roedores, por exemplo. Quando as pessoas destroem os edifícios que um dia lhes proporcionaram alegria e orgulho, os ratos os reivindicam silenciosamente como seu próprio reino.

Ao longo dos anos, eu tinha conhecido muitos deles: fêmeas, machos, filhotes cor-de-rosa, todos apaixonados por figos. Mas aquele rato em particular era bastante incomum, porque havia nascido e crescido em um lugar icônico, o Ledra Palace.

"Um dos melhores hotéis do Oriente Médio!", foi assim que o estabelecimento foi anunciado ao ser construído, na segunda metade da década de 1940. Os investidores, no entanto, não ficaram de todo satisfeitos com esse slogan. O Oriente Médio, eles pensavam, não era um destino atraente para os turistas ocidentais. "Um dos melhores hotéis da Europa!" Isso também não soava envolvente; não quando o espectro da Segunda Guerra Mundial ainda pairava pelo continente europeu. "Um dos melhores hotéis do Oriente Próximo!" Isso funcionava melhor. "Oriente" acrescentava uma pitada de exotismo, enquanto "Próximo" fazia com que parecesse convenientemente ao alcance. "Oriente Próximo" era oriental na medida certa; apenas o suficiente, mas não demais.

Projetado por um arquiteto judeu alemão, sobrevivente do Holocausto, o Ledra Palace custou duzentas e quarenta mil libras cipriotas e levou dois anos para ser concluído. Os lustres foram importados da Itália, os frisos de mármore, da Grécia. Sua localização era ideal: perto do centro medieval de Nicósia, não muito longe das muralhas venezianas que o rodeavam, em uma rua que antigamente se chamava Rei Eduardo VII. Com duzentos e quarenta quartos, ele se destacava entre as casas baixas e as ruas estreitas da cidade velha. Ainda tinha vaso sanitário e banheiro em todos os quartos — o único hotel que na época oferecia esse luxo. Havia bares, saguões, quadras de tênis, área de recreação infantil, restaurantes de primeira linha, uma enorme piscina na qual podia-se refrescar sob o sol impiedoso e um glamoroso salão de baile que logo ficaria famoso na cidade.

No dia da inauguração, em outubro de 1949, todos estavam lá: oficiais coloniais britânicos, os moradores importantes, dignitários estrangeiros, aspirantes a celebridades... Agora que a Segunda Guerra havia terminado, as pessoas precisavam de uma garantia de que o chão no qual pisavam era sólido, que os edifícios que erigiam eram fortes, e que as ruínas, os horrores nunca mais se repetiriam. Um grande ano para o otimismo, 1949!

Ao longo de minha longa vida, observei, repetidas vezes, esse pêndulo psicológico que impulsiona a vida humana. A cada poucas décadas, eles oscilam entre uma zona de otimismo desenfreado e insistem em ver tudo através de um filtro cor-de-rosa, apenas para serem desafiados e abalados pelos acontecimentos e catapultados de volta à apatia habitual e à lânguida indiferença.

A alegria em torno da inauguração do Ledra Palace durou tanto quanto possível. Que festas incríveis se davam naquela época! No suntuoso salão de baile ressoavam os saltos altos, o estouro das rolhas, o isqueiro Ronson sendo acendido diante do cigarro de uma dama, dedos estalando enquanto a orquestra tocava "Smooth Sailing" até o amanhecer, sempre terminando a noite com "Que Sera". Escândalos irrompiam sob o teto ornamentado, e as fofocas, como o champanhe, fluíam sem cessar. Era um lugar alegre. Assim que cruzaram a soleira, os visitantes sentiam que haviam entrado em outra dimensão, onde poderiam deixar de lado as preocupações cotidianas e esquecer a violência e os conflitos étnicos a poucos metros dos muros do hotel.

Embora dentro do Ledra Palace todos fizessem o possível para deixar de fora o mundo real, nem sempre podiam impedir que ele invadisse, como na vez em que encontraram panfletos escritos em um inglês impecável espalhados pelo saguão como se o vento os tivesse levado até lá: DEMOS INÍCIO À LUTA PARA NOS LIVRARMOS DO JUGO INGLÊS. MORTE OU VITÓRIA! Ou como a ocasião, em novembro de 1955, quando a EOKA atacou o hotel com a intenção de assassinar o governador britânico, *sir* John Harding, que estava lá dentro tomando uns drinques. Lançaram duas granadas: a primeira explodiu, causando danos consideráveis, mas a segunda não, porque o atacante havia se esquecido de puxar o pino. Um oficial recolheu a granada não detonada, colocou-a no bolso e saiu. E a orquestra continuou tocando "Learnin' the Blues", de Frank Sinatra. Nem mesmo quando a entrada do hotel foi bloqueada com sacos de areia e barris, e o medo de outro ataque rondava os corredores, a música parou de soar.

Ao longo dos anos, todos os tipos de personalidade frequentaram o hotel: políticos, diplomatas, escritores, membros da alta sociedade, garotas de programa, gigolôs e espiões. Líderes religiosos também. Foi lá que o arcebispo Makarios conheceu o governante britânico. E foi lá, em 1968, que as conversas entre as comunidades tiveram início, ainda que no fim das contas tenham fracassado terrivelmente. Com a escalada da violência, os repórteres internacionais que cobriam "o caso do Chipre" chegaram aos montes com máquinas de escrever e blocos de notas. Em seguida, vieram os soldados, a Força de Manutenção da Paz das Nações Unidas.

Ao longo de todas essas manobras, o hotel continuou funcionando — até o verão de 1974. Os hóspedes estavam refestelados em espreguiçadeiras, bebendo coquetéis sob o sol da tarde, quando foram instruídos a evacuar o hotel, o que fizeram com tanto temor e pânico que simplesmente pegaram o que puderam e fugiram. A conta foi enviada posteriormente pelo correio, com um bilhete anexado:

Esperamos que tenha feito uma boa viagem de volta para casa e que a sua estadia no Ledra Palace Hotel tenha sido agradável até o desafortunado momento em que eclodiu a invasão turca, no sábado, 20 de julho de 1974, que, não resta dúvida, será recordado por todos como um episódio memorável... Em anexo, sua conta, no valor de (...); apreciaríamos muito a pronta quitação.[2]

---

2 De uma carta original publicada no *Observer*, Londres, 15 de setembro de 1974.

Depois, restaram crateras de morteiro nas paredes e buracos de bala que observavam tudo como órbitas vazias. Um silêncio perturbador reinava nos corredores. Sob a superfície, no entanto, fervilhava uma infinidade de sons: besouros broca-de-madeira escavavam túneis dentro das balaustradas, a oxidação corroía os candelabros de bronze e, à noite, as tábuas do piso rangiam com o passar dos anos, um ruído como o rachar de verniz. Depois havia o tamborilar das baratas, o arrulhar dos pombos empoleirados no teto e, sobretudo, os sussurros dos ratos.

Eles viviam nas gretas do saguão, corriam pelo caro piso de carvalho, deslizavam para cima e para baixo nos parapeitos. Quando tinham vontade, subiam no lustre do salão de baile, se penduravam pela cauda, balançavam de um lado para outro e pulavam no espaço vazio abaixo. Eles eram bons em pular de alturas.

Nunca passavam fome, pois havia muito o que comer em um hotel outrora palaciano: papel de parede descascado, tapetes mofados, gesso úmido. O arquiteto que projetara o prédio havia incluído uma espaçosa biblioteca nos fundos, repleta de livros, revistas e enciclopédias. Era nessa biblioteca que o rato passava a maior parte de seus dias, roendo páginas e deixando marcas de dentes em dezenas de volumes encadernados em couro. Ele mordiscou os vinte e quatro volumes da *Encyclopaedia Britannica*, saboreando a encadernação bordô com letras douradas na lombada. Devorou também os clássicos: Sócrates, Platão, Homero, Aristóteles... *História*, de Heródoto; *Antígona*, de Sófocles; *Lisístrata*, de Aristófanes.

Lá, o rato teria ficado até o fim da vida não fosse por um fervilhar inesperado de atividade nas instalações: grego-cipriotas e turco-cipriotas começaram a se reunir no térreo do Ledra Palace sob os auspícios do contingente da ONU instalado no hotel. Pela primeira vez, as duas comunidades faziam progressos rumo à paz e à reconciliação.

Os membros do CPD se reuniram nas salas designadas, ouvindo uns aos outros, debatendo quem incluir nas estatísticas de violência. Nenhum dos lados queria que os números aumentassem, pois que imagem isso transmitiria ao mundo que os estava observando? Mas permanecia não resolvida a questão: os oponentes gregos que tinham sido assassinados por ultranacionalistas gregos seriam contados entre os desaparecidos? Da mesma forma, os oponentes turcos que tinham sido assassinados por ultranacionalistas turcos também seriam incluídos? Estariam as comunidades que ainda não haviam aceitado o próprio extremismo prontas para reconhecer o que tinham feito com os próprios dissidentes?

Fiquei sabendo por intermédio do rato que Defne também havia participado dessas reuniões, que constituíram um trabalho preliminar essencial para reconstruir a confiança entre as comunidades antes que as escavações pudessem começar a sério.

Depois de compartilhar tudo isso comigo e de se refestelar com meus figos, o rato seguiu seu caminho. Nunca mais o vi. Mas, antes de sair, ele mencionou que o último livro que havia mastigado fora de alguém chamado Ovídio. Ele havia gostado das palavras e, das milhares de frases com as quais havia se deparado, uma em particular ficara gravada na memória dele:

Algum dia esse sofrimento lhe será útil.

Eu esperava que ele estivesse certo e que um dia, em um futuro não muito distante, todo aquele sofrimento fosse útil para as gerações futuras nascidas na ilha, para os netos daqueles que haviam vivido durante os conflitos.

Se você for ao Chipre hoje, ainda poderá encontrar lápides de viúvas gregas e turcas, com uma inscrição em diferentes alfabetos, mas uma súplica parecida:

Se encontrar meu marido,
por favor, enterre-o ao meu lado.

SEXTA PARTE

COMO DESENTERRAR UMA ÁRVORE

ENTREVISTA

Londres, fim da década de 2010

Para a véspera de Ano-Novo eles haviam planejado um jantar tranquilo, nada muito elaborado, embora nenhum jantar pudesse ser simples quando preparado por Meryem. Determinada a encerrar um ano difícil com alguma doçura na boca e uma sensação de calor na barriga, usou todos os ingredientes que encontrou nos armários para preparar um banquete. Quando os relógios soaram meia-noite e fogos de artifício explodiram do lado de fora das janelas, Ada deixou que os adultos a abraçassem e sentiu-se envolvida pelo amor deles, suave porém forte como um tecido feito de fibras vegetais resistentes.

No dia seguinte, Meryem começou a arrumar suas coisas, embora, depois de todas as compras que fizera em East London, tivesse encontrado dificuldades para fechar as malas de Marilyn Monroe. Passou a tarde inteira com Ada na cozinha, imbuída da ilusão de que poderia ensinar habilidades culinárias básicas à sobrinha e dar-lhe alguns conselhos "femininos".

— Olha, Adacim, você precisa de uma figura feminina na sua vida. Aos seus olhos, talvez eu não seja um bom modelo, mas sou mulher há muitos e muitos anos, tudo bem? Você pode me ligar sempre que quiser. Também vou ligar com frequência, se estiver tudo bem para você.

— Claro.

— Podemos conversar sobre qualquer coisa. Eu posso não saber as respostas sozinha. Como se costuma dizer, se conhecesse um remédio para a calvície, o careca o besuntaria na própria cabeça. Mas a partir de agora, eu sempre estarei disponível, nunca mais vou me afastar, prometo.

Ada lhe dirigiu um olhar longo e pensativo.

— E a entrevista? — perguntou ela. — Quer fazer isso antes de ir?

— O dever de casa da escola? É verdade, eu tinha me esquecido. Vamos fazer agora! — Meryem desfez a trança e a refez rapidamente. — Mas primeiro vamos fazer chá, está bem? Caso contrário, não consigo pensar direito.

Quando o samovar começou a ferver, enchendo a cozinha de um tênue vapor, Meryem pegou dois pequenos copos. Ela os preencheu até a metade com chá, em seguida encheu um com água quente, o outro com leite, fazendo uma careta de leve ao incluir essa última adição.

— Obrigada — disse Ada, embora nunca tivesse gostado muito de chá. — Pronta?

— Pronta.

Ada pressionou o botão do gravador do celular e abriu o notebook no colo.

— Muito bem, me conte como era a vida quando você era menina. Você tinha um jardim? Em que tipo de casa você morava?

— Sim, tínhamos um jardim — respondeu Meryem, o rosto se iluminando. — Tínhamos mimosas e magnólias. Eu cultivava tomates em vasos... Tínhamos uma amoreira no pátio. Meu pai era um *self-made man*. Era um chef famoso, embora raramente cozinhasse em casa, isso era trabalho de mulher. *Baba* não havia recebido uma educação esmerada, mas sempre apoiou que as filhas estudassem. Ele mandou eu e Defne para as melhores escolas, onde recebemos uma educação inglesa, achávamos que fazíamos parte da Europa. Acontece que os europeus discordavam.

— Foi uma infância feliz?

— Minha infância se divide em duas partes. A primeira foi feliz.

Ada inclinou a cabeça.

— E a outra?

— As coisas mudaram, dava para sentir no ar. Antes costumávamos dizer que gregos e turcos eram unha e carne. Não dá para separar a unha da carne. Pelo menos era o que parecia, mas todos estavam errados. Unha e carne podiam ser separadas. A guerra é uma coisa terrível. Todas as guerras. Mas as guerras civis talvez sejam as piores, quando velhos vizinhos se tornam novos inimigos.

Ada escutou atentamente enquanto Meryem lhe falava sobre a ilha: de como eles dormiam ao ar livre nas noites mais quentes do verão, estendendo os colchões na varanda, ela e Defne sob um diáfano cortinado branco para se protegerem dos mosquitos e contar estrelas; de como ficavam alegres quando a vizinha grega lhes oferecia doce de marmelo cristalizado, embora a sobremesa favorita delas fosse o bolo de Ano-Novo, *vasilopita*, com uma moeda escondida dentro; e de como a mãe, convencida de que o prato de um vizinho nunca deveria ser devolvido vazio, o preenchia com pudim de mástique com calda de rosas; como, depois da partição, havia sacos de areia e postos de guarda nas ruas onde antes brincavam e passavam o tempo; e como as crianças nas ruas conversavam com soldados irlandeses, canadenses, suecos, dinamarqueses, aceitando as tropas da ONU como parte inevitável do cotidiano...

— Imagine só, Adacim, um soldado louro de pele muito branca que nunca tinha visto o sol vir de longe e se plantar ali, só para se certificar de que você não vai matar seu antigo vizinho, e que ele não vai te matar. Não é triste? Por que não podemos todos viver em paz sem soldados nem metralhadoras?

Depois que parou de falar, os olhos, distantes por alguns minutos, voltaram a se concentrar na sobrinha.

— Me conte: você aprendeu algo sobre o Chipre na escola?

— Na verdade, não.

— Eu imaginei. Todos aqueles turistas que viajam para o Mediterrâneo de férias vão atrás de sol, mar e lula frita. Mas nada de história, por favor, é deprimente. — Meryem tomou um gole do chá. — Antigamente eu ficava chateada, mas hoje fico pensando que talvez eles tenham razão, Adacim. Se chorar por todas as tristezas deste mundo, no fim das contas não terá olhos.

Depois de dizer isso, ela se recostou com um pequeno sorriso… que desapareceu por completo quando ela ouviu a pergunta que Ada fez em seguida.

— Eu meio que entendo por que meus parentes mais velhos acharam difícil aceitar o casamento dos meus pais. Era outra geração. Imagino que todos tenham passado por muita coisa. O que não entendo é por que meus próprios pais nunca falaram sobre o passado, mesmo depois de se mudarem para a Inglaterra. Por que o silêncio?

— Não sei ao certo se posso responder isso — disse Meryem, uma nota de cautela na voz.

— Experimente. — Ada se inclinou para a frente e parou o gravador. — A propósito, isso não é para a escola. É para mim.

SILÊNCIOS

Londres, início dos anos 2000

Nove meses após o nascimento de Ada, Defne decidiu voltar a trabalhar para o Comitê de Pessoas Desaparecidas. Embora estivesse a três mil quilômetros do Chipre, acreditava que ainda assim poderia ajudar nas buscas pelos desaparecidos. Começou a visitar comunidades de imigrantes da ilha instaladas em vários bairros e subúrbios de Londres. Queria conversar sobretudo com os idosos que haviam vivenciado os conflitos e que talvez, no fim da vida, estivessem dispostos a compartilhar alguns segredos.

Quase todos os dias naquele outono ela vestia seu sobretudo azul e andava pelas ruas onde havia letreiros em grego e turco, a chuva tamborilando nas calçadas e escorrendo pelas sarjetas. Quase sem exceção, depois de uma conversa amigável, alguém indicava uma ou outra casa, insinuando que talvez ali encontrasse o que estava procurando. As famílias que conheceu dessa maneira costumavam ser calorosas e acolhedoras, oferecendo-lhe chá e doces, mas sempre havia entre eles um véu de desconfiança tácita, ainda que palpável para todos que se encontravam no ambiente.

Em algumas ocasiões, Defne notou que um avô ou uma avó estavam dispostos a falar, contanto que não houvesse outros membros da família por perto. Porque se lembravam. Recordações tão fugidias e tênues como tufos de lã dispersos no vento. Muitos desses homens e mulheres, nascidos e criados em vilarejos mistos, falavam grego e turco, e alguns poucos, vitimados pelo Alzheimer, escorregavam pelas ladeiras do tempo em um idioma que não usavam havia décadas. Alguns haviam testemunhado atrocidades, outros tinham apenas ouvido falar delas, e outros pareciam evasivos.

Foi durante essas conversas difíceis que Defne chegou à conclusão de que as mãos eram a parte mais sincera do corpo humano. Os olhos mentiam. Os lábios mentiam. Rostos se escondiam atrás de milhares de máscaras. Mas as mãos raramente o faziam. Observava as mãos dos anciãos, pousadas recatadamente no colo, murchas, enrugadas, cheias de manchas, retorcidas e com veias azuladas, criaturas com mente e consciência próprias. Ela se deu conta de como, toda vez que fazia uma pergunta desconfortável, as mãos respondiam na própria língua, inquietas, gesticulando, cutucando as unhas.

Enquanto tentava encorajar os entrevistados a se abrirem, Defne tinha o cuidado de não exigir mais do que eles estavam dispostos a oferecer. Ficava perturbada, no entanto, ao observar as profundas divergências entre membros de diferentes gerações de uma mesma família. Com demasiada frequência, a primeira geração de sobreviventes, os que mais tinham sofrido, eram os que conservavam a dor à flor da pele, as lembranças como farpas alojadas sob a derme, algumas assomando, outras completamente invisíveis aos olhos. A segunda geração, por sua vez, havia optado por suprimir o passado, tanto o que sabiam quanto o que não sabiam dele. A terceira geração, por outro lado, estava ansiosa para escavar e desenterrar silêncios. Como era estranho que em famílias marcadas por guerras, por deslocamentos forçados e atos de brutalidade, fossem os mais jovens que parecessem guardar as recordações mais antigas.

Por trás das muitas portas nas quais bateu, Defne encontrou uma infinidade de relíquias de família trazidas da ilha. Ela se comovia ao ver colchas de retalho, paninhos de crochê, estatuetas de porcelana e relógios na cornija da lareira, transportados com amor pelas fronteiras. Mas além disso também reparava na presença de artefatos culturais que pareciam completamente fora de lugar: ícones roubados de igrejas, tesouros contrabandeados, mosaicos quebrados, frutos de pilhagem histórica. O público internacional mal prestava atenção em como a arte e as antiguidades chegavam ao mercado. Os clientes nas capitais ocidentais os adquiriam alegremente, sem questionar a proveniência. Entre os compradores havia cantoras famosas, artistas, celebridades.

Na maioria das vezes, Defne fazia aquelas visitas sozinha, mas em algumas ocasiões era acompanhada por uma colega do CPD. Certa vez, foram tratadas com tanta grosseria pelo filho mais velho de um sobrevivente de noventa e dois anos — que as acusou de fazer perguntas demais sobre o passado quando o passado deveria ficar onde estava, de agirem como peões das potências ocidentais, de seus lobbies e lacaios, dando à sua ilha uma imagem terrível na arena internacional — que ela e a colega grega deixaram o local muito abaladas. Pararam sob um poste de luz para recuperar o fôlego, o rosto crispado sob o clarão da lâmpada de vapor de sódio.

— Tem um bar na esquina — disse a outra mulher. — Quer beber alguma coisa?

Encontraram uma mesa nos fundos, e o cheiro de tapetes empapados de cerveja e casacos úmidos lhes pareceu estranhamente reconfortante. Defne foi até o bar e pegou duas taças de vinho branco. Era a primeira vez que bebia desde que descobrira que estava grávida. Naquele momento, estava amamentando. Com algo como alívio iluminando o rosto, ela embalou a taça entre a palma das mãos, sentindo o frio se dissipar lentamente em calor. Ela riu, nervosa, e antes que percebessem, as duas mulheres estavam rindo tanto, com lágrimas nos olhos, que os outros clientes começaram a olhar para elas com reprovação, se perguntando o que seria tão engraçado, sem que ninguém imaginasse que era dor que eles estavam liberando.

* * *

Naquela noite, Defne chegou tarde em casa e encontrou Kostas dormindo no sofá com a bebê ao seu lado. Ele acordou assustado ao ouvir os passos dela.

— Desculpe, amor, eu te acordei.

— Tudo bem. — Ele se levantou devagar, se espreguiçando.

— Como está a Ada? Você deu a ela o leite que eu deixei?

— Dei, mas ela acordou duas horas depois chorando. Então eu tentei dar fórmula. Caso contrário, ela não teria parado de chorar.

— Ah, me desculpe — disse Defne novamente. — Eu deveria ter voltado mais cedo.

— Tudo bem, não se desculpe, você precisava de um descanso — respondeu Kostas, examinando o rosto dela. — Você está bem?

Ela não respondeu, e ele não teve certeza de que ela o tinha ouvido.

Ela beijou a testa da bebê, sorrindo para o rosto enrugado dela, a boca de botão de rosa, e então disse:

— Não quero que a Ada carregue com ela as nossas dores. Quero que você me prometa, Kostas, que não vai contar muito a ela sobre o nosso passado. Apenas algumas coisas básicas, mas só isso, nada mais.

— Meu amor, você não pode impedir as crianças de fazer perguntas. Quando crescer, ela vai ter curiosidade.

Do lado de fora, um caminhão passava pela rua, tão tarde, o ruído preenchendo o vazio que suas vozes tinham ocupado momentos antes.

Defne franziu a testa, refletindo sobre as palavras de Kostas.

— A curiosidade é temporária. Vai e vem. Se Ada tentar se aprofundar, você sempre pode responder sem responder de fato.

— Pare com isso, Defne — disse ele, tocando o braço dela.

— Não! — Ela se afastou.

— Já é tarde, conversamos sobre isso amanhã — afirmou Kostas, a gélida reação dela e o gesto abrupto cortando-o como o fio de uma navalha.

— Por favor, não me trate com condescendência. — Os olhos escuros eram inescrutáveis. — Faz tempo que venho pensando sobre isso. Eu vejo como é. Falo com as pessoas o tempo todo. Isso não desaparece, Kostas. Uma vez que entra na sua cabeça, seja suas próprias lembranças ou as de seus pais ou avós, essa dor maldita se entranha na sua carne. Ela fica em você e te marca para sempre. Arruína a sua psique e altera a maneira como você pensa em si mesmo e nos outros.

A bebê se mexeu justamente nesse momento, e os dois se viraram para ela, preocupados por terem feito muito barulho. Mas qualquer que fosse o sonho no qual estava flutuando, Ada ainda permanecia nele, sua expressão resplandecente e calma, como se estivesse tentando escutar alguma coisa.

Defne estava sentada no sofá, os braços pendendo ao lado do corpo, uma boneca inerte.

— Só me prometa, é tudo que peço. Se quisermos que nossa filha tenha um futuro feliz, temos que protegê-la do nosso passado.

Kostas sentiu o cheiro de álcool no hálito de Defne: um tênue odor de cobre no ar que o fez lembrar de uma noite distante, quando ficou sentado quieto e indefeso, olhando para pássaros canoros preservados em potes. Será que ela havia começado a beber de novo? Disse a si mesmo que ela precisava de uma noite fora, de algum tempo para si depois dos meses difíceis de gravidez, parto e cuidados com a filha. Disse a si mesmo para não se preocupar. Eles eram uma família agora.

COZINHA

Londres, fim da década de 2010

Um dia antes da partida, ansiosa para dar mais conselhos, Meryem redobrou os ensinamentos, disparando uma torrente de dicas de culinária e truques de limpeza.

— Não se esqueça, use sempre vinagre para se livrar do calcário na ducha do chuveiro. Experimente esfregar a banheira com meia toranja. Polvilhe sal grosso sobre a fruta primeiro. Vai ficar impecável!

— Ok.

Meryem passou a cozinha em revista de todos os ângulos enquanto dava meia-volta.

— Vejamos, limpei as calcificações da chaleira, poli os talheres. Você sabe como tirar ferrugem? Esfregue cebola. E então, o que mais... ah, sim, removi as manchas de café do tampo da mesa. É simples, só precisa de pasta de dente, é como escovar os dentes. Sempre tenha bicarbonato de sódio em casa, ele faz milagres.

— Entendi.

— Tudo bem, por último, tem alguma coisa especial que você quer que eu prepare antes de ir?

— Não sei. — Ada deu de ombros. Dos recônditos de sua memória veio um sabor que havia muito não provava. — Talvez *khataifi*.

Meryem pareceu ao mesmo tempo satisfeita e irritada ao ouvir isso.

— Tudo bem, vamos fazer, mas o nome é *kadayif* — disse ela, traduzindo do grego para o turco.

— *Khataifi*, *kadayif* — respondeu Ada. — Que diferença faz?

Mas fazia diferença para Meryem, que continuava corrigindo nomes com o zelo de uma professora de gramática diante de uma vírgula entre o sujeito e o verbo: não era *halloumi*, mas *hellim*; não era *tzatziki*, mas *cacik*; não era *dolmades*, mas *dolma*; não era *kourabiedes*, mas *kurabiye*... e assim por diante. No que dizia respeito a Meryem, "*baklava* grega" era "*baklava* turca", e se os sírios, os libaneses, os egípcios, os jordanianos ou quaisquer outros reivindicassem a amada sobremesa dela, azar, pois tampouco era deles. Embora a menor mudança no vocabulário alimentar dela pudesse irritá-la, era a designação "café grego" que a tirava particularmente do sério, porque para ela era, e sempre seria, "café turco".

Àquela altura, fazia tempo que descobrira que a tia era cheia de contradições. Ao mesmo tempo que podia demonstrar um respeito e uma empatia comoventes em relação a outras culturas e que tinha uma aguda consciência dos perigos das animosidades culturais, na cozinha se transformava automaticamente em uma espécie de nacionalista, uma patriota da culinária. Ada achava divertido que uma mulher adulta pudesse ser tão sensível com as palavras, mas guardava as opiniões para si mesma. No entanto, disse, meio brincando:

— Nossa, você é muito sensível quando o assunto é comida.

— A comida é um tema delicado — respondeu Meryem. — Pode causar problemas. Você sabe o que dizem: coma seu pão fresco, beba sua água limpa e, se tiver carne no prato, diga ao mundo que é peixe.

Se comida era um assunto delicado, o sexo era o próximo item mais complicado da lista de Meryem. Nunca conseguia abordar o assunto de maneira direta, preferindo dar voltas em círculos nebulosos.

— Você não tem amigos na escola?

— Alguns. Ed, por exemplo.

— É Ed de Edwina?

— Não, de Edward.

Meryem arqueou as sobrancelhas de maneira exagerada.

— Brincando com fogo. Na sua idade, os meninos não são "amigos". Talvez quando estiverem velhos e fracos e não tiverem mais dentes na boca... Mas agora eles só pensam em uma coisa.

Um lampejo de malícia cruzou o rosto de Ada.

— E que coisa seria essa?

Meryem acenou com a mão.

— Você sabe do que eu estou falando.

— Eu só queria que você dissesse com todas as letras — retrucou Ada. — Então quer dizer que os meninos querem sexo, mas as meninas não. É isso?

— As mulheres são *diferentes*.

— Diferentes porque não temos desejos sexuais?

— Porque estamos sempre ocupadas! As mulheres têm coisas mais importantes para fazer. Cuidar da família, dos pais, dos filhos, da comunidade, garantindo que tudo corra bem. As mulheres sustentam o mundo, não temos tempo para brincadeiras!

Ada apertou os lábios, reprimindo um sorriso.

— O que é tão engraçado?

— Você! A maneira como você fala. Parece que nunca assistiu a um documentário sobre a natureza. Por que não conversa com meu pai, para ele contar a você sobre os antílopes, abelhas, dragões-de-komodo...? Talvez você se surpreenda ao descobrir que as fêmeas podem se interessar muito mais por sexo do que os machos.

— Para ter bebês, *canim*. Essa é a única razão. As fêmeas dos animais não se importam com sexo por outros motivos.

— E os bonobos?

— Nunca ouvi falar deles.

Pegando o celular, Ada mostrou uma foto à tia.

Mas Meryem não pareceu impressionada.

— Isso é um macaco, nós somos humanos.

— Compartilhamos quase noventa e nove por cento do nosso DNA com os bonobos. — Ada colocou o celular de volta no bolso. — De qualquer forma, acho que você espera demais das mulheres. Quer que elas se sacrifiquem pela felicidade dos outros, tentem acomodar a todos e se conformem com padrões de beleza que não são baseados na realidade. É injusto.

— O mundo é injusto — rebateu Meryem. — Se uma pedra cai sobre um ovo, é ruim para o ovo; se um ovo cai sobre uma pedra, continua sendo ruim para o ovo.

Ada estudou a tia por um momento.

— Acho que nós, mulheres, não precisamos ser tão duras com nós mesmas.

— Bem, nunca diga amém a uma oração impossível.

— Não é impossível! Por que não podemos ser como os gansos do Canadá? Os machos e as fêmeas são quase iguais. Além disso, a maioria das aves fêmeas nem sequer tem penas vistosas. Em geral, é o macho que tem uma aparência mais colorida.

Meryem balançou a cabeça.

— Desculpe, mas não é assim. Para nós, humanos, as regras são diferentes. Uma mulher precisa de uma bela plumagem.

— Mas por quê?

— Porque, senão, outra fêmea vem e arrebata seu companheiro. E, acredite, quando um pássaro fêmea chega à minha idade, ela não quer ficar sozinha em seu ninho.

Então Ada parou de fazer perguntas, não porque concordasse com qualquer uma das coisas que a tia estava dizendo, mas porque sentira, mais uma vez, por trás de toda aquela conversa animada e da personalidade assertiva, o quão tímida e vulnerável aquela mulher realmente era.

— Vou manter isso em mente — disse Ada. — Então, tem mais alguma dica de limpeza?

MODOS DE VER

Londres, fim da década de 2010

Kostas estava sentado, digitando no escritório — um antigo barracão de jardinagem —, os relevos do rosto acentuados pela luz azul da tela do computador. Havia construído ali um refúgio para si mesmo, a mesa cheia de documentos, livros e trabalhos acadêmicos empilhados. De vez em quando olhava pela janela, permitindo que o olhar repousasse no jardim. Agora que a Tempestade Hera se fora, havia algo novo no ar, a sensação de uma paz delicada que sobrevém a uma batalha feroz. Em poucas semanas, a primavera chegaria e ele desenterraria a figueira.

Na semana em que Defne morreu, ele estava na Austrália, em uma viagem de pesquisa, liderando uma equipe internacional de cientistas. Depois que incêndios devastaram grandes áreas de floresta, ele e os colegas queriam entender se as árvores que sofreram com secas ou calor extremo no passado, as árvores com ancestrais que talvez tivessem lidado com traumas semelhantes, tinham respondido aos incêndios recentes de maneira diferente das outras.

Eles haviam realizado vários experimentos com plantas perenes em solo rico em cinzas, mas estavam se concentrando sobretudo na espécie comum *Eucalyptus grandis*. Quando submeteram as mudas dos sobreviventes a incêndios de alta intensidade em condições de laboratório, descobriram que as árvores cujos ancestrais haviam passado por dificuldades reagiam mais rapidamente e produziam mais proteínas, que depois usavam para proteger e regenerar as células. As descobertas dele eram consistentes com estudos anteriores que mostraram como espécies geneticamente idênticas de álamos que cresciam em condições semelhantes respondiam de maneira diferente a traumas, como períodos de seca, dependendo do lugar de onde tinham vindo. Será que tudo isso poderia significar que as árvores não apenas tinham uma espécie de memória, mas também que a transmitiam aos descendentes?

Ligou para Defne, animado para compartilhar as descobertas, mas não conseguiu falar com ela. Ligou novamente no fim do dia e então tentou tanto o telefone fixo quanto o celular de Ada, mas em nenhuma das vezes houve resposta.

Não conseguiu dormir naquela noite: sentia um aperto no peito, como se uma serpente tivesse se enroscado em torno dele. Às três da manhã, o telefone ao lado da cama começou a tocar. A voz de Ada, quase irreconhecível, o arquejar entre as palavras não menos desesperado do que os soluços. Através das pesadas cortinas, o letreiro de néon do lado de fora de seu quarto de hotel piscava, primeiro laranja e branco, depois escuridão total. No banheiro, enquanto lavava o rosto, os olhos que o fitavam do espelho eram os de um estranho assustado. Abandonou o experimento e a equipe, pegou um táxi para o aeroporto e voltou para Londres no primeiro voo.

Desde menino, as árvores lhe ofereciam consolo, eram um santuário próprio, e ele percebia a vida através das cores e da densidade dos galhos e folhagens delas. No entanto, sua profunda admiração pelas plantas também o afligia com um estranho sentimento de culpa, como se, ao prestar tanta atenção à natureza, estivesse negligenciando algo, se não mais crucial, pelo menos igualmente urgente e imperioso: o sofrimento humano. Por mais que amasse o mundo arbóreo e o complexo ecossistema dele, estaria, de forma indireta, evitando as realidades cotidianas da política e dos conflitos? Uma parte dele entendia que as pessoas, sobretudo do lugar de onde ele vinha, poderiam ver as coisas dessa forma, mas uma parte ainda maior rejeitava essa ideia com firmeza. Sempre havia acreditado que não havia — ou não deveria haver — hierarquia entre o sofrimento humano e o sofrimento dos animais, e nenhuma precedência dos direitos humanos sobre os direitos dos animais, ou mesmo sobre os direitos das plantas, para falar a verdade. Sabia que muitos dos compatriotas ficariam profundamente ofendidos se ele dissesse isso em voz alta.

De volta a Nicósia, enquanto observava o trabalho do Comitê de Pessoas Desaparecidas, um pensamento indizível havia cruzado a mente dele. Era um pensamento pacífico, no que lhe dizia respeito. Dos corpos dos desaparecidos, se desenterrados, cuidariam os entes queridos deles, que lhes dariam os enterros dignos que mereciam. Mas mesmo aqueles corpos que nunca seriam encontrados não estavam exatamente abandonados. A natureza cuidaria deles. O tomilho-selvagem e a manjerona cresciam do mesmo solo, o solo se abrindo como a fresta de uma janela para dar espaço às possibilidades. Uma miríade de pássaros, morcegos e formigas levavam aquelas sementes para muito longe, onde se converteriam em vegetação nova. Das maneiras mais surpreendentes, as vítimas continuavam a viver, porque é isso que a natureza faz com a morte, transforma finais abruptos em mil novos começos.

Defne entendia como Kostas se sentia. Ao longo dos anos, tiveram desentendimentos, mas sempre haviam respeitado as diferenças deles. Eram um casal improvável não porque ela fosse turca e ele grego, mas porque tinham personalidades assombrosamente distintas. Para ela, o sofrimento humano era primordial e a justiça o objetivo final, enquanto para ele, a existência humana, embora sem dúvida indizivelmente valiosa, não tinha uma prioridade especial na cadeia ecológica.

Sentiu um nó na garganta ao olhar para a foto emoldurada na mesa, tirada em uma viagem à África do Sul, apenas os três. Com a ponta do dedo indicador, tocou o rosto da mulher, traçou o sorriso confiante da filha. Defne se fora, mas Ada continuava lá, e ele tinha medo de estar falhando com ela. Tinha estado retraído e taciturno naquele último ano, uma nuvem de letargia pairando sobre tudo o que dizia e não podia dizer.

Antes, ele e Ada eram tão próximos. Como um bardo imbuindo cada história de suspense, ele contava a ela sobre as flores-de-chocolate que desabrochavam à noite, sobre as pedras-vivas de crescimento lento — pedras que floresciam —, que curiosamente pareciam seixos, e sobre a *Mimosa pudica*, uma planta tão tímida que se encolhia ao menor toque. Seu coração se alegrava ao ver o interminável fascínio da filha pela natureza; sempre respondia pacientemente às perguntas dela. Naquela época, tamanha era a força do vínculo deles que Defne, meio de brincadeira, reclamava: "Estou com ciúmes. Veja só como a Ada ouve você! Ela te admira, amor".

Essa fase da vida de Ada — pois tinha sido apenas uma fase, não importava quantos anos tivesse durado — havia chegado ao fim. Agora, quando olhava para ele, a filha via fraquezas, falhas e inseguranças dele. Quem sabe um dia, no futuro, sobreviesse uma fase mais positiva, mas eles ainda não haviam chegado lá. Kostas fechou os olhos, pensando em Defne, nos olhos inteligentes dela, o sorriso pensativo, os súbitos acessos de raiva, o profundo senso de justiça e igualdade... O que ela faria se estivesse no lugar dele agora?

— *Lute,* ashkim... *Lute para sair dessa.*

Guiado por um impulso, Kostas se levantou e saiu da mesa. Atravessou o corredor que ligava o escritório à casa, os olhos ardendo ligeiramente com a mudança de luz. Quando chegou ao quarto de Ada, encontrou a porta aberta. Com os cabelos presos com um lápis em um coque frouxo, a cabeça enterrada no celular, o rosto tensionado em uma concentração silenciosa, ela demonstrava uma reflexão nervosa que fez Kostas se lembrar da mãe dela.

— Oi, amor.

Ela escondeu de imediato o celular.

— Oi, pai.

Ele fingiu não notar. Não fazia sentido iniciar um discurso sobre o uso excessivo de dispositivos eletrônicos.

— Como estão indo os deveres de casa?

— Tudo bem — respondeu Ada. — Como vai o livro?

— Estou quase terminando.

— Nossa, uau, isso é ótimo, parabéns.

— Bem, não sei se está bom... — Ele fez uma pausa, pigarreou. — Eu queria saber se você gostaria de ler e me dizer o que achou. Significaria muito para mim.

— Eu? Mas eu não sei nada sobre árvores.

— Tudo bem, você sabe muito sobre todo o resto.

Ela sorriu.

— Tudo bem, legal.

— Legal. — Kostas bateu com os nós dos dedos contra a porta, tocando um ritmo que ouvira no início do dia. Em seguida, mencionou um artista que sabia que Ada adorava ouvir, dia e noite. — Não é ruim. É muito bom, na verdade. Um cantor sinistro com algumas músicas iradas...

Ada reprimiu o sorriso dessa vez, achando graça da tentativa idiota do pai de se conectar com ela por meio do rap emo, do qual ele não sabia absolutamente nada. Talvez ela devesse tentar falar a língua dele.

— Pai, você se lembra de como costumava me dizer que as pessoas olham para uma árvore, mas nunca veem a mesma coisa? Eu estava pensando nisso outro dia, mas não conseguia me lembrar direito. Como era mesmo?

— Ah, sim, acho que o que eu disse foi que é possível deduzir o caráter de uma pessoa com base naquilo em que ela repara primeiro ao olhar para uma árvore.

— Continue.

— Bem, isso não se baseia em nenhuma metodologia científica ou pesquisa empírica...

— Eu sei! Vá em frente.

— O que eu quis dizer foi que algumas pessoas ficam na frente de uma árvore e a primeira coisa que notam é o tronco; essas pessoas priorizam a ordem, a segurança, as regras, a continuidade. Depois, há aquelas que escolhem os galhos antes de qualquer outra coisa; elas anseiam por mudança, pela sensação de liberdade. Há também aquelas que são atraídas pelas raízes, embora estejam escondidas sob a terra; essas têm um profundo apego emocional a sua herança, sua identidade, suas tradições...

— E qual delas é você?

— Não me pergunte. Minha vida é estudar árvores — disse ele, alisando os cabelos. — Mas por muito tempo, acho que fiz parte do primeiro grupo. Eu ansiava por uma certa ordem, por segurança.

— E a minha mãe?

— Segundo grupo, sem dúvida. Ela sempre via os galhos primeiro, amava a liberdade.

— E a tia Meryem?

— Sua tia provavelmente está no terceiro grupo, das tradições.

— E eu?

Kostas sorriu, olhando nos olhos da filha.

— Você, meu amor, é de uma tribo completamente diferente. Você vê uma árvore e quer conectar o tronco, os galhos e as raízes, quer manter tudo isso no seu campo de visão. E isso é um grande talento, sua sede de saber. Nunca o perca.

Naquela noite, no quarto, ouvindo o cantor do qual seu pai estava tentando gostar, Ada abriu as cortinas e olhou para a escuridão que cobria o jardim. Mesmo invisível, ela sabia que a figueira estava lá, esperando o tempo dela, crescendo, mudando, lembrando, tronco, galhos e raízes, todos juntos.

Figueira

Os antigos acreditavam que havia uma haste que atravessava todo o universo, unindo o submundo à terra e ao céu, e que no centro dessa haste erguia-se, poderosa e magnífica, a grande árvore cósmica. Os galhos sustentavam o sol, a lua, as estrelas e as constelações, e as raízes desciam até o fundo do abismo. Mas quando tiveram que definir exatamente que tipo de planta poderia ser, os humanos entraram em amargo desacordo. Uns diziam que só podia ser um álamo-balsâmico. Outros argumentavam que devia ser um tamarindo. Outros ainda insistiam que era um cedro ou uma nogueira ou um baobá ou um sândalo. Foi assim que a humanidade se dividiu em nações hostis, tribos em guerra.

Foi algo completamente insensato, na minha opinião, já que todas as árvores são essenciais e merecem atenção e reconhecimento. Você pode até dizer que há uma árvore para cada estado de ânimo e para cada momento. Quando tem algo precioso para dar ao universo, uma canção ou um poema, você deveria primeiro compartilhá-lo com um carvalho-dourado antes de qualquer outra pessoa. Se estiver se sentindo desanimado e indefeso, busque um cipreste-mediterrâneo ou uma castanheira-da-índia em flor: ambos têm uma resistência surpreendente e vão lhe falar sobre todos os incêndios aos quais sobreviveram. E se quiser emergir mais forte e mais generoso de suas provações, encontre um álamo com o qual possa aprender: uma árvore tão tenaz que é capaz de afugentar até mesmo as chamas que pretendem destruí-la.

Se estiver sofrendo e não houver ninguém disposto a ouvi-lo, talvez lhe faça bem passar um tempo ao lado de um bordo-açucareiro. Se, por outro lado, sofrer de excesso de autoestima, visite uma cerejeira e observe suas flores, que, embora sem dúvida bonitas, não são menos efêmeras que a soberba. Quando sair, vai se sentir um pouco mais humilde, mais realista.

Para relembrar o passado, procure um azevinho sob o qual possa se sentar; para sonhar com o futuro, escolha uma magnólia. E se o que tem em mente são amigos e amizades, o companheiro mais adequado seria um abeto ou uma ginkgo. Quando estiver em uma encruzilhada e não souber qual caminho tomar, o silêncio tranquilo junto de um sicômoro pode ajudar.

Se é um artista em busca de inspiração, um jacarandá-azul ou uma acácia-mimosa docemente perfumada podem estimular sua imaginação. Se o que você busca é renovação, procure um olmo e, se tiver muitos arrependimentos, um salgueiro-chorão oferecerá consolo. Quando estiver com problemas ou vivendo o pior momento e não tiver ninguém em quem confiar, um espinheiro-branco seria a melhor opção: há uma razão para serem o lar de fadas e serem conhecidos por abrigar potes de tesouros.

Para encontrar sabedoria, experimente uma faia; para inteligência, um pinheiro; para bravura, uma sorveira; para generosidade, uma aveleira; para alegria, um zimbro; e se precisar aprender a deixar ir o que não pode controlar, uma bétula com sua casca branco-prateada, descamando e se desprendendo de camadas como pele velha. Por outro lado, se o que você procura é amor, ou se é amor o que você perdeu, recorra à figueira, sempre a figueira.

O OCULTO

Londres, fim da década de 2010

Na noite em que a tia partiu, Ada foi dormir cedo, com cólicas menstruais. Abraçando uma bolsa de água quente contra a barriga, tentou ler um pouco, mas uma confusão de pensamentos atravessava a mente dela e a impedia de se concentrar. Através da janela, via as luzes de Natal do vizinho ainda piscando, parecendo menos brilhantes, menos festivas de alguma forma agora que as comemorações tinham terminado. Havia no ar uma sensação de coisas chegando ao fim, quase uma exalação.

As cólicas não eram a única coisa que a incomodava. As palavras da tia sobre ter uma figura feminina em casa tinham reacendido na alma dela uma preocupação conhecida: de que algum dia não muito distante o pai pudesse se casar de novo. Desde a morte da mãe, essa suspeita havia se tornado tão parte de si quanto os batimentos cardíaco. Mas naquela noite não queria se ver mais uma vez presa nas teias de ansiedade que era tão boa em tecer.

Saiu para o corredor. Uma réstia de luz vazava por baixo da porta do pai. Ele havia ficado acordado até tarde, de novo. No passado, os pais trabalhavam juntos até tarde com frequência, cada um curvado em uma ponta da mesa, a cabeça enterrada nos livros e o fantasma de Duke Ellington cantando ao fundo.

Ela bateu na porta e a abriu. Encontrou o pai diante do computador, o rosto iluminado pelo brilho da tela, os olhos fechados, a cabeça inclinada para o lado, uma xícara de chá esfriando na mesa.

— Pai?

Por um momento, teve medo de que ele estivesse morto, aquele pavor insidioso de perdê-lo também, e só ao ver o peito dele subir e descer ela relaxou um pouco.

Alternou o peso entre os pés, fazendo o piso ranger.

— Ada? — Kostas acordou de repente, esfregando os olhos. — Não ouvi você entrar. — Colocando os óculos, ele sorriu. — Querida, por que não está dormindo? Está tudo bem?

— Sim, é só que... Você costumava fazer queijo-quente para mim, por que não faz mais?

Ele ergueu as sobrancelhas.

— Nossa geladeira está abarrotada das sobras infinitas de comida da sua tia e você está sentindo falta do meu queijo-quente?

— É diferente — disse Ada. — Tenho saudade de como costumávamos fazer.

Era um dos segredos culpados deles. Apesar das objeções de Defne, os dois se sentavam diante da TV tarde da noite e comiam queijo-quente, mesmo sabendo que não era a coisa mais saudável a se fazer, mas desfrutando aquele momento mesmo assim.

— Na verdade, estou com vontade de comer um — falou Kostas.

A cozinha, banhada pela luz da lua, cheirava vagamente a vinagre e bicarbonato de sódio. Ada ralou queijo enquanto Kostas passava manteiga em fatias de pão e as colocava na frigideira.

As palavras saíram atropeladas antes que Ada pudesse contê-las.

— Tenho plena consciência de que um dia você pode querer namorar alguém... e acho que vou ficar numa boa com isso.

Ele se virou para ela, o olhar perscrutador.

— Vai acontecer — afirmou Ada. — Eu só preciso que você saiba que ficarei bem se você começar a namorar outra vez. Eu quero que você seja feliz. A mamãe ia querer que você fosse feliz. Se não, quando eu for para a universidade, você vai ficar sozinho.

— Que tal fazermos um acordo? — propôs Kostas. — Eu continuo fazendo queijo-quente e você para de se preocupar comigo.

Quando os sanduíches ficaram prontos, eles se sentaram de frente um para o outro à mesa da cozinha, o ar da noite condensando-se em gotículas de água na vidraça.

— Eu amava sua mãe. Ela era o amor da minha vida. — Sua voz não parecia mais cansada. Havia uma espécie de luminosidade nela, como um fio de ouro se desenrolando.

Ada olhou para as próprias mãos.

— Nunca entendi por que ela fez aquilo. Se ela se importasse comigo... se ela se importasse com você... não teria feito aquilo.

Eles nunca tinham falado abertamente sobre a morte de Defne. Era um carvão ardente no centro da vida deles, impossível de tocar.

— Sua mãe te amava muito.

— Então por quê...? Ela bebia muito, você sabe disso. Tomou um monte de comprimidos quando você estava fora, mesmo sabendo que poderia ser perigoso. Você disse que não foi suicídio. O legista disse que não foi suicídio. O que foi, então?

— Foi algo mais forte do que ela, Aditsa.

— Desculpe, acho isso difícil de acreditar. Ela escolheu isso, não foi? Mesmo sabendo o que ia significar para nós. Foi totalmente egoísta. Não consigo perdoá-la. Você não estava aqui, eu era a única em casa com ela. Ela passou o dia inteiro no quarto. Achei que ela devia estar dormindo ou algo assim, tentei não fazer barulho. Você se lembra de como ela ficava às vezes? Se fechava por completo. A tarde inteira se passou e nenhum sinal dela. Bati na porta, nenhum som. Entrei, e ela não estava na cama... "Ela deve ter ido embora", pensei, como uma idiota. "Talvez ela tenha saído pela janela e me deixado..." Então eu a vi, caída no tapete como uma boneca quebrada, apertando os joelhos com força. — Ada piscou furiosamente. — "Deve ter caído da cama."

Kostas baixou o olhar, traçando as linhas na palma da mão com a ponta do polegar. Quando voltou a erguer os olhos, eles estavam cheios de dor, mas também algo parecido com paz.

— Quando eu era um jovem botânico, um acadêmico de Oxfordshire me ligou. Era um homem erudito, professor de línguas e literatura clássicas, mas não sabia nada sobre árvores e havia uma castanheira-portuguesa no jardim dele que não estava bem. Ele não conseguia entender o que havia de errado, então me pediu para ajudar. Examinei os galhos, as folhas. Tirei amostras da casca, verifiquei a qualidade do solo. Não havia nada de errado no resultado dos testes. Mas quanto mais observava, mais me convencia de que o professor estava certo. A árvore estava morrendo, e eu não conseguia entender o porquê. No fim das contas, peguei uma pá e comecei a cavar. Foi então que aprendi uma lição que nunca mais esqueci. As raízes da árvore estavam crescendo em torno da base do tronco, estrangulando o fluxo de água e nutrientes. Ninguém tinha percebido porque não dava para ver, estava acontecendo debaixo da terra…

— Não estou entendendo — disse Ada.

— Isso se chama "estrangulamento" e pode ser causado por diversos fatores. Nesse caso, a castanheira tinha sido cultivada em um recipiente circular antes de ser transplantada como muda. O que quero dizer é que a árvore estava sendo estrangulada pelas próprias raízes, mas como era algo que estava acontecendo debaixo da terra, era indetectável. Se não forem identificadas a tempo, as raízes que estrangulam começam a exercer uma pressão sobre a árvore que acaba se tornando excessiva.

Ada ficou em silêncio.

— Sua mãe te amava muito, mais do que tudo neste mundo. A morte dela não tem nada a ver com falta de amor. Ela florescia e prosperava com o seu amor, e eu gostaria de acreditar que com o meu também, mas, por baixo, algo a estava estrangulando: o passado, as lembranças, as raízes.

Ada mordeu o lábio inferior, sem dizer nada. Lembrou-se de como, quando tinha seis anos, quebrara o polegar e ele inchara até ficar com o dobro do tamanho, a carne se expandindo e pressionando a si mesma. Era assim que as palavras na boca dela pareciam estar naquele momento.

Kostas pegou o prato, percebendo que Ada não queria mais falar.

— Vamos ver se encontramos um filme para assistir.

Naquela noite, Ada e Kostas comeram queijo-quente diante da TV. Não conseguiram chegar a um acordo sobre o filme, mas foi bom ficarem sentados ali, procurando um, e aquele momento também foi leve enquanto durou.

FALCÃO CÍNICO

Londres, fim da década de 2010

No primeiro dia de aula, Ada se levantou da cama cedo, nervosa demais para dormir. Apesar de ter tempo de sobra, se vestiu apressada e verificou o conteúdo da mochila, embora tivesse arrumado tudo cuidadosamente na noite anterior. Como estava praticamente sem apetite, contentou-se com um copo de leite no café da manhã. Cobriu algumas espinhas que tinham aparecido durante a noite com corretivo, depois se preocupou que assim talvez elas ficassem ainda mais visíveis. Tentou aplicar um pouco de delineador e rímel, mas mudou de ideia na metade do processo e passou os dez minutos seguintes removendo a maquiagem do rosto. Ao ver o pânico dela, o pai insistiu em levá-la de carro.

Quando Kostas estacionou na frente da escola, Ada prendeu a respiração, imóvel como uma estátua de mármore, recusando-se a sair do carro. Juntos, observaram os alunos se movendo diante dos portões, reunindo-se e separando-se em grupos como peças móveis em um caleidoscópio. Mesmo com as janelas fechadas, podiam ouvir as conversas e gargalhadas.

— Quer que eu entre com você? — perguntou Kostas.

Ada negou com a cabeça.

Estendendo a mão, Kostas apertou a mão da filha.

— Vai ficar tudo bem, Ada *mou*. Vai dar tudo certo.

Ada franziu os lábios, mas não disse nada, concentrando o olhar nas folhas secas presas sob os limpadores de para-brisa.

Kostas tirou os óculos e esfregou os olhos.

— Já te contei sobre os gaios-azuis?

— Não, pai. Acho que não.

— São pássaros extraordinários. Extremamente inteligentes. Eles deixam os ornitólogos intrigados com o comportamento deles.

— Por quê?

— Porque esses pequenos pássaros, que medem apenas vinte e cinco centímetros, são excelentes em imitar falcões. Particularmente falcões-de-ombros-vermelhos.

Ada se virou de lado, falando com o próprio reflexo no vidro da janela.

— Por que eles fazem isso?

— Bem, os cientistas acham que esse mimetismo é uma maneira de alertar outros gaios-azuis, avisando-os de que há um falcão por perto. Mas algumas pessoas acreditam que pode haver outra explicação, que pode ser uma estratégia de sobrevivência: quando o pássaro está assustado, passar-se por um falcão o acalma. Dessa forma, o gaio-azul afugenta os inimigos e se sente mais corajoso.

Ada lançou um olhar para o pai.

— Está me dizendo para fingir ser outra pessoa?

— Não é *fingimento*. Quando o gaio-azul se eleva no céu e reproduz o som de um falcão-de-ombros-vermelhos, naquele momento, ele se torna um. Caso contrário, não poderia ter emitido o mesmo som. Entende o que quero dizer?

— Tudo bem, pai, entendi o recado. Vou voar pela sala de aula como um falcão.

— Um falcão cínico — disse Kostas com um sorriso. — Eu te amo e tenho muito orgulho de você. E se seus colegas implicarem com você, vamos encontrar uma maneira de resolver isso. Por favor, não se preocupe.

Ada deu um tapinha na mão do pai. Havia algo infantil na maneira como os adultos precisavam de histórias. Tinham a ingênua convicção de que, ao contar uma história inspiradora — a fábula certa na hora certa —, poderiam levantar o ânimo dos filhos, motivá-los a grandes conquistas e a simplesmente mudar a realidade. Não adiantava dizer a eles que a vida era mais complicada do que isso e que as palavras eram menos mágicas do que eles imaginavam.

— Obrigada, pai.

— Eu te amo — disse Kostas novamente.

— Eu também te amo.

Agarrando a mochila e o cachecol que a tia havia tricotado para ela, Ada desceu do carro. Caminhou lentamente, as pernas ficando mais pesadas conforme se aproximava do prédio. Alguns metros à frente, viu Zafaar, encostado em uma balaustrada, conversando com um grupo de meninos. Sentiu uma pontada aguda de dor ao se lembrar de como ele tinha rido dela. Acelerou o passo.

— Oi, Ada!

Ele a tinha visto e havia se separado dos amigos para falar com ela. Ada parou, os músculos das costas tensos.

— Como você está?

— Bem.

— Olha, eu me senti mal por você quando aconteceu aquilo.

— Não precisa se sentir mal por mim.

Zafaar mudou o peso de um pé para o outro.

— Não, é sério. Eu sei sobre a sua mãe, sinto muito.

— Obrigada.

Zafaar esperou que ela dissesse mais alguma coisa e, como ela não disse nada, enfiou as mãos nos bolsos do casaco. As bochechas dele coraram.

— Bem, até mais — despediu-se rapidamente.

Ela o observou enquanto ele se afastava, com um andar mais ligeiro enquanto voltava para junto dos amigos.

Na sala de aula, Ada conversou um pouco com Ed, ouvindo sem muita atenção enquanto ele explicava como misturar batidas usando dois *decks*. Em seguida se sentou no lugar habitual perto da janela, fingindo não notar os olhares curiosos e sussurros furtivos, as risadinhas esporádicas.

Na mesa ao lado, Emma-Rose a observava com uma espécie de distanciamento curioso.

— Está se sentindo melhor?

— Estou bem, obrigada.

Elas foram distraídas por sons vindos do lado oposto da sala: um grupo de meninos segurava o pescoço como se estivessem sufocando ou gritando em silêncio, a boca bem aberta, os olhos fechados, o rosto vermelho por causa da malícia reprimida.

— Ignore, eles são todos uns idiotas — disse Emma-Rose com uma cara feia que em seguida se transformou em um sorriso.

— Ah, você ficou sabendo sobre o que aconteceu? Zafaar disse a Noah que está interessado em alguém da nossa turma.

— Sério? E você sabe quem é? — perguntou Ada, tentando parecer desinteressada.

— Ainda não. Preciso fazer mais algumas averiguações.

Ada sentiu as bochechas ficarem quentes. Não esperava que fosse ela, mas talvez, apenas talvez, houvesse uma chance.

Minutos depois, a sra. Walcott entrou na sala.

— Olá, pessoal. Que maravilha ver todos vocês de novo! Espero que tenham tido ótimas férias. Imagino que todos vocês tenham entrevistado um parente mais velho e tenham aprendido muito sobre sua vida. Por favor, peguem a tarefa, pois vou passar para recolher.

Sem esperar para ouvir as respostas, a sra. Walcott começou de imediato a aula. Ada olhou para Emma-Rose e a viu revirar os olhos. Não pôde deixar de sorrir diante desse gesto juvenil, lembrando-se dos comentários da tia. Folheou as anotações da entrevista e o texto que havia escrito, e sentiu uma onda de orgulho ao pensar na sra. Walcott lendo sobre a vida da tia Meryem.

À noite, a tia ligou.

— Adacim, como foi na escola? Pegaram muito no seu pé?

— Foi tudo bem, na verdade. Surpreendentemente bem.

— Que maravilha.

— Sim, acho que sim — disse Ada. — Está usando suas roupas coloridas?

A tia deu uma risada.

— Ainda não.

— Comece com aquela saia verde-pistache — disse Ada, e fez uma pausa. — Sabia que, no próximo verão, depois da Cúpula da Terra, meu pai prometeu me levar para o Chipre?

— Sério? — A voz de Meryem se animou. — Que ótima notícia. Eu sempre quis que isso acontecesse. Ah, mal posso esperar. Eu vou te mostrar tudo. Vou levá-la a todos os lugares… Mas, espere, qual lado você vai visitar? Quer dizer, não há mal nenhum em ver os dois lados, mas qual vai ser o primeiro? Norte ou sul?

— Eu vou para a ilha — contou Ada, com um novo tom na voz. — Só quero conhecer ilhéus, como eu.

COMO DESENTERRAR UMA FIGUEIRA EM SETE PASSOS

1. Localize o lugar exato em seu jardim onde enterrou a figueira semanas ou meses atrás.
2. Retire com cuidado as camadas isolantes que colocou em cima dela.
3. Escave o solo e as folhas, certificando-se de não danificar a árvore com a pá ou o ancinho.
4. Inspecione sua figueira e verifique se o frio causou algum dano.
5. Levante a árvore com cuidado e desamarre as cordas ao redor dela. Alguns galhos podem se partir ou dobrar, mas a árvore ficará bem e feliz por estar novamente na posição vertical.
6. Volte a compactar a terra em torno das raízes para garantir que a árvore esteja bem segura e pronta para enfrentar a primavera.
7. Diga algumas palavras bonitas a sua figueira para dar-lhe boas-vindas de volta ao mundo.

Figueira

Posso sentir o inverno rigoroso começando a afrouxar suas garras, a roda das estações girando mais uma vez. Perséfone, a deusa da primavera, retorna à Terra, com uma coroa de flores prateadas nos cabelos dourados. Caminha suavemente sobre o solo, segurando em uma das mãos um buquê de papoulas vermelhas e feixes de trigo, e na outra uma vassoura para limpar a neve, remover a lama e a geada. Posso ouvir as lembranças sólidas se liquefazendo e a água pingando dos beirais, contando a própria verdade, *plic--plic-plic*.

Na natureza, as coisas todas falam sem cessar. Morcegos frugívoros, abelhas, cabras, cobras... Algumas criaturas guincham, outras chiam, outras ainda grasnam, chilreiam, coaxam ou gorjeiam. Os pedregulhos retumbam, as videiras farfalham. Os lagos salgados narram histórias de combates e regressos à casa; as rosas-do--campo cantam em uníssono quando sopra o *meltemi*; os pomares de frutas cítricas recitam odes à eterna juventude.

As vozes de nossa terra natal não param de ecoar em nossa mente. Nós as levamos conosco aonde quer que vamos. Ainda hoje, aqui em Londres, enterrada nesta sepultura, ouço aqueles mesmos sons e acordo tremendo como uma sonâmbula que percebe que se aventurou perigosamente na noite.

No Chipre, todas as criaturas, grandes e pequenas, se expressam — todas, exceto as cegonhas. Embora a ilha não esteja exatamente nas rotas migratórias delas, de vez em quando, algumas cegonhas solitárias se desviam da trajetória por causa das correntes de ar e passam vários dias ali antes de retomar a jornada. São grandes, graciosas e, diferentemente de todas as outras aves, incapazes de cantar. Mas os cipriotas contam que nem sempre foi assim. Houve um tempo em que essas aves pernaltas entoavam melodias encantadoras sobre reinos distantes e destinos desconhecidos, seduzindo os ouvintes com histórias de odisseias ultramarinas e aventuras heroicas. Os que as ouviam ficavam tão extasiados que se esqueciam de irrigar as plantações, tosquiar as ovelhas, ordenhar as vacas, conversar à sombra com os vizinhos e, à noite, se esqueciam até mesmo de fazer amor com a pessoa amada. Por que se matar de trabalhar, jogar conversa fora ou entregar o coração a alguém quando tudo o que você queria era navegar para praias distantes? A vida se deteve. Por fim, irritada porque a ordem das coisas fora interrompida, Afrodite se intrometeu, como sempre faz. Amaldiçoou todas as cegonhas que passavam pelo Chipre. Daí em diante, essas aves permaneceram em silêncio, não importava o que vissem ou ouvissem lá embaixo.

Lendas, talvez, mas não as menosprezo.

Eu acredito nas lendas e nos segredos tácitos que elas tentam cuidadosamente transmitir.

Mesmo assim, não acredite de olhos fechados em tudo que lhe contei, nem em tudo que deixei de contar, pois posso não ser a narradora mais imparcial. Eu tenho meus próprios vieses. Afinal, nunca tive muita simpatia por deuses e deusas e as hostilidades e rivalidades sem fim deles.

Achei comovente que naquela noite Meryem, bendita seja, tenha construído uma torre de pedras no jardim, uma ponte feita de canções e orações, para que eu pudesse deixar este mundo em paz e seguir viagem para o próximo, se é que há um. Foi um bom desejo, no que diz respeito a desejos. Mas minha irmã e eu sempre tivemos pontos de vista díspares. Enquanto ela queria que eu migrasse para o além, na esperança de ser conduzida pelos portões do paraíso, eu preferi ficar onde estou, enraizada na terra.

Depois que morri e o vazio me engoliu inteira como uma enorme boca bocejando, flutuei sem rumo por um tempo. Vi a mim mesma deitada na cama do hospital onde ficara em coma, e sabia que era triste, mas não conseguia sentir o que sabia; era como se uma parede de vidro tivesse se erguido entre meu coração e a tristeza que o cercava. Mas então a porta se abriu, e Ada entrou com flores nas mãos, o sorriso esperançoso se dissipando a cada passo tímido, e não consegui mais assistir àquela cena.

Eu não estava pronta para deixá-los. Tampouco era capaz de me mudar, mais uma vez. Eu queria continuar ancorada no amor, a única coisa que os humanos ainda não conseguiram destruir. Mas onde eu poderia residir agora que não estava mais viva e me faltava um corpo, uma concha, uma forma? E então eu soube. Na velha figueira! Onde mais buscar refúgio senão no abraço arbóreo dela?

Depois do funeral, enquanto o dia se esvaía e a luz se convertia em uma escura quietude, pairei acima de nossa *Ficus carica* e dancei em círculos em torno dela. Penetrei nos tecidos vasculares, absorvi água das folhas e respirei vida novamente através dos poros dela.

Pobre figueira. Quando me metamorfoseei nela, ela de repente se viu profundamente apaixonada pelo meu marido, mas não me importei; fiquei feliz, na verdade, ao constatar isso, e me perguntei o que aconteceria se um dia Kostas retribuísse esse amor — se um humano se apaixonasse por uma árvore.

Houve diversas ocasiões em que mulheres, pelo menos de onde venho, e pelas próprias razões pessoais, se transformaram em flora nativa. Defne, Dafne, Daphne... Ao atrever-se a rejeitar Apolo, Daphne se transformou em um loureiro. A pele se endureceu até se tornar uma casca protetora, os braços se estenderam e tomaram a forma de galhos esbeltos e os cabelos se desenrolaram em uma folhagem sedosa enquanto, como nos conta Ovídio, "seus pés, antes tão rápidos, se prenderam à terra na forma de raízes de crescimento lento". Enquanto Daphne se transformou em árvore para evitar o amor, eu me transmutei em árvore para me agarrar ao amor.

O ar está esquentando, o céu acima de Londres se tinge do tom mais tímido de azul. Posso sentir um pálido raio de sol varrendo a terra, com uma lentidão dolorosa. A renovação vai levar tempo. A cura vai levar tempo.

Mas sei e confio que, a qualquer momento, meu amado Kostas Kazantzakis vai sair para o jardim com uma pá na mão, talvez usando mais uma vez a velha parca azul-marinho, aquela que compramos juntos em uma loja de segunda mão na Portobello

Road, e vai me desenterrar e me puxar para cima, segurando-me gentilmente nos braços, e no fundo dos belos olhos, gravados em sua alma, ainda estarão os restos de uma ilha nos confins do mar Mediterrâneo, os vestígios do nosso amor.

NOTA AO LEITOR

Muitas das histórias de desaparecidos mencionadas ao longo do romance são baseadas em relatos verídicos. *Beneath the Carob Trees: The Lost Lives of Cyprus* [Sob as alfarrobeiras: as vidas perdidas do Chipre, em tradução livre], de Nick Danziger e Rory MacLean, publicado pelo Comitê de Pessoas Desaparecidas do Programa das Nações Unidas para o Desenvolvimento, é um texto profundamente comovente para aqueles que desejam ler mais sobre o tema.

Enquanto fazia pesquisas para este romance, as exumações realizadas na Espanha e na América Latina foram de grande importância para mim. A história sobre o taxista é fictícia, mas foi inspirada em um relato real — o comentário arrepiante feito a representantes da Cruz Vermelha por seu guia franquista — que encontrei no excelente livro de Layla Renshaw *Exhuming Loss: Memory, Materiality and Mass Graves of the Spanish Civil War* [Exumando a perda: memória, materialidade e valas comuns na Guerra Civil Espanhola, em tradução livre].

A história do avô de Kostas sendo baleado por soldados durante o toque de recolher ecoa uma tragédia semelhante que ocorreu de fato e é mencionada em *The British and Cyprus: An Outpost of Empire to Sovereign Bases, 1878-1974* [Os britânicos e do Chipre: um posto avançado do Império a bases soberanas, 1878-1974, em tradução livre], de Mark Simmons. Outro livro esclarecedor é *The Cyprus Problem: What Everyone Needs to Know* [O problema do Chipre: o que todos precisam saber em tradução livre], de James Ker-Lindsay.

O artigo que Kostas leu em agosto de 1974 foi inspirado em outro publicado um ano depois, em 8 de agosto de 1975, na revista

Science: "Are we on the brink of a pronounced global warming?" ["Estamos à beira de um aquecimento global?", em tradução livre], escrito pelo cientista climático e geoquímico norte-americano Wally Broecker, que foi uma das primeiras pessoas a nos alertar sobre a conexão entre as emissões de carbono produzidas pelo homem e o aumento das temperaturas no planeta.

As informações sobre os floricultores e as coroas de flores para soldados britânicos mortos, bem como vários detalhes impressionantes sobre a ilha, foram extraídas do maravilhoso *Sweet and Bitter Island: A History of the British in Cyprus* [Uma ilha doce e amarga: a história dos britânicos no Chipre, em tradução livre], de Tabitha Morgan. *Bitter Lemons* [Limões amargos, em tradução livre], de Lawrence Durrell, apresenta um retrato esclarecedor, pessoal e perspicaz do Chipre entre 1953 e 1956. *British Imperialism in Cyprus: The Inconsequential Possession* [Imperialismo britânico no Chipre: a posse inconsequente, em tradução livre], de Andrekos Varnava, fornece um relato espetacular do período entre 1878 e 1915, enquanto a antologia *Nicosia Beyond Borders: Voices from a Divided City* [Nicósia além das fronteiras: vozes de uma cidade dividida, em tradução livre], organizado por A. Adil, A. M. Ali, B. Kemal e M. Petrides, apresenta de forma magistral as vozes de escritores grego-cipriotas e turco-cipriotas. Para relatos pessoais, mitos e história, *Journey into Cyprus* [Jornada ao Chipre, em tradução livre], de Colin Thubron, é uma narrativa instigante.

Encontrei a carta enviada aos hóspedes do Ledra Palace (publicada no *Observer* em 15 de setembro de 1974) no livro *Sarajevo's Holiday Inn on the Frontline of Politics and War* [O Holiday Inn de Sarajevo na linha de frente da política e da guerra, em tradução livre], de Kenneth Morrison.

Ao pesquisar sobre mosquitos, um livro em particular me causou uma impressão duradoura: *O mosquito: A incrível história do maior predador da humanidade*, de Timothy C. Winegard.

Para obter instruções detalhadas sobre como enterrar uma figueira, acesse: <https://www.instructables.com/Bury-a-Fig-Tree/>, em inglês.

O comentário sobre "otimismo" e "pessimismo" das plantas foi inspirado em um artigo escrito por Kouki Hikosaka, Yuko

Yasumura, Onno Muller e Riichi Oguchi e publicado em *Trees in a Changing Environment: Ecophysiology, Adaptation and Future Survival* [Árvores em um ambiente variável: ecofisiologia, adaptação e sobrevivência futura, em tradução livre], organizado por M. Tausz e N. Grulke. Sobre o instigante tema da hereditariedade epigenética e como as lembranças podem ser transmitidas de uma geração à outra, não apenas no caso de plantas, mas também de animais, ver *What a Plant Knows: A Field Guide to the Senses* [O que uma planta sabe: uma guia de campo sobre os sentidos, em tradução livre], de Daniel Chamovitz.

A parte sobre os humanos não enxergarem as árvores foi filmada para a série Countdown, do TED, sobre a crise climática e maneiras de construir um mundo com um saldo zerado de emissões de gases do efeito estufa.

Para saber mais sobre experimentos com árvores, visite: <https://www.sciencedaily.com/releases/2011/07/110711164557.htm>, em inglês.

Para informações preciosas sobre o extraordinário mundo das figueiras, ver *Gods, Wasps and Stranglers: The Secret History and Redemptive Future of Fig Trees* [Deuses, vespas e estranguladores: a história secreta e o futuro redentor das figueiras, em tradução livre], de Mike Shanahan; *Figs: A Global History* [Figueiras: uma história global, em tradução livre], de David Sutton; *The Cabaret of Plants* [O cabaré das plantas, em tradução livre], de Richard Mabey, e *The Forest Unseen: A Year's Watch in Nature* [A floresta encoberta: um ano de observação da natureza, em tradução livre], de D. G. Haskell, também são ótimas obras complementares. O título de um dos livros de Kostas na história foi inspirado em *A trama da vida: como os fungos constroem o mundo*, de Merlin Sheldrake.

Muitos aspectos deste romance são baseados em fatos e eventos históricos, incluindo o destino de Varosha/Famagusta, as misteriosas mortes de bebês britânicos e a caça ilegal de pássaros canoros... Também quis homenagear o folclore local e as tradições orais. Mas tudo aqui é ficção: uma mistura de assombro, sonhos, amor, tristeza e imaginação.

GLOSSÁRIO

abla: irmã mais velha (turco)

agori mou: meu menino (grego)

ambelopoulia: um prato de aves canoras grelhadas, fritas, em conserva ou cozidas (grego)

ashkim: meu amor (turco)

ayip: vergonha (turco)

canim: minha querida, minha alma (turco)

caravanserai: uma pousada com um pátio para os viajantes (do persa *karwan-sarai*)

chryso mou: meu tesouro (grego)

cigerimin kösesi: pedacinho do meu fígado, expressão afetuosa (turco)

hamam: banho (turco)

khataifi: sobremesa popular (grego; *kadayif*, em turco)

kapnistiri: queimador de incenso (grego)

kardoula mou: meu coração (grego)

karidaki glyko: noz doce (grego)

karpuz: melancia (turco)

komboloi: rosário (grego)

kourabiedes: uma espécie de biscoito amanteigado (grego; *kurabiye*, em turco)

levendi mou: meu jovem corajoso (grego)

lokum: manjar turco

majnun: pessoa louca (árabe)

mána: mãe (grego)

manti: bolinhos pequenos (prato tradicional turco)

ma'rifah: conhecimento/conhecimento interior (árabe)

mati: mau-olhado (grego)

melitzanaki glyko: conserva de berinjelas (grego)

meze (*mezze, mazza*): seleção de aperitivos servidos em partes do Oriente Médio, nos Balcãs, no norte da África, na Grécia, na Turquia e no Levante

moro mou: meu bebê (grego)

mou: meu (grego)

mugumo: figueira sagrada para o povo quicuio, no Quênia

nazar: mau-olhado (turco)

paidi mou: meu filho (grego)

palikari mou: meu jovem corajoso (grego)

pallikaria: jovens corajosos (grego)

pastelli: barrinhas de gergelim, aperitivo (grego)

tespih: rosário (turco)

xematiasma: ritual para eliminar o mau-olhado (grego)

yassou: olá (grego)

Figueira-da-índia crescendo através de uma cerca de arame na fronteira de Nicósia, no Chipre.

Crédito: © Constantine Markides

AGRADECIMENTOS

Quando deixei Istambul pela última vez, há muitos anos, não sabia que não ia voltar. Desde então tenho me perguntado o que teria levado comigo na mala se soubesse disso. Seria um livro de poemas, uma cerâmica vitrificada turquesa, um enfeite de cristal, uma concha vazia carregada pelas ondas, o grito de uma gaivota ao vento... Com o tempo, comecei a pensar que adoraria ter levado comigo uma árvore, uma árvore mediterrânea com raízes portáteis, e foi essa imagem, esse pensamento, essa possibilidade improvável que deu origem a esta história.

Tenho imensa gratidão a Mary Mount, pela brilhante orientação editorial, pela atenção aos detalhes e pela fé inabalável na literatura. Meus sinceros agradecimentos a Isabel Wall, que tem a maneira mais delicada de empoderar escritores. Na Viking, trabalho com mulheres gentis, amorosas e fortes, e por isso sou verdadeiramente grata.

Obrigada a Jonny Geller, meu maravilhoso agente, por me ouvir, estar sempre ao meu lado, mesmo quando uma história me leva por vales de ansiedade e rios de depressão. Obrigada às belas e trabalhadoras almas da Curtis Brown.

Muito obrigada a Stephen Barber, um querido amigo e uma alma renascentista — aprendo muito com nossas conversas, de gardênias a fósseis moleculares. Muito amor e um agradecimento enorme a Lisa Babalis — como posso expressar minha gratidão, *se ef haristo para poli*, Lisa. Meus afetuosos agradecimentos e todo o meu respeito a Gülden Plümer Küçük e seus colegas do Comitê de Pessoas Desaparecidas, por tudo o que têm feito para promover a paz, a reconciliação e a coexistência.

Agradecimentos infinitos a Karen Whitlock, por seu cuidado meticuloso e pela generosidade de seu coração; que alegria e que bênção trabalhar com você. Minha gratidão a Donna Poppy, Chloe Davis, Elizabeth Filippouli, Hannah Sawyer, Lorna Owen, Sarah Coward e Ellie Smith, e também a Anton Mueller, que, com suas palavras e seu entusiasmo, continua a me inspirar do outro lado do Atlântico.

Obrigada a Richard Mabey, por seu amor pela natureza; a Robert Macfarlane, por seu amor pela terra; a Jonathan Drori, por seu amor por árvores, e a James Ker-Lindsay, por seu amor por uma ilha tão querida por nós dois.

Como sempre, à minha família, cujos amor e apoio me inspiram e que nunca deixa de corrigir meus muitos erros de pronúncia, *tesekkür ediyorum yürekten*.

Acima de tudo, quero agradecer aos ilhéus que, com toda a sua paciência, responderam às minhas perguntas e compartilharam suas experiências e seus sentimentos comigo, sobretudo os jovens grego-cipriotas e turco-cipriotas, cujas coragem, visão e sabedoria certamente vão construir um mundo melhor do que aquele que lhes deixamos.

Este livro foi impresso pela Cruzado, em 2025,
para a HarperCollins Brasil. O papel do miolo é
pólen natural 70g/m², e o da capa é cartão 250g/m².